銀色の国

逸木　裕

NPO法人〈レーテ〉で自殺対策に取り組む田宮晃佑のもとに、立ち直ったはずの元相談者が自殺したという悲報が届く。亡くなる前の彼は、異様なほどVRにのめり込んでいたという。不審に思った晃佑は、友人の元ゲームクリエイター城間宙とともに調査を始める。一方、SNSに死をほのめかす投稿を繰り返す浪人生の外丸くるみは、フォロワーの一人から自助グループ〈銀色の国〉に誘われる。ネット上で人と人とが支え合う――そんな言葉に惹かれて受け取った荷物の中身は、VRゴーグルだった。仮想世界と現実で一体何が起きているのか。日本推理作家協会賞受賞作家による傑作ミステリ。

銀色の国

逸木　裕

創元推理文庫

THE SILVER COUNTRY

by

Yu Itsuki

2020

目次

銀色の国

プロローグ

いつも、逃げている。

どこにいても、何をしても、気がついたら逃げだしている。逃げて逃げてまた逃げて、逃げた先でなんとか生きている。

例えば、高校生のころにやっていた漫画喫茶のバイトだ。仕事の量は少なくて、たまにくるお客さんの応対をしたり、本を並べたりしていればよかったけれど、三日で逃げた。退屈すぎて、何もしない時間に耐えられなかったからだ。バイト先からガンガンかかってきた電話は、無視していたらそのうちに鳴らなくなった。

何かの病気なんだろうか、逃げたくなるとなぜか歯がカチカチと鳴りだして、自分でも止められなくなる。みっともないので嫌だったけれど、途中からこれが合図だと気づいた。奥歯がカチカチと鳴りだしたら、それが逃げどきなのだと。

——詩織《しおり》ちゃんって、ほんと何も続かないよね。そんな逃げてばっかいたら、何もできないよ。

子供のころからよく友達に言われてきた。確かにその通りだ。バイトも、習いごとも、部活も、人間関係も、少しでも嫌になるともう駄目《だめ》だ。狭い箱に閉じ込められて窒息させられるような感じがして、それ以上そこにいられない。

でも、ちょっと待ってほしい。みんなは、平気なのだろうか？　嫌なことがあったり、嫌な人がいたりしたら、そこから逃げたくならないのだろうか？

ならないのだと判ったのは、高校生のときだった。

授業で読んだ芥川龍之介《あくたがわりゅうのすけ》の『六の宮の姫君』という小説がきっかけだった。小説なんてほとんど読まないけれど、その作品のことはよく覚えている。

『六の宮の姫君』の主人公は、とても不幸な女性だ。男に捨てられたり、貧乏になったり、病気を患《わずら》ったり、作品を通してひどい目に遭《あ》い続ける。でも、彼女は絶対に逃げない。落ちるところまで落ちてのたれ死ぬまで、何があってもその場に留まり続ける。

――人生を主体的に摑み取ろうとしないと悲惨《ひさん》なことになるという、教訓話だ。

先生の解説に生徒たちも同調していたけれど、正気かと思った。狭い箱に閉じ込められ、逃げずにずっと居続けられることがどれほどすごいことなのか、みんな判らないのかと。

そのときに、理解した。

自分と、世の中の人は違う。みんなは箱の中に閉じ込められても、出たり入ったりしながら、上手くやり過ごすことができるのだ。だから、すぐに逃げてしまう自分や全く逃げない姫君のことは理解できない。異質なものだと感じるのだと。

その瞬間、自分でも驚くくらい、姫君のことを愛おしく思った。

姫君は、狭い箱の中で死ぬまでじっとしていられる人だ。

自分にとって「逃げたい」という感情は、「寝たい」とか「食べたい」とかと同じくらいに強いものだ。自分は「逃亡欲」がありすぎることで人生に支障をきたし、姫君はこれを全く持たないことで、のたれ死んでいく。

正反対だけれど、同類だ。自分たちは、程よく逃げることができない。

自分たちは、逃げたさと、上手につきあえない――。

＊

「アイスコーヒーでございます」

小林《こばやし》詩織は、ヒルトン名古屋のラウンジで、カチカチと歯を鳴らしていた。

壁一面のガラス窓から、明るい陽の光が降りそそぐ。ゆったりとテーブルが置かれていて、座っているソファは肌触りのいい合皮で覆《おお》われている。あたりには紅茶やパンケーキの美味《おい》しそうな匂いが漂《ただよ》う。名古屋に住んでもう二年になるけれど、足を踏み入れたのは初めてだ。

居心地が、悪い。

高級な空間だ。お客さんをもてなすために、頭の良い人たちが知恵を絞って作ったのだろう。

その中に、自分みたいな貧乏人は入っていない。運ばれてきたアイスコーヒーにしたって、コンビニの百円コーヒーとはまるで違う芳《かぐわ》しさだ。場違いだから出ていけと言われている感じがする。

カチカチカチカチ。歯が止まらない。

目を逸らすようにテーブルを見ると、履歴書の自分の写真と目が合った。真面目な顔を作っている写真の中の自分は、頭の悪さを隠そうと必死な女にしか見えない。

カチカチカチ。

志は、低い。もう貯金がつきそうで、仕事をする必要があった。ふらふらと生きてきたので、一般事務や経理のようなお堅い仕事の、正社員になりたい。転職サイトでなんとかそういう求人を見つけて応募まではしたけれど、面接場所がこんなところだとは聞いていなかった。

「逃亡欲」が湧《わ》いてくる。逃げたがっている自分に失望しながら、どう逃げるかを考えている。相手はこちらの顔を知らない。いますぐ帰って連絡を全部無視すれば、ばっくれられる。メールがきたら、開封しないでゴミ箱に捨ててしまえば、相手の怒りを見なくてすむ。

こういうことはすぐに考えられる。馬鹿なのに、逃げる計画を考えるスピードは速い。

大体、面接をセットするほうも悪いじゃないか。自分が何の取り柄もない人間だということは転職サイトのプロフィールを見れば判るはずなのに、日程を組んでこんなところを面接場所に選ぶなんて、どうかしている。いつものように逃げることを正当化するための理屈もどんどん出来上がる。

「帰ろう」

そう、この面接は間違いだったのだ。自分はもっと、身の丈に合った低レベルな会社を探すべきだ。そうだよね、そうだそうだ。

「何が、そうなんです？」

突然男性の声がして、詩織は飛び上がりそうになった。真横に小柄な男性が立っていた。

「小林詩織さんですね。はじめまして、今日はよろしくお願いします」

すっと手が差し伸べられる。ああ、もう、逃げられない——。

＊

「株式会社 Amazon Factory
代表取締役 大野浩《おおのひろし》」

渡された名刺をポケットにしまい、男性の顔を見る。

高そうなスーツを着ている。時計も靴も、たぶん高級品だ。自分がこんな風に装ったら、透明人間がつけているみたいに服装だけ浮いてしまうだろう。大野は、それらが身体によく馴染《なじ》んでいる。

背は低い。猿顔でいわゆるイケメンじゃないけれど、全身からみなぎるような自信が発散されていて、それが高級な服や時計のオーラと合わさって強いエネルギーを感じる。

「アマゾンって……あのアマゾンですか?」

「はい」声にも力が満ちている。

「資本関係があるわけではないんですが、日本の法人と特別に太くおつきあいをしてるんです。起業時に名前を使わせていただけないかと打診したところ、快く受けていただいて」

「そうなんですか。すごいんですね……」

「すごいのはアマゾンです。やはり四騎士と呼ばれる世界企業のひとつだけあって、ビジネスに貪欲です。うちのようなベンチャーが相手でも、企業価値を高めるためのシナジーを生みだすことに余念がない。ビジョンと行動力が日本企業とは桁違いですね」

大野のハキハキとした声を聞いているうちに、気持ちがますます萎《な》えていく。こんなすごい会社に、自分の居場所があるわけがない。

「さて、ええと……小林詩織さん。この度は、弊社採用にご応募いただき、ありがとうございました。最終学歴は高校卒業で、今年二十四歳。事務職は未経験とのことですが、今回はなぜ応募を?」

「あ、まあ、ちょっと事務職もやってみたいなって思って……」

「スキルアップの一環ということですね。リスクを取って異なる職種にチャレンジするのは、長いキャリアパスを考えると、とてもいいことです」

お金がなくて家賃を滞納しそうで、できれば今度は正社員になって安定したいから——などとは言えない。

「小林さんは、出身は岐阜の多治見《たじみ》なんですね。高校を卒業して、東京に？」

「はい、三年くらい。そのあとは名古屋です」

「東京では『居酒屋はちべい』に勤務。飲食業界で働いていたんですね。店長をやっていたのなら、人事やマネジメントの経験もおありですか？」

「いえ、これはバイトです。お酒とか運んでました」

「バイト？」

もしかして、バイトは職歴に書いたらいけなかったのだろうか。でも、それを書かないと空白になってしまう。

「いえいえ、全然駄目ではないですよ！　履歴書というのは応募者の人となりを知るためのものですから、何をどう書いてもらっても大丈夫です」

ありがたい。大野のフォローのおかげで、むくむくと湧き上がっていた逃亡欲が和らいでいく。

「それで……東京で、声優をされていたんですね」

大野は、興味深そうに履歴書を覗《のぞ》き込んだ。

詩織がこの会社に応募した理由は、ただひとつ。「俳優・声優の経験者大歓迎」という見慣れない文句があったからだ。

これまで居酒屋のバイトしかしたことがないので、なかなか正社員の仕事は見つからない。こういう条件があるならいけるのではないかと思ったのが、応募のきっかけだった。

「まあ、ちょっとやってただけですけど……」

東京に逃げていたときのことを、詩織は思いだしていた。

＊

五年前、実家を捨てて東京に行ったのは、人生で一番大きな「逃げ」だった。

実家は、狭い箱そのものだった。

岐阜県多治見市の、微妙に歴史のある旧家の長女として詩織は生まれた。

幼いころは自由に育てられたものの、跡継ぎになるはずの弟がどうやら生まれないことが確定するにつれ、実家はどんどん「狭く」なっていった。小林家を継ぐこと。婿を取り、土地と家を守り、跡継ぎを作ること。

塾、ピアノ、お茶、習字、英会話――たくさんの習いごとに通わされ、家庭教師もつけられた。小学校の放課後、友達と遊ぶことも許されなくなった。小林家の娘として、立派な人間になるために。

馬鹿じゃないのかと思った。大体、旧家といっても、単に昔から続いてきた家というだけで、名家でもなんでもない。父親はただの公務員で、母親はどこにでもいる主婦だ。こんな狭い場所なんかに、収まってたまるか。

習いごとに行くふりをしてサボる、塾から持ち帰ったプリントはゴミ箱に捨てる、そうやっているうちに、逃げ癖がどんどんひどくなっていった。親は居場所を押しつけようとし、詩織はそこから逃げる。日に日にたまったひずみは、高校卒業と同時に爆発した。実家を捨てて、逃げたのだ。

ヒッチハイクで東京まで行き、保証人がいなくても住めるシェアハウスを探して借り、近くの居酒屋でバイトをはじめた。わずか三日間のことだ。逃げているときは、自分でもびっくりするくらいエネルギーが出る。

東京は、居心地がよかった。

東京には、隙間がたくさんあるのだ。人と人の距離が離れていて、説教をしてきたり悪口を言ってきたりする人はいなかった。人がくるくると入れ替わって、密な人間関係も出来上がらない。

生活が落ち着いたころ、押上《おしあげ》までスカイツリーを見に行った。夜の人混みの中、雲を突き抜けて立つ世界一高い電波塔を見上げたところで、あ、と思った。

——ここなら、逃げなくてもいい。

スカイツリー。東京タワー。名前はよく判らないけれど、あちこちにある高いビル。空に届くような建物がたくさんあるこの街では自分なんかゴマつぶみたいなもので、誰も気にしない。この広い街にいれば、自分の居場所なんかいくらでも見つかる。

高い塔は、夜の空にピカピカと光を撒《ま》き散らしていた。光が自分に降ってきて、心の中を灯してくれている感じがした。

それから二年。

居酒屋でバイトをして、シェアハウスに帰って寝る。詩織の生活は、そのバランスでぴたっと安定していた。逃亡欲は顔を出さなかったけれど、毎日に変化がなく、今度は「このままでいいんだろうか」という新しい悩みが生まれはじめていた。逃げずに済む生活は快適だ。でも何かもっと、やるべきことがあるんじゃないか——。

——あなた、いい声してるわね。

そんなある日、居酒屋にきた年配の女性客に、名刺を渡された。

——すごく通る声をしてる。こんな店で働いてるのがもったいないな。私、声優のスカウトやってるんだけどね、興味がないかしら？

声優。

その二文字は、詩織の人生には縁のないものだった。演劇部に入っていたわけでもないし、映画やアニメが好きだったわけでもない。

ただ、子供のころから、声が綺麗だね、とよく言われていた。歌を歌っても、居酒屋で接客をしていても、いい声してるねと結構な頻度で褒《ほ》められるのだ。

——これじゃないの？

声優というピースは、詩織のパズルの空いていた隙間にすっぽりと収まった。これに巡り合うために、自分は東京に逃げてきたのかもしれない——そんな風に思いはじめたら、もう止められなかった。

電話をすると早速オーディションに呼ばれ、誘ってくれた女性、太ったプロデューサー、若いイケメンのトレーナーの前で、与えられた台本の台詞《せりふ》を読んだ。プロデューサーからは声質を、トレーナーからは台詞の言い回しを褒められ、ほかに四人の受験生がいたが合格したのは詩織だけだった。

半年後にデビューしよう。君には才能があるから、重点的にトレーニングをする。費用は持つから安心してくれ。プロデューサーにそう言われ、そこから若い男性トレーナーとレッスンをすることになった。

声優の練習は、楽しかった。

出せる声の音量や音域が広がっていくのも楽しかったし、何かを演じることには、上手く説明できない妙な快感があった。のめり込むように練習をし、毎日シェアハウスでも発声練習をしていたものだから、隣の部屋にいたタイ人の女子がうるさいと怒鳴《どな》り込んできたりもした。

——自分は、役の中に「逃げ」てるんだ。

あるとき、快感の正体が判った。演技をしていると、現実の自分から離れ、役の中に逃げ込むことができる。逃亡欲の強い自分は、そのことに快感を覚えているのではないか。

嬉《うれ》しかった。だとしたら、声優は自分にとって、天職みたいなもんじゃないか。

ますます練習にのめり込んだ。男性トレーナーも、モチベーションのひとつだった。優しくて、声が甘くて、いつの間にか好きになっていた。向こうも詩織を気に入ったようで、好意的に話しかけてきたり、「腹式呼吸の練習」「姿勢の矯正」とペタペタとスキンシップをしてきた。「詩織さんの才能は、いままで見てきたどの生徒より上だよ」そう言われたときは、天にも昇る気持ちだった。

一ヶ月が経ったころ、誘ってくれた女性から「レッスンを増やさないか」と提案された。

あなたの成長の早さには驚いている。トレーナーにはほかの仕事を断らせて時間を取ってもらう。申し訳ないがその分の人件費を五十万円、補塡《ほてん》してほしい。ただ、三ヶ月後のネットアニメの主役がまだ決まっていないので、その仕事をあなたに振る。ギャラが五十万円なので、いま支払っても実質タダみたいなものだ。

「こんなチャンスはめったにないよ」とトレーナーも言ってくれた。手元には、二年間かけてバイトでためたお金がちょうど五十万円あった。詩織は、すぐに全額を振り込んだ。

翌日、全員と連絡が取れなくなった。

トレーナーも、誘ってくれた女性も、何度電話をかけてもつながらない。メールを送っても返ってこない。オーディションやレッスンに使っていた貸しスタジオに聞いても、連絡が取れないという。

「オーディション商法」と呼ばれる、定番の詐欺《さぎ》だったのだ。ネットで、同じ被害に遭ったという人を五人見つけた。最初にいたほかの受験生もサクラだったらしく、警察署では「こんな古典的な詐欺、なんで途中で気づかなかったの？」と馬鹿にされた。結局、犯人は見つからなかった。

しばらく、何もする気が起きなかった。せっかく人生の隙間を埋めたところを無理やり剝《は》がされて、巨大な傷跡が開いてしまった感じだった。

——逃げたい。

東京にきてから、初めてそう思った。いくらでも居場所があるように見えたこの街の大きさが、却《かえ》って恐ろしかった。

カチカチカチカチ。それは生まれてから一番、大きな音だった。

*

「……かわいそうに。本当に、ひどい話だ」

大野は顔を歪《ゆが》めて同情してくれる。

「警察も、ひどいですね。詐欺師は一日中人を騙《だま》すことを考えてますから、一般人に見抜いて対処しろというのは無理ですよ。あなたは悪くないです。本当に大変でしたね」

ありがとうございますと言って、詩織は日本酒を傾けた。

面接で一連のことを話したら、予想以上に盛り上がってしまい、その流れで夕食に誘われた。つれられてきたのは、栄《さかえ》の中心街から少し離れた日本料理屋の個室だ。和洋折衷《わようせっちゅう》のシャープな内装で、高級店なのだろうが、大野と一緒にいるせいか気後れは感じない。

「あなたの声は本当に素敵だと思います。いい師に巡り合っていたら、本当に声優になれていたんじゃないかな」

「そんな……ありがとうございます」

「まあ、その詐欺師のおかげで小林さんに会えたわけだから、僕にとってはよかったのかもしれないけど」

俳優や声優の経験者は有用なビジネスパーソンなんだと、大野は語った。舞台やマイクの前に立つことで度胸がつくし、人と会話をしながらひとつのものを作っていく過程でコミュニケーション能力が磨かれる。あなたのような人を探していたんです。

そこまで経験してないのにと思いつつ、するするとお酒が進む。

「すみません、聞いてばかりで。僕の話もすべきですね」

三十分くらい経ったところで、大野は自分の経歴を話しはじめた。

大学でロボットの研究をし、卒業後に大手の研究所で働いていたが、日本の会社のお堅い空気が合わず、中国の深圳《シンセン》でベンチャー企業を立ち上げた。そのあとにアメリカのテック企業にスカウトされ、サンフランシスコに移住した。

「米中、両方の技術大国を経験しましたけど、いまは西海岸よりも広東省《カントン》です。世の中を書き換えてやるというイカれたエンジニアと、そいつらを使って一発当てようという山師が、世界中から集まってる。金を燃やして暖を取ってるような熱気が街中に漂ってて、独特の空気なんだよなあ」

大野は、指先でとんとんと食卓を叩いた。

「でも、これからは名古屋です」

「え、名古屋……ですか？」

「名古屋は絶対にきます。東京と京都、ふたつの都にもアクセスしやすいし、独特の文化が育まれている。シリコンバレーや深圳は、様々なバックグラウンドを持つ人が入り交じっています。文化が混ざるところで、イノベーションは生まれるんです」

名古屋を、アジアのシリコンバレーにしたいんです。大野は熱弁を振るう。

大野の熱さは、触れていて心地いい。自分は声優の道を断たれたけれど、この人は自分の行きたい道を歩いてるんだな。

料理が美味しい。さくさくとした平目の揚げ物やとろとろとした湯葉豆腐をつまみ、日本酒を傾けていると、いい気分になってくる。

「小林さんは、ご結婚はされてらっしゃいますか？」

突然、大野が聞いた。

「いえ、独身です」

「そうですか、恋人は？」

「いません。ずっといなくて」

「ご家族とは離れてるんですよね？　誰かと同居されている？」

「ひとり暮らしです。父と母は多治見に住んでいて」

「なるほど、なるほど」

大野は頷《うなず》いて刺身をつまむ。どうして突然そんな話をするのだろう――そう思った瞬間、大野は身を乗りだす。

「小林さんみたいな人に応募してもらえて、本当によかったと思ってるんですよ」

「そうなんですか？　私、大野さんとは、釣り合いが取れてない気がしてて」

「小林さんのポテンシャルは、素晴らしい。あなたはリスクを取って行動できる人だし、基礎能力も高い。素晴らしい戦力になります」

「でも私、あまり得意なこともなくて」

「すぐに成長しますよ。あなたは、自分の優秀さを判っていない」

そうなのだろうか。よく判らないが、ここまで言われると、なんだかそんな気がしてくる。

「ハンマー投げって、知ってますか？」

「は、はい、あの室伏《むろふし》さん？　がやってるやつですよね」

「その通りです。実際にハンマーを投げる手や腕や筋肉は僕らです。でも遠くに放るには、強靭《きょうじん》な背骨が必要になる。組織にとって、事務がそれです。小林さん――僕たちの背骨になってくれませんか」

真正面から射抜くような目。血が沸騰《ふっとう》するくらいに熱い言葉。

――あ。

天を貫く、スカイツリーが見えた。

雲に覆われた夜空に、綺麗な光をばら撒き続ける巨大な塔。目の前の小柄な男性とあの塔が、重なった。

――ここなら、逃げなくていい。

「大野さん……すみません……」

足元がぐらつく。ヒールのかかとが上手く地面を摑めずに、ガタガタと揺らぐ。

「僕は大丈夫です。どこか、ファミレスとかで休みます？」

「いえ、そんな、そこまでご迷惑はかけられません……」

「全然迷惑じゃないですよ。ゆっくり歩きましょう」

恥ずかしい。気持ちよくなってしまって、つい飲みすぎてしまった。

大野が肩を貸してくれる。身体を預けると、細身なのにかなり筋肉質なのが判る。歩くにつれて、微妙に胸筋や腹筋が当たって、ドキドキした。

「乗っていきますか？」

気がつくと、駐車場にいた。目の前に真っ黒な車がある。

車は壁に向かって停まっていて、こちらにはお尻側が見えている。運転免許を持っていない詩織にも、刻まれた星のエンブレムがベンツだと判った。

「ご自宅、尼ケ坂《あまがさか》ですよね。送っていきますよ」

「いえ、それは厚かましすぎます……！　名鉄《めいてつ》に乗れば十分くらいですから、大丈夫です」

「酔ってるときの電車は面倒ですよ？　僕の家は千種《ちくさ》ですから、ちょっと寄り道するだけでいいですし」

いくらなんでも甘えすぎだと思う一方で、魅力的な提案だった。ガラスの向こうにうっすらと見えるベンツの高級そうなシートが、座っていきなよと誘ってくる。

「水臭いなあ、遠慮しないでくださいよ。僕らはもう、運命共同体じゃないですか」

その言葉で、葛藤《かっとう》が吹き飛んだ。

「ありがとうございます。じゃあ、お言葉に甘えて」

答えながら、全く別の期待が生まれていた。

――小林さんは、ご結婚はされてらっしゃいますか？

あれは、自分に気があるというサインなんじゃないだろうか。

話の転換があまりにも唐突だった。それに、どうでもいい相手なら、会った日にこんな風にわざわざ送ってくれたりしないはずだ。

「どうぞ」

助手席のドアを開けてくれる。詩織は車内に入った。本革だろうか。シートを撫《な》でると肌に吸いつくような感じがして、性的な気持ちよさすら感じる。

「ちょっと鞄を取ります……」

大野が後部座席のドアを開ける。詩織は目を閉じて、シートに身体を預けた。

逃げなくて、よかった。

名古屋にきてから、一番いい夜だった。これからのことに、胸が高鳴っていた。

逃げてしまう自分が嫌いだったけれど、ようやく変われるのかもしれない。声優のように熱くなれる夢をもう一度持てるかもしれないし、ひょっとしたら大野と恋仲になれるかもしれない。ふたりで会社を育てていけるのなら、どんなに素敵なことだろう。

ここが自分の、本当の居場所になるといいな——。

「小林さん、ひとつ聞いてもいいですか」

後部座席から声がした。

「お前、馬鹿って言われない？」

ぞっとするほど冷たい声だった。意識が一気に覚醒《かくせい》すると同時に、喉《のど》に何かが巻きついてきた。

キーンという高音が、大音量で響いた。息ができない。絡《から》みついた何かは、そのまま首を切り落とすほどの勢いで、強く詩織の首に食い込み続ける。

助けて！

身体の中から、叫び声が聞こえた。全身を貫くように、生存本能が絶叫している。

全身でもがく。どうにもならない。手足が空を切り続ける。圧迫感だけが重たい石のように、冷たく喉元に存在し続ける。

いやだ。助けて。

夜が、赤くなっていく。

見えるものすべてが真っ赤に染め上げられた瞬間、深い闇が訪れた。

第一章　試　験

1　晃佑　六月二十七日

大江戸線《おおえど》の東新宿《ひがししんじゆく》駅で降り、交差点に面したマクドナルドに入る。定位置である隅の席に陣取り、スマートフォンでニュースを見ながらコーヒーをすすっていると、だんだん身体が整ってくる。

ニュースをひと通りチェックしたところで田宮晃佑《たみやこうすけ》は立ち上がり、飲み終えたコーヒーカップをゴミ箱に捨てて店を出た。この儀式を済ませないと、仕事に向かうスイッチが入らない。すぐ裏にある雑居ビルに入り、ガタガタと鳴るエレベーターに乗って三階に向かう。ワンフロアに十部屋ほどある部屋のひとつが、職場だった。

「おはよう、田宮くん」

扉を開けると、井口美弥子《いぐちみやこ》がおにぎりを食べながら書類を睨《にら》んでいた。

八畳のワンルームにキッチンがついただけの狭いオフィス。中央にはデスクが向かい合わせになっていて、奥に応接用のソファセットがある。

美弥子はトレードマークの赤縁《あかぶち》眼鏡越しに書類を見つめ、何かを書いたかと思うとおにぎりをかじる。

――要注意。

美弥子の機嫌は、食事の仕方に出る。執拗に咀嚼《そしやく》を繰り返しているのは、不機嫌の証拠だ。

おはようと返して、なるべく静かに自分の席に座る。

「田宮くん、『アムリタ』は見た？」

書類に目を落としたまま聞かれる。『アムリタ』は、業務で使っているチャットルームのひとつだ。

「まだ見てないけど……何かあった？」

「周一《しゆういち》さんが書き込んでた。今日の昼過ぎに相談者《トーカー》をひとりつれてきたいんだって」

「今日？　いきなりだな」

「緊急性が高いみたい」美弥子はペンを止め、顔を上げた。

「自傷行為、してるんだって」

身体に力が入った。それは確かに緊急度が高い。

「程度はひどいの？」

「判らない。リストカットをしてたから、消毒と手当ての方法を伝えたって。チャット見てよ」

美弥子は書類に向き直ってしまう。晃佑はパソコンの電源を入れた。

自傷をしている人間の自殺率は、それ以外の人間の三十倍以上という研究がある。人の気を引くための「試し行為」や、ストレス解消のために気軽に身を傷つける人も多いが、繰り返していると耐性ができてしまい、よりハードな痛みを求めてエスカレートする。精神的にも、死に近づく行為は自殺へのハードルを下げる。自傷行為で止めるつもりが、そのまま死んでしまう人も多い。

パソコンの壁紙には、四角い網のマークの横に「Rete」と書かれたロゴが設定されている。特定非営利活動法人〈レーテ〉。いわゆるNPO法人だ。三十歳のときに晃佑が設立し、今年で六年目になる。

〈レーテ〉の活動内容は、自殺対策だ。

〈レーテ〉はイタリア語で『網』を意味する。

他人とつながること。自殺志願者を受け止めるセーフティーネットになること。ふたつの思いを『網』というモチーフに託し、自殺率の低いイタリアの言語で表現した。

〈レーテ〉の拠点は、東新宿にある。

新宿の中心街からは少し外れるが、この場所を選んでよかったと考えていた。新宿駅までそこまで離れていないし、家賃も手頃だ。

新宿イーストサイドスクエアがあるのも、利点のひとつだった。オフィスと店舗が入居する巨大なビルを中心に、木や噴水が公園のように配置されていて、憩いの場としても親しまれている。

広場の一角にチェーン店のカフェがあり、相談者との話し合いではこの店をよく使う。明るく開かれた場所を使えば、心理的な負担を軽減することができるからだ。

「田宮さん、お疲れ様です」

窓際の席で今日二杯目のコーヒーを飲んでいると、初老の男性がやってきた。座間《ざま》周一だ。すらっとした痩身で、ジャケットと中折れ帽をサマーツイードでまとめている。若干きざな服装が自然と似合っているのは、彼の持つ品性ゆえだろう。自分には真似できない。

「トーカーのかたをおつれしました。角中《かくなか》さんです」

周一の背後に、暗い目の男性がいた。

四十代半ばか、五十代。酒量が多いのか、肌が不健康そうに黒ずんでいる。白髪の目立つ前髪が眉の下までだらんと伸びていて、目を合わせようとするとさっとうつむいてしまう。

「角中さん。お会いできて嬉しいです」

立ち上がり、正面の席を促す。あらかじめ注文を聞いていたのか、周一は向こうのカウンターに向かい、如才なく注文をはじめていた。

名刺を差しだすと、角中はそれをじっと見つめた。たぶん、自殺相談などにきたことがないのだろう。初めてくる人が、自分は専門家と話さなければいけないほどひどい状態なのかと呆然とするのは、よくあることだ。

「……こんな大ごとになるとは、思ってなかったんです」

座ると、すぐに口を開いた。

「少しだけ、話を聞いてもらいたかっただけなんです。それが、こんなことになるなんて」

「気軽にきていただいて構いません。いらしてくださったことに感謝します」

「あの……よく判っていないのですが……これは、カウンセリングですか？」

「カウンセリングではありません。料金も、一切かかりません」

まず、相談者にリラックスしてもらうのが大切だ。晃佑は、安心させるように笑いかける。

「でも、人がふたりも動いてますよね？　普通に考えたら対価が発生すると思うんですが……」

「我々は、財団や自治体から助成金をいただいて活動しています。皆さんからお代をいただかなくても、大丈夫なんです」

社会経験のある年配の人ほど、お金の心配を口にする。安心させるように念を押した。

「もう一度申し上げますが、これはカウンセリングではありません。僕は臨床心理士の資格も持っていますが、今日はざっくばらんにお話をしましょう。もちろん、無理に話さなくても結構です」

「はい……」

「お茶を飲んで帰るだけでも構いませんよ」

心なしか、角中の表情が少し和らいだ感じがした。よし、ここまでは順調だ。

角中の右手首には、大判の絆創膏が貼られている。

——いま、手首を切りました。私は、心療内科に行くべきでしょうか。

昨晩の周一と角中のチャットは、そんな一文からはじまっていた。

自殺対策に取り組んでいるNPOは全国に多くあり、やりかたも様々だ。電話相談を受けつけている団体もあれば、メールでのアプローチが中心となる団体もある。〈レーテ〉は、スマートフォンの専用アプリから、チャットで相談を受けつけるという方法をとっていた。

相談者はアプリをインストールし、相談ボタンを押してチャットをリクエストする。こちらの手が空き次第チャットがはじまり、最長一時間をめどに続く。

あらゆる同業者が人手不足に悩んでいるように、すべての自殺相談に即座に対応することはできない。〈レーテ〉は専用アプリの強みを活かし、相談を受けられなかった人に対し後日優先的に枠が用意できるよう、アルゴリズムで調整を入れている。電話もメールも苦手だという層にリーチできていると、晃佑は自負していた。

「はい、どうぞ」

周一がカフェモカのマグカップを角中の前に置く。糖分によるリラックス効果を狙ったのだろう、トッピングのホイップクリームがたっぷり載っていた。

周一は命の門番《ゲートキーパー》だ。〈レーテ〉には相談を受けつける人間が十五人いて、非常勤のボランティアとして働いてくれている。定年退職後、空いた時間で社会の役に立ちたいという人が多いが、人と話すのが好きだという主婦や、福祉の仕事に進む準備として働いている大学生もいる。

周一は元教師で、高い統率力を活かしてゲートキーパーのまとめ役をやってくれている。「魔の午前三時」といわれるように、夜は希死念慮を抱えて眠れない人にとって危険な時間帯だ。〈レーテ〉は二十一時から翌朝六時に三人から五人で相談を受けつけている。ゲートキーパーにも技量の高低があって、偏らないようにシフトを組むのは、晃佑の腕の見せどころだった。

角中はカフェモカに軽く口をつけると、再びうつむいた。二対一で話を聞くと圧迫感が出るため、周一には離れたテーブルについてもらう。

角中は一点を見つめたまま、沈黙している。晃佑は、視線を外の緑に逃がした。こういうときに無理に聞きだそうとしないのは、傾聴《けいちょう》の基本だ。考えを整理する時間を提供するように、晃佑も黙り続ける。

〈レーテ〉では、相談者を『話すもの《トーカー》』と呼び、ゲートキーパーを『聞くもの《リスナー》』と呼んでいる。自殺相談において、主役はゲートキーパーではなく相談者だと両者に明示するために、こういう呼称をつけた。

「死にたい」と相談されたとき、一番やってはいけないのが、前向きなアドバイスをすることだ。的確な助言であっても、人は一方的にアドバイスをされると「自分を理解しようとしない」と心を閉ざす。まず話をさせ、対話の中で自分で解決策を見つけてもらうのが大事なのだ。

「あの」角中が、ようやく口を開いた。

「私は、心療内科に行くべきでしょうか」

唐突な質問だが、トーカーは話のプロではない。口を開いた彼らを適切な会話に誘導するのは、こちらの役目だ。

「最初に確認させてください。ご家族はいらっしゃいますか？」

「いえ。ひとり暮らしです」

「なるほど。心療内科に行くべきかでお悩みということは、何かおつらいことがありましたか」

「手首を切りました。心療内科に行くべきかどうか、教えてくれませんか」

情報を瞬時に整理する。

家族の助力があれば強い支えになるのだが、それは頼めない。

心療内科に行くことを悩む理由については、微妙にボカされた。何か心理的な抵抗があるのだろうか。ならばそれを取り除き、さり気なく通院を後押しするのがいいだろう。ただし、聞きだすときには慎重に——。会話のプランが、自然と組み上がっていく。

「メンタルヘルス系の病院が、お嫌いですか？」

「ええ、まあ」

「ああいう場所に抵抗があるのは、判ります。過去に行かれたことなどはおありですか？」

「まあ、多少」

「何か嫌な思いをされましたか？　先生と合わずに行けなくなるかたって、実は多いですからね」

フォローするようなニュアンスをこめたが、角中は答えない。ガードが固い。アプローチを変える必要がある。

「僕は以前、銀行員だったんです」

体験談を話すことにした。

「そのころに色々嫌なことがあって、精神的に落ち込んでしまいました。すぐに心療内科に行けばよかったんですが、最初は抵抗があったんですね。気の迷いじゃないか、周りの人間はちゃんとやってるじゃないかと、自分を責めて、悪化してしまいました。そのあとになんとか通いだして、僕の場合は楽になりました」

角中は顔をしかめただけだった。共感してもらうことで感情の蓋《ふた》が開けたらと思ったが、上手く響かなかったようだ。

悩みの核が見えづらい。だが、自傷をしているのだから、必ず深刻な問題がある。彼は何を必要としているのだろう。

ひょっとしたら、金銭的な問題かもしれない。角中はカウンセリング料がかかるのではないかと口にしていたが、借金があり、通院費用を気にしているのかもしれない。ならば、心療内科とともに、自治体の生活福祉課も紹介するべきだ。

会話のプランを修正する。お金というセンシティブな話を、どう切りだすべきか――。

「どうして、そんなことを言うんですか」

いきなり、声のボリュームが上がった。

「無理やりでも心療内科に行くべきか、行かなくてもいいか。それが聞きたいんです」

会話が、少しおかしな方向に向かっている。

「すみません、僕ばかり話してしまいましたね。よろしければ、角中さんのお話をもう少し聞かせていただけませんか？」

「ですから、昨日、手首を切りました」

「そこまで追い詰められるというのは、おつらいと思います。手首を切られたのは、初めてですか？」

「初めてではありません」

「ということは、お悩みが継続されているということですね。それは、お仕事に関することですか？　それとも、人間関係でしょうか」

「判りません」

「判らない……？」

まずい。声に疑問のニュアンスが強く出すぎてしまった。角中への戸惑いが、コントロールできなくなりつつある。

「ですから……私は昨日、手首を切りました。心療内科に行くべきでしょうか、行かなくてもいいでしょうか」

周一が離れたところから、心配そうな視線を向けてくる。

「どうして判らないんですか？　簡単な質問でしょう。手首を切る人間は、無理やりでも心療内科に行ったほうがいいですか？　行かなくてもいいですか？」

それは、ケースバイケースだ。もっと詳しい話を聞かないと答えられない。だが、これ以上質問を重ねてもいいのだろうか——。

角中の手が震えだす。そこで晃佑は目を見開いた。

左手に釘のようなものが握られていた。親指と人差し指の間から、金色の尖《とが》った先端が見えている。

——刺される。

思わず立ち上がりそうになるのを、自制した。恐怖がトーカーに伝われば、相手から話を聞きだす道は断たれる。

「すみません。もう少し具体的に、聞かせていただけませんか。なぜ自傷行為をされたのか……」

次の瞬間、角中が立ち上がった。身体がはねそうになるのを、なんとか留めた。

角中は、襲いかかってきたりはしなかった。立ち上がった勢いで、踵《きびす》を返し去っていく。晃佑はその後ろ姿を、呆然として見送るしかなかった。

「大丈夫ですか、田宮さん」

周一が駆け寄ってくる。ダムが決壊するように、全身から一気に汗が噴《ふ》き出る。

「凶器を持っていました」

「えっ、凶器？」

「釘のようなものを。少し、精神状態も悪かったようです」

「申し訳ない。何事もなくて、よかった。もっと早く気づくべきでした……」

周一が落ち込んだように言う。上司としては慰《なぐさ》めるべきなのだろうが、まだそこまで気持ちの余裕がない。

生まれた恐怖が引いていく。その水位の下から、よく知った感情が現れる。

無力感だった。

人の気持ちは複雑だ。相手がこういう状態だから、こういう言葉を投げかければ解決するというような、便利な公式はない。対話に失敗したときの無力感は、晃佑を引き潮のように迷いの沖につれていってしまう。

——お前は、ゴミだな。

〈曲がった顔〉が、晃佑の脳裏をよぎった。無力感を覚えるたびに、昔見た、ある人物の顔が頭に浮かぶのだ。ピカソの人物画のように、ぐにゃりと曲がった顔が。

無力感を覚えるのも当然だ。ピーク時からはだいぶ減ったとはいえ、日本の年間自殺者数はいまだに二万人を割らず、〈レーテ〉を立ち上げた五年前から特段改善はしていない。

——お前はゴミだ。お前は、自然災害に素手で立ち向かおうとしている、気の触れた人間なんだよ。

「田宮さん。よくないですよ」周一が微笑みながら慰めてくれた。

「悩むなとは言いませんが、どうしようもないところまで悩むのは意味がない。もっと気軽に考えましょう。我々の活動で助かった人も大勢います。失敗があるということは、それだけ多くの案件を扱っているということです。さ、深呼吸」

言われるがままに、晃佑は深呼吸をした。

こういうときに、周一のような人間がいてくれるのはありがたい。そう、自分が風車に突撃するドン・キホーテだとしても、〈レーテ〉の活動で助かった人は大勢いる。社会全体を変えることはできなくても、自分にやれることはあるのだ。

「周一さん、ありがとうございます」

口に出した瞬間に、テーブルのスマートフォンが震えた。業務チャットからの通知だった。

投稿されているチャットは、『エリクサー』だ。〈レーテ〉では業務チャットを用途に分けて運用していて、『アムリタ』や『ソーマ』といった不老不死の霊薬の名前をつけている。

嫌な予感がした。『エリクサー』はめったに投稿されない、重要な事案を書き込むチャットだった。

チャットを開くと、美弥子が投稿していた。その文面を見て、晃佑は愕然《がくぜん》とした。

「残念なお知らせです。市川博之《いちかわひろゆき》さんが自殺したと、連絡がありました」

2　晃佑　八月九日

——田宮さんて、優しいんだね。死にたい人を助ける仕事とかに、向いてると思うよ。

市川博之に言われたことを覚えている。〈レーテ〉の設立のきっかけになった言葉だった。

子供のころから「優しい人」とよく言われていた。

物心ついたときの記憶は、玩具《おもちゃ》とおやつだ。友達に「玩具を貸して」と頼まれたら返ってこないかもと思いつつも必ず貸していたし、二歳上の姉に「そのゼリーちょうだい」と言われたら文句も言わずにあげていた。嫌な気はしなかった。玩具やおやつの喜びよりも、誰かの笑顔を見られるほうが嬉しかった。

その「優しさ」が、小学五年生のころに問題になった。

六人の班でやるはずのトイレ掃除を、半年以上も晃佑ひとりでやっていたことが発覚したからだ。いじめられていたわけではなく、みんながやりたくないことを引き受けていただけだったが、それを知った晃佑の親が学校にクレームを入れ、全員の親が出てきて謝罪する問題になってしまった。晃佑自身は人の役に立てて嬉しいと思っていたのだが、優しさが必ずしもいい結果を生むわけではないと学んだ出来事だった。

のんびりした性格だったせいか、大学まで通ったものの、何かに真剣に打ち込んだりはしなかった。どこに就職しようか迷い、色々と面接を回っていたところ銀行から内定をもらった。一年目は都内の大田《おおた》区の支店に配属され、研修とジョブローテーションののち、中小企業相手の融資に回された。

法人営業の仕事は、なかなか大変だった。あくの強いオーナー社長たちとやり合わなければいけなかったり、毎晩のように取引先と飲み会があったり、心身を削られる局面が多かった。

何よりもきつかったのは、上司と合わなかったことだ。

晃佑の上司は、支店の中で「爪」と呼ばれていた独特の習慣を持っていた。月々のノルマが達成できないと呼びだされ、延々と「詰め」られる。「〇〇の爪の垢《あか》を煎《せん》じて飲め」と、成績のいい社員の名前を挙げるのが終わりの合図で、ゆえに「爪」だ。

——田宮の「爪」って、長いんだよな。

何度目かのころ、先輩にそう言われた。たぶんそれは、自分の「優しさ」のせいだろうと感じた。どのような罵倒《ばとう》をされても肯定し、上司がどういう謝罪を望んでいるかを常に考えて「爪」を受けていたのだから、長引くのも無理はない。あんなの適当に流してりゃいいんだよと驚かれたが、相手のことを考えてしまう性格はどうにも直しようがない。

それでも、仕事をやめたいとは思わなかった。給与も文句がないし、自分では到底手に入らない大きな金額を動かす楽しみもあった。何より、融資先の役に立てているという実感が強かった。「これで会社を存続できます」と嬉しそうに言われるたびに、人の役に立てる銀行員を選んでよかったと思った。

それが一変したのは、配属されて二年後のことだ。

あの忌まわしい、リーマン・ショックが起きたのだ。

アメリカの巨大投資銀行だったリーマン・ブラザーズが経営破綻《はたん》し、世界規模で深刻な金融危機が発生した。日本でも、一ヶ月半で日経平均株価が五千円も下落したのは記憶に新しい。

それまでの日本経済は緩やかな回復基調にあり、銀行も融資額を増やしていたが、急激に状況が変わった。取引先への資金は絞らざるを得なくなり、倒産の危険がある会社からは債権を回収しなければならなくなった。いわゆる貸し剝がしだ。

「爪」が生ぬるく思えるほどに、つらい仕事だった。ついこの間まで笑顔で接していた相手に対し、冷酷な取り立て屋として接しなければならない。誰かを助けることにやりがいを感じていたのに、毎日それを殺さなければいけない。

――お前は、ゴミだな。

上司と一緒に出向いた町工場で、それまで友人のようにつきあっていた社長から言われた。

――前は役に立てて嬉しいとか言ってたくせに、ころっと態度変えやがって。人間じゃねえよ。俺に首吊れって言うのかよ！

怒りでねじ曲がった顔を、初めて見た。ピカソの人物画のように、社長の顔がぐにゃりと曲がったのだ。金とは、これほど人を変えてしまうものなのか。

いや、金によって変わったのは、自分も一緒だ。笑顔を見せながら、一緒に頑張りましょうと言っていた自分は、もうどこにもいない。社長から見たら、自分の顔こそが不気味なものに映っているのかもしれない。それが、恐ろしかった。

だが、本当に恐ろしい出来事は、このあとに起きた。

帰り道。上司と一緒に歩いていると、ぽつりと言われた。

――気にするな、田宮。

いつも「爪」をする上司の口調は、優しかった。俺たちは所詮、末端の人間だ。社会の巨大な流れに対抗できるわけがない。一流の銀行員になるには、こういうことにも慣れていかないといけない。

――あいつが首をくくったら、いい経験ができたと思え。

慰めるように、晃佑の肩を叩く。その優しさに、晃佑は心底ぞっとした。狂っている。顔が曲がるほどの社長の憎悪が、この人にはかけらも届いていない。ここにいると、自分もおかしくなってしまう。いつか自分は後輩に対して、優しく同じことを言うだろう。大丈夫だよ。顧客が死んだくらいで、クヨクヨするな――。

そんなときに出会ったのが、市川博之だった。

「田宮くん」

隣から美弥子が手を握ってきた。晃佑はそこで我に返る。

新宿駅に向かう路上、美弥子の手は温かかった。えっ、と驚いたが、その意図はすぐに判った。手が離れるとそこにはカンロ飴が残っていた。

「昼も夜もろくに食べてないでしょ。アメちゃんをどうぞ」

「……大阪のおばちゃんか、君は」

「ごちゃごちゃ言わんと食いなはれ。そんな暗い顔してたら、えべっさんも裸足《はだし》で逃げてまうで」

滅茶苦茶な関西弁を聞きながらカンロ飴を口に放り込むと、醤油《しょうゆ》を含んだ独特の甘さが舌の上に広がる。心を占めていた巨大な氷塊が、少しだけ溶ける。

博之が亡くなったという連絡を受けてから、一ヶ月半が経つ。仕事に没頭することでなんとかその事実を心から追いだしていたが、今日はそれに向き合わざるを得ない。「お気持ちだけ頂戴します」と弔問を辞退していた遺族から「会って話がしたい」と連絡があったのだ。消化できていない哀しみと苦みが、心の中にじわじわと蘇っている。

「考えすぎはよくないよ」

「ん？」

「さっきから黙っちゃって。ショックなのは判るけど、悩みすぎは身体に毒なだけ」

「それは……判ってるつもりだけど」

「止められない自殺は、どうしたって止められない。いつも言ってるでしょ」

今日の美弥子は地味な縁なし眼鏡をかけている。服装はふたりともグレーのスーツだ。美弥子は普段はガーリーな格好で働いているが、こんな仕事をしていると、どうしてもグレーや黒を着る機会が多くなる。彼女がこの眼鏡をかけるのを見るのは、もう何度目だろう。

──止められない自殺は、どうしたって止められない。

その通りだ。大の大人が死ぬと決めて実行に移したら、家族だろうが友人だろうが止めることはできない。相手の行動をずっと縛ることはできないし、思考をコントロールすることもできない。

この仕事に関わる人間にとって、それは絶望であると同時に、救いでもあるのだろう。相談者の死にいちいち強い自責を感じていたら、相談業務など続けられない。

だが、そんな簡単には割り切れない。もうこの仕事をやって五年も経つのに、トーカーが死ぬたびに、自分の一部も死んでいく感じがする。

無力感を覚えるたびにあの〈曲がった顔〉が囁く。お前は、ゴミだ。お前のやっていることに、意味はない——。

博之の姉、未央《みお》との待ち合わせ場所は、西武《せいぶ》新宿線の小平《こだいら》駅近くにある小さな喫茶店だった。新宿から電車で三十分の距離だが、都心から離れているせいか駅前も街中ものどかな雰囲気だ。

「お久しぶりです。田宮さん、井口さん」

席から立って出迎えた未央を見て、胸が痛んだ。彼女の顔に、自死遺族の陰があった。大きな哀しみに襲われ、時間をかけてそれと折り合いをつけてきた人間の、疲れと諦めが染み込んだ陰だ。

「この度は、お悔やみ申し上げます」

座るや否や、軽く頭を下げた。

「大変なときにお力になれず、申し訳ありません。もっと博之くんのケアをしておくべきでした」

「いきなりそんな、田宮さん、重いですよ」

未央の返事と同時に、隣に座った美弥子にテーブルの下で太ももをつつかれる。自死遺族は、どうして自殺を止められなかったのかという自責に苦しんでいる。自分の謝罪は、その自責を強化しかねない。普段ならまずしない行動をしたことで、自分が平静でないことを自覚した。

──平静でいられるわけがない。

一方で、そんなことも思う。自分にとって、博之はそういう存在だ。

銀行員の業務に悩んでいたころ、晃佑はネット麻雀《マージャン》にのめり込んでいた。

忙しい日々の中、息抜きにオンライン麻雀をはじめてみたところハマってしまい、空き時間を見てはログインするようになった。卓を囲んだ何人かとはSNSでもつながり、他愛もない日常の会話を交わすようになった。

市川博之は、そのうちのひとりだった。

大学三年生で、広告代理店でインターンをしていた。一度チャットで就職相談に答えたときは「俺も晃佑さんみたいに、いい会社に行って家族を安心させたいです」と言っていた。明るく前向きで、卓を囲んでいてもずっとチャットで冗談を言っているような青年だった。

彼が変わっていったのは、就職活動の最中だ。

自殺の専門家になってみて判ったが、就職活動は極めて精神を病みやすい構造を持っている。学生から社会人になるという大きな環境の変化に加え、それまで小馬鹿にすることもできていた大人たちに頭を下げ、従わなければいけない。どちらもアイデンティティを揺らがせる出来事だ。

そして就活は、理不尽な競争だ。会社ごとに採用基準はバラバラで、落とされても理由が開示されることはほぼない。理不尽な不採用を繰り返し、その一方で友人知人は内定をもらっていく。そういう環境に長くいると、自分の人間的な価値すらも疑いだすようになる。就活ごときで自殺するなんてと社会人たちは馬鹿にしがちだが、それほどに過酷なのだ。

博之は運が悪いことに、そこにリーマン・ショックが重なった。企業は一気に新卒採用の人数を絞り、その荒波に飲み込まれた。

――今日も落ちた。上手くいったと思ったのに、どうして自分だけ駄目なんだろう。

――自分に存在価値があるのかよく判らない。どこで人生を間違った？

――俺が死んだら、落とした面接官のやつらも少しは悪いと思ってくれるかな。

SNSに、ネガティブな投稿がなされるようになってきた。だが、そんなことをされても、普通は声のかけかたが判らないものだ。誰かに支えてほしくて鬱々《うつうつ》とした投稿をした結果、無視をされ孤独を深めるというのはよくある現象だ。

しかし、晃佑は違った。何を言えばいいかも判らないまま、気がつくと博之に連絡を取っていた。

すぐに返信があり、何度かメッセージを交わしたあと、初めて実際に会うことにした。

いま思うと、あのときは自分もすり減っていたのかもしれない。貸し剝がしを日々行い、罵倒され、顧客が死なないかに怯え、上司との関係に悩み、温かい人とのつながりに飢《う》えていた。

博之は、ネット上のキャラと違って大人しい青年だった。待ち合わせの十五分前にきたと言い、飲みに入った店でも上座を譲ってくれたりと、細かいところまで気を遣う人だった。

だが、酒を飲みはじめてすぐに、博之は泣きだした。

――最近、思うんです。死にたいって。

頭が真っ白になった。生まれて初めて、面と向かって言われた「死にたい」だった。死ぬことはない。生きていれば、きっといいことがある。禍福《かふく》は糾《あざな》える縄の如《ごと》し、もっと人生のいい面に目を向けなよ。用意していた前向きな言葉は、その四文字にすべて吹き飛ばされた。

死にたい――そんな絶望に対し、自分は何を言えばいいのだろう。

言葉が見つからなかった。晃佑は助言を諦め、ただ彼の話を聞くことにした。アドバイスもせず、励ますこともせず、博之の話を聞き続ける。彼の痛みを想像し、彼が何に悩んでいるかを一緒に感じ、どんな話になっても彼の味方であり続ける。

何も実のあることは言えなかった。頼りないリスナーだったと思う。だが、泣きながら三時間ほど話し続けた博之は少しずつ表情が安定し、最後にはすっきりした顔になっていた。

――田宮さんて、優しいんだね。田宮さんと話してると、すごく楽になる。死にたい人を助ける仕事とかに、向いてると思うよ。

別れ際、何気なく言われた言葉に、目を開かされた。子供のころに失った玩具やおやつから、仕事で感じていた悩みまで、自分の人生がつながった気がした。

人の死が「いい経験だ」と言われる職場で働くのが、自分にとってよいことなのか。

人を助ける仕事こそ、自分がすべきことなんじゃないか。

晃佑は、自殺について調べるようになった。日本国内だけでも毎日百人近い人間が自殺をし、自死遺族が次々と生まれている現実に、改めて愕然とした。社会は派手な殺人事件には目を向けるが、地味な自殺は見ようともしない。

世の中には大勢の市川博之がいて、手助けを受けられなかった彼らは無惨《むざん》にも死んでいく。社会から半ば見捨てられている彼らを見捨てずに救うのが、自分の仕事なのではないか。

できることなら、あらゆる自殺志願者に、手を差し伸べることが――。

半年後に退職をした。自殺対策のNPOをはじめようと決め、臨床心理士の資格を取って〈レーテ〉を設立したのは、その三年後、晃佑は三十歳になっていた。

「博之が死んだのは、去年のことです」

未央の声に、晃佑は気を取り直した。

「田宮さんには、お世話になっていたのに、ご連絡が遅れてしまって申し訳ありません」

「気にしないでください。大変でしたね」

未央のメールには、この一年塞《ふさ》ぎ込んでいて、人と会う気力がなかったと書かれていた。もっと早く博之の死を知らせてほしかった気持ちは正直あったが、もっとも苦しみを味わっている自死遺族を責めることなどできない。

博之との交流は、つかず離れず続いていた。彼は無事に就職を果たしたが、生真面目な性格は変わらず六年目に適応障害を患い、一度〈レーテ〉に相談に訪れた。未央を紹介されたのも、そのときだ。

「それで……博之さんが亡くなったことについて、何か気になることがあるんですよね」

美弥子の質問に、未央は静かに頷いた。

博之の死について、相談したいことがある。弔問を断っておいて失礼なのは承知だが、会って話せないか。自殺の連絡を受けてから一ヶ月半の昨日、そんなメールが送られてきたのだ。

「博之がなぜ死んだのか、いまだによく判らないんです」未央は口を開いた。

「博之はビジネスホテルの屋上から飛び降りました。遺書も残されてなくて、あの子がどうして死んだのか、情けない話、全然判らないんです」

「遺書やメールや生前の言動などで、自殺の理由が判る率は大体七、八割です。近親者にも自殺の理由が判らないケースは、珍しくはありません」

気に病む必要はないというニュアンスを、言葉に込めた。

「確か、コピー機の営業をやってましたよね？　残業が多かったり、人間関係で揉めていたりは？」

「遅くても八時には帰ってきてましたし、人間関係も、特に悩んでいる様子はありませんでした」

「失礼ですが……博之くんが亡くなったあと、知らなかった借金が出てきたとかはどうです？」

「全く、ありません」

「体調も悪くなかった？」

「むしろよかったと思います。親とも顔を合わせないようにしてましたし。さすがに、葬式にはきましたけど」

未央と博之は、ふたりで小平のマンションに同居していた。千葉に住んでいる両親とは仲が悪く、どちらかが結婚するまでという条件でふたり暮らしをしていると言っていた。

——未央のほうが先に結婚すると思いますよ。これでも結構、モテるみたいだし。

彼女を紹介してくれたとき、博之はそんな軽口を言い、未央がすかさず博之の頭をこつんと叩いていた。ふたりの仲のよさを思いだし、胸が痛む。

人間関係、健康問題、生活苦。真っ先に考えられる自殺の動機は、当てはまらない。

「ほかに何か、思い当たることはありませんか」

未央は考え込むように、テーブルのコーヒーをじっと見つめている。沈黙に耐えきれず美弥子が口を開こうとする気配を感じ、今度は晃佑がコンと足先で注意した。

「あの……」一分ほど経ったところで、未央が言った。

「すみません、いまから変なことを言うかもしれませんが、笑わないで聞いてくれますか？」

「もちろんです」

「あと、ここだけの話にしてほしいんです。変に騒がれたくなくて」

思いつめたような口調だった。いままでの話は、本題を話すための心の準備だったようだ。

「見ているだけで自殺をしたくなる映像って、あるんでしょうか」

何を言われているのか、よく判らなかった。

「見ていると死にたくなり、そのまま自殺をしてしまう。そういう映像って、心当たりありますか」

「いえ、聞いたことがありませんが……どういうことですか？」

未央は足元の紙袋から、段ボール箱を取りだしてテーブルの上に置いた。

「これは……？」

箱を開けたところで、晃佑は目を見開いた。

「博之の死んだホテルの部屋に、残されていたものです」

中に入っていたのは、大きなゴーグルだった。

3　晃佑　八月十三日

炭火で鶏の脂が焼ける、香ばしい匂いが充満している。

晃佑は、上野《うえの》の焼き鳥屋で人を待っていた。

テーブルに未央から借りてきたゴーグルがあった。〈Shenjing《シェンジン》〉というVR《バーチャルリアリティ》用のゴーグルだ。

スキーのゴーグルに似た形だが、フロントレンズが比較にならないほど分厚い。〈Shenjing〉は中国語で『蜃気楼《しんきろう》』という意味で、中華系のベンチャーが三年ほど前に出した製品だ。三万円と手頃ながら高品質なVR体験ができ、ネットではコスパ最強の機器として名高いようだ。

——博之は亡くなる前、VRにハマっていたんです。

ある日仕事から帰ると、〈Shenjing〉をかぶっている博之がいた。博之はデジタルガジェットを集めるのが好きで、そのときもまた何か買ってきたのか程度に考えていたそうだ。

だが、博之の入れ込みかたは、尋常ではなかった。

最初は寝る前にかぶっていた程度だったが、その時間はどんどん増え、素の博之の顔を見ることのほうが珍しくなっていったほどだという。「VRで実験的な映画を見てる」と言い、休日には食事も取らず、部屋から一日中出てこなくなったらしい。

――さすがに注意しました。そこまでのめり込むなんて、変な映像でも見てるんじゃないのって。

自分が注意すれば、大人しくやめてくれる。未央のそんな目算は外れた。博之は珍しく反発し、大喧嘩になったそうだ。博之が激高するのは初めてで、恐怖を覚えるほどだったという。

そして博之は会社に行かなくなり、一ヶ月後くらいに家を出てしまった。

あちこち探し回ったが、見つからない。さらに一週間後、警察から連絡があった。

弟さんが、ビジネスホテルの屋上から飛び降りて、亡くなりました――。

ホテルに残されていた〈Shenjing〉が返ってきたあとも、このことは誰にも言えなかったそうだ。自死遺族の苦しみは、晃佑にとっても想像を絶する。肉親を失った苦しみ、勝手に死んだ肉親への憤《いきどお》り、その死に自分が加担しているのではないかという自責――強い感情が次々にやってきて、精神を苛《さいな》み続ける。ましてや、同居できるほど仲がよかった姉弟だ。この一年、どれほどの地獄を味わってきたのか。

晃佑は〈Shenjing〉を持ち上げた。部品がみっしりと詰まっているのか、見た目よりも重い。

博之の命の重さが残っているように感じられた。

そのときだった。

背後に気配を感じるや否や、首に何かが絡みついてきた。

「――っ」

首に回された太い腕が、万力のように食い込む。慌ててタップをするが、力が緩まない。

ゴーグルが床に落ちる。目の前がちかちかとした瞬間、腕がほどけた。貪《むさぼ》るように空気を吸いながら振り返る。

「戦場なら、お前は死んでいる」

城間宙《しろまちゆう》が立っていた。長身で、長袖シャツの下の大胸筋や上腕筋が固く盛り上がっている。

「……戦場に、こんな焼き鳥屋があるか」

晃佑の弱った声を聞いて、宙は嬉しそうに歯を見せた。

宙は高校の同級生だ。フリーランスのスマートフォンアプリ開発者で、いまは自宅でビジネスマン向けの業務アプリを作っているらしい。〈レーテ〉のチャットアプリを作ったのも彼で、チャットを受けられなかった人に優先的に枠を回すアルゴリズムも彼の作だ。その後も定期的にメンテナンスを頼んでおり、仕事仲間としての関係も続いている。

「大将、カモミールティー。あとささみともも、せせりと獅子唐《ししとう》ね」

宙は正面に座るなり、カウンターにいるマスターに声をかける。アルコールとカフェインを徹底的に排除している宙は、行きつけのこの店に無理を言ってハーブティーを置いてもらっているそうだ。甘いタレの焼き鳥とカモミールティーなど合うとは思えないが、宙はいつも美味しそうに食べている。

ビールとハーブティーで乾杯する。口を湿らせると、宙が軽く頰を叩いてきた。

「太ったな、お前。顔がむくんでる」

「もう三十五だし、そりゃ太るよ。代謝も落ちるし」

「怠惰《たいだ》な人間の常套句《じょうとうく》を並べるな。糖質と脂質とタンパク質を計算して食べてれば太らんよ。運動もしろ。うちの道場にこいよ。初心者コースもあるし、パワーラックもあるから、バーベルのワークアウトもできるぞ」

宙は大学卒業後に肉体改造にハマり、ブラジリアン柔術もはじめた。高校時代はひょろっとしていたのに、いまは格闘家の肉体だ。

「僕には無理だよ。柔術なんて、考えただけで怖い」

「格闘技じゃなくてもいいから、朝に走るなり自転車で通勤するなり、生活に運動を取り込め。そのまま四十代に突入したら、生活習慣病になるぞ」

「……最近は大阪のおばちゃんによく会うな」

「なんだって?」

なんでもないと言って、ビールを傾けた。

「早速だが、相談があってきてもらったんだ」

晃佑は床に転がっていたゴーグルを拾い、テーブルに置いた。「なんだ、〈Shenjing〉じゃないか」さすが、よく知っている。

「VRについて教えてほしいんだ。やったことあるだろ？」

「そりゃあるが、詳しくはないぜ。何が聞きたいんだ」

「去年、うちのトーカーがひとり、自殺したんだ」

博之の死の経緯を説明する。〈レーテ〉で対応をしたトーカーがVRに異様にのめり込み、自殺を遂げた。そして、この〈Shenjing〉が、現場のホテルに残されていた。

「トーカーはVRにのめり込みだしてから、おかしな行動を取るようになっていったらしい。彼の自殺と、関係があるのかを調べてるんだ」

「たまたまじゃないのか？　俺だって何かにハマったら、一ヶ月くらい飲まず食わずでも平気だぜ」

「お前は基準にならないよ。トーカーの姉は、VR空間でドラッグ映像を見てたんじゃないかと推理していた。変な映像に夢中になって、精神のバランスを崩したんじゃないかって」

「ドラッグ映像と呼ばれるものは確かに存在するが、見ていると軽くトリップする程度だろ。人を死に追い込むなんて便利なものがあったら、とっくに軍事利用されてる」

「僕も、その可能性は低いと思ってる」

「じゃあ、なんだと思ってるんだよ」

「ゲーム、だよ」

リラックスしていた宙の雰囲気が、一瞬で張り詰めた。

「相談者はVRの中で、ゲームをやってたんじゃないか」

宙はほとんど睨むような目つきになっている。

ゲームの話は、宙に対しては禁句だった。以前は彼の新作ゲーム評を聞くのが日課だったが、ここ何年かは話していない。

宙はもともと、ゲームクリエイターだったのだ。

高校時代の宙は、才人だった。勉強をせずとも成績はトップクラスで、読書家だったのでよくものを知っていた。

同時に、友達の少ない男でもあった。性格に難があり、マイペースに他人を振り回すところがあったのだ。無能だと認定した教師や同級生を馬鹿だののろまだの直截な物言いで攻撃し、他人の話を聞かずに延々と自分だけが話し続ける。

そんな彼と晃佑が親しくなったのは、必然かもしれない。自分の話を聞いてもらいたい宙と、それをずっと聞いていられる晃佑とが、パズルのようにぴたりと嵌まったのだ。

ただ、いやいやつきあっていたわけではない。なんとなく生きていただけの晃佑にとって、彼が夢中になって話すのを聞くのは楽しかった。確かに棘はあるが、それを取り除けば純粋で気のいい男だということも、つきあいの中で判ってきた。

——俺は、ゲームで世の中をひっくり返したいんだよ。

宙がもっとも熱く語っていたのは、ゲームだった。

初めて宙に会ったとき、彼はすでにゲームマニアだった。テレビゲームだけではなく、ボードゲームから紙とペンだけで遊ぶようなものまであらゆるゲームに精通していて、放課後に彼の家やゲームセンターで色々なゲームを一緒に遊んだ。ゲーム制作もすでにはじめており、彼が当時作ったブロック崩しはしばらくハマるくらい面白かった。

大学に入り、宙は友人たちとインディーゲームを開発しはじめた。そのうちの一本が評判を呼び、最終的にチームごと買われる形で大手のゲーム会社に入社した。

そして入社七年目、二十代で早くも話題作を作る。『リボルバー』という3Dアクションゲームだ。

ゲーム内容は単純で、主人公には六発が装弾された回転式拳銃《リボルバー》が一丁与えられ、ミッションをこなしていく。その内容が多彩で、建物に潜入してターゲットを暗殺するものから、六人の容疑者からひとりを推理して殺害するミステリまで、ひとつのルールの中にいくつもの楽しみが詰め込まれている素晴らしい作品だった。

若手のクリエイターを売りだす実験的なシリーズの一本だったが、『リボルバー』はヒットし、宙の名は一躍高まった。次は会社も金を出すだろうから、大作を作るつもりだ。国際問題、人種差別問題、宗教問題などの重層的なテーマを織り交ぜ、熱くて泣けるストーリーも盛り込んだSFアクションを作るんだ。いよいよ世の中がひっくり返るぜ――あのころの宙は、いつも嬉しそうに、次作へのビジョンを語っていた。

いまの彼は、ゲームを作っていない。

三年前、所属していた会社から追放されたからだ。

「〈青い鯨《くじら》〉って、知ってるか？」

彼にゲームの話をすることに申し訳なさを感じながら、質問をする。わずかに動揺を見せていた宙は、気を取り直したように首を横に振った。

「一時期、うちの業界で問題になったゲームだ。ロシア製のオンラインゲームで、登録するとサイトマスターから毎日指示が届く。それをクリアしていくうちに、プレイヤーはどんどん精神的に追い詰められていって、ついには自殺をしてしまう」

手口はこうだ、と続ける。

「初めはホラー映画を見る、陰鬱《いんうつ》な音楽を聴くなど、簡単だが精神に負荷のかかる課題が与えられる。だがゲームが進行するにつれ、要求はどんどん過酷になっていき、最後には、高所から飛び降りろという指示が出る」

「実際に人が死ぬのか？　都市伝説の類じゃないのか」

「死ぬんだよ。外国のことだから統計があてになるか判らないけど、ロシアだけでも百三十人以上がこのゲームのせいで死んだと言われている」

「百三十？」

さすがに驚いたようだった。

死者を数字で語るのは嫌いだった。ひとりひとりに固有の、死に至るまでの背景や文脈が、無機質な数字に吸収されてしまうからだ。

とはいえ、ここまでの数になると、その数自体が新しい文脈を持ちはじめる。百三十という犠牲者数は、世界中の大量殺人事件を探してもなかなか見つからない。

「〈青い鯨〉はサイトマスターが逮捕され、沈静化したと言われている。その後も新たな自殺ゲームが作られたという情報がたまに流れるが、幸い大きな事件になったものはない。だが、手口は広まってしまった。いつ第二の〈青い鯨〉が出てくるか判らない」

「つまり、VR版の〈青い鯨〉が登場した。そう睨んでるのか?」

「被害者は四六時中〈Shenjing〉をかぶっていた。映像を見るだけにしては長すぎるが、ゲームは違う。そうだろう?」

「ここまでだけでも、三つ、おかしなことがある」

もう反論がまとまったようだった。相変わらず、頭の回転が速い。

「まず、情報の問題。VRゲームが人を殺すなんて事件、見たことも聞いたこともない。相談者が亡くなってから一年が経ってるんだから、自殺ゲームが本当にあるのなら、未遂にせよほかにも被害者が出てるはずだ。その犯人も、相談者ひとりを殺すためにVRゲームを作ったわけじゃあるまい」

「普通はそうだろうな」

「次は、システムの問題だ。相談者は、どうやってそんな自殺ゲームを手に入れた?」

「ネットからダウンロードしたんじゃないのか」

「〈Shenjing〉には専用のストアがあり、アプリケーションはそこからでないとインストールできない。〈Shenjing〉のストアは、作ったものを登録するには事前審査があり、自殺ゲームなんておかしなものを並べることはできない」

「そうなのか……」

「あとは、開発の問題だ」

「そもそも、自殺ゲームなんか作れないってことか？」

「技術的にはできるだろうが、VRゲームを開発するのは労力がかかる。最低でも四人から七人のチームが必要になるだろうし、大規模なものだと百人以上が関わるようなプロジェクトもザラだ。プログラマーがいるし、3Dグラフィックを作るモデラーもいる。音楽やエフェクトを作るならサウンドデザイナーも必要だし、シナリオを書くライターも調達しないといけない。〈青い鯨〉のように、SNSから指令を出すくらいなら簡単だが、ゲームで同じことをするのは、ハードルが高すぎる」

的確な分析に、問題点がクリアになっていく。ただひとつ、説明していない証言が残っていた。

「実は、自殺ゲームが存在したらしい痕跡があるんだ」

「痕跡？」

「相談者の姉が見てるんだ。VRの中に広がる世界を」

未央は博之のことが心配で、一度だけゴーグルをかけてみたのだと言う。

「そのとき、ゴーグルの中には北欧の田舎を思わせる、綺麗な街が広がっていたそうだ」

未央はこう言っていた。

——道に石畳が敷かれていて、両端にカラフルな家が建ち並んでいました。屋根には雪が薄く積もっていて、空を見上げると抜けるような青空が見えました。映像とは思えないくらい美しい光景で……もっとグロテスクな映像を見ていると思ってたので、驚いたんです。

「VR散歩用のアプリだろ？　そんなもの、いくらでもあるぞ」

「ところが変なんだ。お姉さんはゴーグルをかけているときに、弟に見つかってしまったらしい。弟は物凄い剣幕で怒りだしたようだ。ゴーグルを奪われ、非常識だのなんだの、聞いたことがないような言葉で罵《ののし》られたと」

博之が家を出たのは、そのすぐあとだったそうだ。

「それは確かに、妙だな。弟はその景色を見られたくなかった……？」

宙は再び、考え込むように腕を組む。

「それ、ちょっと借りていいか？　中身を調べてみたい」

しばらく黙っていた宙は、おもむろに〈Shenjing〉を指差した。

「いいけど……相談者が消しちゃったみたいで、何も残ってなかったぞ」

「任せとけ。調べようはあるのさ」

宙は〈Shenjing〉を手に取り、ゴーグルを覗く。

新しいゲームを手に入れたときのように、宙の目には不敵な色が浮かんでいた。

4　晃佑　八月二十二日

「以上、若年層の『死にたさ』をどう考えるのか、というテーマでお話しさせていただきました。ありがとうございました」

頭を下げると、会議室の客席から拍手が起きた。

今日は自殺対策ＮＰＯが合同で開催している講演会に登壇する日だった。会場は都内の江東《こうとう》区にある自治体施設だ。定員百名の会場は七割ほどが埋まっていて、近年自殺対策への関心が高まっていることを感じさせる。

昔は登壇するたびに緊張していたが、もう慣れた。講演はもはや日常的な仕事のひとつだ。晃佑の業務は自殺相談だけでなく、論文やメディア向けの記事を書いたり、自治体の職員向けに研修をしたりと幅広い。

「いまから質問をお受けします。なんでも聞いてください」

ちらほらと手が挙がる。この講演会は一般開放されていて、ＮＰＯや自治体の福祉課からきた同業者と一般人とが半々くらいだ。

挙がった質問に次々と答える。何十回も聞かれてノータイムで答えられる質問もあれば、考えを深めさせてくれる質問もある。聴衆と対話をする時間は、講演の中で一番好きだった。

「では、そこの男性のかた」

ハンチングをかぶった、初老の男性を指名した。

「田宮先生、今日は貴重なお話をありがとうございました！　先生があらゆる方面から自殺に精通されていることに、感服いたしました！」

男性の元気さに、会場が微笑ましい雰囲気になる。

「田宮先生は素晴らしい。本当に勉強されてるんですね。まさに、自殺のプロだ……」

その様子に、違和感を覚えた。ほかの聴衆もそれを察したのか、おかしな空気が流れる。

「事故に見せかけて死ぬ。そういうことは可能ですか？」

会場がざわついた。

「いえね……実は、経営してた会社が倒産しちゃったんです。綺麗に潰せればよかったんですけど、個人資産も担保に入れてたもんですから、債務《さいむ》まみれになっちゃって。私、今年で五十五なんですわ。年齢的にも復活するのは難しいですから、もう死のうかと思ってて……でも、妻に何も残せないのはかわいそうでしょう？　だから、せめて馬鹿やった償いとして、保険金を残したいと思ってまして」

制止する間もなく、男性は続ける。

「保険、解約返戻金《かいやくへんれいきん》のない掛け捨てタイプだったのがよかったですわ。自己破産しても、強制解約にならないみたいで。自殺では生命保険は下りないでしょう？　だから、事故に見せかけて死にたいんです。いい方法を教えてください！」

保険法上、自殺の場合は支払いは免責されることになっている。ケースバイケースで下りる場合もあるだろうが、普通の病死などに比べればもらえない可能性が高いのは間違いない。〈レーテ〉での仕事を通して身についた知識がオートマチックに浮かぶが、悠長に構えている場合ではない。慌てて口を開く。

「すみませんが、そんな質問には答えられません」

「どうしてですか。田宮先生はプロです。きっと妙案を知っているはずだ」

「答えられません。マイクをお返しください」

「助けてくださいよ。なんでも聞いてくださいって言ったじゃないですか」

「そう言いましたが、答えるかは別です」

「じゃあ、私の考えた方法で自殺できるか教えてください。自転車で路肩を走りながら、車がくるのを待ちます。前輪をあらかじめパンクさせておいて……」

「やめてください。そんなことにも答えられません」

「使えねえなあ！」

男性はチッと舌打ちをし、周囲を睨《ね》めつけはじめた。聴衆に怯えが伝わっていく。

「じゃあほかの人でいいですわ。誰かいませんか。私の質問に答えられるのは……」

「いい加減にしなさい！」

マイクを通さない生声が、会場を切り裂いた。

会議室の後ろで、美弥子が仁王立ちになっていた。

「あなた、勝手なことを言ってますが、それ奥様と話したんですか？」

「あ、え？　いや、話してないけど……」

「なぜ話さないんですか？　奥様はあなたが死ぬことを望んでるんですか？　お金の苦労があっても一緒にいたい、そう考えてはいないんですか？　大切な奥様なんですよね？」

「そんなん……金を残して死んでくれなんて、口が裂けても言えないでしょう。言わずに察するのが、家族じゃないですか」

「一番近くにいる家族だからこそ、何度も話して心を通わせる必要があるんです。もし奥様が残された人生を一緒に暮らしたいと考えていたら、あなたはとんでもない過ちを犯すことになるんですよ？」

美弥子の全身から、炎が吹き出ているようだった。

「あなたは奥様のことなんか、これっぽっちも考えてない。単なる自己陶酔でしょう？」

「違う。私は、妻のことを……」

「俺は事業に失敗したが、妻のために命を投げだし、金を残してやった。会社を潰したけど責任は果たしたんだ。甘いナルシシズムを抱えて、いまいる場所から逃げたいだけでしょう？　そんなくだらない自己愛に振り回される家族のことを、一瞬でも考えたんですか？　自死遺族の苦しみを知っていますか？」

「それは……そんなん……」

「日々真剣に自殺対策に命を賭《か》けている人間に、自殺の方法を聞くのがどれほど失礼か、判ってますか？　うちの代表を侮辱《ぶじょく》するのは許しませんよ。さっさとマイクを戻してください」

美弥子は吐《は》き捨てるように言うと、椅子に腰掛けた。

胸がすくというより、あまりの怒りに晃佑も会場も圧倒されていた。うなだれるように腰を下ろした男性を、少しだけ不憫《ふびん》に思った。


「美弥子ちゃん、すごかったなあ！」

講演会が終わり、三々五々と人が散りはじめたところで、今田《いまだ》から声をかけられた。

五十代の男性で、巣鴨《すがも》に事務所を構える〈ＫＩＺＵＮＡ〉というＮＰＯの代表だ。濃い顔が満月のように肥えていて、その濃度を煮詰めるように口の周りに髭《ひげ》を生やしている。

「あれだけ啖呵《たんか》の切れる人間は、男でもなかなかいない。たいしたもんだ。それに引き換え、晃佑くんはだらしねえなあ。君がびしっと言うべき場面だったぜ」

はははと笑って、ガッと肩を組んでくる。銀行員時代に見た中小企業のオーナー社長を思わせる押しの強さだ。こんなにぐいぐいと距離を詰めてくる人間が繊細な自殺対策などできるのかと思うのだが、彼のカラッとした空気に相談者も毒気を抜かれるようで、優れた聞き手として業界では名が知れている。どの世界にも、セオリーに当てはまらない独特の芸を持つ人はいるものだ。

「しっかし、ああいう連中が紛れてくんの、どうにかなんないのかね。定期的に出てくるよなあ」

「ですね」美弥子がやってきて応じる。

「『痛くない死にかたを教えて』は定番ですしね。『一緒に自殺する人を探していて、どこで出会えるのか』も」

「その辺のノウハウは当然知ってるけどよ、まあ答えねえよな」

今田は、先ほどまで男性が座っていた席を見る。

「しかし、少し心配だな。あんなやつは死なねえよ……って言いたいとこだが、こればっかりは判らない。参加者名簿見て、連絡つくようなら俺からフォロー入れとくよ」

「すみません。お手数おかけします」

「本来は君がやることだぜ、晃佑くん！」

ばちんと背中を叩かれる。フォローしてくれるのはありがたいが、少しは手加減をしてほしい。

誰が死ぬか判らない——この仕事をはじめて最初に苦しんだ壁が、それだった。

最適な対策を取れたと思っても、トーカーが自死を選んでしまう、そんなケースが年に二、三件必ず発生した。自分の力が足りなかったのだろうか。ほかの人がリスナーだったら助けることができたのだろうか。相談者に死なれるたびに目の前が真っ暗になり、ときには荒れて深酒に溺《おぼ》れたりもした。

——止められない自殺は、どうしたって止められないよ。

そんなときに、美弥子に言われた。

——自殺を止めるのは、最終的には本人にしかできない。自死は、その人の寿命なんだよ。

どんな名医だって、寿命は延ばせない。

気がつくと、美弥子を見つめていた。今田とは相性がいいのか、〈レーテ〉ではあまり見せない笑顔がこぼれている。

美弥子とは、〈レーテ〉を立ち上げて二年目に知り合った。

最初の一年、晃佑ひとりで〈レーテ〉を回していたころは、あまりにも多忙で記憶があやふやだ。夜通しトーカーの話を聞き、日中は助成金の申請や寄付の募集に明け暮れ、研修会や飲み会に出てコネクションを作る。毎日倒れるように寝ていて、きちんとベッドに入った日などほとんどなかった。

これでは自分が壊れるし、相談のクオリティも維持できないと、パートナーを探しはじめたのが二年目のこと。異業種交流用のミートアップセミナーに顔を出していたところ、美弥子と出会った。同じ年で同じ大学に通っていたことが判り、少しずつ話すようになった。

彼女は転職活動中だった。大学を卒業して東京で働いたあと、実家のある仙台に戻り、友人の興した小さなデザイン会社の取締役をやっていたが、結婚に伴って再度上京、仕事を探していた。

小さな組織で営業と採用を担っていた美弥子は、パートナーとしてうってつけだった。組織を支えてくれる人がいれば、自分は相談事業に集中できる。

〈レーテ〉に井口さんがきてくれたら、きっと多くの人を救える。働きやすい環境を整えるためになんでもする――熱心に勧誘したものの、説得には時間がかかった。〈レーテ〉は活動費のほとんどを助成金と寄付でまかなっている。常勤職員の給与は抑えざるを得ないし、そもそもが人の命に関わる重い仕事だ。就職口を選べた彼女にとって、簡単に決断できることではなかっただろう。

――判った、やるよ。

カフェに呼びだして口説くこと五度、美弥子はようやく首を縦に振ってくれた。喜んだのも束の間、美弥子は自分の境遇を話しだした。その内容に晃佑は衝撃を受けた。

美弥子は、自死遺族だったのだ。

美弥子は大学生のとき、母を自殺で失った。

仙台の実家にいた祖父が、脳卒中からの半身麻痺《まひ》になってしまい、介護の必要が発生した。父方の祖父、父、母という三人暮らしの家庭で、祖父は知らない人と話したくないと介護施設に入ることを拒否。デイサービスを呼ぶこともできず、父は仕事を続け、母が介護する態勢になった。

介護をはじめた母は、みるみるうちに痩《や》せていったようだ。実家に電話をするたびに、何歳も年を取ったような感じだったという。更年期障害とも重なったのではないかと、美弥子は言っていた。

大学をやめて帰ろうか。自分も介護を手伝おうか。再三提案したが、それらはすべて突っぱねられた。大丈夫、介護も慣れてきたからなんとかなる、子供は勉強に集中しなさい――。母は昔から、強い人だった。弱音を吐かない母の態度に、美弥子はむしろ自分が励まされているような気がしたという。

そして、母は自殺した。

祖父が眠っている間に、ドアノブに紐をかけ、首を吊って死んだ。

――何年も自分を責めたよ。私は本当に実家に帰るつもりがあったのか。「帰ってこなくていい」って言質《げんち》を取るために、手伝うよって言ってたんじゃないかってね。お前が悪いって言われるのが怖くて、友達にも相談できなかった。結局ホームに入ったお祖父ちゃんにも会いに行けなかったし、実家にも帰れなかった。

そこまで打ち明けた美弥子は、ふっと空気が抜けるように笑った。

――でも、あるとき、読んだ本にあった言葉に救われた。「自殺は寿命だ」って。大の大人が、自分で過酷な環境に出会って死んでしまったのなら、それは交通事故と同じで、寿命でしかないんだって。お母さんは、止められなかった。天寿を全うして死んだんだって、いまは思ってる。お祖父ちゃんはもう死んじゃったけど、お父さんとは少し話せるようになったよ。

そこで美弥子は、問いを投げかけるような目で晃佑を見た。

――私は、すべての人を救えるとは思えない。ベストは尽くすけど、それでも死んでしまう人は仕方がなかったと割り切る。こんなドライな人間だけど、大丈夫？

美弥子の信念は、晃佑のもの――あらゆる自殺志願者に手を差し伸べたい――とは違った。

だが、違うからこそ、一緒に働いていて学ぶことも多いのではないかとも思った。

予想以上に美弥子は有能だった。あっという間にいくつかの企業とパートナー契約を結び、自治体の福祉課にも人脈を広げていった。現在のボランティア体制を作ったのも彼女で、リスナーが組織化されたおかげで〈レーテ〉が受けられる相談件数は飛躍的に増加した。もはや実質的な代表は彼女と言えたが、「〈レーテ〉は田宮くんのものだから」と、その座には就こうとしない。

——止められない自殺は、どうしたって止められない。

美弥子のシニカルな考えは、彼女を深くえぐった、苛酷な傷から生まれたものだ。自分はそれを持っていない。ただ、人を救いたい。素朴な善意で〈レーテ〉を立ち上げた。質問者に食ってかかる美弥子の、激しい口調を思いだす。胸がすくと同時に、自分はあれほどの炎を持てるだろうかと、少し引け目を感じるのも事実だった。

「今日はお疲れ様。乾杯」

美弥子はシャンパングラスを掲げる。講演のあとの打ち上げに、美弥子の行きつけだという新宿三丁目の肉バルにきていた。間接照明に浮かび上がるシックな雰囲気もよく、カウンターもテーブルもほぼ埋まっている。

細身にもかかわらず、彼女はグルメで、しかも大食いだ。今日も生ハムやチーズが次々と現れ、気がつくとなくなっている。彼女の旺盛《おうせい》な食欲と活力を見ていると、食べることと生きることはつながってるんだなと感じる。

「よくないよ」

シャンパンを空けたところで、美弥子が口を挟んできた。

「そんなに一気に飲んじゃ駄目。強いお酒は、水と一緒にゆっくり飲まないと」

「ワインなんてたいしたことないじゃない。グラッパならまだしも」

「感覚麻痺してるよ。ワインは充分強いって」

「そうかなあ」

安心させるように、水を飲んだ。だが、美弥子の表情は晴れない。

「前から思ってたけど……田宮くん、最近飲みすぎてない？　日中、疲れてることが多いし、顔もむくんでる。前は、そんなガンガン飲む人じゃなかった」

「よく気がつくね。井口さんは、いいリスナーになるよ」

「博之くんのこと、気に病んでるの？」

美弥子は持っていたフォークとナイフを置いた。

「田宮くんが気にすることじゃない。彼がトーカーとして〈レーテ〉にきたのは、三年前。君に責任はないでしょ」

「判ってるよ」

「判ってないよ。周一さんに話を聞いてもらったら？　田宮くんが倒れたら、困る人たくさんいるんだから」

美弥子は鋭い。未央と会ってから、ずっと考え続けている。

博之を救えたのではないか。どうして自分は、彼に連絡を取っていなかったのか——。うじうじと考えていても、心の負担になるだけで何も実りはない。判っているが、自分は美弥子のようにすっぱりと割り切ることができない。

「ごめんよ、心配をかけて。今日はもう飲まない」

晃佑は生ハムを口に放り込んでみせたが、美弥子は疑わしい表情を崩そうとしない。話題を変えたほうがいい。会話のネタを探しだしたとき、ぽんと肩を叩かれた。

「よう、おふたりさん」

いつの間にか、そばに宙がきていた。「えっ？　城間くん？」美弥子が目を丸くする。

「よう、久しぶりだね、美弥子ちゃん」

宙は空いていた椅子を引き寄せて座る。美弥子が晃佑を睨んだ。

「どういうこと？　説明して」

「ちょっと三人で話したいことがあるんだ。一時間くらい、もらえないかな」

「ひどい、騙し討ちだよこれは」

抗議をしながらも、席を立とうとはしない。なんだかんだと、晃佑の顔を立ててくれている。宙がくると聞いていたら、美弥子はこなかっただろう。美弥子は宙のことをあまりよく思っていないからだ。〈レーテ〉の仕事でもなるべく顔を合わせないように調整していたが、今日は仕方ない。

「……なんなの、話って」

「VR自殺ゲームの調査報告だよ、美弥子ちゃん」

「トーカーの個人情報を部外者に漏らしたの？」

晃佑に食ってかかってくる。宙は落ち着こうというように、手のひらを下に向けた。

「亡くなった人の個人情報は聞いてない。ある人間がVRゲームにハマって自殺した可能性があるから、調べものをしてくれと頼まれただけだ。そんなに怒るなよ」

美弥子は不信感を拭《ぬぐ》えないようだった。「続けていいか？」という宙の言葉に、晃佑は頷いた。

「ひとつ、判ったことがある」

そのとき、電子音が響き渡った。シックな店の空気にそぐわない、アップテンポな8ビット風の音楽だ。客たちの視線が、微妙にこちらに集まる。

「ちょっと、何それ。恥ずかしいな」

「聴いたことない？『スター・エクスプローラ』ってファミコンのゲーム、流行《はや》っただろ」

「そういうことじゃない。マナーモードにしろって言ってるの」

「名曲なんだけどな」

宙はそう言うと、鞄からコンビニのサラダチキンを取りだした。美弥子が目を剝いたが、遠慮なく開封し、食べはじめる。

「ああ、持ち込み料金は払うからさ。全く、外食だとカロリーが判らないから困るよね」

そういえば、前に「三時間おきにタンパク質を取るようにしている」と言っていた。着信音は、その合図だったようだ。しかし、肉料理屋でこんなものを食べるのはどうかしている。客からの視線が痛い。

「ちょうどいい。ちょっと飯食ってるから、その間にこれでもやっててくれ」

宙は鞄からVRゴーグルを取りだした。〈Shenjing〉とは別の、私物のようだ。「ここで?」美弥子が声を上げたが、宙はそんなことは気にしない。美弥子に視線で謝りつつ、晃佑は受け取り、ゴーグルを装着した。

「おおお……」

晃佑は、海の中にいた。

視界が青のグラデーションに覆われていた。あちこち首を回してみたが、どちらを向いても透き通るような青い海が広がっている。

少し離れた向こうを、魚群がキラキラと陽光を反射しながら泳いでいる。魚たちを縫うようにエイが優雅にひれを波打たせ、ウミガメの影がその奥に見える。

ダイバーが檻の中から三六〇度カメラで実際の海を撮っているようだ。よく見ると目の前に格子状の柵がある。見上げると、はるか上に水面が見えた。スピーカーから聞こえる呼吸音は、ダイバーのものだろう。

そこにいる、としか表現ができない。息ができているのが不思議なほどの臨場感だ。仰ぎ見るような大スクリーンで映画を見たことがあるが、まるで臨場感が違った。どの方向を向いても映像があることが、ここまでのリアリティを生むとは——。

「うわっ!」

前を向くと、柵の向こうに巨大なホオジロザメが出現していた。サメは興奮しているのか、柵に嚙みついて力任せに頭を揺らした。ガシャガシャと、金属製の柵が悲鳴を上げる。

その表情に、晃佑はぞっとした。大きく見開かれた目は真っ黒で、何重にも密集して生えた鋭い歯は、嚙まれたら瞬時にひき肉にさせられそうなほどに禍々《まがまが》しい。サメは頭を柵の隙間に入れ、こじ開けるように全身をよじりだす。勢いよく震える姿は、何かに憑かれたかのようだった。

柵が歪んだ。サメが頭をねじ込み、口を開き……。

「おい!」

慌ててゴーグルを取った。客や店員が、一斉にこちらを向く。美弥子が不機嫌そうにうつむく横で、宙は何食わぬ顔で鶏肉をかじっていた。

「……なんだよこれは。こんなもの見せるなら先に言え」

「手品の前に種明かしをするマジシャンがいるか。VR体験には、ホラーが一番いい。もっと怖いのをご所望なら、おばけから猛獣系までなんでもあるが」

押しつけるようにゴーグルを返す。小さなゴーグルの中に広がる仮想現実の表現力は理解できたが、動悸が収まらない。サメの残像が、瞼の裏にこびりついている。

「さて、本題だ」

宙は鞄から〈Shenjing〉を取りだした。

「預かった〈Shenjing〉を調べた結果、いくつかのことが判った。まず、被害者の〈Shenjing〉は初期化されていた。『工場出荷時の状態に戻す』ってやつだ」

「自殺の前に、相談者が中身を消してたってことだろ?」

「そう見えるが、俺の見解は違う」

宙はテーブルにあるナプキンを一枚取り、ボールペンで四角を描いて横線でふたつに分ける。

「これは〈Shenjing〉のストレージだ」

「ストレージって……?」

「SSD……要はデータを記憶しておく装置だ。スマホにも64ギガだの256ギガだのあるだろ?」

分けた片方を斜線で黒く塗りつぶす。

「ストレージは、ユーザーから見える部分と見えない部分とに分かれている。パソコンを使うときのことを考えてみろ。デスクトップにアイコンがたくさん並んでるよな? あれが見える部分だ」

黒く塗りつぶしたほうを、ペン先でとんとんと叩く。

「初期化されていたといっても、この見えない領域のほうに、ファイルが残ってる場合があるんだ。〈Shenjing〉を解析した結果、変なファイルが見つかった。簡単に言えば、shredコマンドなどでランダムデータを上書きされた、アプリケーションファイルの残骸《ざんがい》、だ」

「ちょっと待て。全然簡単じゃない」

「書類を破棄するときにシュレッダーにかけるだろ？　アプリケーションも、同じようにズタズタにして復元できなくする方法があるのさ。この〈Shenjing〉は、初期化される前、何かのファイルがシュレッダーにかけられて破棄されている。亡くなった相談者は、ＩＴに詳しい人間なのか？」

　首を振った。デジタルガジェットを集めるのは好きだったが、それらを作る側だったわけではない。

「ということは、ファイルをシュレッドしたのは別の誰かだ。被害者が自殺した前後にな」

「そのファイルが、自殺ゲームだったってことか？」

「可能性はある。消せるなら消したほうがいいだろうしな」

「城間くん、ひとついい？」美弥子が口を挟んだ。

「どうしてその『誰か』は、〈Shenjing〉本体を持ち去らなかったの？」

　もっともな疑問だった。

「〈Shenjing〉は自殺現場のホテルに転がってたんだよ。わざわざきてファイルを消して初期化する――そんなことをするくらいなら、持って帰ればいい」

「遠隔操作だよ」宙はことも無げに答える。

「〈Shenjing〉に操作用の穴《ポート》を開けておいて、遠隔で侵入して初期化する。そうすれば、現場にわざわざこなくてもいい」

「なんだか、スパイ映画みたいな話にしか思えないんだけど」

「現実の技術の話さ。まあ、実装するにはそれなりにエンジニアリングの技量はいるが、不可能じゃない」

質問を想定してきたのか、宙の回答には淀みがない。

急に、嫌な予感が湧いてきた。

自分は心の奥底のどこかで、自殺ゲームがある可能性を消してもらいたかったのかもしれない。なのに、宙が淡々と、その実在を証明しようとしている。

「でもお前は、否定してたよな」予感を振り払うように、晃佑は言った。

「まず……自殺ゲームなんてものがあっても、公式のストアには並べられない」

「なんでもありとなったら別だ。『野良アプリ』を入れるという方法がある」

また、聞いたことのない単語が出てきた。

「難しい話じゃない。『脱獄』や『root化』と言われるもので、本体にちょっと細工をすれば、ストアを経由しないアプリをインストールできるようになる。犯人があらかじめアプリをインストールして、被害者に渡した可能性もあるな」

宙は続ける。

「残りの懸念だが、まず『どうやってそんなVRゲームを開発したのか』、これは置いておこう。難しいのは『どうやって人を集め、チームをまとめるか』という運用の問題であって、技術的な問題じゃない。自殺ゲームを開発したい人間が七人ほど集まって必死に働けば、作ることはできる」

「もうひとつの問題はどうなんだよ」

膨《ふく》らんでいく予感に駆られながら、尋ねた。

「被害者が死んだのは、一年前だ。自殺ゲームが広まっていたら、表面化しているはずだろ？」

「普通に考えるとな」宙は、顔をしかめた。

「テスト、だったんじゃないのか」

「テスト？」

「ああ。製品を世に出す前には、必ずテストをする。想定通り動くか、発見できていないバグはないか。被害者は、そのテストに使われたんだよ。テストは成功し、犯人はそれ以上やる必要がなくなった。そう考えれば、説明がつく」

愕然とした。言葉が出てこない。

――田宮さんて、優しいんだね。

はにかむ博之の表情がフラッシュバックした。その笑顔が、黒く塗りつぶされていく――。

「そんなことのために、博之くんは殺されたのか？」

「……田宮くん」

恐らくは固有名詞を出してしまったことを、美弥子が咎めてくる。冷静になろうと努めたが、興奮が収まらない。

宙は、張り詰めた顔になっていた。

「問題はここからだ。もしも一年前の自殺がテストだったのなら、その後さらに改良が進められているだろう。いつか自殺ゲームが、本格的に出回る可能性がある——というか、もう水面下で流通しているのかもしれない」

サメのイメージを思いだした。

VR空間に出現した、ホオジロザメ。檻をこじ開けて侵入してきた巨大な体軀と、何重にも生えた鋭角な歯。

現実と変わらないほどのリアリティを持った、自殺ゲーム。そんなものが、もし本当に世に出回ってしまったら。

「……とんでもないことになる」

うめくように呟いた晃佑の声に、宙は頷いて応えた。

第二章　拡散

1　くるみ　六月二十八日

なっつ@病み垢
病める時も健やかなる時も、希死念慮さんはいつも私のそばにいて「死にたい」「死にたい」と愛のように囁いてくる。今日の彼の声はちょっと大きくて、ちょっとうるさい。

なっつ@病み垢
私たちは気がついたら生まれているのに、死ぬときは違う。突然の事故や、通り魔に後ろから刺されたりしない限り、死には恐怖がくっついてくる。普通逆だよね。生まれるときには本当に生まれたいかの意思確認があるべきで、死ぬときは気がつかないうちに楽に死んでいるべきだ。結論：神様は無能。

なっつ@病み垢
友達が「人間は年を取るにつれて、体感速度がどんどん速くなっていく。八十歳で死ぬとしたら、体感的には十九歳で人生は折り返す」って言っていた。本当かな？　本当なら、もうすぐ折り返しだ。私には、それでも、長すぎる。

なっつ@病み垢
久々に濃い目の希死念慮。スタバのチャイティーラテはオールミルクにして濃くするのが好きだけど、希死念慮の濃いのは好きじゃない。うう、つら。高まる死にたみ。

ツイッターに連投すると、全部のツイートに瞬時に三つの「いいね」がついた。
「いいね」は、結構複雑な概念だ。「その投稿、素敵だね！」というストレートな意味もあるが、この場合は「投稿読んだよ、大変なこともあるし、そんなネガティブな感情を持つこともあるよね、死んでほしくはないけど、その気持ちのありかたを私は肯定するよ」という意味の、「いいね」だ。
通知欄を見ると「きっしー」「キュア・イルネス」「穴子さーもん」の三人だった。ツイッター上でよく絡んでいる病みアカウント──「病み垢」たちだ。「きっしー」は登校拒否の中学生で、一日中ハイテンションでアニメや漫画の感想を投稿している。「キュア・イルネス」は四十代のおじさんで、普段は投稿しないがスイッチが入ると政治家や社会の批判を一気に三十個くらい連投する。「穴子さーもん」はリツイートしかしていないのでよく判らない。

外丸《とまる》くるみは、背もたれに身体を預けた。カーテンを閉めて電気を落としているので、部屋は朝なのに暗い。ネジが緩んでいる椅子が、痛みを訴えるようにギシギシと鳴る。

ツイッターでは、リアルな友人とはつながっていない。去年まで友達と相互フォローしていた「リア垢」はもう消して、友人関係はインスタグラムに移した。理由はふたつだ。もう友達はほとんどがツイッターからインスタに移っていることと、前に間違って「病み垢」用のツイートを、「リア垢」に投稿してしまったからだ。

ストレスが高まると足の甲をカッターで切ってしまうのが、ここ何年かの癖だ。最近では浅く切った傷をたまに「病み垢」に投稿して、慰めの言葉をもらうようにしていた。間違いに気づいて十秒で消したのでたぶん誰にも見られていないが、そのままだったらと考えるとぞっとする。

インスタを立ち上げる。ケーキバイキングのショートケーキ、サンシャイン水族館のペンギン、ホテルミラコスタでミッキーの耳をつけ、顔をアプリでデコレーションした女子たちの自撮り。同じネットとは思えないほど、こちらのタイムラインはキラキラと光っている。

『「いいね」をしてね』と訴えかける画像たちに、お望み通り「いいね」をつけていく。この場合の「いいね」は、「私の人生よりも楽しそうでいいね、みんなのことが羨《うらや》ましいよ」という意味だ。春先は大学に進学した友人たちの近況を見るのがつらかったが、もう慣れた。

浪人生はいつまでも遊んでいられない。スマホを机の上に置き、くるみは数Ⅲの参考書を広げた。複素数平面における集合の問題を解いていたところだ。

数学には、数学でしか表現できない空間があるのがいい。

虚数はその典型で、二乗するとマイナス1になる数は、正の数と負の数が一列に並んだ単純な数列では表現できない。

虚数なんか現実に存在しないのだから無視してもよかったのに、数学は空間を広げることで対応した。一直線に並んでいた数列を二次元に広げ、現実には存在できない虚数が、数学空間では存在できるようになった。

数学の問題を解いていくと、数学の中だけで成立する、ピュアで抽象的なもうひとつの世界に接続できることがある。その感覚が、たまらなく好きだった。

——くるみはすごいな、俺にはそんなの、よく判らないや。

ふと、牧野《まきの》翔太《しょうた》の声が、頭の中に蘇った。

——くるみは頭いいから、絶対に第一志望に合格するよ。俺は信じてる。

声は、記憶をつれてくる。翔太の小さくてごつごつした手や、自転車の後ろから腰に手を回したときの引き締まった筋肉。学校帰りに一緒に食べたおでんのだしの匂いに、プレゼントされたミトンのふわふわした手触り。次々と連想がやってきて、数学的な空間に接続するのを邪魔する。

くるみはため息をついて参考書を閉じた。ほかのことならいざ知らず、翔太のことを頭から追いだすには、時間がかかるのだ。

牧野翔太は、高二の春に初めてできた彼氏だった。

背が低いのにバレー部に入っていて、リベロというポジションでレギュラーを摑んでいた。

くるみは昔から、引っ込み思案な性格だった。誰かに心を開くのが怖くて、好きな人ができても、いつも思いを打ち明けられずに終わってしまう。翔太のことは入学したころから気になっていたが、彼への気持ちも、いつかは長く舐《な》め続けた飴のようにしゅっと溶けてなくなるのだと思っていた。

ところが、あのときは違った。明日香《あすか》がいたからだ。

真壁《まかべ》明日香は高校に入ってからできた友達で、バレー部のマネージャーだった。気がよく回る子で、相手チームの分析からドリンクの差し入れ、全員の士気を高める雰囲気作りまで、チームの隅々にまで血を通わせるような名マネージャーだったらしい。

――くるみ、牧野のこと好きでしょ。

明日香は、他人の恋愛にもよく気がついた。

――牧野、いまフリーだよ。くるみなら、牧野と合うと思う。つないであげようか?

このまま何もしなければ、いままでと何も変わらない。恥ずかしさを抑えながらなんとか頷くと、明日香は「地ならしするから二週間待ってね」と嬉しそうに肩を叩いた。

きっかり二週間後の放課後。「理科室に行って」という明日香の言葉通りにすると、翔太が待っていた。明日香が裏で何をやったのかは、いまも知らない。でも、彼の何かを期待するような表情を見ただけで、くるみは恋が成就したことを悟った。

彼氏ができると、こんなに行動範囲が広がるんだ。

虚数が導入された数学が大きく空間を広げたように、翔太という変数が加わったくるみの生活は広がった。

翔太とは同じ本郷三丁目《ほんごうさんちょうめ》駅の反対側に住んでいたが、知らなかった地元のスポットを色々教えてくれた。関わりのなかった体育会系の友達も増えたし、新宿や池袋《いけぶくろ》まで出てカラオケやボウリングをやったのも初めてだった。チェーン店じゃないイタリアンでランチも食べたし、ディズニーランドで生のミッキーマウスも見た。Vリーグの試合を見に墨田《すみだ》区総合体育館に行ったのも初めてだったし、誕生日にピンクゴールドのネックレスをもらったのも初めてだった。

セックスをしたのも、初めてだった。

翔太の腕の中に収まったとき、その硬さにとても驚いたことを覚えている。

同級生の女子にも身体を鍛えている子はいたが、翔太の肉体は全然違った。彼女たちの肉体があとから人工的に作られたものなら、翔太の肉体は生まれながらにして硬い、身も蓋もないようなたくましさがあった。全然違うふたりが抱き合って、ひとつになる。ぎこちなく身体を動かしながら彼と一緒に溶けていくことに、震えるほどの感動をしていた。

ネガティブで引っ込み思案で対人恐怖症な自分の人生にも、こんな素敵なことが起きるんだ。

新しい素数を見つけたような、キラキラとした時間だった。彼とつきあっている間は、癖になっていたレッグカットは一度もしなかった。

くるみはそこで、我に返った。

身体がこわばる。鍵をかけたドアの向こう――廊下のあたりに、気配を感じた。

――パパだ。

足音を殺してドアの前まで行き、耳をつけた。

わずかな呼吸音。空気に染みだしてくる体温。ドアを一枚隔《へだ》てた向こうに、パパの存在を感じる。

心臓が高鳴る音を聞かれそうな気がして、思わず胸を押さえる。

――私は、監視されている。

受験に落ちたあと、間違って深くレッグカットをしてしまい、血が止まらなくなったことがあった。

キッチンで止血をしていると、パパがやってきた。洗おうと持ってきた血まみれのカッターナイフを見て、パパはすぐに事情を把握《はあく》したようだ。大丈夫、ストレス解消でやってるだけだから――そう言ったのに、パパは信用してくれなかった。

それから、パパの目が変わった。キッチン、リビング、どこにいても観察するように見てくる。こうやって、ひとりで部屋にいるときにも――。

いつの間にか、パパの気配は消えていた。

安堵《あんど》のため息をついた。だが、硬くなった身体はなかなかもとに戻らない。

――どうしてこうなったんだろう。

部屋を見回す。子供のころからずっと整理整頓をしてきた部屋は、精神状態を反映するように散らかっている。

大学に行くはずだった。家族とも仲よく暮らして、翔太と色々な思い出を作って、キラキラした生活の断片をインスタに投稿しているはずだった。

スマホを手に取り、ベッドに寝転がった。引き寄せられるように「病み垢」を開く。

この世界はビルみたいにいろんな階に分かれていて、知らないうちに見えないエレベーターに乗って、違う階に放りだされていたりする。戻りたくても、自分からエレベーターに乗ることはできない。放りだされたその階で、生きていくことしかできないんだ。

投稿に「いいね」がつくか待っていたが、内容がよく判らなかったのか、五分待ってもリアクションがない。心を支えている柱が一本、ぽきっと折れる音がする。

もうだめ。死にたい。

死にたい。その四文字を打つとさらに気分が暗くなることは知っていたが、止められない。しばらく待っても「いいね」はつかない。ぼきぼきと、柱が折れていく。

机の上、ペン立てに差さっているカッターナイフが目に入った。

身体を起こし、靴下を脱いだ。レグカの跡が薄く白く、足の甲に何本か走っている。くるみは立ち上がり、カッターナイフに手を伸ばした。

ピコ。

スマホの電子音に、くるみは動きを止めた。

画面には、ツイッターのダイレクトメッセージが届いたことが通知されていた。カッターナイフに伸ばした手をぐっと握り、息を吐きながらゆっくりと下ろす。

〈はじめまして、穴子さーもんと申します。いつもツイッターを拝見しています。今日のなっつさんの様子が心配で、ついメッセージをしてしまいました〉

嬉しさを感じる前に、戸惑いを覚えた。穴子さーもんは「いいね」をしてくれる仲だが、どんな人なのかよく判らない。いきなりDMがくるのは、少し引く。

何と返信していいか判らずに困っていると、追加のメッセージがきた。

〈実は私は、『一般社団法人グロー・リーヴス』という組織で、生きづらい人をサポートする仕事をしています。ツイッター上の病み垢さんを見つけ、心配なかたに声をかけているんです。最近のなっつさんを見て、少し不安に思っていました。大丈夫ですか？〉

さらに戸惑った。社団法人？　そんな大ごとにするつもりなんか、全然ない。ほんのひとつ「いいね」がもらえれば、それでよかったのに。

〈つらいことがあったら遠慮なく、お気軽にご連絡ください。いつでも構いませんから〉

「いや、しないし」

自分が何気なくしたツイートが、変な反応を招いてしまったことに困惑する。ブロックしようかとも思ったが、「いいね」をくれる相手がひとり減ってしまう。

くるみはスマホを放りだし、ベッドで少し眠ることにした。勉強は、起きてからやればいい。

2　くるみ　七月二十七日

「別れよっか、俺たち」

翔太から告げられたのは、クリスマスイブの日曜日、彼へのプレゼントに、前から欲しがっていたコンバースのワンスターを見ようとショッピングモールで落ち合った直後だった。

「ちょっと待って……どういうこと？」

「だから、別れようって。俺たち最近、上手くいってないじゃん。土日も会えてないし」

「え？　それは……当たり前じゃない？」

翔太はすでに公募推薦で大学が決まっていたが、くるみは志望校を国立に絞っていたので、一般入試が控えている。

「勉強が忙しいっていうのは判るよ」反論を封じるように、翔太が言った。「でも、上手くいくカップルって、お互い忙しくても時間を作るもんじゃない？　これからも何かあったらすぐに会えなくなるのって、ちょっとつらいなって思って」

「でも、大学受験だよ？　人生の中でも、こんなに忙しいことなんてそうないよ」

「そうかな。大学四年になったら就活もはじまるわけだし、就活のあとは仕事じゃん。そうなったらいまよりも忙しいんじゃね？」

「そんな先のこと……」

「いや、すぐでしょ、三年くらい」

何を言ってるんだろう？　諭《さと》すような翔太の言葉に、こちらが駄々《だだ》をこねているのかと錯覚しそうになる。だが、いくらなんでも向こうのほうが滅茶苦茶だ。

ショックが収まって、じわじわと哀しさがにじみ出てくる。なんで自分は、クリスマスイブにこんなことを言われているのだろう。

「あとで、話さない？」

声が涙で湿っていないことに、少しほっとする。

「とりあえず、受験に集中させてほしい。あと三ヶ月でいいから、そのあとに話さない？」

「受験前に別れたほうがいいと思うけどな。俺のことなんか忘れて勉強に集中できるんじゃない？」

「いいわけないでしょ！」

周囲を歩く人が、一斉に自分のほうを振り向いた。

自分に注がれるたくさんの視線から、面白いショーを見る下衆《げす》い好奇心が感じられる。きっとみんな、振られたのに相手にすがりついている、馬鹿な女だと思ってるんだろう。恋愛にそこまで夢中になれるなんて、若さって素晴らしい——そんなくだらない感慨を得ているおじさんおばさんもいるのかもしれない。

涙腺が熱い。泣きたくなかった。そんなやつらをこれ以上楽しませたくない。

翔太が建設的な口振りで何かを言っているが、耳に入ってこない。くるみはすべての神経を遮断させて、涙を堪《こら》え続けた。


目が覚めると、頬を温かいものが伝っていた。

この夢を見るたびに、あのとき堪えた涙がいまさらのように溢《あふ》れかえってくる。

翔太の前で号泣できていたら、こんなに引きずることはなかったのだろうか。暗い気持ちになりながら、また一筋流れそうになる涙を、指先で拭《ふ》いた。

身体を起こす。午前七時。くるみは階下に向かい、キッチンに入った。

朝食はくるみの担当だった。鍋に水を張ってコンロにかけ、顆粒《かりゅう》だしを加える。冷蔵庫から大根を取りだし、いちょう切りにして鍋に入れる。鯵の干物を二枚、グリルに入れて火をつける。卵を割り、ボウルで溶いてパルメザンチーズを振り、バターを溶かしたフライパンにかける。鍋がボコボコ言いだしたのを見て、豆腐を賽《さい》の目に切って投入し、味噌《みそ》を溶かす。

料理は数学と同じだ。数式に同じ数字を入れれば毎回同じ答えになるように、同じ量を同じ時間と温度で調理すれば同じ料理になる。もう何年もやっているのだ。暗算をするように身体が自然と動く。

料理をテーブルに並べ、自分の分を盆に載せた。だいぶ前から、パパとは食卓を分けている。

仏壇に供えるため、炊きたてのご飯と水を小さな器に用意した。隣の和室に向かい、お供えをして鈴《りん》を鳴らす。拝もうとしたところで、ママの遺影と目が合った。

ママがクモ膜下出血で死んだのは、もう七年も前だ。

ひとりで家にいるところで倒れ、くるみが小学校から帰ってきたときにはもう亡くなっていた。

あのころまでは、いい家族だったと思う。

パパは、バリバリと働く営業マンだった。ゴルフが趣味で、週末も接待ゴルフで家にいないことが多かったけれど、寂しさよりも頑張って働くパパに対する誇らしさのほうが大きかった。

小五の冬、パパが四十歳になった誕生日に、ママと一緒に金箔で加工をしたゴルフボールとティーのセットをプレゼントした。「これをお守りにしてから、スコアがよくなった。仕事中も、いつもポケットに入れてる」キラキラ光るボールを見せながら、パパの笑顔もキラキラしていた。

ママがいなくなって、全部が変わった。

パパが仕事に打ち込めるのも、毎朝自分がおなかを満たして学校に行けるのも、家の中の空気が柔らかいのも、ママがいたおかげだったのだ。

――これからはふたりで生きていこうな。

四十九日が終わったあと、パパはそんな風に言ってくれた。なのに、自分たちはかさぶたが剝がれるように疎遠になっていった。パパが仕事で家にいないことに不満がたまっていったし、小学生なのに料理や掃除の腕前が上達していくのも嫌だった。

思春期に入ると、もう何を話していいか判らなくなった。作ったご飯を無言で食べるような冷たい時間を共有し続け、自分たちは、他人になっていった。

その間パパは、ゆっくりと時間をかけて調子を崩していった。

四年くらいは普通に働いていたが、くるみが高校に入ったあたりから会社に行けなくなり、半年休職したあとにやめた。いまはたまにどこかに出かけているものの、働いているわけではなさそうだ。生活費はパパの貯金から出ているが、いつまで持つのか知らない。泥舟に乗っているような生活なのに、これからのことを話せていない。

──ママは死ぬことができて羨ましい。

遺影を見てると、たまにそんなことを思ってしまう。

自分も、安らかになりたい。苦労やつらさを感じない、永遠の安息の中にいたい。

こんな思考が浮かぶことに、罪悪感を覚える。ママはもっと長く生きたかったはずなのに。

キッチンに戻り、盆を持って二階に上がる。パパの部屋の前を通り過ぎるときに少し緊張したが、声をかけられたりはしなかった。自分の部屋のドアを閉めて、ほっとため息をつく。

ひとりで取る食事は、味がしない。もちゃもちゃとご飯を口に運びながら、パパと食卓を囲んでいたときのことを思いだす。あのころは、ちゃんと食べ物の味がした。会話がなくなってからも、パパが働けなくなってからも、ご飯だけは一緒に食べていたのだ。

あの、出来事が起きる前までは。

レグカを見られた一週間後のことだった。

——今日はパパが美味しいものを作ってやる。だから、家にいなさい。

珍しくそんなことを言われ、少しだけ楽しみに家で待っていたところ、パパはいきなり、カウンセラーを名乗る知らないおばさんをつれてきた。

——こんな若いのにお母様がいないなんて……大変ですね。その上、受験にも失敗するなんて……本当にかわいそう。

おばさんは、顔を大袈裟に歪めて言った。

——でも、世の中は悪いことがあればいいことがあるようにできています。受験にしたって、来年頑張ってもっといい大学に入れたら、今回落ちたのはむしろいいことよね？　お母様のことも、いつかいい経験だったと前向きに考えられるようになるわよ。何事も表裏一体、同じことを経験してもポジティブに捉えるのが大事なの。一緒に、ネガティブ退治をしてみない？

思えば、あれは本当のカウンセラーだったのか判らない。プロがあんなにずかずかと心に踏み込んできたりするものだろうか。

だが現実に、くるみの心は土足で踏み荒らされた。視界が真っ白になって、そのあとのことはよく覚えていない。頭が爆発するかと思うほどに、半狂乱で何かをわめき散らした記憶はある。

——嘘つき。

カウンセラーが帰ったあと、パパに当たった。

——料理を作るなんて嘘ついて、あんな人を呼んできて。今日のこと、絶対に許さないから。

それ以来食卓を分け、家の中でもなるべく顔を合わせないように生活をしている。そうしているうちに、今度はパパがこちらを監視するようになった。

もうどうすればいいか判らない。パパにも判ってないと思う。自分たちはもう、監視することとされることでしかつながれない。無言で食卓を囲むことすらできないのだ。

ピコ。

スマホが鳴った。食べ終えた器を盆ごと床に置き、ツイッターを開く。

〈なっつさん、おはようございます。穴子さーもんです。

今日は調子はどうですか？　きちんと眠れていますか？　これから気温が上がります。人間は天候や湿度、気圧差などにとても大きな影響を受けます。無理だと思ったら積極的に休んでくださいね〉

穴子さーもんとやりとりをするようになってから、もう一ヶ月が経つ。あのあと何度か連絡をもらい、一度気まぐれで返信をして以来ずっと続いている。

穴子さーもんは、距離感が絶妙だった。くるみが何か言いたげなツイートをするとすぐに連絡をくれ、話を聞いてくれる。やりとりをすると必ず心が軽くなるので、いつの間にかメッセージがくるのが楽しみになっていた。

ネットで『一般社団法人グロー・リーヴス』を検索すると、ウェブサイトがヒットする。埼玉の大宮《おおみや》に本拠地があり、埼玉県や東京都の行政と一緒にネット上での支援活動をやっているそうだ。パパ活目当てのおじさんだろうと警戒していたのが、少し恥ずかしい。

代表者には「山下優《やましたゆう》」とある。女性だろうか。顔写真はなく、フェイスブックを検索しても同じ名前の人がたくさんヒットするのでどんな人かは判らない。

スマホをフリックし、穴子さーもんとやりとりを続ける。今日も彼女（彼？）との会話は弾んだ。パパについての悩みや浪人生活のプレッシャーからはじまって、音楽や芸能ニュースまで、どんな話題を振っても返事をしてくれる。うん、自分はこんな風に、誰かと話せる時間に飢えていたんだな。

「よし、やるぞっ」

あとインスタだけ見て勉強をはじめようと、アプリを立ち上げた。大学に受かったら、高校時代の友達ともまた普通に話せるようになりたい。関係をつなぎ止めるように、くるみはタイムラインの写真たちに「いいね」をつけて回った。

そこで、指先が固まった。

どくんと心臓が高鳴る。一枚の写真に、目が釘づけになった。

写っていたのは、翔太だった。

元バレー部のみんなで千葉県の城崎《しろさき》に海水浴に行っているようだ。翔太はインスタもツイッターもやっていないので、姿を見るのは久々だった。

サーフパンツをはいて、少し焼けた肌の翔太。そのたくましい右腕に、ビキニを着た女子が腕を絡めている。

明日香だった。

——ごめんね。くるみに誤りたいことがあるんだ。私、昇太とつきあてるの。翔太がショッピングモールで滅茶苦茶なことを言いだした理由は、卒業したあとに判った。裏で、明日香が糸を引いていたのだ。

——謂いたかったんだけど、言う他意ミンクがなくて。だからいまいうよ。くるみには悪いと思ったんだけど、好きになっちゃったんだから仕方ないのね？

インスタのダイレクトメッセージで、いきなりそんな文章がきた。誤字だらけだったので、酔っ払っていたのかもしれない。

翔太。明日香。自分。三つの変数が並んだ連立方程式は、数学の問題よりはるかに簡単だ。縁もゆかりもなかった自分と翔太をくっつけた明日香の魔術に、対抗できるわけがない。

写真の中で、Ｅカップを自称していた明日香の胸が、翔太の肘《ひじ》に当たってたわんでいる。翔太が明日香に抱かれている光景が、鮮明に浮かんだ。イメージの翔太は、甘えるように、気持ちよさそうに、彼女の胸に顔を埋めている。

——駄目だ。

この写真から離れないといけない。スマホを放りだし、参考書を手に取ってめくる。複素数α、β、γが次の条件を満たすとき……。問題を読み、数学的な空間に接続しようとする。

明日香の大きな胸が、それを邪魔してくる。

——別れよっか、俺たち。

翔太の声が、参考書の文章に絡みついてくる。

——受験前に別れたほうがいいと思うけどな。俺のことなんか忘れて勉強に集中できるんじゃない？

翔太のたくましい腕。ママの葬式で見た遺灰。ドアの向こうにいるパパ。翔太の汗の匂い。廊下で倒れていたママ。明日香のEカップの胸。無神経なカウンセラーの顔。

バンと、机を叩いて立ち上がり、ペン立てのカッターナイフを握る。スライダーを押して刃先を足の甲に当てると、慣れ親しんだ痛みがちくりと走った。

ピコ。

刃を押し込もうとした瞬間、再び通知音がした。

ハッ、ハッと、荒い呼吸の音がする。自分が貪《むさぼ》るように呼吸をしていたことに、そこで気がついた。

時間をかけて呼吸の速度を戻し、カッターナイフをペン立てに差す。沸騰した感情が、なかなか引いてくれない。激情から目を逸らすように、くるみはスマホを拾い上げる。

〈なっつさん。ひとつお誘いしてもいいですか。気が向かなかったら、結構です〉

穴子さーもんから、新しいメッセージがきていた。

〈ネット上でやっている、少し変わった自助グループがあります。もしよろしかったらご招待したいのですが、ご興味はありますか？〉

3 晃佑　八月二十九日

「やっぱり警察は当てにならない——か」

大江戸線の都庁前《とちょうまえ》駅近く。昼過ぎの活気に満ちたファミレスで、美弥子は運ばれてきた三百グラムのサーロインステーキを黙々と切り分けている。

「それにしても、あんな態度はないよな。日本の警察は納税者を舐めてるよ」

「そうかな？　警察も私たちも、同じじってことでしょ。全部の相談には、対応できない」

「それはそうだけど……でもほら、警察って、色々問題があるじゃん。誤認逮捕とか、代用監獄とか」

「何の話？　外国の警察のほうが問題あるよ。チェンマイに行ったときは因縁つけられて勾留されかけたし、プラハの地下鉄では切符が間違ってるから逮捕するって脅《おど》されて、賄賂《わいろ》をせびられた」

「井口さん、旅行嫌いなんだろ？　いつ行ったんだよ」

「いまのは友達から聞いた話。食べないの？　冷めるよ」

フォークでこちらのパスタを指すと、切り分けたステーキを次々と口に運ぶ。

子供のころから長距離移動が苦手で、旅行好きの両親にあちこちつれ回されていたら旅行自体苦手になった。卒業旅行も新婚旅行も無理して行ったと、美弥子は前に言っていた。そんな彼女が友達の話を持ちだしてまで否定してきたところに、距離を感じた。

午前中、ふたりは新宿警察署に出向いていた。新宿区の自殺防止プロジェクトに携わったとき、美弥子とやりとりをしていた警察官が生活安全課にいるので、相談に行ってきたのだ。

――この内容じゃ、警察は動けないと思います。

出てきた若い男性の巡査長は、困惑したように言った。

――その……自殺ゲームですか？　実物があるならまだしも、亡くなったかたの所持品の中に、変なファイルがあっただけですよね？　それだけだと、なんとも……。警視庁《ホンチョウ》のサイバー犯罪対策課に行っても、同じことを言われると思います。

晃佑は窓の外を見ていた。西新宿の高層ビル群が屹立《きつりつ》する中心に、東京都庁がある。ビルの上部がツインタワーの構造になっており、競うように空に伸びるその威容は、権力の硬直性を象徴しているように見えた。

「もう、やめにしない？」

美弥子はステーキを平らげていた。

「私たちにこんなことをしている暇はないよね」

「宙の話を聞いただろ？　自殺ゲームがあったと考えないと、辻褄《つじつま》が合わないよ」

「私には、専門的すぎてよく判らなかった。田宮くんは彼の正しさを、きちんと評価できるの？」

「できないけど、宙の判断は信じてる。あいつはいい加減なことは言わないよ」

「でも、勘違いや間違いはある。それに、もし彼が正しいとしても、私たちに何ができるの？警察は動いてくれなかったし、調査をしても何も出なかった」

肉バルでの話し合いのあと、美弥子はNPOのつながりを使って事務方、ゲートキーパーなど合わせて二十五人に話を聞いてくれたが、自殺ゲームの噂はかけらも出てこなかった。

「確かに、いまのところは情報はない。でも、まだ追いようがあるはずだよ」

美弥子はため息をついた。とはいえ、彼女の気持ちも、判る。

〈レーテ〉が受ける相談の件数は、一晩につき二十件程度。ただ自殺相談というのは様々で、同じ一件でも内容の重さが全く違う。三分チャットをすれば相談者が落ち着く場合もあれば、オフィスにきてもらい、時間をかけて話を傾聴し、医療機関や生活保護の窓口に一緒に行かなければならないケースもある。時間はいくらあっても足りない。

「『しばしば自殺が模倣によって生ずることは科学的に明らかな事実である』」

呟くと、美弥子は怪訝《けげん》な目を向けてくる。

「ファールという学者の言葉だよ。十九世紀にはすでに、自殺は伝播《でんぱ》するという研究がある」

「だから何？」

「自殺ゲームは、集団自殺を招きかねない」

ウェルテル効果という、社会学的現象がある。

ゲーテの『若きウェルテルの悩み』を読んだ人間が、書物の内容に感化されて次々と自殺をしてしまったことから名づけられたもので、自殺が感染症のように広がっていく現象のことだ。

日本でも、岡田有希子やｈｉｄｅといった有名人が亡くなったときに、後追い自殺が発生した。

その最悪のケースが、集団自殺だ。カルト教団などの偏った価値観のコミュニティの中では「○○のために死ななければならない」といった極端な思想が蔓延《まんえん》しやすく、集団自殺が発生すると歯止めが利かない。サンディエゴのヘヴンズ・ゲートという新興宗教団体では三十九人もの人間が同時に集団自殺し、南米のガイアナ共和国で起きた人民寺院事件では九百人以上の犠牲者が出た。戦時中の沖縄で起きた集団自決も、そのひとつと言えるだろう。

「ＶＲを体験してみて判ったけど、すごいリアリティだった。仮想空間上で閉鎖的なコミュニティを作られて集団自殺を煽《あお》られたら、どれほどの被害が出るか。いまのところ、情報を持ってるのは僕たちだけだ」

美弥子はイライラしながら、食後のショートケーキをつついている。

説得を続けようとしたとき、スマホに着信がきた。宙からだった。

「晃佑、ちょっといいか？　うちまできてほしいんだが」

「いまから？　どうしたんだ？」

「進展があった。あと、紹介したい人間がきてな」

電話の相手が誰か悟ったのだろう、美弥子がフォークでケーキを潰しはじめる。目で謝ったが、視線を合わせてくれない。

「行くよ。住所送ってくれ」

「オッケー。美弥子ちゃんには言わないほうがいいかもな。反対してるだろ、あの子」

「ああ……判ってるよ」

電話を切る。美弥子はこちらを見ようともしなかった。

「よう、きたか」

宙の家は、御徒町《おかちまち》にある十階建ての賃貸マンションだった。

以前、宙は〈アルバトロス〉という横浜市にあるゲーム会社で働いていた。あのころは羽振りもよく、港の夜景が一望できる高層階のマンションを借りていて、よく友人知人を呼んでいた。

会社を解雇された時点で、あの物件は退去したのだろう。横浜から離れたかったのかもしれないし、収入が減り家賃を払えなくなったのかもしれない。こちらの家にくるのは初めてだが、エントランスやエレベーターは見るからに古く、当時の物件よりもかなりグレードは劣るようだ。

六階にある1LDKの部屋は、ひとり暮らしにしては広めだった。几帳面な宙らしく部屋は整然と片づいている。ただ、以前の家ではテレビの前に並んでいたたくさんのゲーム機が、綺麗さっぱり撤去されていた。

ソファに、金髪の痩せた青年が座っていた。

「西野十夢《にしのとむ》くんだ」

真っ黒なTシャツにボロボロのダメージジーンズをはいている。西野はちらりと晃佑を一瞥《いちべつ》したただけで、挨拶もしない。「無礼があっても気にしないでくれ」と電話口で言われていた。

「西野は、優秀なプログラマーなんだ。いまは会社に勤めているが、自分の好きな活動にも好きなだけ時間を割いていいと言われて、自由に働いている。技術者の飲み会で仲よくなって以来、たまに情報交換をしててな。〈Shenjing〉の解析も、少し手伝ってもらった」

「あんなの、誰でもできるよ。それより行方不明になった猫を探すほうが難しい」

「猫？」

「最近友達の猫がいなくなったから、探してるんだよね」

何の話だ？　西野は構わずに続ける。

「猫はすごいよ、隠れんぼの天才だ。最初は普通に歩いて探してたんだけど埒《らち》が明かないから、こっちもエンジニアリングを駆使することにした。街中の防犯カメラを使ってね」

「防犯カメラ？　それ、見られるんですか？」

「僕の腐れ縁に、防犯カメラのクラッキングを趣味にしてる馬鹿がいるんだよ。都内のあちこちのカメラから映像データを盗んできて、それを見ながら酒飲むのが好きなんだって。変態でしょ。街中のカメラなんてたいしてセキュアじゃないだろうから、ハックするのはできるとしてもさ」

興が乗ったのか、西野は身を乗りだす。

「まあでも、馬鹿にも変態にも使いようがあるっていうか……その映像データをもらってきて、AWSの映像解析サービスとかに食わせれば、迷い猫を自動的に発見できるシステムが作れるって思いついたんだ。つまり、猫の画像を読み込ませると、AIが画像と映像を照合して、いつどこにいたかを教えてくれる。プロトタイプの工数は、二週間くらいかなあ。需要あると思うんだけど、どう思う？」

返事の言葉を探していると、西野は数秒で興味を失ったのか、つまらなそうに目を逸らした。

「いつまで立ってんだ。座れよ」

宙がレモングラスの爽やかな香りがするハーブティーを持ってきてくれる。ローテーブルを囲むように、ソファに腰を下ろした。

「この一週間、VRゲームの開発者を調べていた」宙が話の口火を切った。

「謎がひとつ、残っていたよな。自殺ゲームがあるとして、どうやってそんなものを開発したのか」

「判ったのか」

「推測だがな。ハイスペックなVRゲームを作るには、ある程度の人手がいる。ゲームの規模によるが、俺の経験では最低でも七人くらいの専門家は必要だ。ただ、誰かを自殺させるなんて目的を持ったプロが、そんな大勢集まるとは思えない」

宙はテーブルにA４の紙を置く。三人の名前が書かれていた。

「個人開発者だよ。ひとりでVRゲームを開発しているという人間が、日本にも何人かいる」

「個人？　VRゲームはチームじゃないと開発できないんだろ」

「考えてみたら、七人全員で集まって作る必要はない。コアな部分はひとりで作って、足りない部分はほかの人間に発注すればいい。コストはかかるが、集まってきたパーツを組み上げるのなら、ひとりでも作れると思う」

ただし、と宙は補足する。

「ある程度のスキルがないと難しい。コアの実装をひとりでやるレベルとなると、メーカーなりインディーなり、仕事としてゲームを作った経験がないと無理だろう。被害者のお姉さんは、〈Shenjing〉の中でリアルな街を見たんだよな？」

「映像とは思えないくらい綺麗だったと言ってたよ」

「市販のアセットを使い回すことはできるが、限界がある。モデルや背景やサウンドをオリジナルにするなら、それらを作れる人材とのコネは必要だ。スキルと人脈を合わせ持つ人間となると、自ずと、該当者は限られる」

「それが、この三人か」

亀崎義一《かめざきよしかず》。出井幹夫《いでいみきお》。寺沢佳穂《てらさわかほ》。名前に加え、それぞれの来歴が数行書いてある。

「どれもVRゲームを個人でリリースした実績があるフリーランスだ」

「日本中を探してもこれしかいないのか？　少なすぎる気がするが」

「本格的なVRゲームなんてものは、余暇で作れるレベルじゃない。会社に所属して現役で働いている人間は不可能だろう。この三人は実績があり、時間の融通が利き、この二年ほど何をしているのか、表に出ている情報からは判らない」

つまり、その間、密かに自殺ゲームを作っていた可能性があるということか。

「ちょっといい?」西野が、気だるそうに手を挙げた。「フリーの開発者を追うのは、悪くない線だと思う。でも、どうしても疑問があるんだな」

「どこが引っかかるんですか?」

「動機。大勢の人を自殺させるゲームなんて、なんで作らなきゃいけないの?」

「ロシアの〈青い鯨〉というゲームは多くの人を自殺に追い込みました。首謀者だったフィリップ・ブデイキンは、『ゴミを社会から排除しただけだ』と動機を語っています。憎悪の深い人間が、無差別殺人を目的として自殺ゲームを作る可能性はあるんじゃないですか」

「ああ、その話じゃない。確かに自殺ゲームなんてものがあるんなら、開発者の動機はその手のアレでしょ。人を殺したかった、ゴミを排除したかった、量産型大量殺人者の定番の話。そんなことはどうでもいいんだ」

言いかたはどうかと思うが、同意できる面もある。大量殺人の中には、保険金殺人のようにビジネスとして回る中で死人が増えてしまうケースもあるが、自殺ゲームなどという大それたものを作るのなら、大筋ではフィリップ・ブデイキンと同じく人を殺すことが目的化しているケースだろう。

「僕が言いたいのは、なんでVRゲームなんて面倒なものを作る必要があるのかって話。人を殺したいならいくらでも簡単な方法はあるし、ネットで集団自殺を導きたいなら〈青い鯨〉みたいにSNSでやればいい」

「VRのリアリティを使えば、より強力な自殺誘導ができるからでしょう」

「でも、そのおかげで足がつきやすくなる。実際に宙さんが一週間で容疑者を絞ったわけだし。まあ、この中にいるかは判らないけど」

もうひとつ、と西野は言う。

「〈Shenjing〉にあったファイルの残骸のことも気になるんだよ」

「自殺ゲームを遠隔操作で消したんじゃないのですか」

「何かの残骸があるのは、僕も確認した。確かに遠隔操作で初期化した可能性はある。でもそれって、ゲームデザイナーというより、インフラ系エンジニアの仕事なんだよね。ほら、基礎化学と応用化学じゃ、同じ化学でもやることが全然違うじゃない？ プログラマーの世界も細分化されてて、両方できる人はあまりいない。宙さんはインフラとかにも詳しいけど、できないでしょ？」

宙が頷くと、西野は三人について書かれた紙を指差す。

「この人たちも難しいと思うよ。誰かに頼むにしても、VRゴーグルのポートを開けて遠隔操作で初期化するなんて変な依頼、受けるエンジニアもいない気がするしなあ。ひょっとしたら、犯人はふたりなのかな？ ふたりだけなら、大量自殺を起こしたいなんて馬鹿が集結するケースが、ギリあるか……？」

ぶつぶつと呟きながら、西野は思索《しさく》に沈み込んでいった。

「判らないことはあるが、とりあえずこの三人を当たってみるよ。誰かが自殺ゲームを作っているのなら、パーツを周囲に発注してるなど動きがあるはずだ」

「すまんな、そこまでやってもらって」

宙はいいんだというように手を振る。

「ただ、俺はゲーム業界を退いて長いから、有森《ありもり》に聞いてみようと思う。あいつは顔の広いプロデューサーだ。ひょっとしたらこの三人とも仕事をしたことがあるかもしれん」

その名前が出てきたことに、晃佑は驚いた。

有森克己《かつき》は宙の同級生で、大学生のころから一緒にゲームを開発していた人間だ。〈アルバトロス〉でも一緒に働いていて、ほとんど右腕的な存在だったと聞く。

だが宙は〈アルバトロス〉の人間とは、関係を絶っているはずだ。さすがにそんなことまでやってもらうのは、頼りすぎだった。

「西野には、解析を手伝ってもらいたい」

晃佑が口を開く気配を察したのか、宙が遮《さえぎ》るように言う。

「開発者が見つかる前に、プレイヤーが見つかるかもしれない。自殺ゲームを入手できたら、解析してくれ。どのサーバーに接続しているかが判れば、犯人にたどり着けるだろ」

「うーん、でも、もし犯人にインフラの専門家がいるなら無理かもしんない」

「なぜだ?」

「相手は遠隔操作で初期化ができる人間でしょ。なら、ゲームの通信内容も秘匿化しているはず。I2P《アイツーピー》ネットワークとかを経由すれば、ゲームのサーバーなんか特定できないよ」

西野は簡単に解説をしてくれた。通常、ネット上の通信は特定のサーバーを目的地に送られるものだが、I2Pという仕組みを使うと、匿名ネットワークに参加している中継サーバーを次々に経由して通信をするため、接続先が特定できないという。通信は暗号化されており、盗聴は不可能だそうだ。

「まあでも、I2PやTor《トーア》を使うと、通信速度が遅くなるからなあ……オンラインゲームで使うのは現実的じゃない気もするけど」

「じゃあ、ゲーム本体を手に入れれば、犯人をたどれる可能性はあるな？」

「回避できる手段はいくらでもあるから、なんとも言えない。実物を見てからだね」

「結論を安易に出さないのが、優秀なプログラマーの条件だよ」

宙は西野の背中をバンと叩いた。華奢《きゃしゃ》な西野は、吹き飛ばされるように前につんのめる。

話が一段落し、宙がトイレに立った。

紙に書かれた三人の略歴を読んでいると、西野がぐっと顔を寄せてくる。

「宙さん、変わったね。こんな人助けみたいなこと、する人じゃなかったのに。有森さんを当たるって話も、ちょっと驚いたな」

テレビのほうを指差す。以前はあった大量のゲーム機が撤去されていることを、知っているようだ。

「ちょっと、注意しておいてあげてよ」西野が言った。

「宙さん、大人に見えて結構不安定だからさ。僕も気をつけるから、のめり込まないようにコントロールしてあげて」

少し驚いた。マイペースなようでいて、西野は細かい気配りもできるようだ。

――俺は、もうゲームを作れない。晃佑、助けてくれ。

西野の言葉が、三年前の記憶を呼び覚ます。宙が、〈アルバトロス〉を首になったときのことだ。他人に弱みを見せることを嫌う宙が、不安定な自分をさらけだしていた。

――このままじゃ俺は、自殺しちまうかもしれない。

4　くるみ　七月二十九日

たいした遠出じゃないはずだった。

丸ノ内《まるのうち》線に揺られて、自宅のある本郷三丁目から、ひと駅先の御茶ノ水《おちゃのみず》まで。時間にして一分電車に乗っただけなのに、ホームに降りると全身がぐったりしていた。自分はひきこもりじゃない。食材の買いだしには行ってるし、その気になればいつでもどこにでも行ける――そう思っていたが、間違いだった。

重い足取りで神田《かんだ》川にかかる聖橋《ひじりばし》を渡り、千代田《ちよだ》線の新御茶ノ水駅に向かう。地元より人の数が多く、ぶつかってこられそうな気がして怖い。

――ネット上でやっている、少し変わった自助グループがあります。

穴子さーもんからの誘いに、くるみは惹かれた。

カウンセラーを呼ばれた直後、パパが自殺相談の窓口を調べて、家族を亡くした人向けの団体、自殺対策に取り組んでいるNPO、十代向けの心療内科などのパンフレットを持ってきてくれたことがあった。

そういう機関を頼って自傷癖を治したい気持ちはあったが、どうしても行く気が起きなかった。そもそもパパに頼ることが嫌だったし、見知らぬ他人に自分の気持ちをあれこれ話すのなんて、考えただけでも怖い。

――いま、うちでは少し新しい試みをやっていて、ネット上で人と人とが支え合うことができないかと考えてるんです。よかったら、なっつさんにもご参加いただけませんか？ネットにアクセスするだけでいいのなら、できるかもしれない。ただ、それに参加するには専用の機器がいるという。

――ご郵送してもいいんですが、自宅の住所を知られるのは嫌でしょう。大宮まで取りにきていただくか、お近くの駅のコインロッカーにお届けさせていただく形で、どうでしょう？

指定されたロッカーは、駅とつながっているショッピングモールの地下一階にあった。もらっていたロッカーナンバーと暗証番号を入力し、扉を開ける。

中には、紙袋が入っていた。

「なっつさん、きていただいてありがとう。自宅で開けてくださいね。穴子さーもん」

可愛い丸文字で書いたメモが添えられている。やはり穴子さーもんは、女性なのだろうか。

帰り道では、通り過ぎる人々に、じろじろと観察されている感じがした。翔太に振られたショッピングモールを思いだす。面白いショーを見るように人々が向けてきた、目、目、目――。

妄想かもしれないが、振り払えない。くるみはずっと地面を見ながら歩き、電車に乗って、なんとか自宅まで戻った。部屋の鍵を閉めたとき、思わずその場にくずおれた。

「疲れた……」

ほんの三十分外に出ただけなのに、遠泳のあとのように全身がだるい。こんなことで自分は来年、大学に行けるんだろうか？

湧き上がる不安を無視する。あまり先のことを考えていると、また足を切りたくなってしまう。

それよりも——。

くるみは、紙袋の中身を引きだした。

入っていた小ぶりの段ボールを開けると、緩衝材に包まれた物体が出てくる。

それは、大きなゴーグルだった。

電源ボタンを長押しすると、心地いい電子音が鳴って起動する。

段ボールには、ゴーグルと充電器、片手に握り込んで使うスティック状のコントローラーが入っていた。親指が当たるところに四つのボタンが、人差し指が当たるところにトリガーがついている。ゲーム機など持っていないので、新鮮だ。くるみはコントローラーを握って、ゴーグルを頭からかぶった。

「わ」

ぶわっと、真っ暗な空間が広がった。

目を閉じたときの平板な暗さとは違い、闇に奥行きがある。

ゴーグルの横にあるスピーカーから、ピアノと弦楽合奏を使った、幻想的な音楽が流れる。

「ようこそ、〈銀色の国〉へ」

透き通るように美しい、女性の声がした。

「ここは色々な理由で疲れてしまった人が、心から安らげることを目指した安全地帯です。銀には昔から、魔除けの効果があると言われています。〈銀色の国〉は、皆さんを魔から守ります」

銀色の国。それが、この自助グループの名前のようだ。

「普段は表に出せないつらい話も、ここでは自由に口に出せます。あなたのつらい気持ちを、私たちと共有させてください。もちろん、楽しいことや嬉しいことも、気軽に共有してくださいね。〈銀色の国〉があなたにとって大切な場所になることを祈ります」

ふわふわした音楽と綺麗な女性の声が音の波を作り、くるみはとろんとした。

「あなたの生活から、魔が去りますように」

女性の声が、祈るように響いた。

「あなたに、祝福が訪れますように。あなたの行く道に、希望の光がありますように」

こんな優しい言葉をかけてもらったのは、いつ以来だろう。ゴーグルをつけたまま泣くわけにもいかず、なんとか我慢する。

暗闇にキーボードとポインターが浮かび、ＷｉＦｉの設定画面が現れた。コントローラーでポインターを操り、あらかじめメモしておいたＩＤとパスワードを入力していく。いつも思うが、どうしてキーボードはＡＢＣ順じゃなくて、こんな滅茶苦茶に並んでいるのだろう。打ち込む文字を探しながら、三分くらいかけて入力を終える。

「ありがとうございます。では、行きましょう」

その瞬間――闇の中央から、爆発するように光が溢れた。

赤。青。緑。紫。様々な光が放射線状に現れ、尾を引きながらこちらに向かってくる。

――飛んでる。

映画で見た、宇宙船がワープをするシーンのようだった。いや、それよりもはるかにリアルだ。カラフルに溢れる光の中を、奥に向かって高速で飛んでいく。さっきまでゆったりとしていた音楽が、冒険心を鼓舞するようなアップテンポに変わっている。

――虚数空間。

現実に存在しないものが、新しい概念を取り入れることで現れる。ＶＲゴーグルを使うことで立ち上がったこの空間は、虚数が導入された数学のようだった。

――すごい。

右にも左にも上にも下にも、全方位に空間が広がっている。空間のすべてを光の矢が飛んでいて、近くのものは速く、遠くのものはゆっくりと、物理法則に従って重層的に動いている。溢れ返る色を切り裂いて、くるみは飛んでいく。

ふと、光が静止した。カラフルな光は蛍の大群のようにあたりに漂う。

目の前に、銀色に塗られた長方形のドアが現れていた。

「さあ、開けてください」

開ける？　操作がよく判らないまま、くるみは人差し指のトリガーを引いた。

その瞬間、ドアから銀色の光が溢れた。

眩しいほどの銀色の光が、視界のすべてを一色に塗りつぶしていく――。

「え……？」

光が少しずつ消えると、くるみは田舎の街にいた。

石畳の道の両脇に木造の家々や、針葉樹林が配置されている。家は赤やオレンジといった明るい原色に塗られ、お洒落な印象だ。

銀色の雪が、うっすらと積もっている。

溢れかえった開放的な色合いと、それに抑制をもたらす銀。調和の取れた美しさに、くるみは思わず見とれた。

「こんにちは、なっつさん」

左横から声がした。首を振って見ると、赤い髪の女性がいた。ファーつきの帽子をかぶり、ダウンジャケットを着込んでいる。正確には女性ではなく、女性のＣＧだ。

彼女は、微笑んで言った。

「ようこそ、〈銀色の国〉へ」

5　くるみ　七月二十九日

「私はアンナです。〈銀色の国〉の案内役です」

最初に聞こえた綺麗な声と、同じものだ。声に合わせて口や身体が動くせいか、ＣＧなのに本当に女性と話しているようなリアルさがある。

「早速ですが、最初に操作方法を説明させてください。コントローラーは持ってますか？」

「あ、はい。あります」

「まず、人差し指のところにあるトリガーを引いてください」

「あの……もしかして、私の声、聞こえてるんですか？」

「はい。聞こえてるのは私だけですから、安心してください。その辺はあとでご説明しますね」

言われた通りトリガーを引くと、世界が動いた。いや、自分が前に向かって進んでいるのだ。

「トリガーを引くと前に歩けます。方向転換したいときは、進みたい方向を向いてください」

身体ごと左を向くと、ゴーグルが動きを検知するのか、画面の世界も左に動く。すごい。本当に歩いているみたいだ。

「練習も兼ねて、少し歩きましょう。ついてきてください」

アンナはすたすたと歩きだす。くるみは慌ててその後ろに続いた。

「では〈銀色の国〉の説明をはじめます。ここには二十四時間いつでも出入りすることができます。ネット環境があれば外からでもアクセスできますが、危ない人と思われて通報されちゃいますから、必ずご自宅の部屋でプレイしてくださいね」

おどけたように言う。なんだか可愛らしい女性だ。

「ただ大勢の集まる場ですので、いくつかルールがあります。まず参加者は相互に会話はできません」

「え、でも私たち、話してますよね」

「私だけ特別なんです。これもあとでご説明します。プレイヤー同士は話せないだけではなく、文字でのやりとりもできません。オンラインで人が集まると揉めごとが発生する可能性がありますから、それを防ぐための措置です。ただ、コミュニケーションの取りかたはたくさんあります。なっつさん、コントローラーを、上から下に振ってもらえますか？」

「こうですか」

手元のコントローラーを勢いよく振ると、電子音が鳴って空中にハートマークが浮かんだ。ハートは、アンナの身体に吸い込まれていく。

「『エモーション』という機能です。コントローラーを操作することで、感情を表現して、伝えることができます。人差し指のトリガーを、二回素早く引いてください」

言われた通りにすると、空中に四角いパネルが広がった。「アイテム」「エモーション」「設定」「ログアウト」といったメニューが書かれている。

「困ったことがあったらパネルを開いてください。使えるエモーションの一覧も、確認できます」

好意を伝えるものから同情を示すものまで、エモーションは細かく用意されていた。基本的にポジティブなものばかりで、怒りや哀しみなどの負の感情は表現できないようだ。

「〈銀色の国〉ではほかにも、ユーザー同士が交流できるツールがたくさんあります。ミニゲームを一緒にやることもできますし、服や家具、アクセサリーなどをプレゼントしあうこともできます。プレイヤーには家が与えられますから、自分や部屋を飾って楽しんでくださいね」

要するに、この世界の中で擬似的な生活が送れるようだ。知らない人との会話はハードルが高いが、こういう方法なら楽しめる気がする。

気がつくと、石畳の道が交差する十字路に立っていた。

「あちらを見てください」

アンナは向かって右側を指している。両端に家々が並んだ道の向こうに、広場が見える。

「あの広場では、〈銀貨の集会〉が開かれます」

「〈銀貨の集会〉?」

「〈銀色の国〉で、一番大切な活動です。毎晩十八時から行われていて、その会でのみ、プレイヤーはボイスチャットで話をすることができます」

「え、大勢で話をするんですか」

「いえ、ボイスチャットで話せるのは一名だけで、相互に会話をすることはできません。〈銀貨の集会〉は、皆さんにご自分の話をしてもらって、参加者全員でそのつらさを分かち合う会です。多くの自助グループがやっていることと同じです。ひとりの悩みをみんなで聞き、話すかたに自己開示の過程で解決策を見つけてもらう――なっつさんもぜひ、参加してみてくださいね」

ううむ、気が進まないが、顔も見えない相手に一方的に喋るだけなら、できるだろうか。

「最後に、ミッションの説明をします。あちらを見てください」

アンナは、十字路の正面を示す。遠くに、教会のような建物が見える。

「あそこは、アルテミス様の館です」

「アルテミスって……神話の神様、でしたっけ?」

「よく知ってますね! 月の女神様の名前から取っています。アルテミス様はこの国の王様です。館には近づいても構いませんが、普段はあの門から先には入れません。〈銀色の国〉では、たまにアルテミス様からのミッションが発令され、それをこなすと貴重なアイテムが手に入ります。難しいものではないですから、ぜひ挑戦してくださいね」

ここまで聞いただけでも、結構やることはありそうだ。エモーション、ミニゲーム、アイテムの入手と交換、〈銀貨の集会〉、ミッション。少しずつこなしていくしかないか。

「じゃあ、なっつさんの家にご案内します」

アンナは三軒先にある木造の家の前まで歩いた。外壁が水色に、屋根は赤に塗られている。

「家は活動の拠点になる、大切な場所です。部屋にアイテムを飾ったり、服を着替えたり、色色なことができます。いまのなっつさんは、デフォルトの女の子のアバターになっていますので、まずカスタムしてみるといいと思います。ところで……なっつさんは、動物を飼っていますか？」

「動物ですか？　飼いたいんですけど……うち、いま飼える状態じゃなくて」

「犬、猫、うさぎ、鳥、爬虫類。どんな動物が好きですか？」

「えーと……まあ、猫は好きです」

「猫ですね」

アンナが手を振ると、ぽんと軽い爆発が起きた。煙とともに、彼女の足元に銀色の猫が現れ、「にゃおん！」と鳴いてこちらを見上げた。

「この子はあなたの子です。一日一度、餌《えさ》をあげて世話をしてくれますか？」

「え、もらえるんですか」

「はい、さっきのパネルから、餌をあげることができます。これはアニマルセラピーの一種です。ペットを飼うと、生活リズムも整いますし、何より癒やされますからね。名前をつけて、たっぷり可愛がってください」

まだ子猫で、身体に比べて頭がアンバランスに大きい。瞳孔が何かを期待するようにクリクリと見開かれ、興奮しているのか鼻をフンフンと鳴らす。やばい。作りものだと判っているのに、可愛い。

「さて、最初のご案内は、以上になります。何か判らないことはありますか？」

これが全部ということは、〈国〉というより〈銀色の村〉という感じだったが、さすがにそんな大きなものは作れないのだろう。「大丈夫です」と答えた。

「最後にひとつ、お願いがあります。この国のことを、誰にも言わないでいただきたいんです」

アンナの声が、少し硬いものになった。

「〈銀色の国〉は、極めて繊細なコミュニティです。仮想現実での自助グループという取り組みを、邪道だとして嫌がっている人たちもいます。私たちもまだ実験段階ですので変に騒がれたくないですし、悪質なハッカーなどに狙われたら、防ぎようがありません」

「はい、判りました」

「ご家族にも必ず秘密にしてください。以前、参加者の弟さんを経由してネットに情報が漏れ、サービスをしばらく止めざるを得なかったことがありました。良質なコミュニティは、全員の努力のもとに成り立つものです。くれぐれもご注意ください」

大丈夫だ。パパにこんな話をするわけがない。

「では、ぜひ楽しんでください。またお話ししましょう」

アンナは立ち去ろうとして、思いだしたように振り返った。

「そうそう、大切なことを伝え忘れていました。私は夕方から夜にかけてこの国にいます。私の家は、向こうにありますから、御用がありましたらどうぞ」

十字路の、広場の反対側に延びる道を示す。

「目印は煙突です。この道を歩いていくと、煙突が二本立った家があって、左側の煙突の先が赤く塗られています。そこから歩いた先、海の手前にアンナというネームプレートが出ている家があります。そこが私の家です」

少し判りづらかったが、まあ、海に向かって歩けばいいということだろう。

「なっつさん、私たちがついています」

アンナの口調に、真摯《しんし》な色が宿った。

「しんどいなと思ったときは、いつでもきてください。現実と向き合うのは、たくさんのエネルギーが必要です。〈銀色の国〉が、エネルギーを充電できる場所であることを願ってます」

「はい……」

「あなたの行く道に、希望の光がありますように」

アンナが両手の指を組み合わせると、宙に赤いハートマークが浮かび、くるみに飛んでくる。

これは、「いいね」だ。

アンナは自分に、「いいね」をしてくれている。

このところずっと、インスタのキラキラした写真たちに、一方的に「いいね」を押してきた。「病み垢」では「いいね」こそもらえるが、それには病んだツイートをしなければいけない。

アンナは、何もしていないのに、「いいね」をしてくれた。

そのままの自分を肯定してもらえた感じがした。それだけのことで、涙ぐみそうになってしまう。

立ち去るアンナの背中を、くるみはしばらく見つめていた。

「にゃおーーん！」

足元では、銀色の猫が前足をピンと伸ばして座り、こちらを見上げていた。ひげがぴくぴくと動いていて早く家に入ろうよ、と言いたいようだった。

「ごめんね、行こう」

くるみは水色の家の前に立ち、ドアを開けた。

6　晃佑　九月七日

カレーを食べたあと、宙と晃佑は雀卓を囲んで座っていた。

新宿の歌舞伎《かぶき》町にある、宙の知人が経営する雀荘の個室にきている。

御徒町で会ってから九日が経つ。この間、晃佑は〈レーテ〉の仕事をやりつつ、余暇を使い自殺ゲームの調査を進めていた。

といっても、美弥子の協力が仰げない現状、やれることは少ない。ネットを回って自殺ゲームの噂を探る、まだ美弥子が当たっていないNPOの知人へ聞き込むなど、自分にできる範囲のことをやり続けていたが、何も情報は出てこない。

VR開発者の調査に進展があったと連絡がきたのは、そんな折だった。昼食を食べがてら話をしないかと言われ、昼休みに抜けてきたのだ。

「亀崎義一と寺沢佳穂には、連絡が取れた」

雀卓に載せたパソコンの画面に、ビデオチャットでつながった小太りの男が映っている。宙ている。寺沢は結婚して産休中の元同僚の、有森克己だった。昼休みに抜けて、どこかの喫茶店からスマートフォンで話しているようだ。

「亀崎は北米のゲーム会社に就職して、いまはシアトルに住んでいる。寺沢は結婚して産休中だ。このふたりは、自殺ゲームなんかを作る余裕はない」

手元に、有森と宙がまとめてくれたレポートがある。ふたりが念入りに調査を進めてくれたことが判る緻密なレポートで、ここ二年の亀崎と寺沢がどこで何をしていたかが細かく書かれている。

宙は、どうしてここまでやってくれるのだろう。

かつて、彼を助けたことへの恩返しのつもりなのだろうか。真剣な眼差しで画面を見つめる宙を見ながら、そんなこと気にしなくてもいいのにと考える。

「もうひとりの出井幹夫だが――自殺ゲームがあるとしたら、開発者はこいつかもしれない」

「どうしてですか?」

驚きながら聞くと、有森は「レポートの五ページ目を見てください」と返した。

「行方不明になってるんですよ」

そこには、眼鏡をかけた大人しそうな男の写真があった。

「出井はもともと大手のソフトハウスにいた開発者でしたが、十年前に独立してフリーランスになりました。家は千葉県の市川市《いちかわ》。働きかたが独特で、一年間企業のプロジェクトに入って金を稼いだら、次の一年はひとりでインディーゲームを作ってリリースするというサイクルで動いています」

「フリーランスって感じですね」

「出井にとってはインディー活動こそが大事で、クライアントワークはその資金集めなんでしょう。彼は、二年前に個人制作のVRゲームをリリースしています」

ゲームというより、お化け屋敷をVRで再現したようなものだったが、プログラミングからCG制作、音楽までひとりで作ったということで、業界内で話題になったらしい。

「気になるのは、ここからです。リリースしたあと、再び企業のプロジェクトに入ろうとしていた矢先、出井は市川の自宅から失踪しました」

「いまも見つかってないんですか」

「はい。出井のご家族に電話でお話が聞けましたが、音信不通だそうです」

フリーランスにとって、信用はもっとも大切なものだ。会社の後ろ盾がない分、個人で信用を積み上げていかないと仕事が続かない。案件を放りだして消えるのは、死に等しいだろう。独立して十年も食ってきた人間がそんなことをするのは、確かにおかしい。

「ただ、自殺ゲームの制作者かどうかは、怪しい気がしています」

「なぜですか?」

「出井の仕事仲間に話を聞けましたが、彼は大人しい好青年で、虫も殺さぬ性格のようです」

「そういう人が、実は暗い殺意を抱えているのかもしれない」

「彼の作ったVRゲームをやってみたのですが、正直、グラフィックなどは拙《つたな》い印象でした。

キャラクターのモデルや風景は外注するにしても、かなりのお金がかかる。〈Shenjing〉のポートを開けて初期化を促すなんて、そんなウイルスのようなものをどこに発注したのか疑問もあります」

「有森の言う通りだな」宙がまとめる。

「ただ、いまのところ、条件に当てはまるのは出井だけだ。そうだろ？」

「ああ。城間が挙げた三人以外でも、該当しそうなフリーランサーをピックアップしてみたが、みんな消息が摑めた。どこかの会社がおかしなゲームを作っていないか調べても、そんな動きはない」

「海外の開発者はどうだ？」

「さすがにそこまでは守備範囲外だ。一応シンガポールの友人に連絡して、英語圏で自殺ゲームの噂がないかは聞いてもらっている」

水も漏らさぬ調査ぶりだ。画面の奥の彼は、涼しい顔で腕時計を見る。

「そろそろ会社に戻らないといけない。まあ、引き続き、駄目もとで出井の周辺を探ってみます。アバターや音楽を外注してるなら、親しいフリーランスに仕事を依頼している可能性がある」

「ありがとう、有森。助かるよ」

「気にするな。たまには飯でも行こうぜ」

通話が切れる。宙は、ぱたんとノートパソコンを閉じた。

「ありがとう、宙。こんなに細かく調べてくれて」

「有森のおかげだ。久々に一緒に動いたが、やっぱり使えるな。あいつは寿司が好きだ、おごってやってくれ」

口ぶりから、好意と信頼感が感じられた。突飛な調査にここまで協力してくれた事実に、ふたりの絆《きずな》の深さを感じる。

――まずは、シンプルなゲームを作ろうと、プロデューサーと話し合いました。

『リボルバー』がヒットしていたころ、宙が受けたインタビューの記事を思いだす。

――当時の〈アルバトロス〉は新しい血を欲していましたが、我々若手に割り振られた予算には限りがある。幸いなことに、あのころはワンステージが短く終わるものが流行っていました。プロデューサーからは、ルールを刈り込み、シンプルな枠組みで多様な面白さを表現しろと言われました。開発は修羅場《しゅらば》で、チームの中でかなり衝突も起きましたが、いいものが作れてほっとしています。

理路整然とした戦略に、感心した。現在のチームで作れるものと、世の中の流れ。そのふたつを考慮し、最適解に落とし込んでヒットを飛ばすのは、銀行で見てきたほとんどの会社もできていないことだ。プロジェクトの手綱《たづな》を握っていたのはプロデューサーの有森だろう。その優秀さを今回の調査で改めて認識させられた。

「でも、申し訳ないな」

「何がだ」

「ここまで動いてもらってさ。本来は僕がやるべき仕事なのに」

「お前はゲーム業界の人間じゃない。餅は餅屋に任せておけよ。有森も、ゲームで人死にが出たりしたら業界としても困ると言っていた」

「でも、いくらなんでも甘えすぎだと思う。大体、自殺ゲーム自体、あるかどうかも判らないのに」

「追っていった先がShenjing《蜃気楼》なら、それがベストだろ? 犠牲者が出なくてすむ」

面倒くさいやつだな、お前は——と宙は笑って、雀卓の上に手を伸ばした。

「少し遊ぼうぜ」

宙は突然、雀卓のスタートボタンを押した。ガシャガシャと、洗牌《シーパイ》された山がせり上がってくる。

「麻雀をやるのか? ふたりで?」

「雀牌を使ったふたり用のゲームも、世の中にはある。そうだな……十半《トッパン》でもやるか」

「とっぱん?」

「どれでもいいから、二枚引け」

宙は山からふたつの牌を引く。困惑したが、まあ、時間はまだある。晃佑も宙に倣うことにした。

引いた牌は、五萬と東だった。学生のころはよく打ったものだが、〈レーテ〉をはじめてからネット麻雀もしていないので、雀牌の手触りが懐かしい。

「十半は、雀牌でやるブラックジャックだ。ルールは簡単、牌を引いて、書いてある数字の合計が10・5に近ければ勝ちだ。10・5を超えたらバーストで0点になる」

「字牌はどうなるんだよ?」

「字牌は0・5点だ。一萬、九索、中みたいな組み合わせは1＋9＋0・5で10・5。役も色色あるんだが、とりあえずあとで説明する。やろうぜ」

宙はもう一枚、牌をつまむ。晃佑が次の牌を引くと、二萬だった。二萬、五萬、東で7・5点だ。

宙がさらに一枚引く。これで、四枚。

このあと引くか引かないか、微妙なところだった。四以上の牌を引くと11・5となりバーストしてしまうので、三十四種類の牌のうち十八種類が引けない。迷った挙げ句、引くのをやめた。

「オープン」

牌を開ける。宙の手は綺麗で、八筒に加えて、中、白、發と三元牌が揃っている。

「9・5対7・5。俺の勝ちだな。三元牌が全部あるのは、小三元で三倍付けだ」

宙は点棒を卓の上に並べ、半分を晃佑に寄越した。

「さ、本番だ。どっちかの点棒がなくなるまでのKO決着ルール。敗者がカレーをおごる」

「そんなに時間取れないよ。〈レーテ〉に戻らないと」

「そんなに時間、かからないと思うぞ」

宙の不敵な笑顔に、思わず胸を射抜かれた。

高校生のころよく見た笑顔だった。レースゲームや格闘ゲームを一緒にやるとき、宙はこの顔になった。鼻っ柱が強く、微塵も負けるなどと思っていない、くそ生意気なゲーム少年の顔だ。

——お前と遊んでると楽しいよ。こんな風に誰かとゲームをすることが、なかったからなあ。

あのころ、彼の過去をしみじみと語られたことがあった。

宙は小学生のころから、ほとんど友達がいなかったようだ。マイペースで唯我独尊、一緒にゲームをしていても、ふたりで楽しむのではなく貪欲に勝ちにくる。学校という空間は、空気を読まない人間に優しくない。

小学生のころ、宙はいじめを受けていた。

いじめはターゲットがコロコロと変わることもあるが、宙のクラスはそうではなかった。一年中、鬼退治をされているみたいだったと、宙は言っていた。鬼は、クラスから出ていけ。

ただ彼は、彼らしく振る舞っていただけだったのだ。自分自身でいることが、迫害の対象になる。そこで自分を押し殺せる子もいるのだろうが、宙はそういう器用な人間ではなかった。

小学四年生のとき、登校中に校舎の姿が見えたところで、どうしてもそれ以上歩けなくなってしまったらしい。でも、別の方向に歩くことはできた。足が赴くままに歩き続けていたら、宙はいつの間にか、親とよく行くショッピングモールの包丁売り場にいて、柳刃包丁や出刃《でば》包丁の鋭い刃をぼんやりと見つめていた。

——そうか。

宙は、己の本心に気づいた。

——自分は、死にたいのか。

包丁なら家にある。いますぐ帰って、それを身体に突き立てれば、この現実から解放される。

宙は、ショッピングモールの出口に向かって歩きだした。学校には向かえなかった足がやけに軽やかに動き、店内から流れてくる明るい音楽が祝福のように聞こえた。

そこで、宙は足を止めた。玩具売り場に差し掛かったところだった。

あるロールプレイングゲームの新作が、来週発売されるというポスターが貼られていた。

——死んだら、できないな。

反射的に浮かんだ感想に、驚いたらしい。何を呑気なことを考えてるんだ。死のうと決意したのに、ゲームができないことを惜しがっているなんて。

——そうか。

生きがいにするくらいゲームが好きだということに、宙はそこで初めて気づいた。

それから宙は、深くゲームにのめり込んでいった。当時はちょうどメガドライブやスーパーファミコンといったハードが出回っていたころで、宙は学校での日々を、ゲームをやることでなんとか凌《しの》いでいたそうだ。異世界に入っているときだけが、本当に生きていると思える時間だったという。

——ゲームがなかったら、死んでたと思う。俺はゲームに命を救われたのさ。

中学は幸い校則が異様に厳しい学校で、友達はできなかったものの表立ったいじめもなくなった。そして宙は、夢を持った。ゲームを作る側になりたい。いつかは俺のゲームで世界をひっくり返してやるんだという、壮大な夢を。

「俺は、許せないんだよ」宙が、笑いながら呟いた。「ゲームを人殺しに使う人間がいるのが、腹が立って仕方ないんだ。有森もたぶん、同じだ。お前には悪いが、そこまで集団自殺の心配をしてるわけじゃない。俺は俺のために調査をしてるのさ」

「宙……」

「まあ、蜃気楼であることを祈るよ。そんなことより早くやろうぜ。昼休み、終わっちまうぞ」

ゲーム少年の笑顔で言う。晃佑も、つられて笑った。

「望むところだ」

晃佑は雀卓のボタンを押し、開いた穴に牌を放り込んだ。

夢中になって十半に興じていたら、一時間以上が過ぎていた。

〈レーテ〉に向かって明治《めいじ》通りを歩いている。歌舞伎町のあたりは観光客で賑わっていたが、昼の明治通りはスーツ姿の男性ばかりで雰囲気が硬い。

ゲームは宙の勝利だった。全く見事なポーカーフェイスで、トーカーの言葉の裏を日々考えている晃佑にも、彼の手がバーストしているのか高い手なのか全く判らなかった。

雑居ビルに戻りオフィスに入ると、美弥子が席で弁当を食べていた。

「おかえり。遅かったね」

視線を合わせようとしない。弁当を口に運びながらパソコンを見ている。

「どこ行ってたの？　ランチって聞いたけど」

「ああ……ちょっと、三丁目のほうに行ってた。つい気が抜けてのんびりしてたよ」

「随分かかったね。出てから、もう二時間も経ってる」

十半は楽しかったが、もう少し早く切り上げるべきだった。言い訳をひねりだそうとする。

「城間くんと会ってた？」

いきなりの指摘に言葉が詰まった。動揺が伝わったのか、美弥子の顔に失望が広がる。

「嫌な予感、当たっちゃったか」

「いや、ランチを食べていたのは間違いないよ。別に誰と食べてもいいだろ？　仕事の遅れは、残業して対応するから」

「田宮くん……ひとつ言っておくね」

美弥子はゆっくりと箸《はし》を置いた。

「私、田宮くんの仕事ぶりはすごいと思ってるんだ。私とは考えかたが違うけど、自殺対策にかける情熱も本物だし、尊敬してる。でも、最近の田宮くんはおかしいよ。実在するかも判らない自殺ゲームの調査に時間を割いて、〈レーテ〉のことを後回しにしてる」

「集団自殺が起きるかもしれないんだ。それを止めようとするのが、おかしいかい」

「違うでしょ」美弥子は覗き込むように晃佑を見た。

「博之くんが死んだ理由が、欲しいんでしょ?」

心臓を指先で突かれた気がした。

「自殺ゲームに彼が熱中していたことが判れば、自分のせいじゃなくなる。博之くんを追い込んだ犯人に、すべての責任を被せられる。その事実が欲しいんじゃないの?」

「違うよ。自殺ゲームなんてものが広まったら、大きな脅威に……」

「もう、〈レーテ〉の仕事が嫌になっちゃったの?」

心臓に触れた指先が、そのまま奥に押し込まれる。

「最近、お酒の量が増えてる。働いても働いても自殺者が減らない。それがつらくなっちゃった?」

「どうしてそんな話になるんだよ。博之くんの話と何の関係が?」

「地道な自殺対策に倦《う》んでいたときに、かつて救った人が死んだ。ショックを受けた君は、目の前の仕事を投げだして、その人の死の真相を探りだす。彼の死がどこかの誰かの仕業だったら、自分の失点じゃなくなるから。君はそこまでするほどに、この仕事に意義を感じられなくなっている。違う?」

答えられなかった。

〈レーテ〉の仕事を投げだすつもりはないし、博之の死だけに囚われているつもりもない。自殺ゲームが世に出回ったら、大勢の人間が死ぬ。それを食い止めるために動いてきたつもりだった。

だが、本当にそうなのだろうか。

無意識のうちに、いまの仕事に背を向けたい感情はないだろうか。博之の自殺を認められず、代償行為として調査にのめり込んでいるという側面はないだろうか。

美弥子は再び弁当を食べはじめている。「井口さん」と晃佑は内心をごまかすように言った。

「でも、実際に宙に調べてもらったんだ。出井幹夫というゲーム開発者が……」

「城間くんの名前は、聞きたくないよ」

美弥子には、譲歩をする素振りもなかった。

——危ないかもしれない。

最近重い事案がなかったこともあり、〈レーテ〉をなおざりにしすぎていた。そうしている間に、美弥子との距離が思った以上に離れてしまったようだ。

調査は一旦、中止したほうがいいかもしれない。現状、自分にできることは宙と有森の調査を待つだけだ。

美弥子が憤っているのは、協力者が宙であることも大きいのだろう。その嫌悪の理由も、晃佑には理解できる。

——俺は、許せないんだよ。

〈アルバトロス〉を追放されたとき、宙は図らずも、雀荘で呟いていたのと同じ言葉を使っていた。

——会社の連中は、ゲームのことを真剣に考えてない。ゲームは奥深いものなのに、歴史も最新技術も勉強せず、その深さに挑まずにどいつもこいつも給料だけを食んでいる。そんなくだらない連中に、俺は追いだされたんだ。

三年前、泥酔して電話をしてきた宙は、泣いていた。彼の奥底にはいまもなお、ゲームを軽んじる人間への怒りが眠っているのかもしれない。彼が語った犯人への憤りは、あのときの怒りとも響き合っている気がした。

そして、美弥子の嫌悪もまた、宙の追放という出来事につながっている。

宙が、解雇された理由——。

それは、彼が児童ポルノの所持で有罪判決を受けたからだ。

7　くるみ　八月五日

起動したゴーグルを頭からかぶると、光の空間に放り込まれる。様々な色の光がびゅんびゅんと通り過ぎる中を、くるみは矢のように飛んでいく。

——気持ちいい。

〈銀色の国〉に入ってからもう一週間が経っているが、オープニングは何度見ても飽きない。心地よい音楽とカラフルな光に包まれていると、脳内物質が分泌されてとろけるような快感に包まれる。飛行は三十秒ほどで終わり、すぐにドアが現れるのだが、本当はもっと浸っていたかった。

今日の〈銀色の国〉は大雪だった。視界が白く濁《にご》っていて、空を見上げると、分厚い雲が雪を撒き散らしている。

それにしても、〈銀色の国〉の作り込みはすごい。ログインするたびに天候が違い、晴れと雨とでまるで違う姿を見せる。降りしきる雪は大きめの綿毛のようで、触ることすらできそうだ。

白い靄《もや》の奥から、ぶかぶかのダウンコートを着た男の子が現れた。〈ハト〉という名前が、頭上に表示されている。くるみもアバターをカスタマイズ済みで、向こうのゴーグルにはシャツとジーンズを着た〈なっつ〉というハンドルネームの女性が見えているだろう。挨拶のエモーションを飛ばすと、〈ハト〉も返してくれた。ささやかな交流に、心が和む。

くるみは雪の中を歩き、道端に生えている草を抜いた。〈銀色の国〉には雑用タスクがあり、草をむしったり、雪かきをしたり、道を掃除したりして報酬をため、アイテムを買うことができる。

この一週間、くるみは部屋を飾っていた。気に入ったカーテンやソファを買い、ラグマットを敷いて棚を置き、熱帯魚の泳ぐアクアリウムを設置した。

生活を彩る何気ない時間がずっと欲しかったんだと、気づかされた。パパが失業していてお金がない現実世界では、なかなかできないことだ。

〈銀貨の集会〉には一度だけ参加し、みんなの悩みを聞いた。

〈銀貨の集会〉の仕組みは興味深かった。挙手のエモーションをし、五人以上から指名を受けるとボイスチャットで話す権利が与えられる。個人情報の特定につながる話は厳禁で、破るとアカウントごと消されるらしい。アンナが広場にいないとはじまらないようになっていて、毎晩大体十八時から話し手がいなくなるまで続く。

プレイヤーの悩みは様々だった。学校でいじめに遭っている人もいれば、難病を抱えている人もいた。若い人が多かったが、大きな借金を抱えて返せないという年長の男性もいた。

最初はシンパシーを感じていたが、みんなの話を聞いているうちに、だんだん引け目が生じてきた。

――自分には、病む資格があるんだろうか。

兄が自殺をしてから、自分を責め続けている人がいた。親から虐待を受け、成人しても周囲を信用できず、まともに働けないという人もいた。みんなの深刻な悩みに比べると、自分の苦しみなんか軽いものだ。恋人に振られた、受験に落ちた、母がいない、父親と上手くいっていない――そんな程度のことで自傷をしてしまう自分は、単に堪え性《しょう》がないだけなんじゃないか。

それ以来、〈銀貨の集会〉には足が向かなくなった。散歩をしたり部屋を彩ったりしているだけで充分だ。

アイテムはパネルを開いて買うことができる。壁に飾る絵でも買おうか、それとも観葉植物のドラセナにしようか。道端の草をむしりきったところで、うきうきしながら家に入る。

「ヘーゼルちゃん」

猫の名前は「ヘーゼル」にした。「くるみ」と同じナッツの名前であることと、「ヘーゼル」の意味するところである榛《はしばみ》色の目が綺麗だからだ。

「ヘーゼルちゃん。隠れんぼかにゃ？」

家の間取りは三部屋で、リビング、ダイニングキッチン、寝室。ヘーゼルは気まぐれにその間を行き来する。猫の作り込みも細かくて、尻尾を舐めるポーズや、足元にすりすりと寄ってくる仕草、うみゃあという甲高い声に、興奮すると家中をどたばたと走り回るところ、どの瞬間も可愛らしい。

「ヘーゼル。ご飯だよ、出ておいで」

ペットにはこちらの声は届くようだ。くるみが話しかけると、ヘーゼルはこちらを向いたり、耳だけをぴくりと動かしたりする。ああ、早く会いたい。くるみはリビングのドアを開けた。

「え……？」

思わず、絶句した。

ヘーゼルが仰向けに倒れ、痙攣《けいれん》していた。

手が痛くなるほどに、コントローラーを握りしめる。

くるみは、アンナの家に向かっていた。

雪が降り続けている。寒さを感じないことに違和感を覚えるほどのリアルな雪景色。ボタンを強く押しても連打をしても、この世界では走るという動作はできない。ゆっくりとしか動けないもどかしさの中、焦燥がどんどん煮詰まっていく。

――実際の猫と違って、一日一度餌をあげれば死んだりしません。

〈銀色の国〉には毎日ログインし、必ず餌を与えていた。二十四時間以内に、必ずあげなければいけないんだろうか？　昨日のログイン時刻が思いだせない。いまは十七時だが、昨日ログインしたのが例えば午前だったとしたら、二十四時間以上空いている。それがよくなかったのだろうか。

ヘーゼルは白目を剝き、死んだ魚の不随意運動のようにぴくぴくと痙攣していた。ＣＧだと判っているのに、胸が張り裂けそうだ。自分のせいだという自責が心を苛み続ける。

――目印は煙突です。この道を歩いていくと、煙突が二本立った家があって、左側の煙突の先が赤く塗られています。

海のほうには、初めて行く。

道の途中にアンナの言っていた目印はあったが、厳密に言うとそれは「煙突が二本立った家」ではなく、並んだ二軒の家にそれぞれ煙突が立っているだけだった。「左側が赤い」という説明も正しくなくて、どちらも同じような赤い煉瓦でできている。気分がささくれだっているせいか、アンナの不正確な説明に舌打ちをしそうになった。

さらに二分ほど歩いたところで、海にぶつかった。

石畳の道が途切れていて、そこからごつごつとした岩場になっている。その先は崖で、眼下には一面の海が広がっている。

大雪のせいで、海と空との境界線が白く溶けている。空から雪が降り注いで海と混ざっている様子は、巨大な怪物同士が人智の及ばない言語で交流しているように見えた。雄大な光景の中にぽつんといることで、孤独感がさらに高まってくる。

石畳が途切れるところ、岩場の一番近くの家に「Anna」というネームプレートがあった。アンナは道案内が下手なのだろうか？　最初から「突き当たりまで歩け」と言えばいいだけなのに。

くるみは、コントローラーを操作してアンナの家の扉を叩いた。

返事はない。「アンナさん」と声をかけてみたが、やはり応答はない。

いまは十七時。夕方から夜にかけてログインしていると言っていたのに、どうして出ない？こんなことをしている間にも、ヘーゼルはたぶん、死に近づいているのに。

ドアを叩き呼びかけ続けたが、アンナは出てこなかった。ゴーグルの重さが、首にずしんとのしかかってくる。

――やめちゃおっか。

やめても後腐れは残らない。ヘーゼルはリアルな猫じゃないし、アンナはこちらが誰かも、どこに住んでるかも知らない。

虚数空間は虚数がなくなれば消える。この空間も、ゴーグルを脱いで電源を切り二度とアクセスしなければ、自分の人生からは消える。こんな思いをしてまで続けるほどのことはない。ゴーグルの電源ボタンを、指先で触る。これを押し込めば、すべて終わる――。

だが、それ以上、力が入らなかった。

この世界を消したら、日常に戻らないといけない。

頭に入ってこない参考書。散らかった部屋。電車にひと駅乗るだけで疲弊する肉体。キラキラとした毒電波が発信され続けているインスタ。ドアの向こうに佇《たたず》むパパ。そういったものと、向き合わなければいけない。

くるみは、きた道を振り返った。街へは緩やかな下り坂になっていて、全体を一望できる。雪のカーテンの向こうにぼんやりとカラフルな家々が見え、部屋の灯りが薄暮を照らす。それぞれの灯のところに自分と同じような境遇の人たちがいると思うと、胸が一杯になる。

くるみは、電源ボタンにかけた指先を外した。コントローラーのトリガーを引く。

歩きながら、考えを整理した。もう一度、餌をあげられないか試してみよう。あと一時間で〈銀貨の集会〉がはじまるし、そこでアンナと話すことはできる。

天候がちょうど変わり目を迎えたのか、煙突の家を通り過ぎ自宅の前に着いたころには、あれだけ降っていた雪が小降りになっていた。家に入ろうと、ドアを開ける。

そこで、くるみは驚いた。

家の中に、見慣れない大きなぬいぐるみのクマがいた。

なんだろう？　そう思う間もなく、クマはこちらに向かって手を振る。挨拶のエモーションだ。クマの真上に〈ギンシロウ〉という名前が表示されている。

なぜほかのプレイヤーがここにいる？　戸惑っていると、ギンシロウは奥のリビングに向かい、パンパンと手を叩く。

その瞬間、リビングから猛スピードで猫が飛びだしてきた。

「ヘーゼル！」

倒れていたはずのヘーゼルは、すっかり元気になってギンシロウの足元にじゃれついた。安堵のあまり、その場にへたり込みそうになる。誰だか知らないが、この人が助けてくれたようだ。

「ギンシロウさん、ありがとうございます！」

「にゃおん！」

くるみの声を察知したヘーゼルが走り寄ってきた。感謝のエモーションを飛ばすと、ギンシロウは照れたように、頭をかくエモーションを送ってきた。

8 晃佑 九月十四日

豪雨だった。西新宿から美弥子と一緒にタクシーに乗り込むと、足元までぐっしょりと濡れていた。

「濡れてない？ 大丈夫？」

タオルを差しだしたが、美弥子はもうハンカチで服を拭きはじめている。仕方なく、晃佑は雨に打たれた髪を拭った。

今日は月に一度の、ボランティア向けの事例検討会だった。西新宿の貸し会議室で二時間ほど、直近一ヶ月に起きた事例をピックアップして全員で検討し、懇親会がてら昼食を取って解散するというのが常だ。今日は十五人中十二人のリスナーが参加し、周一を中心に活発な議論が交わされた。

タクシーに乗り込むと、美弥子はノートパソコンを広げ叩きはじめた。このところの彼女は多忙で、見るからに余裕がない。今日も午後からオフィスで〈レーテ〉の監事を務めている税理士との打ち合わせがあり、池袋に移動して自治体の福祉課と懇談、夜は寄付をしてもらっている法人との会食が入っている。夜の部には晃佑も呼ばれているので、日中に業務を終えないといけない。

「東新宿までお願いします」

「東新宿って、大江戸線やったっけ?」

「はい。職安《しよくあん》通りと明治通りの交差点まで」

「すまんな、よく判らん。住所教えてくれへん?」

関西弁の中年のドライバーだった。東新宿くらい知っていてほしいが、バックミラー越しに合う目は全く悪びれていない。

「悪いな、こっちに出てきたばっかりなんや。東京は道が曲がりくねっててかなわんな」

住所を教えると、カーナビに入力して走りだす。悪びれていないというより、どこか見下しを含んだ口調だった。

「前は京都でタクシーを走らせてたんやけどな、京都はええで。道が碁盤《ごばん》の目になってるさかい、どこ行くにしても、一回曲がれば着くからな」

「さすが、合理的ですね」

「せやろ？　だから、京都のドライバーはアホでもできんねん。東京の人は頭ええんやなあ。老人には覚えられへんて、こんなん」

へらへらと笑いながら言われるにつれ、美弥子の足先がわずかに動きだす。運転手の不遜な態度に、苛立《いらだ》ちが増幅しているようだった。

「しかし、新宿は特に走りづらいわ。この前は京王《けいおう》線の入り口に行ってくれって言われたからつれていったら、そっちは京王新線やって怒られてもうた。なんやねんそれ。判りづら」

「まあ……東京の人でもその辺は、判りづらいんですよ」

「ほかにもあるで。車内から都庁見てたら、北塔はどっちですかって言われたのもあったな。知らんて、なんで同じ形に作るねん。西武新宿駅と新宿西口駅も判りづらいし、ヨドバシカメラも多すぎるやろ？　案内できへんて、全く……」

「京王新線は、初台《はつだい》と幡ヶ谷《はたがや》に停まるだけですよ。別に難しい話じゃないでしょう」

辛抱が利かなくなったように、美弥子が口を開いた。

「都庁の塔の見分けかたは簡単ですよ。屋上に航空障害灯のタワーが立ってるのが北です」

「航空障害灯？」

「よく見てください。北塔だけ、飛行機が衝突しないためのランプを照らすタワーが立ってるんですよ。新宿西口駅と西武新宿駅は、JR線の線路を挟んだ反対側で、地下が新宿西口駅、地上が西武新宿駅。ヨドバシはたくさんありますが、店舗が点在している西口のほうが東口より広いしなんでも揃いますから、判らないなら西に案内してください。まだありますか？」

まくしたてるように言うと、再び打鍵をはじめる。運転手も面食らったのか、不機嫌そうに黙り込んでしまった。

静かになった車内、晃佑は車窓の外に目をやる。雨が程よい環境音になり、思索に沈み込んでいく。

自殺ゲームの調査は止まっていた。宙と会ってから一週間、まだ連絡はきていない。今週は対面希望のトーカーがふたりもいたので、相談業務も忙しかった。

美弥子とのもつれも、まだ改善していない。先週宙と秘密裏に会っていたことがかなり不興を買ったらしく、最近は雑談を持ちかけても冷たくかわされることが多い。

宙と美弥子のことも、考えなければいけないかもしれない。

〈レーテ〉にとって、宙の作ってくれたチャットアプリは生命線だ。ここまでふたりの関係をそのままにしてしまっていたことを、晃佑は後悔していた。もっと早く、関係改善をさせるべきだったのだ。

——だが、できるだろうか。

美弥子が宙に不信感を持っていることも理解できる。宙があの件のことを頑として語ろうとしないからだ。

三年前に、彼が有罪になった件を。

宙は三年前、児童ポルノの所持で有罪になった。

折しも児童ポルノの単純所持が違法化され、警察も実績作りに躍起《やっき》になっていたころだった。児ポを扱っていたとあるアダルトストアが摘発され、顧客名簿に載っていた人間が数百人単位で根こそぎ検挙される中、城間宙の名前もそこにあった。

休日、自宅に神奈川県警の捜査員がやってきて、令状を見せられたそうだ。パソコンや本棚を漁られ、最終的にゲームの棚に大量に並んだパッケージの中に、二本の児童ポルノDVDが入っているのを発見された。現行犯逮捕こそされなかったようだが、その後取り調べが行われ、在宅起訴された。

宙は、取り調べでも裁判でも、一貫して否認を続けた。そんな店を使った覚えはない。DVDを購入した記憶もない。だが、旗色は悪かった。宙がクレジットカードでDVDを購入した記録が残っていたし、届け先は〈アルバトロス〉の住所で城間宙宛になっていた。棚から見つかったものも、注文内容と同じDVDだった。

判決は、有罪。二十万円の罰金刑がくだされた。

だが、彼が失ったものは二十万円では利かなかった。

〈アルバトロス〉は宙を解雇し、新進気鋭の若手である城間宙が児童ポルノの所持で失脚した件はゲーム業界で知られることになった。ネットの匿名掲示板にはこの件のまとめが投稿されていて、城間宙で検索をすると出てくる。

宙は、ゲームを作れなくなった。子供のころから渇望していた夢が、無惨にも絶たれたのだ。

——晃佑、助けてくれ。このままじゃ俺は、自殺しちまうかもしれない。

宙が憔悴《しょうすい》しきった表情で晃佑のもとを訪れたのは、彼が解雇されてから三ヶ月後のことだった。酒を飲まない宙が一日中アルコールを飲み続け、激しい抑うつ状態に陥っていた。

——犯人は、判ってるんだ。

三船《みふね》という男に嵌められた、と宙は言っていた。

三船は宙と同期のゲームデザイナーで、やはりインディーゲームからスカウトされて入社してきた人間らしい。だが『リボルバー』と同時期に三船が作ったゲームは評価的にも商業的にも惨敗し、社内の序列は決まってしまった。三船は宙に激しく嫉妬《しっと》していたそうだ。

宙の推理はこうだった。三船は宙の排除を企《たくら》んだ。財布に入れていたクレジットカードの番号を盗み見て、児童ポルノのDVDを宙の名で注文し、会社に届いたのを見計らって回収した。

宙は当時、同僚を家によく招いていた。三船がきたこともあり、その際にDVDをゲームの棚に紛れ込ませたのだ。あとは警察がアダルトショップを摘発するのを待てばいい。

——三船は異様な負けず嫌いだった。ゲームなんかたいして好きじゃないくせに、ゲームで成功したがっていた。俺は悔しい。あんなクソみたいな人間に、追放されたことがな。

彼の推理が正しいのかは、いまでもよく判らない。三船の「計画」は他人を陥れるにしては偶然に頼る要素が多く、宙がクレジットカードの明細をチェックしたり、本棚を整理したりするだけで破綻する。危ない橋を渡ってまで、そんなことをするだろうか。

検証はあとにして、晃佑はまず宙を心療内科につないだ。

幸い投薬と心理療法が上手くいき、宙は回復した。が、それ以降、事件について一切語らなくなった。会社にも警察にも信用されなかったのがトラウマになっているようだ。

ゲーム開発はやめて、スマホアプリの開発者になる。宙がそう宣言したとき、晃佑は以前から企画していたチャットアプリを発注した。仕事によって社会とつながることは、精神の安定をもたらすからだ。ただ、宙の前歴がネットを検索すれば出てきてしまう以上、美弥子には話さざるを得なかった。事件について語ろうとしない宙を、美弥子はクロだと判断しているようだった。

「ちょっと、着いたよ」

気がつくと、〈レーテ〉のビルの前にタクシーが止まっていた。美弥子は支払いを済ませ、晃佑を待たずに降りてしまう。

エレベーターで三階まで上がる間、美弥子は何も話そうとしない。前は軽口を叩き合えていたのに、雑談すら思いつかない。いつまでこのままなのだろうと危惧を抱えたまま、開いた扉から外に出る。

廊下を曲がり、オフィスに向かおうとしたところで、美弥子の足が止まった。

「誰か、いる」

〈レーテ〉の部屋の前に、人影があった。その正体が判った瞬間、緊張が走った。

「角中さんだ」

美弥子の目が、見開かれる。

周一につれられてきた、自傷行為をしているという中年の男性だ。金色の釘らしきものを握りしめ、意図の不明な質問をされ続けた時間が、かすかな恐怖と一緒に蘇る。

「警察、呼ぶ?」

トーカーがいきなりオフィスにくるなんて、五年間でも初めてのことだ。しかも相手は以前、凶器を持っていた。何をされるか判らない。

——でも。

「困ってるかもしれない」

「え?」

「角中さん、不安そうだ」

その立ち姿は、弱々しかった。肩が落ち、微動だにしないまま〈レーテ〉のドアを見つめている。

「でも、突然オフィスにくるなんて……」

「ほかに方法がなかったのかもしれない。話を聞いてみないと」

無理して言っているつもりはなかった。〈レーテ〉は、あらゆる自殺志願者を救う網になるためにあるのだ。リスナーのモードに、自然と頭が切り替わっていた。

美弥子は納得するように、小さく頷いた。

「危ないと思ったら、すぐに逃げてよ」

「判ってる。下に行ってて」

美弥子がエレベーターのほうに戻っていくのを見て、晃佑は歩きだした。

「どうされました、角中さん」

角中が、ぱっと晃佑のほうに向く。

胸がちくりとした。表情のない疲れ切った目をしていて、以前より精神状態は悪くなっているようだ。前回、自分が上手く対応できていれば、こんなことにはならなかったかもしれない。

釘を持っているのかはよく見えない。ならば心配しても仕方ない。一対一でのコミュニケーションが図れる「社会距離」である三・五メートル以内に、晃佑は恐れず踏み込んだ。

「その後、お元気でしたか。心配してたんです。ここは狭いので、とりあえずこの間のカフェに行きませんか」

笑顔で広い場所に誘導しようとしたが、角中は動かない。人目の届かないオフィスに入るのはいくらなんでも危険なので、このまま立ち話をすることにした。

「……あのあと、あちこちを巡ったんですが、結論は出ませんでした」

角中は呟いた。何を言いたいのかよく判らなかったが、困惑を表に出すわけにはいかない。

「結論とは、何のことでしょう？」

「だから、無理やりでも心療内科に行ったほうがいいかどうか、です」

「前回もその件でお悩みでしたね。また、自傷行為をされたのでしょうか？」

「いえ、いまは、家から出られなくなって困ってます」

おや、と思った。質問は同じだが、二ヶ月半前とは行動が変わっている。

彼の悩みの核に、何があるのか。それを紐解くヒントが見つかるかもしれない。角中の気持ちに寄り添うように、晃佑は聞いた。

「出られないというのは、外に出るのが怖いということですか？」

「判りません。なんだか、出られなくなって」

「確か、おひとり暮らしでしたよね。今日いらしてるのは、『出られない』とは違う状態ですか？」

「たまに、出られるときがあるんです」

「なるほど。出られるときと出られないときに、違いはあるのでしょうか？」

「……判りません」

本当に判らないのか、自己開示をしてくれていないのかは判断できない。ただ、ここを深掘りしても前回と同じ結果になるだけな気がした。

ひとつ、気になっていることがあった。

「さっき、『あちこちを巡った』と仰ってましたね。ほかにもどこか、回られたんですか」

「こういう、自殺の相談に乗っているところを回ってます」

「なるほど。先ほど自傷は収まったと仰っていましたが、まだ死にたい気持ちがおありなんですか」

「……判りません」

「でも、気分の落ち込みはある。そういうことですね」

「それは、たぶん」

なんとなく、角中の問題が見えてきた気がした。

「僕の見解ですが、心療内科を受診されることをおすすめします」

結論づけるように言った。

「気分の落ち込みがあるのなら、それを先に取り除いたほうがよいでしょう。僕は臨床心理士なので病名の診断はできませんが、投薬治療で治る可能性はあります」

角中は黙って晃佑の話を聞いている。

「気分が回復したら、外出できるようになると思います。なので家から出られないことで悩むよりも、まず気分障害にアプローチをしたほうがよいと考えます」

的確なアドバイスができている。あとは軽く後押しをするだけだ。

「というより、心療内科はそんなに身構える場所じゃありません。迷われてるのなら行ってみるのがいいですよ。医師の話を聞いて、損をすることはありませんから」

「そういうことが聞きたいんじゃない」

刺すような口調だった。

「私の話を、聞いてましたか？」

角中の目には失望の色が浮かんでいる。

「私は気分を治したくて困ってるんじゃない。家から出られないことが、通院に値するかどうかが判らなくて、困ってるんです」

「通院に値するかどうか……？」

「どうして判ってくれないんですか？　あなたも、ほかの皆さんも」

視界が揺らいだ。リスナーとしての自信が揺らいでいる。

角中が呆れたように踵を返す。自分はその姿を、見送ることしかできない。

――わけの判らないトーカーは、たまにやってくる。

終始支離滅裂な内容を言われたり、「お前の対応が気に食わないから、自殺してやる」と言われたりもする。そういう人たちをいちいち気にしていたら、潰れてしまう。

角中もその類だ。まともに相手をしてはいけない。もう、切る判断をすべき段階だ――。

「――なんですか？」

晃佑は、彼の右手を摑んでいた。

「すみません、僕が未熟でした」

投げだしたくない。

彼は困っていることを表現できていないだけなのだ。そんな人から話を聞きだせなくて、何がリスナーだ。

「僕に角中さんを理解できる器がないんだと思います。でも、理解したいと思います。もしよろしければ、もう一度、お話を聞かせてくれませんか」

となりふり構わずに言うと、角中は晃佑に向き直る。その表情は能面のように硬い。だが、とりあえず話し合いのテーブルにはついてくれるようだった。

ここまで聞いた話を、頭の中でまとめた。

「家から出られず、その理由がご自身でもお判りにならない。そして通院するかを検討されている」

「最初からずっとそう説明しているでしょう」

「気分の落ち込みがあるかないかも、よく判らない」

「はい」

晃佑の中に、ひとつの仮説があった。

人の話を〈傾聴〉するには、話の裏を読み本音を探ることが必須だ。普通の人間はなかなか自分の気持ちを把握しきれないものだし、できても伝える表現力を持っていない。

だが、〈傾聴〉しているから、齟齬《そご》が起きているのではないか。

表面的な情報以外を考えているから、話が噛み合わないのではないか。角中の苛立ちは、きちんと情報を出しているのになぜそれを見てくれないのかという叫びなのではないか。

「前言撤回します。心療内科に行く必要は、ないと思います」

言葉の裏は、あえて読まない。通常ありえない方法にアプローチを変えた。

「自傷行為は、いまはされていないんですね」

「はい……最近は」

「自傷をしている場合は、すぐに心療内科に行くべきです。自傷患者の自殺率は一般より高く、心療内科で治療を受けることで寛解が期待できるからです。ただし、ひきこもりに関してはこの限りではありません。精神的な疾患が原因の場合は行くべきでしょうが、対人関係、経済的な問題などでひきこもっている場合は、心療内科に行っても解決はできないからです」

「では、どこに行くべきなんですか」

ビンゴだ。角中の反応が変わった。これが望んでいた会話のようだった。

「ひきこもりと言っても事情は様々ですから、軽々には申せません。総合的評価《アセスメント》といって、本人や家族の状態、どうなりたいのかといったご希望を聞きながら、個別に考えていく必要があります。ただ、いまはその前段階の話です」

「もっと情報がいるということですか」

「その通りです」

手応えを感じた。このまま進んでいけば、彼の核に触れられるという予感があった。

「もしよろしければ、詳しくお話をお聞かせいただけませんか」晃佑は身を乗りだした。

「もっと角中さんの事情を、詳しく――」

「ありがとうございました」

「え？」

唐突に言い残し、角中はあっさりと踵を返した。止める間もなかった。晃佑は面食らったまま、その背中を見送った。

——助けに、なれたのだろうか。

角中が望むものを返しつながることができた感触はあったが、彼の役に立てたのかはよく判らなかった。

「お疲れ様」

入れ違いに、美弥子がやってきた。先ほどの苛立ちは消え失せ、眼差しに敬意がこもっている。

「エレベーターのところで聞いてた。声、届いてたから」

「そっか。なんか、あまり上手くいかなかった」

「そんなことない。あそこまで丁寧に話を聞くのは、誰にもできないよ。田宮くんは優しいね」

優しい。人生で幾度となく言われてきた言葉だが、美弥子にかけられるのは初めてだ。

「私の尊敬してる田宮晃佑が、帰ってきた気がする」

行こ、とオフィスに入っていく。久しぶりに、彼女の屈託のない笑顔を見られた気がした。

9　くるみ　八月十二日

「やった、勝った」

縦に二分割されたテレビ画面の、くるみが操作している左側に〈YOU　WIN〉という文字が出ている。

くるみは、ファミコンの対戦シューティングゲームをやっていた。同じステージを左右に分かれて操作し、点数を競い合えるのだ。最近のお気に入りで、暇があるとプレイをしている。耳元で電子音が鳴る。隣にいたギンシロウが「いいね」をしてくれたのだ。くるみもコントローラーを振って「いいね」を返す。

〈銀色の国〉では色々な娯楽が用意されていたが、そのひとつがテレビゲームだった。家の中にテレビがあって、そこで遊べるのだ。

ゲームの数は多い。ファミコンやスーパーファミコンといった生まれる前のものが中心で、グラフィックはショボかったけれど初心者の自分には却ってとっつきやすかった。市販のゲームがただでプレイできる理由はよく判らなかったが、ゲーム選択の画面をよく見ると「各メーカー様のご厚意でソフトを提供していただいています」と書いてあるので、特例で認めてもらっているのかもしれない。

ギンシロウがパンパンと手を叩く。画面は変わって、レースゲームになっている。手を二回打つのは、こちらを誘うときの彼の癖だ。次は負けないよと言っているようだった。

ここ数日、くるみはギンシロウと遊んでいた。

たぶんギンシロウは、くるみより前から〈銀色の国〉にログインしている人だろう。テレビゲームができることを教えてくれたのも彼だった。瀕死のヘーゼルを助けてくれたこともそうだが、長い間いるからこその豊富な知識を感じる。

「あー、負けた」

レースはコースアウトを繰り返した挙げ句、惨敗してしまった。横でギンシロウが笑いのエモーションを投げてくる。くるみがサムズダウンを送ると、ギンシロウはショックを受けたというようにびっくりポーズを取る。ギンシロウは表情豊かだ。彼のおかげで、エモーションを使って細かい感情のやりとりをする方法が判ってきた。

パンパン。ゲームは終わりというように手を叩き、ギンシロウは家の外に出ていく。くるみもあとに続いた。

道行く人々が、挨拶を飛ばしてくる。ギンシロウはそれらに対して、異なるエモーションを細かく返していく。本当にまめな人だ。一体いつ寝ているんだろうと思うくらい常にログインしていて、何か困ったことがあったら助けてくれるし、愛嬌のあるエモーションを駆使してこちらの気持ちを和ませてくれる。人気者の彼と行動ができていることに、少し優越感を覚えていた。

そのときだった。

ゴーン……ゴーン……。

遠くから、荘厳な鐘の音が聞こえてきた。なんだろう？　こんな音は初めて聞く。

「〈銀色の国〉の皆さん」

天からアンナの声が降り注いだ。

「アルテミス様からのミッションです。空を見上げてください」

ミッション。そういえば、そんなものがあると聞いていた。〈銀色の国〉にくるようになってから二週間経つが、初めてのことだ。

抜けるような青空が、照明を落としていくように暗くなり、夜になる。星が満天にきらめきだす。

文字が浮かび上がる。銀糸で紡いだような美しい文字だった。

【高い塔の絵を捧げよ】

＊

「なっつさん、住んでいるお近くに高い建物はありませんか？」

ミッションの内容がいまひとつ理解できなかったので、街中を探してアンナを捕まえた。

アンナは銀のドレスを着ていた。ミッションが発令される特別なときだけ、これを着るのだという。銀に身を包んだアンナは貴人のようで、見ていて少しドキドキした。

「現実世界で、高い建物の写真を撮ってくるっていうことです。何階以上という縛りはありませんから、好きな建物を撮ってアップロードしてください。お礼として特別なアイテムをお送り致します」

投稿用のＵＲＬを教えてもらった。〈銀色の国〉には専用のアップローダーがあって、そこに上げるらしい。

「アンナさん、最近いなかったですよね？」

少し気になっていたことを聞いた。ヘーゼルが倒れたあたりから一週間ほど、なぜかアンナは姿を消していた。彼女がこないので〈銀貨の集会〉も開かれていないようだ。

「ああ……ちょっと体調を崩して、お休みしてたんです。もう大丈夫です。ご心配おかけしました」

アンナは力こぶのエモーションをくれた。くるみはすかさず「いいね」を返す。

「なつさんは、もう〈銀色の国〉には慣れましたか？」

「はい。とても楽しく過ごしてます」

「それはよかった。でもまだ、〈銀貨の集会〉でお話ししてないですね？　そろそろ再開しますから、よかったらお話を聞かせてくださいね」

気軽に誘ってくれるが、深刻な悩みを抱えた大勢の前で話をするというのは、やはり気が重い。「いいね」を送って、お茶を濁した。

それよりもまず、ミッションだ。特別なアイテムとやらも気になる。

くるみはログアウトし、〈Shenjing〉を外した。

昼を過ぎたばかりで、太陽が眩しい。最近部屋にいることが多いので、外に出ているだけで身体がこわばる。

考えてみたら、きちんと外出するのは二週間ぶり、御茶ノ水にゴーグルを取りに行って以来だ。スーパーへの食材の買いだしは、いつの間にかパパがしてくれている。汗をかきながら、現実の日光が熱いことを思いだしていた。〈銀色の国〉の温度のない太陽のほうが当たり前になっている。

――汚い街だなあ。

マンション、戸建て、コンビニ、駐車場、並んでいる建物や施設には統一感がなく、雑草が滅茶苦茶に生えているだけにしか見えない。でこぼこした灰色のコンクリートには鳥の糞《ふん》も落ちているし、見上げると電線がスパゲッティのように空を遮っている。

ふと、くるみの目の前に、茶トラの野良猫が現れた。

栄養状態がよくないのかガリガリに痩せていて、腰がハンマーで叩いた金属のように凹んでいる。猫は力なく歩いていたかと思うと、ぴたりと足を止めた。

目が合った。綺麗な黄色の目が、ヘーゼルのそれを思わせた。

「どうしたの、猫ちゃん」

かがんで手を伸ばそうとしたところで、くるみははっとした。

猫はやさぐれた表情をしていた。

誰かから虐待されていたのかもしれない。こちらを見つめる目には、敵意も恐怖もない、ただ人間に対する深い諦めがあった。

それ以上、手が伸ばせなかった。猫はフンと鼻を鳴らすと、よたよたと歩いて去っていく。

に。
嫌な気分が残った。ヘーゼルならきっとすりすりと身体を寄せて撫でてとアピールしてきたの

顔を上げると、街がさっきよりも汚れて見えた。

――私は、大丈夫だろうか？

早く〈銀色の国〉に戻りたいと思っている。

〈銀色の国〉は美しいといっても、そこに住めるわけじゃない。大学入学、就職、結婚、いずれどこかのタイミングで、〈銀色の国〉からは離れなければいけない。

でも、この街を汚らしく思えてしまう自分が、これからの人生、現実世界で生きていけるのだろうか？　自分はもう、〈銀色の国〉なしでは心の平穏を保てない人間になっているのではないか？

――やばい。

この思考を掘り下げていくと、危ない。

単にしばらく外に出ていないからだ。合格して大学に通いだし、こっちの世界での生活時間が多くなれば、すぐに慣れる。いまはそういう時期じゃないだけだ。

繰り返し考えて、生まれた衝動をなんとかなだめる。だが、心の奥にこびりついた嫌な予感は、どうしても拭い去ることができなかった。

目当ての建物は、自宅から十分ほどの、本郷通り沿いにあるガラス張りのビルだ。

五年前に造られた十二階建てのオフィスビルで、緩やかな流線形の壁に沿ってガラスが格子

状に嵌められている。波のようにゆったりとうねっているガラスの壁に陽光が当たり、緩やかな光のグラデーションを作っている。

——綺麗。

そう思えたことに、少しほっとした。

高校生のころ、ここはお気に入りのスポットだった。屋上の庭園カフェで、緑に囲まれながら街を見下ろし、ダージリンを飲む時間が好きだった。

そう、こっちの世界は汚いだけじゃないじゃない。家の近くにすらこういう美しい景色がある。自分はいつか、〈銀色の国〉から離れられる。

スマホを構え写真を撮る。アップローダーに上げようと、ブラウザを開いた。

「……くるみ?」

唐突に後ろから声をかけられた。心臓が、どきんとはねた。

振り返ると、男性が立っていた。

こんがりと肌が焼けている。高校生のときよりも、少し肉がついて大人びた身体になっている。

歩きだして、立ち止まる。自分が逃げだそうとしたことに気づいて、愕然とした。

牧野翔太が、そこにいた。

きちんと化粧をしてくればよかった。眉毛だけは描いてきたけれど、ほとんどすっぴんだ。

つきあっていたころは、すっぴんを見られてもなんとも思わなかったのに、いまはすごく抵抗がある。生まれた葛藤に、離れてしまった翔太との距離を感じる。

少し話さねえ？　と言われ、くるみは彼の隣を歩いていた。

歩く速さが変わった、と思った。

前は、自分たちふたりの速度があった。お互いが相手のことを気遣いながらも、心地よく歩ける、ふたりだけの速さ。翔太の速度は、あのときよりだいぶ速くなってしまっている。でも、それがどれくらいの速度だったのか、もう自分でも判らない。

「くるみさあ、いま、何やってんの」

翔太が何気ない調子で聞く。

「受験勉強だよ。決まってるじゃん」

「予備校、行ってる？　あんまり駅とかで見かけないけど」

「行ってない。お金、ないし。国立しか受けられないし、合格しても奨学金借りなきゃいけない」

「そうか。そうだったな。まあ、ひとりでもできるよな」

ぎこちない会話に、翔太が何を考えているのか、簡単な数式のように理解できる。

くるみが受験に失敗したのは、直前に振った俺にも責任がある。くるみのことは純粋に応援したいけれど、そんな資格があるんだろうか。

翔太は内省の深い人だ。それは気遣いができる人ともいえるけれど、何気ない一言や仕草を深読みし、勝手に落ち込んだり怒ったりする面倒くささと表裏一体だった。

翔太があんな雑に別れを切りだした理由が、不意に理解できた。何をどうやってもくるみを傷つけてしまうのだから、いっそのこと、どうやって振るかは明日香に考えてもらって、自分はその通り演じればいい。どこまでも考えてしまう彼は、修羅場を前に、考えることをやめたんじゃないだろうか。

癪《しやく》だった。彼への理解が深まってしまったことが、悔しかった。

「バレー、まだ続けてるの？」

会話が続かないときは、バレーの話に逃げる。つきあっていたときの、くるみの癖だ。

「ん。ああ……あれ、やめちゃった」

「え？　なんで？」

「通用しないから。地区予選の一回戦勝つだけで大騒ぎしてた弱小校のリベロが、一部リーグのチームにポジションあるわけないじゃん。練習見に行ったけど、バケモンだぜあいつら」

「そんなガチなところでやらなくても、レベルに合った場所を探せばいいのに」

「いいの。ユニフォームは、もうコートの上に置いてきた」

リベロはひとりだけ違う色を着る。母校のバレー部は白のユニフォームだったが、翔太だけは真っ黒で、縦横無尽にコートを駆け巡る姿は黒豹のようだった。

「残念だな。翔太のプレイ、好きだったから」

そんな言葉がすっと出てきたことに、自分で驚いた。つきあっている最中、こんなことは恥ずかしくて言ったことがない。距離ができたから口にできた言葉だと思った。

翔太も無言になる。いつの間にか、人通りの少ない裏道にきていた。

「ごめんな、くるみ」唐突に、翔太が言った。

「色々大変な時期だったのに、俺は自分のことしか考えてなかった。受験の邪魔をして、悪かった」

「別に……もういいよ。私がきちんと勉強できてれば、問題なかったわけだし」

「くるみは一生懸命勉強してた。普通に挑んでたら受かるはずだったよ。次の受験、応援してる。勝手な話だって判ってるけど」

「ほんと、勝手な話だね」

にべもなく言ったが、嬉しかった。あのときのわだかまりが、少し解けた気がする。別れを切りだしてきたときの滅茶苦茶な翔太とは全然違う。くるみのよく知っている、牧野翔太だった。

「それで……大学は、楽しい？」

「まああね。バイトもはじめた。水道橋《すいどうばし》の小さな飲み屋で」

「私、お酒飲むところ行ったことないな。未成年でも働けるの？」

「作る分にはいいみたいで、ドリンカーに回されてる。うち、フレッシュジュースのカクテルがあるんだ。くるみ、ジュース好きだっただろ」

「新宿のジューススタンドね。よく飲んだね、そういえば」

「今度うちの店にもこいよ。くるみが好きだったオレンジ使ってノンアルのカクテル作ってやるから」

「飲み屋はいいや。それより、あそこ、よく行ったよね。屋上の庭園カフェ」

「お前、紅茶好きだったよな」

「翔太はメロンソーダばっか飲んでた。一緒にいてちょっと、恥ずかしかったよ」

あれ、なんだろう。

解けずに後回しにしていた数学の問題が、もう一度取り組むとすんなりと解ける——なんだか、そんな感じだ。翔太とこうやって話すことなんてもうないと思っていたのに、できてしまっている。

いつの間にか、歩く速度が心地いい。そうだ、自分たちのスピードは、こういうものだった。

翔太はじっと一点を見ながら、口に手を当てている。考え込むときの、彼の癖だった。

「……バレーやめろって言ったの、明日香なんだよね」

その名前が出るとは思わなかった。リラックスしていた身体が、一瞬でこわばった。

「くるみの言う通り、最初はバレーやろうと思ってたんだ。一部リーグでやるのはきついけど、もっと緩いサークルならできると思ってて。でも、明日香の大学、埼玉じゃん？　距離ができた分会えなくなるから、サークルは入るなって言われて、それで」

「明日香、バレー部のマネージャーだったのに。その辺、理解ないんだ」

「マネージャーだったから、余計に嫌だったんじゃね？　大学のサークルにも、女子マネはいるし」

「女の子なんて、バイト先にだっているでしょ？」

「金があれば、おごってもらったりもできるしな」

明日香と上手くいってないのだろうか？　翔太の言葉が、いつになくきつい。

恋人のためとはいえ、大切にしていたものを捨てさせられたのだとしたら、感情のしこりが残っても仕方ない。しこりは成長して、彼の中で大きな腫瘍《しゅよう》になってしまったのだろうか。

「くるみなら、そんなこと気にしないよな」

翔太がこちらを見た。くるみは慌てて目を逸らす。

確かに、自分なら気にしない。翔太がバレーに打ち込むことは、くるみにとっても誇らしいことだった。リベロで躍動する彼のことも、好きだった。

胸が苦しい。

ほんの一時間前までは、こんなことになるとは思っていなかった。日常という名の方程式が、翔太という変数の登場で思いもよらない数値を叩きだしている。でもそれは、彼にとっても同じなのかもしれない。

翔太が、ちらちらとこちらを窺っている。それが何を意味するのか、長いつきあいでよく判る。

「くるみはいま、つきあってる男、いるの？」

自分からこっぴどく振ったというのに、こんなことを聞いてくる。臆面《おくめん》がないのとは違う。

女性の側から口火を切らせるのは申し訳ないという、翔太なりの気遣いなのだ。

「別に、いないけど……」

「じゃ、どっか遊びに行かねえ？　勉強の気晴らしにでもさ」

インスタの、キラキラした写真たちを思いだす。

スマホのバックライトの力を借りなくても、発光しているんじゃないかと思うほどに輝いていた写真たち。それは、ずっと、眺めるだけのものだった。画面の向こう側に入るための鍵を、くるみは持っていなかった。

でも、この一時間で世界は姿を変え、すべてがひっくり返ろうとしている。

「海……」

ぽつりと呟いた。

「海？」

「海、行ってみたいな。綺麗な海が見たい」

〈銀色の国〉の光景が、脳裏にあった。ＶＲ空間の海は本物と見間違えるほどに雄大で綺麗だが、潮の香りや波の手触りを感じることはできない。翔太と、本物の海に行くことができたら……。

翔太の顔を見た。

彼の顔は、引きつっていた。

「もしかして……最近俺が海に行ったって、知ってる？」

軽く血の気が引いた。そういえば二週間くらい前、翔太が明日香たちと一緒に千葉の城崎に行っていた写真をインスタで見た。でも、いまはそんなことは考えてない。

「違うよ。前からちょっと行ってみたいなって、思ってただけ」

「くるみ、海とか興味なかったじゃん。なんで海なの？」

「それは……」

〈銀色の国〉のことを、話すわけにはいかない。

「そういえば……前に、明日香が言ってた。くるみがインスタで『いいね』を押して回ってるって」

「え？」

「バレー部の連中とか、昔の友達の投稿に無言で『いいね』してるって。それ、本当だったんだ？」

「まあ、やってるけど……」

「なんでそんなことしてるの？　もう会ってないんだろ？」

翔太の言葉がどんどんきつくなる。

「もしかして……俺のこと、す……その、追いかけ回してるの？」

背筋が寒くなった。ストーカー、と言おうとしたのだ。

悪い想像をはじめたときの翔太は、手に負えない。思慮深い人間だけに、想像が悪い方向に転がるとどんどん膨らんでしまうのだ。こちらが何を言っても、言葉の裏を読んで揚げ足を取るようになる。

「そんなことしてないよ。ひどいこと言わないで」

「じゃあ、なんで海なんか行きたいって言ったの？　あんま興味なかったじゃん」

「興味が変わることだってあるでしょ？　しばらく会ってなかったんだし」

「ずっと勉強してたんだろ？　海に興味が出る場面なんかある？　くるみはインスタで……」

「なんで信用してくれないの？　私は嘘なんかついてない」

声が大きくなった。

「昔からそういうところ、ほんと嫌い」

何かが、壊れる音がした。

「翔太、ごめん」

咄嗟《とっさ》に謝ったが、もう遅かった。翔太は軽蔑したようにくるみを見つめている。

何も言わず踵を返し、くるみから離れていく。引き止めたかったが、もう何を言っても届かない。

泣きそうだ。

涙がこぼれる前に、感情の蛇口を閉じた。外に流れていくはずだった哀しさが、自分の中にたまっていく。

振られたときと同じだ。たまった哀しさはやがて自分の心にこびりついて、一生落とせない汚れになるだろう。判っているけれど、いまこの場所で泣くのなんか、みじめすぎる。

翔太の姿が消えた。くるみの前に残ったのは、汚い街だけだった。

10　くるみ　八月十三日

〈銀色の国〉は、吸い込まれそうな群青の空に覆われていた。

綺麗だ。この場所には空を切り取るビルもなければ、空を横切る電線もない。

「なっつさーん！」

振り返ると、アンナがやってくるところだった。

「昨日は写真のアップロード、ありがとうございました。ミッション、達成です！」

翔太に会ったあと、ビルの写真をアップローダーに上げて、一日眠っていた。アンナは「いいね」を送ってくれたが、固まった心はあまりほぐれてくれない。

「早速お礼の品をお送りしたいのですが……アルテミス様の館には、行ったことはありますか？」

「いえ、外から見たことがあるだけです」

「じゃあ、一緒に行きませんか？　サポートしますよ」

アンナは歩きだす。あまり気が向かなかったが、仕方ない。くるみはあとに続いた。

「……あのミッションって、何の意味があるんですか？」

この際、疑問に思っていたことを聞いた。

「私が撮ったのは、その辺にあったビルですし……正直、あんな写真を集める意味がよく判らなくて」

「目的はふたつあります。ひとつは、プレイヤーの皆さんに何かを達成していただきたいんです。小さなことでも、成し遂げれば自信になりますからね」

「ああ……受験でも、簡単な問題から解いて、心を整えろって言います」

「そうです！　人間って、行動しない人のほうが圧倒的に多いですから、まず行動を起こしただけでもすごいことなんですよ。しかも外に出て被写体を探し、写真を撮ってアップロードするなんて、なかなかできることじゃありません」

「いや……そんなに、たいしたことじゃないです」

「もうひとつは、私たちが見たいんです。集まった写真を見ると、皆さんを身近に感じられます。なっつさんの写真のビル、とても綺麗でした。美的なセンスもいいんですね」

褒めてもらえるのは嬉しいが、わざと大げさに褒めているような気もする。気を抜くと、別れ際の翔太の顔が頭をよぎる。

——もしかして……俺のこと、す……。

いつの間にか、アルテミスの館に着いていた。

いつもは閉じられている大きな門が、客人を迎え入れるように大きく開かれている。中に入ると、石畳の庭が広がっていた。塀に沿う形で、樅《もみ》の木が植わっている。最近好天が続いたせいか、木に積もる雪は溶け、濃い緑が抜けるような青空とよく合っていた。

庭の奥に大きな屋敷があった。教会のような外観だ。石造りの左右対称の建物で、屋根の上に尖塔が伸びている。その上の鐘楼《しょうろう》から、昨日の鐘の音は鳴っていたようだ。

「行きましょう」

正面の扉から、中に入る。

礼拝堂のようなホールだった。天井は高く、奥行きが深い。

奥には祭壇がある。教会ではそこにあるのは十字架や磔《はりつけ》になったキリスト像のはずだが、ここでは祭壇を横断するように巨大なレースの幕が下りていて、奥がよく見えない。

幕に、人影が現れた。

「アルテミス様です」

アンナは片膝を立てて跪《ひざまず》いた。相手に敬意を示すエモーションだ。くるみも慌ててコントローラーを操り、アンナと同じポーズを取った。

子供のような、小さな人影だった。背筋がピンと伸びていて、気品を感じさせる。

空間に、銀糸のような文字が浮かび出た。

【この度は余に絵を捧げてくださったこと、誠に感謝する。お礼の品を、受け取っていただきたい】

文字が消えると、三つのオブジェが風船のようにゆらゆらと浮かんだ。熊のぬいぐるみ、ゲーム機、薬の瓶の三つだ。

「好きなものを選んでください」アンナが言った。

「〈熊のぬいぐるみ〉は、アバターを熊の姿に変えることができます。〈ゲーム機〉は、プレイできるゲームの数が増えます。〈万能薬〉は、ペットの病気を治すことができます」

ギンシロウがヘーゼルに与えてくれたのは、〈万能薬〉だったらしい。とはいえヘーゼルはもう健康になったし、ゲームもやりきれないほどにある。アバターを熊の姿にするのも、ピンとこない。

もっと貴重なアクセサリーがもらえると思っていたので、期待外れだった。仕方なく、熊のぬいぐるみを選ぶ。ぬいぐるみは空中でくるくると回転し、ぽんと爆発して消えた。

アルテミスの人影は、いつの間にか消えていた。「行きましょう」アンナと一緒に歩きだす。

「あのう……アルテミス様って、なんですか？」

屋敷を出たところで、くるみは聞いた。

「アルテミスは、この世界をお作りになったかたです。国の方針を考え、街をお作りになられました。いまはプレイヤーの皆さんの安寧《あんねい》をずっと祈っています」

「つまり……開発者さん、ということですか？」

「そういう言いかたもできますね」

アンナはそう言って、黙った。ふたりが歩くざっざっという音だけが、スピーカーから響く。

「アルテミス様は、素晴らしいかたです」

ぽつりと漏らした。

「皆さんのことを心から考えてらっしゃいます。私は、あのかたに出会って、人生が変わりました」

「大切な存在なんですね」

「はい。私はアルテミス様を尊敬しています。私はあのかたの意志に従って、ここでずっと皆さんをサポートするのが使命だと思ってます……って、ごめんなさい、なんだか真面目な話になっちゃいましたね」

「いえ、アンナさんの考えを知れて、嬉しいです」

「くるみ」

突然、思ってもいない方向から声がした。背筋が一瞬で固まった。

——パパだ。

ゴーグルを取る。アンナの姿も〈銀色の国〉の美しい光景も一瞬で消え、散らかった部屋が現れた。床にペットボトルが散乱していて、ゴミ箱はおにぎりとサンドイッチの包装フィルムで溢れている。

ゴーグルを、ベッドの下に隠した。

「何……？」

ドアに近づいて呟いた。パパの呼吸音が、ドア越しに伝わってくる。

「くるみ。カレーを作ったから食べないか」

媚《こび》が感じられる口調だった。普段はこんなことをしてくれる人じゃない。このところ三日間くらい家事もしていないので、心配になったらしい。

「いらない。おなか、空いてないし」

「野菜を多めに入れといた。身体にいいから、食べなさい。上に持ってこようか？」

「だからいらないって。ちょっと、あとにしてくれない？」

ゴーグルは〈銀色の国〉に接続したままだ。アンナにこの会話が聞かれていないか心配で、つい声が荒くなってしまう。

深呼吸をした。

落ち着いて考えよう。パパは自分のためにカレーを作ってくれたのだ。それ自体はありがたいし、拒絶することでもない。おなかはあまり空いていないが、食べられないほどじゃない。もともと別々に食事を取っている状況をなんとかしないといけないと思っていた。これは、チャンスかもしれない。

もう一度、深呼吸をする。ごめんと、声をかけようとした。

「あの男の子と、何かあったのか？」

どくんと心臓がはねた。

「あの子に何か言われたのか？　だから、ショックで寝込んでるのか」

「パパ……どうしてそのことを」

「それは……たまたま見たんだ。街の中で、お前の姿を見つけて、それで……」

嘘だ。いつも家にいるパパと、たまたま外で会うわけがない。

家を出るときからあとをつけられて、翔太と一緒のところを見られたのだ。

「あっち行って」

自分でも驚くほど、冷たい声が出た。

「話したくない。早くどっかに行って」

「くるみ。俺は、その、お前のことが心配なんだ。どうして部屋に閉じこもってるのか、何に悩んでるのか。お前のことを教えてほしいんだ」

「早く消えてよ！」

自分じゃない何かが叫んでいるようだった。パパが息を呑む音が聞こえ、扉の向こうにあった気配がふっとなくなった。

死にたい。

洪水のように死にたさが高まった。立っていられなくて、ベッドに倒れ込む。死にたい。死にたい。希死念慮の水位が頭の中で上がっていく。

どうしてみんな、嘘をつくんだろう。

勝手にカウンセラーを呼ばれたときもそうだ。お前が心配なんだ――善意を盾にすれば、騙し討ちをしてもいいと思っている。柔らかいところに、ずかずかと土足で踏み込んでくる。

翔太も同じだ。あいつも、クリスマスイブに嘘をついて自分を振った。そのくせ、こっちが本当のことを言ってるのに、話を聞いてくれもしなかった。嘘、嘘、嘘、嘘――。

うんざりする。自分の周りは、嘘ばっかりだ――。

「……なっつさん。なっつさん？」

くぐもった声がした。

ベッドの下。ゴーグルから、かすかに声が漏れてきていた。

忘れていた。ベッドから起き上がりゴーグルをかけると、アンナがこちらに声をかけてくれていた。

「どうしました、なっつさん？」

「……すみません。ちょっと家族と話してて」

「え、ご家族と？　大丈夫ですか？　その……」

ああ、心配に思われるのも仕方ない。

「大丈夫です。ドア越しに会話してたんで、アンナさんとの話は聞かれてないです。〈銀色の国〉のことも、誰にも言ってません。だから――」

「そんなことじゃありません」

「え？」

「なっつさん、大丈夫ですか？　声がいつもと違います。何か、ありましたか」

アンナは〈銀色の国〉のことではなく、自分のことを心配してくれているのだ。

じわっと涙が出た。くるみは一旦ゴーグルを外し、部屋着の袖でそれを拭った。ティッシュを取りだし洟をかんだところで、もう一度ゴーグルをかける。

「ごめんなさい、心配かけちゃって。私なら、大丈夫です」

「本当に？　無理しなくていいんですよ」

でも、本当にもう、大丈夫です」

アンナはすぐに返事をしなかった。少し間を置いて、ぽつりと言う。

「よかったら、なっつさんのお話を聞かせてくれませんか」

声に、真剣なものが混ざっている。

「それは……〈銀貨の集会〉で、ってことですか？」

「それでも構いませんけど、大勢の前で話すのは、嫌なんですよね？」

「まあ……ちょっとああいうのは、向いてないかなって気がして」

「じゃあ、私が聞きます。私が、ひとりで」

「アンナさんが？」

「はい。行きましょう」

アンナが歩きだすのを見て、くるみはあとに続いた。今日は、ずっとふたりで歩いている。

自分たちだけの速度が、少しずつ生まれている感じがした。

向かった先は、集会を行う広場だった。まだ十七時で、アバターはひとりもいない。

広場の奥には、〈永遠の木〉と呼ばれる巨大な木があった。生命力を誇示するように枝を広げ、見事に葉を茂らせている。

その根元に、ふたり用の木のベンチが広場の入り口に向けて置かれている。

「あの場所が、好きなんです」

アンナは広場を突っ切り、ベンチの片隅に腰掛ける。

「ここは〈銀色の国〉で一番空が広く見える場所です。夜になると空に月が昇って、すごく綺麗なんですよ。よかったら、どうぞ」

アンナがベンチの隣を示してくれる。腰を下ろして街を見ると、建物に遮られない空がどこまでも広がっている。胸を圧迫していた空気が抜けて、心に風が吹く感じがした。

「なっつさん、色々お悩みなんですね」

その一言で、くるみは自分の中に、ひとりで抱えていたものが泥のように堆積していることに気づいた。

「ちょっと長くなるかもしれません。上手く、話せないかも」

「大丈夫ですよ。時間はありますから」

「ほかの人に比べて、たいした悩みじゃないと思います。こんなことで悩んでるのが恥ずかしいな」

「人には、それぞれの絶望があります。なっつさんがつらいのだったら、それはつらいんです。苦しみを、肯定してあげてください」

苦しみの肯定。素敵な言葉だと思った。

くるみは、口を開いた。

翔太とつきあっていて、幸せだったこと。こっぴどく振られて、受験にも失敗したこと。浪人生になったのに、勉強に集中できていないこと。翔太と再会し、またひどい結果になったこと。

家族が上手くいっていたときのこと。ママが死んだこと。パパが病んでしまったこと。パパに監視されていること。パパにあとをつけられたこと。

翔太とパパに、嘘をつかれたこと。

話はあちこちに飛んで、内容もぐちゃぐちゃだった。数学の証明なら〇点だ。話が上手いと思ったことはないが、ここまでひどいとは思わなかった。こんな拙い話しかできない自分が、恥ずかしい。

でも、アンナは聞いてくれた。

相槌《あいづち》を打ちながら、受け止めるように、混乱を解きほぐすように、ずっと聞いてくれた。

「大変だったね」

すべての話を終えたあとのアンナの一言で、心の汚泥《おでい》がすーっと洗い流されていく感じがした。

こういう言葉が欲しかったんだ。病みツイートに対する「いいね」でもなく、自称カウンセラーの大仰な共感でもない、ささやかで何気ないねぎらいの言葉。ゴーグルを外しくるみは涙を袖で拭った。

「……私の話を、少ししてもいい？」

「はい。もちろんです」

「私も、ずっと人間関係に悩んでたの」

いつの間にか、くだけた言葉遣いになっている。

「好きな人ができても上手くいかないし、親とも子供のころから全然仲がよくなくて、会えば喧嘩になっちゃう。だから、なっつさんの気持ち、よく判るよ」

「意外です。アンナさんって、なんでもできちゃう感じがしたので……」

「全然、駄目駄目だよ。何年か前にもね、ある人を信用してひどい失敗をしたし――。でも、人を見るのって、難しいよね。一時《いっとき》相性がよくても、相手の性格も変わっていくし……」

ママが死んで、徐々に病んでいってしまったパパのことが、脳裏に浮かんだ。

「現実世界を生きるのに、向いてない人もいる。私もそのひとり。ずっと居場所がなくて、人生から逃げてた。なっつさんもそうかな？」

「たぶん、そうです」

「じゃあ仲間だね、私たち」

嬉しかった。完璧だと思っていたアンナが、不完全な自分を晒《さら》してくれている。

「でも、私は〈銀色の国〉に出会えた」

アンナは、広い空を見上げた。

「この世界で色々な人と話せて、私は自分の居場所を見つけられた気がする。なっつさんも、いまはつらくても、きっとそのうちいいことがあると思う。世界が劇的に変わるような、何かが」

「そうでしょうか……。私、この先が心配で。受験もどうなるか判りませんし……」

「大丈夫だよ。きっと、楽になれる」

アンナはふと、両手を胸の前で組んだ。

祈りのポーズだった。

「あなたの生活から、魔が去りますように。あなたの行く道に、希望の光がありますように……」

〈銀色の国〉で、最初にかけられた言葉だ。

聖なる言葉だ。アンナの言葉が魔除けのように、自分の中から不安や苦しみを取り去ってくれる。

「あなたに、祝福が訪れますように」

「いつか、なっつさんの話を〈銀貨の集会〉で聞かせてあげてほしいな。きっとみんなを勇気づけて支えてくれると思うよ。心細かったら、私がついていてあげるから」

「本当ですか？　アンナさんが一緒にいてくれるなら、私、話せるかも」

「うん、約束する。絶対に」

気がつくと広場にアバターが集まりだしている。十八時、そろそろ〈銀貨の集会〉の時間だ。

「さ、今夜も頑張るぞっと。いまの話は、内緒にしておいてくださいね」

アンナは立ち上がり、集まっている人に向かって歩きだす。アバターから「いいね」がいくつか飛ぶのが見えた。

――私もいつか、みんなの前で話せたら。

自分もアンナのように、みんなを支えることができるかもしれない。

銀の衣をまとったアンナの背中を見送りながら、くるみはぼんやりと思っていた。

11　晃佑　九月二十一日

宙に呼びだされたのは、雀荘で会ってから二週間後だった。

――出井幹夫の調査に進展があった。有森と会うことになってるから、横浜までこないか。

連絡が入った翌日は、ちょうど休日だった。〈レーテ〉を立ち上げたころは休みなど取る暇がなかったが、いまは月に四日程度はオフにできている。

横浜駅で降りた。十八時、仕事明けで浮かれた人々の間を縫い、指定された喫茶店に向かう。

このところ、晃佑は〈レーテ〉の仕事に忙殺されていた。講演の仕事がひとつあったのと、対面で応対しなければならないトーカーが多かったためだ。今回はそのうちのひとりが多重債務を抱えていて、飯田橋《いいだばし》の東京都消費生活総合センターまで付き添いをしたためかなり時間を取られた。

「見せたいものがある」と宙は言っていた。わざわざ横浜まで呼びだされたということは、何か大きな進展があったのだろうか。

喫茶店に着き中に入ると、奥のテーブルで宙と有森が向かい合っていた。

「直接お会いするのは初めてですね。有森克己です」

立ち上がって握手を求められる。生活習慣がよくないのか、三十代半ばにして立派なメタボ体型だったが、それすらも愛嬌に感じられるほどに雰囲気が明るい。

「今日は横浜まできてくださってありがとうございます。電車、混んでたでしょう」

「このくらいなんでもないです。こちらこそ、調査を進めてくださってありがとうございます」

「うちの業界からしても、変なゲームが出てくるのは困りますから。むしろ教えてくださってありがとうございます」

慇懃《いんぎん》な態度で頭を下げる。晃佑は恐縮しつつ、宙と並んで腰掛けた。

「この店は、よくたまり場として使ってたんだよ」

宙が懐かしむように店内を見回す。

「美味《うま》いデカフェの店を探してたら、有森が見つけてくれた。少し〈アルバトロス〉からは遠いが」

「お前がいなくなってから、くることもなくなった」

有森も宙も、リラックスした様子だった。昔ここで、ゲームや仕事について語りあったのだろう。コーヒーと同時に、懐かしい記憶も味わっている感じだった。

――もしかして、宙はゲームクリエイターに戻れるんじゃないか？

有森の態度を見ていると、〈アルバトロス〉に復帰するのは無理だとしても、ほかの職場を紹介してもらうことはできるのではないか。ゲーム業界全般に、顔が利くようだ。

宙がまたゲームを作れるのなら、最高の展開だろう。ことが終わったら、その件も相談してみよう。

「早速、はじめましょうか」

有森は鞄に手を突っ込み、漁りはじめる。

出てきたのは、真っ黒な外づけハードディスクだった。

「この二週間、城間と一緒に出井の仕事仲間に話を聞いてました。フリーランスは、仕事を流し合ったりクライアントの情報を交換したりと、同じ立場で固まるものです。ですが、失踪後の出井の行方を知っている人間はいませんでした。そこで、ご実家をあたって出てきたものがこれです」

「何が入っているんですか」

「出井の持っていた、パソコンの中身です」

有森はとんとんとハードディスクを叩く。

「千葉県の茂原《もばら》にあるご実家に問い合わせて、彼が自宅で使っていたノートパソコンを送ってもらいました。それをコピーしたものです」

「何か気になるものは入っていたのか」

宙の質問に、有森はタブレットを差しだした。あっと声が出た。

映っていたのは、美しい雪景色の油彩画だった。

銀色がかった雪の中、石畳の道が延びており、その奥に教会が建っている。道の脇にはカラフルな色彩で塗り分けられた木造の家々が並んでいる。教会以外は、未央の見た光景にそっくりだ。

「これは、なんですか。出井の描いた絵ですか」

「判りません。ピクチャーフォルダの中に入っていました。出井はファイルをこまめに整理していたみたいで、ほかには気になるものはありませんでした」

「決まりだな、晃佑。出井は、一年前の自殺に関わっている可能性が高い」

頷いた。被害者のVRの中に広がっていた光景と似た絵を、失踪した開発者が持っている。こんな偶然の一致があるとは考えにくい。

自殺ゲームが存在する可能性は、ぐんと高まった。

ならば、開発者は出井幹夫だ。

出井の、大人しそうな顔を思いだす。彼はまだどこかでゲームを開発しているのだろうか。

「だが、いくつかおかしいことがある。まず出井はなんでパソコンを置いたまま姿を消したのか」

宙はタブレットをとんとんと叩く。

「自殺ゲームを開発していたパソコンは別にあるんだろうが、こんな証拠が残ってるものを置いておくことはない。普通持っていくか、破棄する」

「そんなに重いものじゃないしな」有森が答える。

「あと、つきあいのあるフリーランスを使ってないんなら、どこにデザインやモデルを発注してる？　この絵にしても、なんだ？　出井が描いた絵なのか？」

「美術の成績は悪かったと、実家に確認している」

「遠隔操作の件もそうだ。そんなものを作るインフラエンジニアを、どこで探してきたのか」

調査が大きく進展したとはいえ、まだ判らないことだらけだ。

「出井の行方に、ご家族は心当たりはないんですか。出井を探しだせば、それらの疑問も解決します」

「心当たりというか、そもそも探してないそうです」

「探してない？」

「ええ、罵倒されたそうですから」

つまり、と有森は続ける。

「出井の失踪から一週間後くらいに、ご両親のもとに連絡があったそうなんです。ナンバーディスプレイに出井のスマホの番号が表示されたので出たら、突然滅茶苦茶に罵倒されたと。内容はここにまとめてあります」

有森は書類を渡してくる。

ひどい罵詈雑言《ばりぞうごん》が書かれていた。昔からお前らのことが大嫌いだった。介護が必要になる前にさっさと自殺しろ。俺の親だと今後一切名乗るな。愚鈍な負け組のくせに、なぜ子供なんか作ろうと思った。読むに堪えない内容が延々と書かれている。

「出井とご両親は、もともと関係が悪かったんですか？」

「いえ、実家には正月と盆に帰る程度でしたが、別に悪くもなかった。ただ、この電話で完全に関係は切れたそうです。警察に捜索願を出すのも取りやめたそうで」

そもそもこんな内容が両親から出てくること自体、息子との隔たりを感じる。息子をまだ家族だと思っていたら、家の恥を外に出そうとは思わないだろう。

――ん？

何かが引っかかった。いきなり家族から電話がかかってきて、罵倒の限りを尽くされる。どこかで、そんな話を聞いたことがある。

「なぜ、出井はこんな電話をかけてきた？」

出井は行方をくらまし、自殺ゲームを作ろうとしていた。もともと親に対して反感を持っていたのかもしれないが、そんな大事な時期にこんなことをする必要性があるだろうか。親を罵倒するなど、心理的にもかなり重い行動だ。

必要性が、あったとしたら……？

「――あ」

「何か判ったのか、晃佑」

これと似た話をどこで聞いたのか、思いだした。ある有名な事件だ。

――もしかして。

突飛な推理がつながっていく。それが正しいという確信が、心の中でどんどん膨らんでいく。出井はなぜ親を罵倒してきたのか。なぜパソコンに雪の街の画像が残されていたのか。どこでデザインや初期化システムを発注したのか。どうして姿をくらましたのか。

「宙、ひょっとしたら、出井は——」

そこで晃佑は、言葉を止めた。

テーブルの空気が、一変していた。

有森と宙の顔がいつの間にかこわばっていて、入り口のほうを見つめている。

ひとりの茶髪男性が、にやにやと面白そうな笑顔を浮かべ、こちらを見ている。

「よう、城間」

宙が愕然としたように呟いた。

「三船……」

その名前には、聞き覚えがあった。

宙を敵対視していたという、〈アルバトロス〉のゲーム開発者だ。

——犯人は、判ってるんだ。

自分を嵌めた犯人だと宙が主張していた、三船だ。なぜ彼がここに？

「仕事明けのクールダウンにきてみたら、おかしなやつがいるな。それに、有森も一緒とは」

有森は慌てて視線を下げた。宙といる姿を見られることを、恐れているようだった。

三船は有森の隣に腰を下ろし、悠々と足を組む。唐突な出来事に、話が全部飛んでしまった。

「そうか、そういうことか」面白そうにテーブルを見回した。

「この前から有森がおかしな動きをしているなと思ってたんだ。客先に変な問い合わせをしていたり、社内の開発者を捕まえて質問をしていたり。お前がやらせていたのか、城間」

ぎくりとした。まさか、自殺ゲームの件がこの男に漏れているのか？

「VRゲームを作ろうとしてるんだろ？　有森を使って、〈アルバトロス〉復帰を目指してるのか——それとも、転職活動か？　追いだされた会社の商売敵になるなんて、スティーブ・ジョブズみたいでかっこいいな」

ひとまず息をつく。自殺ゲームのことまでは知られていない。

三船は余裕ぶった笑みを浮かべ、有森の肩を叩いた。

「しかし有森くんよ、こんなロリコンのために何をしてるんだ？　社会秩序への挑戦者だぞ彼は」

「てめえ……」

「おお、恐ろしい。児ポに飽きたらず暴行までするつもりか。まさしく人間のクズだな」

三船はマスターを呼び、ケーキセットを頼む。宙はその間、三船を睨み続けている。

怖い、と思った。

焼き鳥屋で、首を絞められたときのことを思いだした。ただの戯《たわむ》れのつもりだったのだろうが、一瞬、本気で息が止まるかと思うような瞬間があった。

宙の中には〈獣〉がいる。

彼といると、ふとした瞬間に、飄々《ひょうひょう》とした性格の下から暴力的な側面が顔を出すことがある。いまの宙からは、その〈獣〉がむきだしになっている。

「城間、忠告だ。〈アルバトロス〉の周りをうろつくな。お前は会社の汚点なんだ。俺たちに嫌なことを思いださせるな」

「俺は児童ポルノなんか買っていない。お前が俺を嵌めたんだ」

「まだそんなファンタジーにすがってるのか。お前の戯言《たわごと》を、誰が信じた？」

「あのＤＶＤは、〈アルバトロス〉宛に送られていた。児童ポルノなんて危険なもの、会社で受け取る馬鹿がいるか。お前が俺のカード番号を使って注文したんだ」

「会社も、警察も、検察も、裁判所も、そんな言い訳聞いてくれなかったんだろ？　お前は自宅の住所を業者に知られるのが嫌だった。そう判決文にも書いてあったんだろ？」

三船はにやにやしながら身を乗りだした。

「まあ、その嵌められたって話は、本当かもしれないがな」

「なんだと？」

「お前がみんなに嫌われてたってだけの話だ。一発ゲームが当たった程度ででかいツラをして、偉そうなことばかり言っていただろ。『もっと深くゲームを考えろ。ゲームは素晴らしい文化なんだ！』」

「事実を言っただけだ。どいつもこいつもゲームのことを本気で考えていなかった」

「みんなそれぞれに一生懸命やってるんだ。お前のやりかたを押しつけるなよ。お前がいなくなった社内は風通しがいい。お前が企画していたくだらないＳＦゲーム、あんなもの誰も作りたくなかった」

「だから〈アルバトロス〉は話題作を作れてないんだ」

「ロリコン性犯罪者に言われてるぞ、プロデューサー」

三船は有森の肩をバンバンと叩く。晃佑は叫びだしそうになっていた。あのボロボロだった宙を立ち直らせるのに、どれほど心を砕いたか判っているのか。三船の言葉は、割れた器をなんとか接着剤でくっつけたところに、再び槌《つち》を落とすに等しかった。

三船は楽しそうに、運ばれてきたケーキを口に運ぶ。何を言われても彼は揺らがない。もうゲームの勝敗は確定していて、ひっくり返らないことが判っているからだ。

宙は何も言わない。沈黙の中、〈獣〉の攻撃性だけが、どんどん高まっている感じがした。

ここから、つれだしたほうがいいだろうか——逡巡していると宙が口を開いた。

「ふざけ屋、荒らし屋、いんちき屋」

三船が怪訝そうな表情になる。宙はそれを見て笑った。

「案の定、知らないようだな。お前、本当にゲーム開発者か？」

「何のことだ？」

「お前がゲームクリエイター面してるのは笑えるよ。最近、何をプレイした？　お前と話してても、ファミコンがどうのゲームボーイがどうのと、昔やったゲームの話ばっかりだったな。エンターテインメントは進化する。いまのゲームは、昔のゲームよりもっと面白い。新しいものを感じようとせずにノスタルジーに耽溺《たんでき》してる時点で、開発者としては終わってるんだよ」

宙は身を乗りだした。

「ふざけ屋、荒らし屋、いんちき屋というのは、あくどいゲームプレイヤーを分類した用語だ。英検四級のお前に原書を読めとは言わないが、邦訳の出てるゲーム論の古典くらい読んどけ。圧倒的にインプットが足りないから、お前の企画は二番煎じばかりなんだ」

三船の顔に初めて不快な色が浮かんだ。

「ゲームには〈ルール〉と〈目的〉がある。例えば将棋だ。将棋の駒をどのように動かせるか、獲得した駒はどのように再利用できるか、二歩や打ち歩詰めなど何をすれば反則か、それが〈ルール〉だ。相手の王を詰みの状態にすること、それが〈目的〉だ」

「いきなり何を言いだすんだ、ロリコン野郎」

「〈ふざけ屋〉は〈ルール〉を守るが、〈目的〉は無視するプレイヤーだ。ルール通り将棋の駒を動かすが、詰みは目指さないで勝手なことをしているようなプレイヤーを指す。〈荒らし屋〉は〈ルール〉も〈目的〉も関係ない。駒を盤外に放り投げたり、対局者を殴ったり、ゲームを荒らすためだけに異常な動きを取る。〈いんちき屋〉は……お前だよ、三船」

「あ?」

「〈いんちき屋〉は〈目的〉を達成しようとするが、〈ルール〉を遵守しようとしない、イカサマ上等で勝ちだけを目指すプレイヤーのことだ。お前が俺を放逐したいのなら、ゲーム制作でやるべきだった。『リボルバー』を超えるゲームを作り、プレイヤーを喜ばせることで俺をクリエイターとして凌ぐべきだった。俺たちゲーム開発者は、そういう〈ルール〉で戦っている」

「お前が勝手に自爆しただけだろ、性犯罪者」

「ゲームは〈ルール〉だ。〈ルール〉を裏切ったお前は、もうゲームの創造主にはなれない。定年まであと三十年、せいぜい会社にしがみつけ。無意味な余生にすぎないがな」

宙の内なる〈獣〉が、論理的に、暴力的に、三船を追い詰めている。

三船は、不機嫌そうな目つきであらぬ方向を見つめだす。宙の言葉は的確に三船のコンプレックスをえぐったのだろう。晃佑は、銀行員時代に食らっていた「爪」を思いだしていた。

突然、三船は破顔《はがん》した。

「黙っておこうと思っていたが、そこまで言われたら教えてやってもいいかな」

「三船、やめろ」有森が驚いたようにそちらを見る。

「まあいいじゃないか。昔の話だ」

三船はゆっくりと前傾姿勢になった。なんだろう。宙の顔にも、不安が浮かんでいた。

「城間、確かにお前は児童ポルノなんか買ってないだろう」

「は？」

「お前は馬鹿じゃない。そんな危険なものを、会社宛に配送させる人間じゃない」

三船に肯定され、宙はますます戸惑いを見せる。三船は面白そうに口を歪めた。

「お前は嵌められた——その推理は正しい。だけどな、ひとつだけ間違いがある」

「何のことだ？」

「俺が犯人ということだ」

三船はそう言って、隣にいる人間の肩を叩いた。

「犯人は、有森なんだよ」

鉛《なまり》のような、重苦しい空気が流れていた。

宙は怒りのこもった目で有森を睨んでいる。有森はうつむいていた。三船が帰ったあとのテーブルからは、先ほどまでの和やかな雰囲気は完全に吹き飛んでいた。

「あんなことになるとは思ってなかったんだ」

有森はようやく口を開いた。

「お前を追放しようなんて気はなかった。ただ、なんとなくあそこまで進んでしまったんだ」

有森が告白した内容は、宙の推理とほとんど同じだった。宙のクレジットカードを盗み見て、児童ポルノDVDを注文し、会社で受け取り、宙の自宅に招かれたときにゲームの棚に紛れ込ませた。あるとき三船に、「お前がやったな」とカマをかけられて白状してしまい、それ以来頭が上がらなくなっているそうだ。

ひとつ何かが狂ったらそこで頓挫する、運任せの犯行だった。だがすべての歯車が噛み合い、宙は業界を放逐されてしまったのだ。

「俺が、何をした？」怒りと困惑が混ざった声で、宙が言う。

「そこまでされるほどひどいことを、俺がしたか？」

「お前、判ってないのか？」

「何のことだ」

「さっき、三船を追い詰めていたときもそうだ。やりすぎるんだよ、お前は」

有森が反発するように言う。

「学生のころから、俺に文句ばかり言ってたよな。もっとゲームのことを考えろ、真剣にやれ。『リボルバー』を作ったときもそうだ。インタビューでは美談みたいに語ってたが、お前のわがままと暴言に、俺がどれだけ振り回された？」

「優れたゲームを作るには必要なプロセスだ。お前を見込んでいたから、突っ込んだ話ができたんだ」

「なら、言いかた考えろよ。あんな風に言われたら、傷つくんだよこっちも」

有森の反論に、宙は臆するどころかヒートアップしたようだ。いまにも飛びかからんばかりに拳を震わせている。

「天罰だと思う」

有森は、自分を納得させるように言った。

「俺はただ、運命に任せたんだ。全部の賽の目が悪い方向に出たら、お前は終わる。でも、そうじゃなかったら、そのときは歯を食いしばってお前とやっていこうと思ってた。あんな確率の低いことが起きるなんて、天罰だよ」

「運命など存在しない。偶然に意味を見出そうとするのは、野蛮人がやることだ」

「だから、そういうところだろうが。お前は神様か何かかよ」

宙が腰を浮かせるのを見て、慌てて間に入った。彼の鍛え上げられた上半身が、岩のように怒張していた。

「有森さんが調査を手伝ってくれたのは、罪滅ぼし、ですか……？」

宙を押し止《とど》めながら聞いた。有森は不貞腐れた態度を取る。

「さあね。まあ、少しは悪いと思ってますから」

「少し？」

宙がまたぴくりと動くのを見て、冷静になるように彼の両肩を叩く。

「調査にご協力いただいたことには感謝しますが、あなたがしたことは許されることではありません」

「別に許してほしいわけじゃない。自分なりに借りを返して、納得するつもりでやっていただけです」

「でも、一言、宙に謝ってもらえませんか。彼は人生を壊されたんです」

有森は何も言おうとしない。感情の蓋を閉ざしたように、じっとテーブルを見つめている。

周囲にあるすべてのものが、ゆっくりと凍っていくような時間だった。

「……有森。調査してくれて、ありがとう」

宙が言った。誠意のこもっていない、形式的な言葉だった。有森も事務的に頭を下げ、タブレットを鞄の中に突っ込む。ふたりの間にかろうじて存在していた最後の細い糸が、ぷつんと断ち切れたような気がした。

有森が帰っていく。晃佑は、宙の膝に手を置いた。

泣いている、と思った。

涙は流していない。ただ彼の心が冷たい哀しみに染まっているのが伝わった。

その哀しみを、少しでも吸いとれるといいのに。でもそんな魔法がないことは、いままでの経験で知ってしまっている。

「晃佑」

その声は、何歳も老いてしまったようだった。

「さっき、何か言ってたよな」

「何か？」

「出井のことだ。何か言いかけていた」

そういえば、その話をしていたのだった。だが、彼にそんな話を聞かせても大丈夫だろうか。

「言ってくれ。考えることがあるほうが、気持ちが落ち着く」

「ああ……。居場所が判ったわけじゃないが、何が起きてるのかは、判ったと思う」

「何が起きてるのか……？」

「出井は、自分の意思で失踪したんじゃないんだ」

死んでいた宙の目に、わずかに好奇心の光が灯った。

そう、出井は自ら失踪したわけじゃない。それならば親に罵倒の電話などかけてくるわけがない。

「出井は、たぶん――」

第三章　洗　脳

1　詩織

全身が、水に浸かっているみたいに冷たい。

目を覚ます。身体を起こそうとしたけれど、ひどい風邪を引いたようにだるい。重りが入ったリュックを持ち上げるみたいに、無理やり起き上がる。

「え……？」

冷たかった理由が、そこで判った。

むきだしのコンクリートの上に、寝かされていた。

——え？　え？

十畳くらいの部屋だった。電気がついている。正面に木のドアがあるが、それ以外は、壁、天井、床が全部コンクリートでできている。狭い箱のような、圧迫感のある空間だった。

どうして、こんなところに？

確か自分は面接を受けていた。そのあと誰かとどこかで食事をして、それで……。頭が痛い。上手く思いだせない。とりあえずあのドアから外に出られないか。

「痛っ」

立ち上がろうとして足首に痛みを覚え、振り返る。詩織は目を剝いた。

両方の足首に、足枷《あしかせ》が嵌まっていた。

足枷からは鎖《くさり》が伸びていて、床に嵌め込まれた金属の太い輪につながっている。足を引いても、びくともしない。足枷は、蝶番《ちょうつがい》を中心に足首を取り巻くように嵌まっていて、枷を閉じているところには南京錠がかけられていた。

「何これ……」

服は面接用のスーツのままで、下着もストッキングもつけている。靴は履いていない。鞄も部屋に見当たらない。

少しずつ状況が判ってきた。恐怖がせり上がってくる。

監禁、されたのだ。

全身から一気に汗が出た。心臓がどくどくと鳴りはじめ、冷えていた身体の体温が上昇する。

「誰か！」

自分を満たした恐怖が反射的に叫んでいた。

「誰か助けて！」

誰か。誰か。誰に助けを求めているのかよく判らないまま、ひたすらに叫んだ。でも、全力を振り絞ったはずの声は、壁に吸い込まれるように消えてしまう。防音室なのだろうか、声が全然響かない。

「助けて！　助けてよ！」

助けなんか、こない。頭では理解できていたけれど、身体が信じようとしない。

止まらない叫びを半ば客観的に聞きながら、詩織は思いだしていた。

大野浩。車の中で、自分はあいつに首を絞められた。

自分は、転職サイトからある会社に応募した。愛嬌があって、野心の強い男性に面接をされた。美味しい食事もご馳走になった。この会社に入りたいと、強く感じた。

車に乗り込んだ。そして——。

いつの間にか自分の声が止んでいる。頬が温かい。泣いていることに気づく。

あいつは、狂っている。

この部屋は、人間を閉じ込めておくための部屋だ。それ以外のすべてが削ぎ落とされた箱だ。

こんなものを作っている人間が、正常なわけがない。

——怖い。

涙が止まらない。理解できない怪物に捕まって、自分の生き死にを握られている。

——怖い。怖い。

カチカチと歯が鳴った。逃げたい。逃げたい。ここから、いますぐに逃げだしたい。

声を上げて泣いた。泣き声も、歯の音も、無慈悲に壁に吸い込まれていく。ぼたぼたとこぼれ落ちる涙が、床に小さな水たまりを作っていった。

恐怖からくる涙であっても、泣くとすっきりするらしい。

パニックが落ち着いて少しぼーっとした頭に、思考能力が戻ってきていた。

——ここから、逃げだす方法はないだろうか。

呼応するように、奥歯がカチッと鳴った。

足は動かせないが手は自由だ。首を手のひらでなぞると、ロープの跡のようなものが首を横切るように残っていた。スーツの上から身体を触ってみたが、特に怪我はしていないようだ。痛みはないが、念のためパンツの下を確かめたところで、ほっと一息ついた。暴行も、されていない。

詩織の正面、三メートルほど向こうの壁に、木のドアがある。

コンクリートに囲まれた部屋で、そこだけが浮いている。あそこにたどり着ければ逃げられるかもしれない。

だが、行けるだろうか。足枷の南京錠を破ることなどできないし、鎖や床の輪を壊すことなどもっと無理だ。いまのところ、逃げる手段は見つからない。

——どうしよう。

また涙がこみ上げてくる。恐怖が嫌な想像をどんどんつれてくる。

自分はあの男と顔を合わせている。猿のような印象的な顔立ちもよく覚えている。

もし逃げることができたら、自分は警察に行って全部話すだろう。そんなことは、大野も判っているはずだ。それでも彼は、顔を晒してきた。

つまり——大野には、逃がすつもりはない。

五年、十年、二十年経っても、自分がここを生きて出られることは、もうない。

ぺたんと床に突っ伏す。コンクリートの冷たさが、体力とともに熱を奪っていく。何も考えたくない。恐怖を麻痺させるために、脳が動きを止めている感じがする。

そのとき、止まった思考の向こう側から唐突にあるものが浮かび上がった。

尿意だ。

その意味に気づき詩織は慌てた。この部屋には、トイレどころかおまるも尿瓶《しびん》もない。

「ちょっと!」

叫びすぎたせいで、声がかすれている。

「ちょっとお願い! トイレに行きたいんですけど!」

かすれた声は、壁に当たって消えるだけだった。嘘でしょ。冗談じゃない。こんなところで、そんなことができるか。

「お願い! 一回解放して! トイレに行きたいの! また戻ってくるって、約束するから!」

大丈夫。大丈夫。あいつは狂人といっても、頭はいいはずだ。こんなところに汚物を撒き散らされたら、向こうだって困る。

「お願いします! ここから出してください! 大野さん! トイレに行きたいんです!」

大野の楽しげな声が、頭の中で再生される。

——お前、馬鹿って言われない？

人間って、こんなに臭いのある生きものなんだ。

いつか名古屋市内にある東山《ひがしやま》動植物園に行ったとき、猿舎がとても臭かったことを思いだした。猿は人間とは全然違うんだなあと、その臭いで感じた。

違ったのは、自分のほうだ。人間だろうと猿だろうと、動物は臭いのだ。人間はお風呂に入ったりタオルで拭いたり、生活の中で体臭を除去しているから臭くない、それだけだったのだ。

何日経ったんだろう。

部屋には窓もなく、時計もない。電気も点きっぱなしで、朝か夜かも判らない。足枷につながれたまま、うつ伏せになったり仰向けになったりを繰り返し、眠気がきたら眠る。何時間寝たのかもよく判らないし、起きていても時間の進みが判らない。

「くさい……」

部屋全体に臭いが満ちている。

自分の全身から、汗や皮脂《ひし》の臭いが発散されている。酸っぱいようなその臭いだけでもきつかったが、何よりもきついのは垂れ流しになっている便と尿だった。糞尿の中で有機物が発酵《はっこう》しているのか、カピカピになった便は日に日に臭気を増し、いまでは口で呼吸をしていても吐き気がする。

身体が乾いている。喉だけじゃなく、皮膚も内臓も全部干からびている。食べたいとか飲みたいとかいう欲求は、脳が諦めてしまったのか、もうない。すべてを忘れて眠りたがっている脳を、鼻をつく汚臭が強制的に目覚めさせている。

——あいつは、何がしたいんだろう?

千回は考えたと思う。

餓死《がし》する人間を、観察したいんだろうか。部屋のどこかにカメラがあって、大野は自分を見ている。泣きわめき、脱出しようともがき、うんちとおしっこを垂れ流した挙げ句に弱り果て、死んでいく。そんな様子を見て、楽しんでいる。そうとでも考えなければ、こんなことをする理由がない。

——どうしてこうなったんだろう。

そのことも、もう千回くらい考えた。あのとき、面接に行かなければ。大野の口車に乗って、ご飯を食べに行ったりしなければ。

東京にずっといられれば。多治見から出たりしなければ。自分に逃亡欲がなければ。自分が自分じゃなければ。生まれてこなければ——。

いままでの人生が全部、後悔の色で塗りつぶされていく。それがとても哀しい。人生に後悔しか残らないなら、自分は何のために生まれてきたんだろう——。

がちゃり。

一瞬で脳が目覚めた。うつ伏せのまま顔だけを上げた。

閉じ込められてから、ぴくりとも動かなかった正面のドアが開いていた。

大野浩が立っていた。

「くっさいなあ……」

久しぶりに人の声を聞いて、聴覚がびっくりする。面白そうに部屋を見回していた大野の目が、詩織のところで止まる。

大野は手に持っている何かを振った。それが目に入った瞬間、身体を強烈な衝動が貫いた。

ペットボトルに入った、水だった。

「喉、渇いてるよねえ？」

大野はキャップを開けて、ごくごくと飲みはじめる。砂を滅茶苦茶に突っ込まれたみたいに、一気に喉が渇いた。

大野は見せつけるように水を飲み、指一本分残ったところで、飲むのをやめる。

「欲しい？　このままじゃ脱水症状で死んじゃうよ？」

頷いた。頷けているのか判らないが、必死に首を動かした。

大野が近づいてくる。革靴が、こつこつとコンクリートの床を叩く。

「舐めろ」

鏡のように磨き上げられた革靴が目の前に差しだされ、ワックスのツンとする刺激臭が鼻をついた。

即座に従った。舌を出し、大野の靴を舐める。水分を失った舌は木肌のように乾ききっていて、靴の革のほうがまだ生物だという感じがした。

「よしよし、いい子だ」

大野はかがみ込み、ペットボトルの飲み口を詩織の口に当てる。水が流れてくる。生まれてから、一番美味しい水だった。信じられないくらい甘くて、命そのものを飲み込んでいるような感じがした。口に、喉に、胃の中に、細胞のひとつひとつに、水が染み渡っていく。

わずかな水はすぐになくなる。もっと飲みたい。そのためならなんでもする。抗いようのない強烈な欲望が、全身を突き上げてくる。それを察知したかのように、大野は詩織の顔を覗き込んだ。

「水、飲みたいよね」

頷いた。何度も頷いた。

「じゃあ、僕の言うことを聞いてくれる?」

大野は、優しく微笑んだ。

2 詩織

シャワーをかけられる。大野に身体と髪を洗い流されると、どっさりと出た垢が水を含んでネバネバになり流れていく。

身体を洗うこと。毎日特に何も考えずにやっていた行動が、自分を人間でいさせてくれたことに気づく。垢が落ち、股のあたりにこびりついていた糞尿が洗い流されると、猿から人間に生まれ変わった感じがした。

「はい、行くよ」

バスルームには大野が着衣のままついてきていて、ひと通り身体を洗ったところで引っ張りだされる。脱水症状なのか栄養失調なのか、足に力が入らず立つことすらもできない。なされるがままにバスタオルで身体を拭かれる。

あの部屋を出たあと、最初に薄いお粥《かゆ》を飲まされた。味がついていないのに信じられないくらい美味しくて、死んでいた身体のあちこちが生き返っていく感じがした。

バスルームに運ばれたのはそのあとだ。服を脱がされたときは暴行を受けることを覚悟したけれど、大野はそういうことに全然興味がないらしく、身体を洗う動作も洗車のように事務的だった。

バスローブを着せられ、車椅子に乗せられる。そのままゴロゴロと運ばれていく。

——逃げなきゃ。

朦朧《もうろう》とする意識で、家の中を観察する。

大野の家は、一軒家のようだった。閉じ込められていたのは地下室で、バスルームがあるのが一階、廊下の途中に二階に向かう階段があった。あまり広い家ではなさそうだ。大野の目をかいくぐることができれば、充分逃げられる。

大野は階段の前で止まり、詩織を背負って上がりはじめる。

二階には広いリビングがあって、中央の食卓の椅子に座らされた。正面に、大野が座る。

「手荒な真似して、悪かったね」

何と返事していいか判らず、詩織は曖昧《あいまい》に頷く。

「いきなりあんなことされて、びっくりしたよね？　実は最終面接だったんだ。あれを生き延びられる、生命力の強い人材を探しててね。あなたは死ななかったから合格、おめでとう！」

大野はパチパチと手を叩く。脳が働かなくて、怒りも恐怖も感じない。

「というわけで、早速仕事の話に進みたいんだけど、いいかな？」

「仕事、ですか……？」

「そう。だって君、面接にきたんでしょ？」

面接？　面接がまだ続いている……？

「じゃあ最初にざっくりと仕事の説明です。一、あなたには部屋がひとつ与えられますが、その部屋から出てはいけません。二、あなたにはそこで僕から与えられた仕事をやってもらいます。三、前項のルールに違反した場合、あなたには罰が与えられます」

「ばつ……？」

「罰のバリエーションはとっても豊富です。地下室に閉じ込めることもできちゃうし、ほかにも色々ひどいこともできちゃう」

ぼんやりとしていた意識が一瞬で覚醒した。あの部屋にもう一度閉じ込められる？　そんなこと、考えただけで足が震える。

「僕だって本当は罰なんか与えたくないんだよ。僕も苦しみに耐えながらやってることは理解してほしい。はい、返事」

「は、はい」

「いーい返事だね。まとめると、あなたはこの家で僕の指示に従う。それを守ってもらえれば痛いことはしないし、嫌なこともしない。ここまではオーケー？」

「判りました」

「何が判ったんだ？」

表情が一変した。さっきまで穏やかに笑っていたのに、一瞬で鬼のような形相《ぎょうそう》になった。

「まだ仕事の内容を説明してないよな？　何をやるかも判ってないのに指示に従うのか？　適当なこと言ってんじゃねえのかお前」

「え？　あの」

「お前はいまから死ぬのが仕事だって言ったら死ぬのか？　外に出て子供を百人殺してこいって言ったら、やるか？　あの部屋につながれて餓死しろって言ったら、本当にやるのか？」

あまりの豹変ぶりに頭がついていかない。覚醒したはずの思考が凍ったように動かなくなった。口を開いたが、ぱくぱくと動くだけで言葉が出てこない。

「……なーんて意地悪なこと、言うわけないんだよなあ」

大野はまた、笑顔になった。

「冗談、冗談。快適な生活をお約束するって言ったでしょ？　僕はこれでも九州男児なんだよね。人情には人一倍厚いから、そんな仕事をさせるわけがないでしょ」

「え？　あ、はい……」

「でも、お前がいい加減な受け答えをしたのは事実だから、やっぱり罰は必要だよな？」

さっきからこの人は何を言ってるんだろう？　言うことがコロコロと変わり、何が本音なのか判らない。大野が変なのではなく、理解できない自分が悪いんだろうか。

大野は何かを取りだした。それは、点火棒——長い棒状のライターだった。

カチカチとレバーを引く。炎が、ついたり消えたりする。

「焼いてあげよっか？　焼肉みたいな、いーい匂いがするよ」

凍っていた恐怖が溶けて、心の中に広がった。

この男は、本当にやる。あんな部屋を作り何日も監禁した人間なのだ。人を焼くことくらい、なんでもない。

がたんと大野が立ち上がる。全身が恐怖ではねた。といっても逃げだせるわけがない。身体は弱っているし、足枷も嵌められているのだ。

だが大野はこちらではなく、食卓の横にあるクローゼットに向かった。その扉に手をかける。

「僕の玩具たちだよ」

クローゼットの鍵を開け、扉を開く。中を見て、詩織は愕然とした。

たくさんの凶器が入っていた。

金属製のバールが転がっていて、突っ張り棒からは色々な長さのナイフがぶら下がっている。ボウガンや長い槍のような、禍々しい見た目のものもある。

大野はクローゼットから、カセットコンロが入るくらいの大きさの段ボールを取りだし、詩織に渡してくる。震える手で受け取り開くと、白い破片がびっしりと詰められていた。

骨だった。

鳥や豚の骨じゃない。人間の頭蓋骨の目のあたり、丸く穴の開いた眼窩《がんか》の骨が交ざっていた。

――殺したんだ。

これは、この人が殺した、誰かの骨だ。

身体が震えだした。監禁されて鎖でつながれ、空腹や渇きを感じないほどに衰弱しても、自分はどこかで助かると思っていたのかもしれない。無意識下にあった緩みが、跡形もなく吹き飛ばされた。

自分は、本当に、殺されるんだ――。

「僕が本気で罰を与えると、こうなる。いまの程度で済ませてあげてるってことに、感謝してほしいな。ありがとうって、言えるかい？」

「感謝します。ありがとうございます」

「じゃあ、早速仕事の相談といこうか」

大野は満足そうに頷き、クローゼットに手を突っ込む。

「君に頼みたいことは、これだよ」

テーブルに、ごとりと大きなゴーグルを置いた。

3 詩織

VRゴーグルをかぶること。その中の世界を歩くこと。この三日間、詩織は〈王様〉から言われた仕事をしていた。

初めて味わうVRの世界に詩織は驚いていた。映像にすっぽり囲まれることが、その世界に本当に入っているような臨場感を生むことを初めて知った。

仮想現実の中に広がっているのは、雪の街だった。

「〈銀色の国〉って言うんだよ」

〈王様〉は教えてくれた。

「僕、北海道は釧路《くしろ》の生まれなんだよね。同じ雪と言っても、あっちの雪は東京のものとは全く違う。日中にホワイトアウトが起きると、視界が全部白になり、光を反射して一面銀の粉を撒き散らしたみたいになる。僕の原風景をイメージして作ったのが、この街なんだ」

釧路？　前は九州男児だと言っていたのに？　疑問に思ったけれど、余計なことを言うと「罰」を食らう。

「これは〈王様〉が作られたんですか？」

「そうだよ、僕がひとりでゲームエンジンから風景まで。すごいと思う？」

「はい。すごいと思います」

お世辞《せじ》じゃなかった。街のあちこちを歩いてみたけれど、どこを見てもすごいクオリティだ。カラフルな田舎町と、それを彩る植物や海。見上げれば白い空がどこまでも広く、ちらちらと舞う雪は手を伸ばせば触《さわ》れそうなほどだ。

「結構ね、大変だったんだよね、これ作るの。一年くらいこもって作ってたからさ」

一年でこんなものが作れるなんて、この人は何者なのだろう。

〈王様〉の底知れなさに、詩織は改めて慄然《りつぜん》とした。

自分のことは〈王様〉と呼ぶこと。王族を敬うように必ず敬語を使うこと。大野浩という名前は偽名だ。最初に〈王様〉は言った。

なんだか子供っぽいと思ったが、やってみると楽だった。自分と〈王様〉の間には覆せない力の差があって、何をどう話せばいいのかよく判らない。〈王様〉に跪く平民を演じればいいのなら、取るべき態度ははっきりする。

詩織は地下の部屋で生活をしていた。糞尿を掃除し、消臭剤をたっぷりと撒いたあと、折りたたみ式の机と椅子が運び込まれて、床に布団が敷かれた。

食事は一日に三度、〈王様〉が持ってきてくれる。そのときは自分で足枷を嵌めなければいけない。

部屋の外に出られるのは、一日に一度の入浴と二度のトイレだけだ。ただこのときも足枷はつけたままで、トイレにもバスルームにも〈王様〉は容赦なく一緒に入ってくる。最初は抵抗があったが、すぐに慣れた。人間は何にでも慣れるんだと思った。

〈王様〉の意に背く何かをすると、点火棒で肌を焼かれる。これだけは慣れなかった。鋏《はさみ》で皮膚を切られるような火の痛みは味わったこともないほどで、痛みと屈辱《くつじょく》で涙が出た。

——逃げたい。

罰を食らっていると、逃亡欲が一気に高まる。

だが、逃げることができるのだろうか。

この家は住宅地の一角にあるようだ。トイレのときに、たまに犬の遠吠えや、車の走る音が聞こえてくる。だがリビングの窓はカーテン、バスルームの窓は磨《す》りガラスで視界を遮られていて、外の景色が見えない。

大声で助けを呼んで声が周囲に届いても、家族の揉めごとだと無視をされたら？　奇跡的に警察を呼べても、お騒がせしてすみませんと〈王様〉が謝れば帰ってしまう気がする。

地下室のドアを、破れないか。

鍵は外からしかかけられないが、木枠に板を張りつけただけの安っぽいドアで、指で叩くと中が空洞になっているのが判る。外に向かって開く場合はドアを破ることも可能だと、前にテレビのバラエティ番組で力持ちの芸人がやっていた。

問題は壊したあとだ。〈王様〉が家にいたらまず気づかれる。地下室は防音になっていて、〈王様〉がいるかいないかを判別するのは不可能だ。

コン、コン。ドアがノックされる。その音が聞こえるとすぐに、自分で足に枷を嵌めるようになってしまっている。

「ご飯だよー、おなか空いたでしょ？　たまには一緒に食べようか？」

「一緒に？　ここでですか」

「二階においで。用意してあるから」

〈王様〉は手招きをしながらも詩織の足を見て、枷が嵌まっていることを確認する。隙がない。部屋に入ってきた瞬間を襲うのも無理だろう。

駄目だ。散々色々なものから逃げてきたのに、何も思い浮かばない――。

「今日は中華を作ってみたよん。中華は好きでちゅか？」

しょうもないギャグを言いながら〈王様〉は食卓に皿を並べていく。

VR制作だけではなく、〈王様〉は料理の腕前も一流だった。八宝菜にチンジャオロース、ザーサイ、ごま油のスープと、主菜からつけあわせまでバランスがよくて、味も美味しい。彼の作る食事が、ハードな生活の唯一の癒やしになっている。

詩織はプラスティックのフォークを使い、食事を片端から片づけていく。箸や陶器は凶器になると思われているのか、紙皿や紙カップなど、柔らかいものしかもらえない。

「それで、どう？　仕事は順調？」

八宝菜を口に入れたところで〈王様〉に聞かれた。詩織は慌てて嚙まずに飲み込む。

「はい。〈銀色の国〉で行けるところは、全部行ったと思います」

「優秀優秀。じゃあ早速、次の仕事をやってもらおう」

〈王様〉は嬉しそうに頷き、ピンクの革のケースに入ったスマホを食卓に置いた。

監禁されたときに奪われたものだ。どういうことだろう。〈王様〉はスマホを詩織に差しだしてくる。

「解除」

慌てて親指をホームボタンに押しつけた。指紋認証でロックが解除され、見慣れたホーム画面が立ち上がる。〈王様〉はすかさずスマホを取り上げた。

嫌な予感がした。〈王様〉は画面を操作し続ける。

「小林忠幸《ただゆき》。小林千春《ちはる》」

血の気が引いた。〈王様〉はその様子を見て、歯を見せて笑う。

「両親かな？　それとも、きょうだい？」

「ええと、それは……」

「ごまかしたらどうなるか、判ってるよね」

〈王様〉はいつの間にか持っていた点火棒を、カチカチと鳴らした。炎口部の先でちろちろと灯る火を見ただけで、恐怖が身体を支配していく。

「両親、です……」

「オーケー。じゃ、住所教えて」

「岐阜県多治見市……」

言うしかなかった。

東京へ行くと言ったときの両親の顔が、ぼんやりと脳裏に浮かぶ。止めるでもなく、ただ失敗作を見つめるように落胆していた、ふたりの表情が。

「ここかあ、古いけど綺麗な家じゃない。車もカムリか、いいの乗ってるねえ」

画面を向けてくる。グーグルのストリートビューに、実家の写真が表示されていた。

駐車スペースに停められた父の車を見た瞬間、感情が沸騰した。

「一番売れてるメーカーのものを買っておけば間違いない」と、父はトヨタに乗り続けていた。

そんな父を、軽蔑していた。家の古さしか誇ることがない、つまらない人間だと。

でもいまは、その退屈な感性を、愛おしく感じる。

猛烈に後悔が湧いてきた。どうして自分は実家から逃げてしまったんだろう。どうして両親の言う通り、小林家の跡取りになれなかったんだろう。いまのこの生活に比べれば、習いごとをこなすくらいなんでもなかったのに。

「会いたいんだね。お父さんとお母さんに」

自分の気持ちなんか、〈王様〉にはお見通しだ。

「もう判ってると思うけど、住所握ったってことはなんでもできるわけだよね。忍び込んでふたりを刺し殺しちゃうこともできるし、拉致ってここにつれてくることもできる」

「それは……やめてください」

「君が我慢しないからじゃん。ちょっと脅されたくらいでゲロっちゃって」

〈王様〉は、詩織の顔を覗き込んだ。

「話したい？　お父さんと、お母さんと」

「話させてくれるんですか？」

「もちろん自由には話せない。僕の言うことを聞いてもらうことになるけど」

〈王様〉はスマホを操作し、画面を向けてくる。そこには実家の電話番号が表示されていた。

その数字の並びすら、かけがえのないもののように思える。

「話したいです。お願いします」

「オーケー。素晴らしい親子愛だね」

〈王様〉は蟻《あり》を潰す子供のように、無邪気に笑った。

「じゃ、親御さんを、思いつく限り罵倒してくれるかな」

驚いて顔を上げた。

「嫌いだとか憎んでるとか、さっさと死ねとか、お前らの子供として生まれたことに絶望してるとか、なんでもいい。できるだけ相手を傷つけるような台詞を吐いてね」

「ちょっと待ってください。なんでそんな」

「で最後に、もう縁を切るから二度と連絡してくるな！　的な決め台詞で、バシッと締めて。オーケー？　じゃかけるよ」

「ちょ、ちょっと待ってください」

「なんだてめえ！」

〈王様〉は怒鳴り声を上げ、点火棒を突きだしてくる。カチカチカチカチと何回もレバーが引かれ、炎がすごい速さで点滅した。

「俺は何もおかしなことは言ってねえぞ。俺の言う通り話すって言っただろ」

〈王様〉の表情が、鬼になっていた。

「てめえが約束したことだろ？　焼き殺すぞお前」

「そんな、でも……」

「なあんてね」

一瞬で笑顔になる。

「そんな深刻に考えることないよ。親子の絆があるでしょ？　あとで『あれは冗談だった』って言えばいいだけだよ。それでチャラさ」

「チャラ……」

「親御さんの愛を信じてあげよう。きっと大丈夫」

加速と急ブレーキをでたらめに繰り返す車に乗っているみたいだ。脳の判断能力が切り刻まれて、物事を上手く考えられなくなる。

いつの間にか、プルルルという呼出音が鳴り響いていた。〈王様〉も通話を聞けるよう、スピーカーモードになっている。

「……詩織？」

母が、電話に出てしまった。

〈王様〉は詩織の横に立ち、首筋に点火棒を当ててくる。微妙に熱さの残る炎口部が頸動脈《けいどうみゃく》を押し、どくんどくんと首の奥から拍動が聞こえた。〈王様〉の顔が顕微鏡を覗くように詩織に近づく。

やるしか、ない。

「どうしたの、詩織。いきなり電話なんかかけてきて」

「その……ちょっと、なんとなく」

「あんたいま、どこに住んでるの？　元気にしてる？」

「母さん……」

罵倒なんか、できない。

母の声は、水のように細胞の隅々まで浸透して、自分の肉体に馴染んでいった。

——終わらせよう。

何をやっても、自分はもうここから逃げられないだろう。ということは、母と話せる機会はこれが最後だ。生きているうちに、きちんと感謝を伝えておいたほうがいい。

ほとんどやけくそなこの感情を、詩織はよく知っていた。これは「逃亡欲」だ。逃げだしたい気持ちが、母への思いと混ざって自分を突き動かしている。

「母さん」

言おう。終わらせよう。覚悟が定まった。

「詩織……もしかして、お金が欲しいの？」

喉まで出ていた言葉が、止まった。

「あそこまで啖呵を切って家を飛びだしていったのに……全く、昔から小遣いをもらうときだけはいい子になるんだから。お金に困ってるなら、帰ってきなさい。いつまでもぶらぶらして、世間体が悪いったらありゃしない」

「母さん……」

「お父さんには一緒に謝ってあげる。許してもらって、もう一度三人で暮らしましょう？ね？」

こういう人だった。

自分の価値観ばかり押しつけて、こっちの話を聞こうともしない。娘の心配より先に、世間体を気にする。嫌になるくらい知っていたはずなのに、距離を置きすぎて忘れていた。

高まっていた感情が、もう冷めている。どうして、帰りたいと思ったんだろう。あの家はただの、狭い箱だったのに。

「帰るわけないじゃん、あんたのとこなんか」

悪意を、できるだけ言葉に込めた。

「別にお金が欲しいわけでも、帰りたいわけでもない。ていうかこの電話、間違ってかけただけだから、勘違いしないで」

「何を言いだすの。親に向かって、そんなひどい言葉」

「何が親だよ。私がどんなに大変なのか、判ろうともしないくせに……」

頸動脈に点火棒が押し込まれる。大丈夫と諭すように、詩織は〈王様〉を見た。

「あんたの子供だってことを、心から恥じてる。あんたたちは最低の親だよ」

「詩織！　いままで育ててきた恩も忘れて、そんな言葉……」

「じゃあいままで私にかけた金を計算して送ってこいよ。返してやるから。いくら欲しいんだよ？」

電話の奥で、バタバタと音がした。「詩織」父が電話に出てきた。

「母さん泣いてるぞ。お前、何言った」

「最低の親だって言っただけだけど？」

「よくもそんなことが言えたな。勘当だ。二度と小林家の敷居は跨《また》がせん。跡継ぎの話もなしだ」

馬鹿じゃないのか。まだ自分たちが求められる側だと思っているのか。詩織は通話を切り、スマホを放り投げた。

興奮が収まらなかった。怒りとみじめさという二匹の猛獣が、胸の内を暴れ回っている。哀しくはなかった。大きなものを失ったのに、涙も出てこない。

「大変だったね」

いつの間にか〈王様〉は食卓を挟んだ、詩織の正面に戻っていた。

「子供は親を選べない。強制的に生まれてくるしかない究極の理不尽は、歴史的に多くの悲劇を生んできた。本当に同情するよ」

心が惹かれた。〈王様〉はいつになく、詩織の心に寄り添うように続ける。

「僕は東京の団地に生まれた。子供のころから虐待されててね。あの地下室の、人間をつなぐ鎖。あれは僕の親が僕に対してやったこと、そのまんまなんだ」

東京？　確か釧路か九州の生まれだったはずだ。引っ越しの多い家庭だったのだろうか。それとも――。

「おなかが空こうが糞尿を漏らそうが、親は僕を解放してくれなかった。僕がその軛《くびき》から解放されたのは十六歳のころだ。親が交通事故で死に、児相の職員が家にきて僕が深刻な虐待を受けていたことが明るみに出た。学校もろくに行っていなかった僕は、児童養護施設に入ってカウンセリングを受けながら徐々に社会に適応していった。まだ、ちょっと変なところが残ってるけどね」

「それは……大変でしたね……」

「人生に遅れた分、色々な勉強をした。本もたくさん読んだし、大検を取って大学も行った。プログラミングも真剣に学んだおかげで、VRの空間を作れるようにもなった」

傷ついてきた人生を詩織のものと重ね合わせているのか、〈王様〉の目は慈愛に満ちていた。

「ここに、いればいい」〈王様〉は力強く言った。

「すべての子が親と上手くやる必要なんてない。人と人とのつながりなんて、千差万別だよ」

その言葉は詩織の心のひび割れに、傷薬のように染み込んでいく。

——たぶん、この人は、こういうことに慣れている。

もう判っていた。この人は嘘つきだ。飴と鞭《むち》を使い分けて、人の気持ちを自在に操れる人間だ。話してきた境遇も全部嘘で、いまは飴を与え、自分を決定的に取り込もうとしているだけだ。

そんなことは判っている。でも、彼に惹かれていくのを止められない。

頰に温かいものを感じた。自分が泣いていることに、そこで気づいた。

「君はここにいればいい。僕が守ってあげる」

——嘘だ。

委ねたくなる感情を、必死に抑え込んだ。逃げなければ、あの白骨になる。

消えそうになっている逃亡欲を、詩織は必死に捕まえ続けた。

4　詩織

「そろそろ、本当の仕事を頼みたい」

実家に電話をしてから一週間後。地下室でひとりでご飯を食べているときだった。

「僕の本当の仕事はね、人助けなんだ。そのパートナーをずっと探してたんだよ」

事業の内容を、〈王様〉は説明してくれた。

「いまの日本はとても生きづらい社会だ。子供のころから勉強に追われ、受験でも就活でも常に採点され、出世や結婚やなんやかんやと一生競争が続く。君のように、社会の規範から外れた人間は好奇の目で見られ、ひどい場合は排斥される。僕はそういう人を助けたい」

嘘だ。自分をこんな状況に置いている〈王様〉が人助けなんて、ありえない。

「仕事って……何をすればいいんですか」

「いずれ現場に出てもらうけど、まずは勉強だ。外面も内面も完璧で素晴らしい人間になってもらう」

現場？ 外に出る機会があるのなら、逃げるチャンスも生まれるかもしれない。生まれた期待を、胸の内に隠した。

「新しい名前が必要だね」

話の最後に〈王様〉はそう言った。

「君はこれから、全く違う人間に生まれ変わる。幸い、親とはもう縁を切った。いままでのアイデンティティを剝がし、新しいラベルを貼るのにいい時期だ」

少しだけ考えて、〈王様〉は口を開いた。

「アンナ」

それが、新しい名前のようだった。

「ヘブライ語で『恩恵』を表す言葉から生まれた名前だ。多くの人に恵みをもたらす女性――どう？ いいと思わない？」

どうと言われても、まさか違う名前にしてくださいなんて言えるはずがない。

詩織はその日から、アンナになった。

「アンナは賢く明晰《めいせき》な女性だ。美しいものを好み、他人を慮《おもんぱか》り、自己主張は控えめだ。話しかたも立ち姿も、何もかもが美しい。そういう人間になるんだ」

優秀な人間になるために、「外面」と「内面」両方を変えろと〈王様〉は言った。

「君は声は綺麗なんだけど、言葉遣いが汚い。話しかた講座のDVDを渡すから、アナウンサーのような話しかたを目指していこう」

同時に与えられた「内面」の課題は、朗読だった。

「色々な物語を読んで、多くの登場人物に触れることで、内面を充実させよう。それには、優れた物語を朗読して、身体に染み込ませるのがもっとも効率がいい」

朝に題材を指示されて、一日かけて朗読の練習をし、夜に成果を〈王様〉に見せる。その合間に言葉遣いの練習をする。一日がそんなサイクルで動きはじめた。

朗読は楽しかった。練習をはじめた瞬間、自分の中の隙間が埋まったのを感じた。

演技の楽しさが、蘇ってきたのだ。

物語を通じてほかの人物になりきること。東京でやっていた声優のトレーニングを思いだした。自分から離れてほかの人の内面に潜り込むことが、性に合っているのだ。〈王様〉からの駄目出しは厳しかったが、朗読の喜びはそれを優に上回った。

その二週間後に、〈王様〉とのセッションがはじまった。

〈王様〉の悩みをカウンセラーのように聞き、どういうアプローチで解決していくかを考えるものだ。

〈王様〉は毎回全く違う人物になりきる。友人に裏切られて借金を背負い、死ぬことを考えている若者。会社でリストラにあい、妻や子供にも逃げられた孤独なおじさん。学校でいじめられて、親も味方してくれず長くひきこもっている少年。〈王様〉はどんな人物にでもなることができて、そのたびに対応方法を変えなければならなかった。

アドバイスをするな、とよく言われた。

「もっと他人の気持ちに寄り添いなさい。人が血を流して倒れていたら、まずは止血してあげるのが先だろ？　１１９に電話すれば助かりますよなんて教えても人は救えない」

もっと相手のことを考えて、その人を支えられるようにならないといけない。そういう優秀な人間を目指すんだ。

〈王様〉の言葉は真摯に響いた。本当に人を助けたいのかもしれないと、思い込みそうになるほどに。

カウントが正しければ、監禁されてから三ヶ月が経った。

そのころから、バラバラに勉強していたものが、自分の中で結びつきだした。朗読で培《つちか》った読解力、セッションで叩き込まれた傾聴力、柔らかく丁寧な言葉遣い。離れて存在していたスキルがひとつにまとまり、相手の話を聞くための分厚い総合力に化けてきた。

そんなある日、朗読である作品が与えられた。

芥川龍之介の『六の宮の姫君』だった。

懐かしい人に出会った気がした。高校のころ、唯一繰り返し読んでいた小説。自分の境遇はだいぶ変わってしまったが、姫君は相変わらず朱雀門《すざくもん》の前の曲殿で、筵《むしろ》の上に臥していた。

――なりゆきに任せる外はない。

姫君が考える、この一文がすごく好きだった。逃亡欲を持たない彼女の思想を、この一文が完璧に体現している。

――あれ、あそこに火の燃える車が。

――金色の蓮華《れんげ》が見えまする。天蓋のように大きい蓮華が。

死にぎわの姫君は息も絶え絶えに言う。往生するために念仏を唱えろという法師の教えを振り切り、絶望の中で狂死していく。

――蓮華はもう見えませぬ。跡には唯暗い中に風ばかり吹いて居ります。

――何も、――何も見えませぬ。暗い中に風ばかり、――冷たい風ばかり吹いて参ります。

読んでいて涙が出そうになった。虚無の中にいながらも姫君は、法師の言葉に逃げることなく、孤独に死んだ。

姫君が逃げなかった理由が、不意に判った気がした。

高校時代の自分は、単に逃亡欲を持たない人だからだと思っていた。でも、違う。姫君はきっと、深い諦めとともに、自分の運命を受け入れていたのではないか。どんなに壮絶な出来事が訪れようとも、これが自分の人生なのだと受け入れ、狂死を遂げるまで変わらなかった。姫君は主体的に、逃げないという選択肢を摑み取った。

このところの勉強のおかげで、考えもしなかった姫君像が見えてきている。旧友の本当の顔を知れたような気がして、嬉しかった。

――そういえば。

周りは、相変わらずコンクリートに囲まれた狭い箱だ。

自分も姫君と同じだ。あれほど正反対だと思っていた人物に、近づいている。

――もう、逃げたいと思ってない。

閉じ込められてから、半年が経った。

「アンナに、最後の仕事を与える」

リビングで相対する〈王様〉が、告げた。

「〈銀色の国〉の案内人になってもらいたい」

5　詩織

リビングのテーブルを挟んで、〈王様〉は本当の計画を語りだした。

〈銀色の国〉に、生きることに悩んでいる人を集め、彼らを自殺に導く。

去年、すでにひとりを自殺に追い込んだ。今度は大勢やる。人の選定ははじめていて、アンナには彼らのナビゲーターになってもらう。

「どうして、そんなことを?」

怖いというより、意味が判らなかった。〈王様〉は怒らずに優しく説いた。

「この半年間、僕がセッションで演じてきたような人々は、現実の世界でもよくいる。彼らは話を聞いてあげれば一時は癒やされるけれど、そんなものは気休めにすぎない。その人がその人であること、それが苦しみの根源だからだ。根源を取り除くには、死ぬしかない」

〈王様〉は諭すように言う。

「生老病死——仏教では、〈生〉が苦しみの筆頭として挙げられている。日本のような豊かな国に生まれて、生存の不安がとりあえずなくとも、人は一生苦しみ続ける。アンナだってそうだろう? 君はとても生きづらそうだった。〈銀色の国〉は、仮想空間上の自助グループだ。そんなところにくる人たちがどれくらい大変な思いをしているか、アンナには判るかい」

死ぬには莫大なエネルギーが必要なんだと、〈王様〉は言った。

「これから死ぬという恐怖を無理やりねじ伏せ、その上で生命の炎を消すための凄まじい痛みを乗り越えないと、人は死ぬことができない。でも、電気を消すみたいにさっと死ぬことができたら、どうだ? きっと多くの人は、死を選ぶんじゃないか? VRの技術を使えば、それが可能になるんだ。仮想現実の中で死への恐怖を取り払い、苦しみから解放してあげる。〈銀色の国〉はこの生きづらい世界を救済するんだよ」

自分の言葉に陶然としている。こんな彼の表情は初めて見た。

「〈銀色の国〉で集団自殺が起きたら、きっと世間は騒ぎになる。それに乗じて、僕はソースコードや素材、運用ノウハウをすべて公表する。誰もが〈銀色の国〉を使える状態になり、僕より優秀な人がさらなる改良をしだし、世界中のあちこちに新しい〈銀色の国〉が作られる。人々は救済され続けるだろう。それどころじゃない。人工知能がもっと発達したら、運営をする人間すら不要になる」

「人工知能……？」

「ゲームの進行をＡＩが代用できるようになれば、〈銀色の国〉は、ウイルスのように自発的に生きるようになり、多くの人たちを半永久的に救済し続ける。素晴らしい世界だと思わないかい。僕は、その種を最初にまくんだよ」

恍惚《こうこつ》とした表情のまま続けた。面接のとき、壮大なビジョンを順序立てて論理的に語っていたときとは違う。言葉がどんどんと出てきて止まらない。自分の計画に酔っている。

――狂ってる。

自動的に人を殺し続けていくウイルスなんて、普通の考えじゃない。

――〈救済〉であるものか。

〈王様〉は異常者だ。ただの快楽殺人者だ。大勢を殺し、この世界に災厄を振りまきたいだけなんだ。

「アンナ。手伝ってくれるよね」

〈王様〉が、友好的な口調で迫ってきた。

ほかの選択肢など存在するはずがない。でも、本当にそうだろうか。自分が殺されても、断固として拒否するべきなんじゃないか。

「このプロジェクトは、大勢の人に手伝ってもらった」

「え?」

「僕ひとりで〈銀色の国〉が作れると思ってた? そんなわけないよ。プログラマー、デザイナー、モデラー、大勢の人に協力してもらって作ったんだ。あれは、そのうちのひとりさ」

〈王様〉は背後のクローゼットを指差した。あの人骨のことだ。

〈銀色の国〉があれほどのクオリティを誇っていた理由が判った。この人は大勢のプロをさらってきて、あれを作らせたのだ。その人々はもう、殺されてしまった。

拒否したら、自分も骨になる。自己犠牲の気分など一瞬で吹き飛んだ。

「手伝います」

〈王様〉は満足そうに、ゆっくりと頷いた。

時間が止まった。〈王様〉は頷いたまま、いつまで経っても顔を上げようとしない。

「……〈王様〉?」

どうしたんだろう? 〈王様〉は微動だにせず、その姿勢のまま固まっている。

——眠ってる?

驚いた。〈王様〉は首を落としたまま、寝息を立てはじめている。話し疲れて眠ってしまう

〈王様〉の姿など、見たことがない。

思えばこの一ヶ月ほど、〈王様〉は体調が悪そうだった。顔色も青ざめているし、食事のときも必ず錠剤を飲んでいる。あれだけ流暢《りゅうちょう》に話す人がつっかえつっかえ話すようになっていて、こんなに長い話をするのは久しぶりだ。

「〈王様〉」

声をかけたけれど反応はない。これは——。

——逃げるチャンスじゃないのか。

ゆっくりと、立ち上がった。足枷に嵌められた鎖が、じゃらっと音を立てた。慌てて〈王様〉を見るが、起きる様子はない。

〈王様〉の背後には、色々な武器が入っているクローゼットがある。ナイフか何かを手に入れれば、〈王様〉相手にも優位に立てるのではないか。

だけど、クローゼットは施錠《せじょう》されている。鍵の場所は知らないし、こじ開けようとしたら〈王様〉が起きてしまいそうだ。足枷のせいで満足に歩けず、武器を手にできても距離を取られて、もっと強い武器を持ってこられたらおしまいだ。

横を向くと、ほんの二メートルほど先に窓があり、カーテンが閉ざされている。

もう一度、〈王様〉の様子を確認する。がっくりと首が落ちていて、寝ているというより失神しているようだ。

——外を、見られないだろうか。

危険な賭けだった。でも、自分がどこにいるか判れば、強力な情報になる。

——やろう。

こんなチャンスはもうないかもしれない。

足枷が音を立てないよう、すり足で、ゆっくりと窓に近づいた。〈王様〉の寝姿を注視しながら、一センチくらいずつ、慎重に動く。

汗がじっとりと額を濡らす。喉がカラカラに渇いていく。汗を拭く音や唾を飲み込む音すらも聞かれそうな気がして、そのままにした。

何分かかっただろう。なんとかカーテンに触れられるところまで、ようやく近づけた。服がこすれる音すらも立てないよう気をつけ、ゆっくりと手を伸ばす。カーテンの端をつまみ、本のページをめくるようにゆっくりと、わずかに開く。

——え？

その隙間から、一軒家が建ち並ぶ住宅街が見えた。

はるか向こうに、見覚えのある建物があった。目を疑った。そうか、ここは——。

「アンナ？」

声がした。

「どこにいる？　何をしている？」

慌ててカーテンから手を離す。〈王様〉が、ゆっくりと首を上げようとしていた。

〈王様〉と、目が合った。リビングの間接照明がその顔に深い陰影を彫り、悪鬼のように見えた。

「何をやってるんだ？」

慌てずに、部屋の隅に畳まれているブランケットを指差した。カーテンに向けて移動する前に、それがあるのを確認していたのだ。

「〈王様〉に、毛布をかけて差し上げようと思いまして」

〈王様〉は鬼の表情で、こちらをじっと見ている。以前は震え上がるほど怖かったその表情が、いまはあまり怖くない。やはり〈王様〉は、一時期よりも力が衰えている。

「……ならいいんだ。ありがとう」

お咎めはなしだった。一緒に階段を下り、地下室のドアを施錠されたところで、どっと全身から汗が出た。

カーテンの隙間から見えた光景が、脳裏から離れない。自分は名古屋で拉致《らち》された。ここも当然、その近辺だと思っていた。

――ここは、東京だったのか。

自分は、かつて逃げた街に戻ってきていたのだ。

6　詩織

「最初に、〈銀色の国〉での過ごしかたを説明しますね。私はアンナです。この国の案内役です」

「え？　ああ、はい。よろしくお願いします」

目の前の若い男性のアバターは、実際の本人も青年のようで、そっけない口調の中に困惑が見え隠れする。こういうときの緊張のほぐしかたは、もう知っている。

「いきなり言われても驚きますよね？　でも、安心してください。ここは何をしても自由な場所です。好きなところに行って、好きなことをして過ごしてください」

コントローラーを操る。相手にはアンナが両手を広げ景色全体を示している姿が見えているはずだ。

自分は、外部の人と話している。

監禁されてから、八ヶ月が経つ。その間、話し相手は〈王様〉しかいなかった。久々に向けられた彼以外の声に、まだ耳が慣れていない。

混乱を和らげてくれたのは、ここまで受けてきた色々な訓練だった。

〈王様〉とのセッションや、朗読で多くの人物の内面に潜り込んだ経験が、アンナというキャラクターになりきり、混乱を収める手助けをしてくれている。

「じゃあまず操作方法から説明します。コントローラーは持ってますか？」

〈銀色の国〉で〈アンナ〉になってから、早いものでもう二週間。プレイヤーは次々とやってきて、この話をするのはもう十五回目だ。初めは手探りだったがすっかり慣れ、〈王様〉から与えられた説明をすらすらと話すことができるようになっている。

——アンナが〈銀色の国〉で何を話しているかは、全部聞いてるからね。

忠告されるまでもなく、この会話は盗聴されているだろう。さすがに全部を聞いているわけはないだろうが、聞き漏らしを期待して助けを求めるのは、あまりにも危険すぎる。

——逃げたい。

長い間眠っていた逃亡欲が、カーテンの隙間を見てからむくむくと起き上がりだしている。歯がカチカチと鳴ってしまうのを聞かせるわけにはいかないので、発作が出たときはゴーグルを外している。

ただ、状況は閉じ込められたときから何も変わっていない。ここから逃げだすことも、誰かに助けを求めることもできない。

「アンナさん、ありがとうございます。判りやすい説明で、助かりました」

お礼を言われるのは嬉しい。初めて覚える感覚だ。自分でも〈アンナ〉は優秀なナビゲーターだと思う。プレイヤーが何に困っているかも判るし、それに対して的確な返答をすることもできている。自分がこんなにたくさん感謝される日がくるなんて。

——感謝されたから、なんなんだ。

自分はこの人たちを騙し、自殺に追い込むために動いている。感謝される資格なんか、ない——。

しばらく〈王様〉と二階で食事をしていたが、最近、夕食は地下室で取るようにしている。

〈アンナ〉が〈銀色の国〉にログインする時刻は、夕方の十六時から翌朝の五時まで。現在三十人ほどいるプレイヤーは、大体みんなこの時間帯に接続している。

突然話しかけられることもあるので、悠長に夕食を取っている時間はない。おにぎりやサンドイッチなどを数分で食べ、プレイヤーと向き合うのが、このところの日課だった。

十八時になったら、〈銀貨の集会〉を開く。広場にアンナがいないと〈銀貨の集会〉ははじまらないシステムだ。集会は、プレイヤーが肉声を伝えられる唯一の場面なので、この時間は最も気を遣う。〈王様〉も二階で聞いているだろうが、変なことを言いだしたら通信を遮断しなければいけない。

――学校でいじめを受けていて、転校したのにその先でもいじめのターゲットになってしまった。

――次の司法試験に落ちたら、子供のころから目指していた弁護士の夢を諦めなければならず、毎日プレッシャーで勉強が手につかない。

――連帯保証人を引き受けたところ、債務者である友人が失踪してしまい、五百万の借金ができてしまった。働いても働いても利息しか返せない。

――だから、死にたいんです。

〈王様〉の言った通りだった。世の中にはたくさんの絶望があって、大勢の死にたい人がいる。何年も同じところでぐるぐると悩み続けていて、死にたいけれど怖くて死ねないという人も多くいた。

――〈王様〉の言っていることは、正しいんじゃないか。

浴びるように悩みを聞いていると、そんな風に思うこともある。多くの人が、生きたがっていて、死にたがっていて、長年迷い続けている。オランダでは毎年六千人以上が安楽死を遂げているらしい。苦しまなくてすむのなら、自殺したい――そういう人も多いんじゃないだろうか。

「聞いていただいて、気持ちが楽になりました。感謝します」

〈銀貨の集会〉で発言していた男性がそう言うと、「いいね」のハートマークが宙を飛び交う。

心温まる光景だ。でも、一時は承認され支えられたはずのプレイヤーが、また同じ悩みを口にする姿を、すでに何度も見ていた。一生悩みから解き放たれないのだとしたら、彼らは死んだほうが幸せなのか、それでも生き続けたほうがいいのか――？

そんなことを考えても仕方ない。自分には選択肢がないのだから。コントローラーを振り、発言をしていたアバターに「いいね」を送った。

がたん。

突然、音がした。

がたん。がたん。がたん。

部屋の外で、立て続けに何かを叩きつけるような音が響く。階段の上から聞こえた音は、ドアのすぐ向こうのあたりでやみ、何も聞こえなくなった。

「〈王様〉？」

マイクをオフにして声をかけたが、返事はない。

もう一度声をかけたが、やはり何も聞こえない。だが、何が起きたかは明らかだ。

〈王様〉が、階段から転げ落ちたのだ。

当たりどころが悪かったのか、〈王様〉はドアの外で倒れている。気絶しているのかは判らないが、返事をできない状態になっている。

カチッ。

千載一遇のチャンスだった。いまは足枷も嵌められていない。この八ヶ月以上、ずっと窺っていたチャンスが、唐突に訪れた——。

カチカチカチカチカチ。

振り返り、ゴーグルを見る。〈銀貨の集会〉に集まっているメンバーに、助けを求められないか？

無理だ。ここがどこか、朧《おぼろ》げにしか判らない。東京のあるエリアに監禁されていると伝えても、警察がこの家を見つけるまでには時間がかかる。助けを求めたことが〈王様〉にバレたら、殺される。

——自力で逃げるしかない。

ドアに耳をつけた。外の状況を窺うが、何も聞こえない。

——破れるだろうか。

ドアの強度は高くはなさそうだが、破れるかどうかは判らない。だがやるしかない。

一歩下がり、思い切り体当たりをした。肩の骨がひび割れたように鋭く痛んだが、ドアはわずかに揺らいだだけだ。

鍵のあたりを、足の裏で思い切り蹴った。三発、四発蹴り続けたところで、ドアの中で何かが折れるような感触があった。

——〈王様〉を助けようと思ったんです。

言い訳はすでに考えていた。〈王様〉を助けるために、やむなくドアを壊した。点火棒で焼かれるかもしれないが、殺されはしないだろう。計算をしながら、蹴り続ける。

十発ほど蹴ったところで、バキッと音がした。ドアの表面の板に、真ん中から亀裂が走っていた。

裂け目を覗くと、木の骨組みの奥にもう一枚板がある。もう少しだ。

後ろに下がり、もう一度ドアに体当たりをする。パキンと金属が弾ける音がした。骨組みの前に、鍵が壊れたのだ。ドアは力なく、廊下に向かって開いた。

ドアの外では、〈王様〉が、気を失っていた。

床にはおにぎりが散乱している。夕食を持ってこようとしたところで、階段から足を踏み外したようだった。その身体を踏まないように歩き、階段を駆け上がった。

——行ける。

確信した。足枷のない状態で一階までこられたのは、初めてだ。玄関に向かって走り、震える指先で鍵を解錠する。

ドアの外に、外界が広がった。

空気の美味しさに、驚いた。甘ささえ感じさせる新鮮な空気が大量に肺になだれ込んできて、めまいがする。

見回すと、一軒家やマンションが建ち並んでいる。あたりは夜だった。ずっと電灯の下で暮らしてきたので、周囲が暗いことに驚く。そうだ、外とは、夜とは、こういうものだった。

振り返る。監禁されていた家は、コンクリート造りの二階建てだった。玄関の脇にシャッターの下りたガレージがあり、庭はないので、玄関から出るとすぐ一車線の道路になっている。

そこで、息を呑んだ。

道路の反対側を、ひとりの女性が歩いていた。

「あの!」思わず声をかけた。「ちょっと、いいですか」

そこまで言ったところで、言葉に詰まった。

夜道でいきなり話しかけられて、女性は警戒したようだった。裸足だし、自分では判らないが、ずっと監禁されていてこちらの様子もおかしいのかもしれない。暗がりの中、街灯を反射したその目に緊張が走っている。

久々に直に接する他人の目だった。不気味なものを見るような視線に、心が臆する。

助けてください。八ケ月以上も監禁されているんです――。

いきなりそんなことを言っても信じてもらえるだろうか。それよりも、警察に通報するためにスマホを貸してもらうのはどうだろう。いや、こんな不気味な女にいきなり話しかけられて、果たして貸してくれるだろうか。

馬鹿。こんなことを考えている場合じゃない。さっきまで〈銀色の国〉ですらすら話していたように、全部打ち明けて、スマホを貸してもらおう。大丈夫、こっちは被害者なのだ。きっと助けてくれる――。

「あの、私は――」

その瞬間、女性は踵を返した。

逃げるように、足早に。暗い夜の底に、ハイヒールがアスファルトを打つ音だけが響く。女性の背中はどんどん遠ざかり、闇の奥に消えた。

何かが、自分の中で崩れた。

実家に電話したときと同じだ。またも自分は忘れていた。

この世界に、居場所なんかなかったことを。ずっとこの世界から、逃げ続けていたことを。

家庭でも、学校でも、東京でも、居場所が見つからず、ずっと逃げていた。何ヶ月も監禁されて久しぶりに外界に脱出したというのに、ここでも拒絶されている。

――詩織。

突然、その名前を思いだした。小林詩織。そう、それが、この世界での名前だ。

アンナは必要とされていた。〈銀色の国〉ではみんなアンナのことを頼っていて、彼女を中心に世界が回っていた。みんな、アンナに感謝していた。

だが、この世界に小林詩織の居場所はあるのだろうか。

自分は誰からも、必要とされてないのではないか。

動けない。逃げなければいけないのに、迷いが足に絡みついている。自分は、何をやってるんだ――。

そのとき、背後からドアの開く音がした。

〈王様〉が立っていた。その手には、長いバールが握られている。怒り狂った鬼のようだ。彼の周囲の空気まで、怒気で震えているようだった。

動けなかった。鬼がバールを振りかぶり、叩き下ろすのが見えた。

7 詩織

どれくらい経ったのだろう。規則的な生活は破壊され、粉々になってあたりに散らばっている。まとまらない意識の中、時間だけが身体を通り過ぎるように流れていく。

目が覚めると、地下室に鎖でつながれていた。おでこを触るとこぶがあり、傷が縦にぱっくりと走っていた。荷物はすべてなくなっていて、ドアの亀裂の向こうに、バリケードの机が置かれているのが見えた。

〈王様〉は、あれから現れない。ご飯も水も与えられず、立ち上がる気力も湧かず、ずっと床に突っ伏したままだ。

——死ぬんだろうな。

額の怪我は致命傷にはならなかったが、このまま放置されていたら、餓死するだろう。

だが、怖くはなかった。

おかしくなったわけじゃない。心が不思議なくらい澄んでいる。その理由も、判っていた。

少し眠ろうと思った瞬間、階段を下りてくる音がした。顔を上げる体力は残っておらず、耳だけをすます。足音はやがて、がたんごとんと机をどかす音に変わった。

「生きてる？」

〈王様〉の声は優しかった。罰を下したあとには必ず飴を与える。もう長いつきあいだ。隅々まで読み込んだ物語のように、彼のことはよく判る。

「よっと」

身体を起こされ、コンクリートの床に体育座りをさせられる。

〈王様〉は覗き込むようにかがんだ。その手には点火棒が握られている。

「馬鹿で無能な犬を拾ってここまでしつけてあげたっていうのに、飼い犬に手を嚙まれるってのはこのことだね。狂犬病の犬は、世の中にいたら殺処分だよ？」

「すみません」

久々に声を出した。渇ききった喉と舌に、呼気がこすれて少し痛い。

「まあ、謝られてもなぁ……。アンナの勝手な行動のせいで、いままで積み上げてきたことが、全部パーになるところだった。死刑になってもおかしくないと思わない？」

「思います」

「おやおや……随分従順だね。それとももう、壊れちゃったのかな？」

点火棒の先を、ペタペタと頰に当ててくる。相変わらず、〈王様〉の顔色はよくない。

「もう逃げないと誓え。狂犬病を治し、忠犬として生まれ変わると宣言しなさい」

「はい、生まれ変わります」

「違う。私は狂犬病を治し、忠犬として生まれ変わる。そう言いなさい」

「私は狂犬病を治します。〈王様〉の忠犬として生まれ変わります」

口から出まかせではなかった。強い意思を込めて言った。

「……何を考えてる？」

〈王様〉の口調が変わった。

「てめえ……さっきから適当にペラペラさえずりやがって。俺の機嫌を取るのに必死か？　このまま餓死させるぞ、この野郎」

以前は怖かったはずの鬼の顔が、いまは怖くない。

点火棒の炎口部が頸動脈のあたりに押し込まれ、首筋が圧迫される。

「動脈焼いてやろうか？　いまこの場で死ぬか、お前」

「そんなこと、できません」

表立って反逆するのは初めてだなと、冷静に考えていた。

「私が死んだら、〈銀色の国〉からはアンナがいなくなります。〈王様〉の計画は台無しです。

それでもいいんですか」

「てめえの代わりなんざ山ほどいんだよ。自惚《うぬぼ》れてんじゃねえ、カスがよ」

「私は半年以上も〈王様〉の教育を受けてきました。代わりはすぐには用意できないはずです」

言葉がするすると出てくる。詩織ではなく、アンナだからだ。詩織は路上で一言も話せなかった馬鹿な女だ。アンナとは全然違うのだ。

「〈王様〉にとっても、私を生かしておいたほうがいいはずです。もう〈銀色の国〉に人は集まっていいます。いまから新しい〈アンナ〉を育成するのは、難しいでしょう」

「俺に取引持ちかけようってのか？　舐めてんじゃねえぞ、犬」

「取引じゃありません」きっぱりと言った。

「〈王様〉の仕事を、手伝いたいんです」

点火棒の圧力が、少し和らいだ。

「私は、外の世界では逃げてばかりでした。自分の居場所が見つからなくて、いままで何も積み上げることができなかった。初めてなんです。こんなに逃げずにひとつのことができているのは。外に出てみて初めて判ったんです」

〈王様〉が真意を確かめるように覗き込んでくる。安心させるように優しく微笑んだ。

「……自発的に協力するってこと？　僕の計画に」

頷いて、諭すように続ける。

「〈王様〉の言うことにも、一理あると思います。〈銀貨の集会〉で話した人たちは人生に苦しんでいて、居場所が見つけられていませんでした。そのつらさは、私にはよく判ります。それなら、いっそのこと終わらせてあげたほうがいいのかもしれない」

〈王様〉の探るような目を、見つめ返した。

「ひとつ、不思議だったことがあるんです。〈王様〉は『去年、すでにひとりを自殺に追い込んだ』と仰ってました。なら、今回も自分でやればいい。わざわざ私なんかをさらって、教育して、〈銀色の国〉に送り込んだりする必要はない。その理由も、判ってるつもりです」

〈王様〉の目が見開かれた。初めて見る表情に、こんな顔もするんだと思って少し嬉しくなる。

〈王様〉は立ち上がり、背後に回って、足枷を外してくれる。

「アンナ」

正面から目を合わせて、〈王様〉は言った。

「ありがとう」

〈王様〉の本当の笑顔をようやく見られた気がした。いままでの彼の笑顔には、いつも相手をコントロールするための打算があったんだと判った。すべての計算が削げ落ちた素朴で純粋な〈王様〉の笑顔は、とても可愛かった。

「アンナ、僕には君が必要なんだ」

「知ってます」

「アンナ、君にここにいてほしい」

「そのつもりです」

「ありがとう。アンナ、感謝するよ……」

——なりゆきに任せる外はない。

文章が頭の中で鳴った。

——何も、——何も見えませぬ。暗い中に風ばかり、——冷たい風ばかり吹いて参りまする。

姫君は、狭い箱の中に入り運命に抗わなかった。諾々《だくだく》とそれに従い、死んでいった。いまの自分も同じだ。コンクリートでできた狭い箱、そこが自分の居場所だ。ならば姫君と同じように、運命を受け入れよう。敬愛する姫君が流浪《るろう》の果てに曲殿の筵にたどり着いたように、自分はこの狭い箱に流れ着いた。

目を閉じた。

〈銀色の国〉の美しい光景が、はっきりと広がっていた。

第四章　深　　行

1　くるみ　九月十二日

——眠い。

かくんと首が落ち、頭の重さに驚いてすぐに目を覚ます。

崖の上。足元の海から、波の音が絶え間なく聞こえている。

夜の海は、怖い。

小学生のころ、家族で北海道の小樽《おたる》に旅行に行った。夕食に大盛りの海鮮丼を食べて、煉瓦の建物が並んだ運河沿いを散歩して、最後に行ったのが海だった。

夜の海は、恐ろしいほどに黒だった。

視界全部が真っ黒に塗りつぶされていた。闇の向こうで、想像できないくらい大きな生きものがうごめくように、波の音だけが聞こえていた。あの黒に飲み込まれたら、もう生きて帰れない。

いま目の前に広がっている海は、あのときの黒に近い。空は曇《くも》っていて月も星も見えない。夜と海が溶け合った黒が、ただ視界を覆うように広がっている。

ふと、空中にさらに濃い黒が現れた。

黒は凝縮し一点に向かってまとまっていく。テニスボールくらいの球体になって、その周りにバチバチと火花が走る。

周囲を見渡した。夜の崖には二十体ほどのアバターがいて、その数だけ球体が浮かんでいる。

球体はさらに凝縮して宝石の形になり、ころんと地面に落ちた。くるみはコントローラーを振り、拾い上げた。

【午前四時に海を見よ。〈黒のダイヤ〉を手に入れ、余に捧げよ】

昨日発令されたアルテミスからのミッションだ。眠たい目をこすろうとしたところで、指先が何かに当たる。そういえばゴーグルをしていたんだった。

アンナとベンチで話してから、一ヶ月が経っている。くるみはこの間のミッションにすべて参加していた。理由はひとつ、〈万能薬〉を手に入れるためだった。

ヘーゼルが病気になってしまったのだ。

ある日、ふらふらと足取りがおかしくなり、その場で倒れてしまった。食事を与えても治らず、アンナに聞いたら、ミッションの対価として得られる〈万能薬〉が必要だという。

——〈銀色の国〉では、リアルな世界の法則を反映しようとしてるんです。生きものが病むことも、あるんです。ごめんなさい。

そんなところまで再現する必要があるのか理不尽に思ったが、とにかくそういうルールだと言われたら仕方がない。

アルテミスの屋敷に向かい、〈黒のダイヤ〉と引き換えに〈万能薬〉をもらって家に戻る。ヘーゼルが奥から出迎えにきてくれた。足取りが覚束ないが、それでも尻尾を立て、好意を表現するようにこちらの足にすり寄ってくる。健気な姿に、胸が詰まった。

「治してあげるからね。ほら、お薬飲も」

パネルを開き薬を与える。キラキラとした光がヘーゼルを包み込み、一瞬で見違えるように元気になった。リアルさを大事にしているという割に、こういうところはなぜか妙にゲームっぽい。

ゴロゴロと喉を鳴らすヘーゼルをひと通り撫でたところで、かくんと首が落ちた。最近、たまに深夜や明け方にやるミッションが入るせいで、睡眠時間が安定していない。

ヘーゼルをもう一度撫で、テレビに向かった。ゲーム画面を起動して、アクションゲームの続きをプレイする。ミッションで中断していたので、きりのいいところまで進めておきたい。

ゲームが好きな理由がだんだん判ってきていた。ゲームは、裏表がないから好きなんだ。数学と同じで、ルールは全部オープンになっていて、その上で攻略を目指せばいい。テレビゲームのフェアネスに触れていると、気持ちが洗われる感じがする。

それにしても眠い。十五分ほどでくるみはゲームをやめた。立ち上がり家の外に出る。ミッションが終わったばかりなので、道端にはこんな時間にもかかわらずアバターが何人かいる。もうほとんどの人と顔見知りになっているので、手早く挨拶を交わしつつ広場に向かった。

広場には〈永遠の木〉のほかにも木が何本か植えられている。くるみはそのうちのひとつまで歩き、うろを覗き込んだ。

唐突に、映像がはじまった。

闇が広がり、向こうから光が溢れる。ピアノと弦楽合奏が柔らかく幻想的な音楽を奏でだし、赤、青、緑、紫、様々な色の光が直線となって向かってくる。

〈銀色の国〉ログイン時のオープニング映像だ。ギンシロウにこの映像を見られる裏技を教えてもらった。お気に入りのこの映像を、ログアウトする前に見ることが日課になっている。

長い時間映像を見続けていると、自分の存在が溶け、光と闇の抽象的な世界に混ざっていく感じがする。飛んでくる光の全体的なバランス、光が飛び交うスピード、色と速度がグラデーションを作るように、映像は時間をかけてゆっくりと移り変わっていく。

脳がとろけるようだ。数学的な空間を頭の中に描くよりも、この映像を見ているほうがはるかに気持ちいい。受験のことも、パパのことも、全部が溶けて消えていく。

幻想的な音楽に包まれながら、くるみは光の中をたゆたい続けた。

2　晃佑　九月二十六日

「昨日までさあ、フェスでレアガチャ回せたわけ。今回配布の限定キャラはどうしても欲しくてね、十万で出なければ諦めようって突っ込んだんだけど駄目だった。でも、諦めたらそこで試合終了って言うじゃない。だからもう十万だけと思って追加で回したら、次の一発目で引けた。なんでも、やり続けるやつが勝つってことだよね。あ、今日の昼もね」

横浜で会ってから五日後の夜、晃佑は宙の家で、プログラマーの西野と再び会っていた。有森からもらったハードディスクから出井を追う手がかりが見つからないか、解析を頼んでいたのだ。スマホゲームでいいことがあったらしいが、飛び交う金額が大きく、クラクラとする。

「で、ハードディスクなんだけど、面白いものがあったよ」

西野は持参したマックブックに出井のハードディスクをつなぎ、モニタを見せてくる。画面上には見たことがない英語のウィンドウが起動していた。

「田宮さんは、ブラウザのオートコンプリートは使ってる?」

「なんですか、それは?」

「ログインするときにブラウザに記憶させたパスワードを、フォームに投入してくれる機能があるでしょ? あれのこと」

その機能は使っていた。同じパスワードをあちこちのサイトで使い回すのは危険だと聞いて以来、サイトごとに違うものを設定していたが、いちいちメモを見るのも面倒だからだ。

「サービスごとに違うパスワードにするのはいいんだけど、その結果オートコンプリートなんて危険な代物を使ってるんじゃ本末転倒だよね」

西野はキーボードを猛然と叩きはじめる。仕上げのように小指をエンターキーに叩きつけると、ウィンドウに表が現れ、アルファベットの文字列が一斉に並んだ。URLとID、それにパスワードの組み合わせのようだった。

「一般的に、暗号化された文字列は、もとの平文《ひらぶん》に戻せるものと戻せないものとがある。オートコンプリート用にブラウザに保存されたパスワードは、前者。戻せないと、フォームに投入できないしね」

「ええと……つまり、これは……」

「出井がウェブサービスにログインするときに使ってた、IDとパスワード。Gmailを使ってたから、とりあえず覗いてみた。二段階認証もかけてないし、セキュリティ意識低いねこの人。あ、本当は不正アクセス禁止法違反だから、警察がきたら宙さんが代わりに逮捕されてよ」

逮捕という言葉に宙がピリッとしたのを感じて、肝が冷える。西野は構わずにブラウザを立ち上げ、Gmailにアクセスした。ウィンドウに表示されていたメールアドレスとパスワードを打ち込むと、本当にログインができ、メールボックスが表れた。

「この出井って人、たぶん死んでると思う」

突然出た「死」という単語に、晃佑は驚いた。

「どうしてそう思うんですか」

「未読が一万件を超えてる。自分の意思で失踪したとしても、メールくらいは見るでしょ?

画面を覗き込むと、西野の言う通り、メールボックスが大量の未読のメッセージで埋まっていた。

「出井は失踪後、両親に電話をかけています」晃佑は言った。

「電話はスマホからかかってきました。つまりスマホを持ち歩いているのに、メールボックスにアクセスしていない。やっぱりそうだ。出井は、誘拐されたんだ」

宙と視線を合わせ、頷き合う。

出井幹夫は何者かに誘拐され、VRゲームを作らされていた。

未央が〈Shenjing〉で見たリアルな雪景色。あんなものをひとりのVR開発者が作れるのかという疑問があったが、それなら説明できる。

出井が家族にかけてきた電話の件を聞いて、ピンときた。親族に罵倒の電話をかけさせて人間関係を断ち切るというのは、九〇年代末に北九州で起きた連続殺人事件で実際に使われた手法なのだ。親しい人と縁を切らせ、社会的にも精神的にも孤立させ、そこから洗脳をしていく。犯人もそれを真似し、誘拐した出井を取り込んだのではないか。

そして犯人は同じように、何人もの人間を誘拐しているのではないか。デザイナー、モデラー、インフラエンジニア。多くの人をさらい、監禁してゲームを作らせたのならば、クオリティの高いゲームができていることにも説明がつく。

気分が重くなる。出井たちはもう殺されている。あまりにも陰惨な真相だ。

「んで、ここからが本題なんだけど……」

「まだ本題じゃなかったんですか」

「うん。気になるメールがあった。たぶん、これ、犯人だよ」

驚く晃佑を前に、西野はひとつのメールを見せた。「Re：ご相談させていただいた案件について」というタイトルがついている。

〈出井幹夫様
お世話になっております、和久清二《わくせいじ》です。
この度はお忙しいところお打ち合わせいただけるとのこと、誠にありがとうございます。新《しん》百合ケ丘《ゆりがおか》駅前のカフェ・イリアに明日十八時でお願いします。お会いできること、楽しみにしております〉

「和久清二？」

「画家みたいだね。過去のメールに、プロフィールが書いてあった」

「もしかして、あの、雪の教会を描いた画家ですか」

出井のハードディスクにあった、油彩画を思いだす。

「そう。出井と和久はメールを三往復させてて、これが最後のメールだ。最初のコンタクトは、和久から。ＶＲで自分の絵を再現したくて、ネットで見た出井に依頼したいって書いてある。

例の雪の教会は、その最初のメールに添付されてた」

「偽名、ですよね……。本名で接触してくるなんて、そんな危険な真似をするわけがない」

「本名かは判らないけど、存在はしてるよ。ほら」

西野がブラウザに「和久清二」と入力し検索をすると、「Seiji Waku Official Web Site」というページが一番上に出てきた。

「このサイトによると、和久は三十歳。美大を出て、そのまま画家をやってるみたい。ウィキペディアには項目がなかったから、大した実績はないみたいだけどね」

西野は和久のホームページに飛び、いくつかの絵を見せてくれる。油彩画を中心に描いていて、ヨーロッパの街を題材にとった、爽やかでメルヘンチックな風景画を得意としているようだ。

その中に、〈銀の街〉というタイトルがついた雪の教会の絵もあった。

ひとつだけ異質な絵が目に留まった。溶けた月の絵だった。舞台は夜の岸壁で、黒い海を望んでいる。空には半熟目玉焼きの黄身を割ったような、崩れた月が浮かんでいる。とろりと溶けた月の先は血のように赤く、ぽたぽたと落ちた液体が海面を赤黒く染めている。〈Menstruation〉——月経というタイトルがついていた。ホームページを見ていくとメルヘンチックな絵の合間に、突然グロテスクなものが交ざってくる。

「顔写真は公開されてないし、ペンネームかもしれない。判ってることは、和久が出井に仕事を依頼して、出井もそれを請けようとしていたことと、そのあとに出井が『失踪』したこと。

もし出井が誘拐されたんなら、こいつが犯人っしょ」

仕事を発注するふりをしておびきだしたのなら、出井も油断していただろう。食事を一緒に取る機会があったとしたら、一服盛ることもできたはずだ。

身体が震える。

ここまでの推理が正しければ、この和久は常軌《じょうき》を逸した人物だ。自殺ゲームを作ろうとしているだけではなく、そのために大勢の人を誘拐し、強制的に働かせている。

その異常性に、博之も飲み込まれたのだ。

改めて怒りが湧いてくる。これ以上、彼のような犠牲者を出すわけにはいかない。

「いよいよ大詰めだな」

宙に向けて言ったが、彼は難しい表情で黙り込んでいる。

「宙？　どうした」

「あ、ああ。そうだな。大詰めだな……」

有森のショックが抜けていない。今日の宙は終始心ここにあらずといった感じだ。

いや、これが当たり前だ。もともと彼に甘えすぎていたのだ。

ここから先は、ひとりの調査になるかもしれない。にわかに震えそうになる膝を、晃佑はぎゅっと摑んだ。

「おかえりなさい、田宮さん」

オフィスに戻ると、座間周一が出迎えてくれた。向かい合わせになっている机の片方、美弥子の席に座り、ノートパソコンを開いている。

「あとでスプレッドシートを見ておいてください。昨晩のチャットログをまとめてあります。緊急性の高いトーカーはいませんが、気になる人が何人か」

「どういう内容ですか」

「百二十四番の〈らー〉さん、二週間前に心療内科をご紹介してクローズしたはずですが、気分が乗らず病院に行けなかったとのことで、謝罪のメールがきました。よくある話で。謝ることはないと説明の上、返事を待っています。あと、三百四十番の田中《たなか》さん、この人は女子高生だそうですが……」

晃佑が正面に座ると、てきぱきと報告を進めてくれる。周一がくるようになってから三日が経つが、前職の教師時代にも頼りにされていたであろうことがよく判る働きぶりだった。

「周一さん、ありがとうございます」

思わず、言葉が漏れた。「どういたしまして」周一は優しく頷いてくれる。

――少し、休ませてほしい。私が田宮くんと一緒にいる意味を考えたい。

二日前から、美弥子は〈レーテ〉を休んでいる。

自殺ゲームは存在する。〈レーテ〉の活動を少しセーブして、本腰を入れてそれを探したい。

有森との話し合いのあとに伝えたところ、美弥子は用意していたように告げた。

――もういいんだ。私たちには、いま向き合わなければいけない人たちがいるのに、君はそれをないがしろにしてる。博之くんが亡くなったことに固執してね。

非難されるのは覚悟していたが、諦めたように言われるのは想像以上につらかった。

――自殺対策には、何らかの形で関わりたいと思ってる。でも、いまの君と道を共にするべきなのか、判らなくなった。少し、冷静になる時間が欲しい。

常勤職員である自分には有給休暇がある。とりあえず十月頭ごろまで休ませてほしい。有無を言わさぬ調子で言われ、晃佑はそれを承認するしかなかった。

助かったのは、周一から手伝いの申し出があったことだ。美弥子から休暇を取る旨を聞いて、すぐに異状を察知したらしい。

晃佑は机の上の〈Shenjing〉を見た。周一はいざこざの経緯など一切聞こうとせず、見慣れない機器があることにも深く突っ込んでこない。ただただ、なんでも手伝いますよと動いてくれたのは、精神的にありがたかった。

とはいえ、いきなり自治体や他のＮＰＯなどへの対外的な業務をやってもらうわけにはいかない。晃佑の仕事を周一が、美弥子の仕事を晃佑が引き受けることで、ここ三日はなんとか回っている。

チャットのログをひと通り精読してからメールボックスを見ると、未読のメールが山のようにたまっていた。自治体の福祉課、二ヶ月後に登壇する予定のカンファレンスの運営者、大口の寄付者。美弥子のおかげで、自分ひとりでやっていたころとは比べものにならないほど〈網〉が大きくなっている。彼女がイライラしながらもどれだけの業務をこなしていたのか、晃佑は身をもって知った。

一時間ほどメールを打ち続けたところでスマートフォンに着信があった。発信者は市川未央だった。

「すみません、少し外します」

リスナーたちには、まだ自殺ゲームのことは言っていない。

晃佑は公に自殺ゲームの存在を発表するつもりだった。VRで危険なゲームが制作された可能性があると文書にまとめて公開し、ネットやメディアで注意喚起をする算段だ。

自殺ゲームの危険性をアピールするために、すでに市川博之という自殺者が出ているということを広く伝えたい。未央にはその協力を仰いでいる。

実名や自殺の経緯は伏せるが、発表の際にすでにひとりが犠牲になっていると言えれば、インパクトは全く違う。有森との話し合いのすぐあとに依頼の電話をかけ、その返事がようやくきたのだ。

階段の踊り場で折り返しの電話をかけた。コール音が鳴るのを待たずに、電話はつながった。

「電話に出られず、すみません。ちょっと仕事をしていたもので」

未央の声はこわばっていた。

その一言だけで未央の答えが判った。

「すみません……その、私は、協力できないです」

弱々しかったが、はっきりとした拒否の意志を感じた。

「田宮さんたちに、協力したい気持ちはあります。でも、その……騒ぎになって、職場や家にマスコミがこられたりすると、困るなと思って」

「判ります。そのご心配は、ごもっともだと思います」

「それに、ここまで大事になるとは……自殺ゲームの存在を、信じていないわけではないのですが」

結局、未央の根底にはその疑問があるようだった。弟がドラッグ映像にハマって死んだのならともかく、誰かが自殺ゲームを作って死に誘導しているという話を疑っているのだ。和久の〈銀の街〉を見せても「私が見たものに似ているが、同じものかと言われると……」という反応だった。

――いま防がないと、集団自殺が本当に実行されてしまうかもしれない。

――博之の無念をはらさなくていいのか。

強い言葉が浮かんでくるが、すべて無視した。博之の死から一年以上が経ち、自分の人生を取り戻しつつある彼女に、負担をかけるわけにはいかない。

気の重くなるお願いをしたことを改めて謝りつつ、電話を切る。晃佑はため息をついた。

まだ直接的な証拠はない。博之の情報抜きに貧弱な根拠で注意喚起をしても、流言や都市伝説の類と思われてしまうかもしれない。つい最近も、ＭＯＭＯチャレンジという「自殺ゲーム」の存在が噂になったが、後にデマだったと判明したばかりだ。

――却って、危険かもしれないな。

宙にも警告をされていた。

——VRの自殺ゲームが存在するなんて発表したら、犯人もそれを読むだろう。もしゲームが動いているなら、即、自殺の命令が下るかもしれない。

もっともな話だった。警告を出すことでプレイヤーの危険が高まるのなら、中途半端な告発は本末転倒になってしまう。それだけに未央の協力は必要だったのだ。

「くそっ……」

スマートフォンを握りしめ、おもむろに振り上げる。

上手くいかない。こんなことをしているうちに、自殺ゲームは動きだし、どんどんその危険性を増すかもしれないのに——。

晃佑は振り上げた手を、ゆっくりと収めた。

自殺対策に完璧な方法などない。多くの失敗をしながら、それでもなんとか少しずつ現状を改善していくしかない。自分の仕事はそういうものだ。

気持ちを切り替え、晃佑は〈レーテ〉のオフィスへ歩きだした。

3　くるみ　九月十九日

「へーゼル。元気になって……」

おなかを出して倒れているへーゼルに〈万能薬〉を与える。空中にキラキラした光が現れて、ヘーゼルの身体を包み込む。

彼は回復し、にゃおん！　とひと鳴きする。それがいつもの流れだった。

「え……？」

ヘーゼルは、倒れたままだった。

〈万能薬〉は一回のミッションにつきひとつしかもらえないので、もうストックはない。ヘーゼルは苦しそうに、ぴくぴくと痙攣し続けている。

午前五時。眠気が充満していた頭が、一気に覚醒した。

右側に気配を感じた。いつの間にかギンシロウが家にいて、床で苦しんでいる猫を見下ろしている。

「ギンシロウ。ヘーゼルが大変なの。助けて」

思わず口に出したが、プレイヤー同士ではボイスチャットは使えない。諍《いさか》いの起きない良いシステムだと思っていたものが、いまはこの上なくもどかしい。

だが、ギンシロウは事態を理解してくれたようだった。ヘーゼルの前に座り、覗き込んで何やらチェックをしている。

ギンシロウは立ち上がり、パンパンと手を叩いた。彼が先導してくれるときの合図だ。外に向かうギンシロウに、くるみはついていく。

曇天だ。朝日が昇りはじめているのか空は明るんでいるが、分厚い雲が垂れ込めていて圧迫感がある。最近の〈銀色の国〉は、いつも曇っている。

ギンシロウは海へ歩いていく。煙突が立った二軒の家を通り過ぎ、崖のそばの家の前で止まり扉をノックした。出てきたアンナは自分たちを交互に見てから、ギンシロウと話しだす。

アンナは、一度にひとりとしか話せない。以前、数人でアンナを囲んで雑談をしたときも同じだった。アンナを通じてプレイヤー同士が直接話せないように、制限をかけているのだろう。

「なっつさん」

話が終わったようだ。アンナがこちらを向いた途端、声が聞こえてきた。

「猫ちゃん、大変ですね。〈万能薬〉を与えても治らないとは」

「どうすればいいんですか？　あのままだと、ヘーゼルが死んじゃう……」

「本当にお気の毒です。重い病気にかかってしまったのかもしれませんね……」

こちらを心配する口調が、却って気に障った。

「病気って……その病気をプログラムしてるのは、そっちですよね？」

「すみません。私もこの国のすべてを把握していなくて……でも、アルテミス様は、現実の法則をなるべく反映するように〈銀色の国〉を作ったんです。現実では、治らない病気もありますから」

「そこまでやらなくても……。大体、ちょっとプログラムをいじれば、治せるんじゃないですか？」

「なっつさん。こういうことは言いたくないけど……お世話ができてないと、ペットは病むんです」

ぴしゃりとはねつけるような口調だった。アンナにこんなことを言われるのが初めてで、きゅっと胃が痛む。

「現実の猫も、病気が重くなってからだと治すのが大変です。最近、ヘーゼルちゃんは調子が悪かったって言ってましたよね？　私ならもっとこまめに面倒を見ると思います」

「私のせい、なんですか？」

「ただの一般論です。そう聞こえたなら謝ります」

アンナは頭を下げる。丁重な態度がくるみの心を苛む。

自分は不充分だったのだろうか。ご飯はあげていたし、遊んであげてもいたけれど、二十四時間寄り添っていたわけじゃない。

「それか新しい猫を用意しましょうか？」

「どういうことですか……？」

「現実の世界でも、ペットが亡くなったらすぐに次の子を迎え入れる人はいます。同じ名前をつける人もいるそうですよ。飼い主がそれで癒やされるのなら、私はそれも良いと思います」

胸が痛む。仮想現実とはいえ、そんな使い捨てのモノのようにヘーゼルを扱えるわけがない。

黙っていると、アンナは軽くため息をついた。

「判りました。アルテミス様に頼んでみましょう」

「できるんですか？」

「本当は駄目なんですが、ほかならぬなっつさんのことですから、私から頼んでみます」

最初からそう言ってよ。寝不足でイライラしているせいで、つい責めたくなってしまう。

「ちょっと待ってくださいね。アルテミス様、アルテミス様……」

アンナはその場に跪き、繰り返し呼びかけはじめた。どういうシステムなんだろう。アンナとアルテミスは、ゲームの向こうでそばにいるのではないのだろうか。

「なっつさんが、亡くなった猫を蘇らせたいと言っているんです。何か方法はありませんか？」

まだ死んでないと思ったが、ぐっと堪えた。

朝日が差していた空がわずかに暗くなった。

空中を見上げると、薄暗がりの空にするすると銀色の文字が描かれていく。

【海へ命を捧げよ。生命は海からやってくる】

「ありがとうございます、アルテミス様」

意味がよく判らなかったが、アンナは理解したようだった。

「ついてきてください」

立ち上がり、海に向かって歩きだす。ギンシロウはいつの間にか、いなくなっていた。

石畳の道が途切れた先、岩場を横切ってアンナは崖へと歩く。くるみも彼女と並び、崖の縁に立った。今日の海は、灰色だ。雲が溶けているみたいに濁っている。

「崖から飛び降りるんです」

「え?」

崖のはるか下から、遠く波の音が響いている。

「アルテミス様の仰った通りです。海はあらゆる生命の母です。命を捧げることで新たな命が巡り、ヘーゼルちゃんは助かるはずです」

「どういうことですか? 命が巡る?」

「そういうシステムになってるみたいなんです」こっそり耳打ちするように、アンナが言う。

「海に飛び込めば、〈万能薬〉でも治らないペットが復活する、そういう裏技があるみたいなんです。誰にも言わないでくださいね」

「でも……この世界は現実の法則を反映してるんですよね? そんなこと、現実にはありえないと思いますけど……」

「例外はあります。何もかもが現実通りではないんです」

支離滅裂だ。どうしたんだろう? 自分の知っている完璧な彼女からは考えられない。

ずんと、頭が重くなった。このところ寝不足が続いていて、難しいことを考えると思考が止まり、脳が石みたいにカチカチになる。

「ヘーゼルは助かるんですよね?」

「助かります」

それならいい。複雑な数式を解くには因数分解して、シンプルな形にするのが基本だ。自分が海に飛び込む＝ヘーゼルが助かる、これなら理解できる。

崖の下を覗き込む。

あまりの高さに、眠気が飛んだ。いつか翔太と観覧車に乗ったことがあるが、あのてっぺんと同じくらいだ。距離があるせいで崖にぶつかる波はゆったりと見え、その穏やかさが、ここから落ちることの危険さを物語っていた。現実の世界ではベッドに腰掛けているというのに、少し足が震える。

「飛び降りたら、私はどうなるんですか。ログインできなくなるんですか」

「いえ、海に落ちた瞬間に、自分の家に戻るだけです。ペナルティはありません」

くるみはギンシロウと一緒にやったアクションゲームを思いだした。雲の上から落下しようと溶岩に転落しようと、主人公は復活してスタート地点に戻される。あれと同じか。

くるみはコントローラーを握った。一歩足を踏みだせば、ヘーゼルは助かる。

頭では理解していたが、その一歩が出ない。

崖の先――地面が途切れるところに、透明な〈膜〉がある気がした。

〈膜〉は生の世界と死の世界を区切るようにかかっている。〈膜〉を挟んで空間は続いているのに、向こうに行ってしまったら、もう戻ってこられない。

「なっつさんならできます。あのとき悩みを打ち明けてくれたなっつさんは、強かった」

誠心誠意サポートするようなアンナの口調は、支えられているという安心感ではなく、もうあとには引けないというプレッシャーを与えてくる。

くるみは足を踏みだした。

左足が〈膜〉を突き破る。その瞬間、それまで見えていた空と水平線が、がくんと傾いた。

灰色の巨大な壁が目の前に立ちはだかる。それが遠くに見える水面だと、一瞬遅れて気づいた。

「やだ……やだ！」

頭から海に突っ込んでいく。水面が、どんどん近づいてくる。スピーカーから風を切り裂く音が鳴り響き、茶色い崖の斜面が、視界の下方を物凄い勢いで流れる。

水面が迫る。死という巨大な怪物が、くるみを捕食するために全力で走ってきているようだった。

──あれ？

何も判らなくなった。これは現実なのかゲームなのか？　自分はどこから飛び降りたんだっけ？　現実でどこかの高所に登って落ちた──そんな気もしてきた。だって灰色の〈あれ〉はいま、自分を殺しにきている。

──死ぬ。

そうだ。

──私は、死ぬんだ……。

〈あれ〉が目の前まできた。これがこの世で見る最後の光景……。

気がつくとくるみの前にテレビ画面があった。電源の落ちたテレビのディスプレイを見つめていた。

〈銀色の国〉の自分の部屋だ。

「にゃおん！」

振り返る。榛色の目をした銀色の猫が、部屋の隅にちょこんと座ってこちらを見ていた。

「ヘーゼル……」

彼は機嫌よさそうにゴロゴロと喉を鳴らして、こちらにすり寄ってくる。

くるみはゆっくりとため息をついた。身体の中に安堵が広がっていく。

「なあんだ……」

ぷっと吹きだした。どうして死ぬなんて思ったのだろう。仮想現実で何をやっても、死ぬわけなんかないのに。

笑いが止まらない。こんな簡単なことでヘーゼルが治るのなら、ミッションをこなすよりも全然楽だ。くるみはコントローラーを振ってヘーゼルを撫でた。おでこを撫でられたヘーゼルは、気持ちよさそうに目を細めている。よかったね、ヘーゼル。

次の瞬間、濃厚な疲労が全身にのしかかってきた。ゴーグルを外す余裕もなく、くるみは気を失った。

4　晃佑　九月二十八日

八王子《はちおうじ》駅で電車を降りる。

東京の西部で、同じ中央《ちゆうおう》線の沿線といっても、神田や中野《なかの》あたりの建物や道を詰め込んだ感じとは違う。駅前には大きなペデストリアンデッキがあり、道幅も広い。晃佑はデッキの上を、指定された店に向かって歩いた。

歩きながらスマートフォンを見る。今日会う相手からの返信だった。

〈板宮《いたみや》様

こんにちは。私は和久清二のウェブサイトを管理している志田《しだ》と申します。

和久に絵の仕事を頼みたいそうですね。なら一度会って話しませんか？　お願いします〉

あのあと、和久のホームページから連絡を送っていた。返事がこないことも覚悟していたが、「絵の仕事を発注したい」という言葉に釣られたのか、翌日にすぐ連絡があった。

本名を名乗るわけにはいかない。全く違う名前や、「宮田」といったアナグラムも考えたが、咄嗟に呼ばれても反応できるように「板宮」という偽名にした。

歩きながら晃佑は、現状を整理する。

一年前、市川博之が〈Shenjing〉に異様にのめり込んだ挙げ句、自殺をした。博之は〈青い鯨〉のような自殺ゲームをプレイしていたのではないかと、晃佑は考えた。実際に〈Shenjing〉には、何かのアプリが消去された痕跡が残っていた。

宙の協力を仰ぎ、VRゲームの開発者を探したところ、出井幹夫というエンジニアが失踪していた。出井はスマートフォンから家族に絶縁の電話をかけているのに、メールボックスは見ていない。何者かに誘拐され、VRゲームを作らされているのではないか。

そして、出井に自分の作品をVR化してほしいと依頼をしていたのが、和久だ。和久が出井に送った絵には、未央がVRの中で見たという街の景色に似た光景が描かれていた。

核心に近づいている。物証こそないが、集まった間接的な証拠は、和久清二が自殺ゲームに関わっていることを示している。いまから自分は、その巣に飛び込む。

返事を送ってきた志田が、和久とどんな関係なのかは不明だ。ただ、できれば今日、和久の居場所を把握し、自殺ゲームを開発している証拠を摑みたい。大勢を誘拐しているのなら、近所に聞き込みをすれば目撃者がいるかもしれないし、そうなれば警察を巻き込めるかもしれない。

大詰めまできたことに緊張を覚えながら、晃佑は先を急いだ。

呼びだされたのは、駅から五分ほど歩いたところにあるビルだった。一階がガラス張りのカフェバーになっていて、服装を伝えていたせいか、中から女性が手を振ってくる。

店内の壁には小さな額縁が等間隔にかけられていて、画廊の中にカフェがあるような印象だった。客は、女性ひとり。

「板宮さん？　志田亜砂子《あさこ》です」

ベリーショートの髪の毛をピンクに染めた、痩せた女性が名乗る。

髪色と対照的に、真っ黒なパーカーとジーンズに身を包んでいる。耳にはシルバーのピアスがところ狭しと嵌められていて、指先のネイルは一本ずつ違う絵が描かれている。尖った空気をまとっていた。

コーヒーを頼み、正面に腰掛ける。亜砂子は、遠慮のない視線でじろじろと観察してくる。

「えーと、板宮さん？　和久に仕事を頼みたいんだよね」

「メールでお伝えした通りです」

「和久のこと、どこで知ったの？」

亜砂子は鞄から加熱式タバコを取りだしフィルターをくわえる。メンソールの香りが漂った。

「三年ほど前にギャラリーで見たことがあるんです。幻想的な絵で、印象に残っていて」

あらかじめ考えてきた、偽の理由だった。

「今度、僕の勤めている会社が引っ越すことになり、社長室にオリジナルの絵を飾りたいと言われているんです。それで、油絵を描いてくださる人を探していまして」

和久が三年前に銀座《ぎんざ》のギャラリーの企画展で絵を並べていたのは、サイトで確認済みだ。亜砂子は加熱式タバコを吸いながら、探るように見据えてくる。

「和久に、会ったことは?」

「ありません。絵を見たことがあるだけで」

「どうしてあいつに、仕事を依頼したいの?」

「先ほど申しましたが、前に画廊で和久さんの絵を見かけて、印象に残っていて……」

「あいつ、そんなに有名な画家じゃないし、もう二年以上も作品を発表してない。大体三年前のことを覚えてるくらい印象に残ったんなら、その場で話くらいするよね? 期間中、ずっと在廊してたよ、和久」

亜砂子の言葉に、背中から汗が噴き出る。

「本当は、何の用事?」

会話のパターンをできる限り想定していたが、こんな流れになるとは思わなかった。まさか、自殺ゲームについて調べていることがバレているのだろうか?

晃佑は黙った。トーカーと話すときのような戦略的な沈黙ではなく、単純に言葉が見つからない。

しばらく見つめ合いが続いた。やがて亜砂子は、はーっと大きくため息をついた。

「なんだ。会って損した」

「……どういうことですか?」

「ほんとにあいつに絵を頼みたい物好きがいるなんてね。あーあ、がっかり」

加熱式タバコを深々と吸う。メンソールの香りが派手に撒き散らされる。

亜砂子は、ぽつりと言った。

「和久、蒸発してんのよ」

その言葉は想定していなかった。

「久しぶりに和久に会いたいって人から連絡がきたから、行方を知ってるのかと思ったんだけど……まさか本当に客とはね。ごめんね、和久はもういないから、あんた帰っていいよ」

「ちょっと待ってください。どういうことですか」

「いない人間に絵は描けない、以上」

亜砂子は立ち上がる。このまま帰すわけにはいかない。

「志田さんは、恋人だったんですか？　和久さんの」

頭の中に浮かんだ言葉のうち、もっとも刺激的なワードを投げた。想定通り、亜砂子が苛立ったように立ち止まる。

「あんた、ふざけんなよ。誰があいつの女だよ」

「いや、和久さんのサイトの管理もされていて、彼を探してもいるようなので」

「ただの美大の同級生だよ。あいつのこと探してるのは、金貸してるから。人を見てもの言えよ」

——借金。

これだ。和久の情報を聞きだすための、取っ掛かり。

「実は僕も、和久さんにお金を貸してるんです」

「は？」

「どうやらあなたと同じ目的だったようだ。金を返せと言ってても会ってくれないでしょうから、絵を頼みたいと嘘をついてました。よかったら、お互いのために情報交換をしませんか？」

唐突な話を信用していいか迷っているようだったが、晃佑には勝算があった。

お金は、自殺の動機として大きな理由のひとつだ。貧困や借金苦を理由に自殺する人間は多く、金を貸した相手に逃げられてしまったことで精神のバランスを崩す人もいる。銀行員時代も、金が生みだす修羅場をどれほど見たか判らない。

たった百円で友人関係が崩壊することもある。金とは、信用そのものなのだ。貸した金を返さないということは相手の尊厳を踏みにじることであって、少額であっても大きな禍根《かこん》を残す。

亜砂子は座り直した。同じ被害を受けた相手から、話くらいは聞いておこうという感じだ。

「和久さんとは、ネットでやりとりをしたんです。オークションサイトで彼に本を売ったんですが、商品を送ったのにお金が全然振り込まれなくて。三年間、思いだしては嫌な気持ちになっていたんですが、最近彼のウェブサイトを見つけて、駄目もとで連絡してみようって思って」

「本って何？」

「ピサロの画集でした。二万円もしたんです」好きな画家は、サイトに書いてあった。

「可愛いもんじゃん。あたしなんか十万円だよ、あのやろー、ふざけやがって」

亜砂子の金額も可愛いものだったが、とりあえず即興でついた嘘は通ったようだ。ボロを出さないうちに、情報を吸い上げなければいけない。

「和久さんが蒸発したのは、いつなんですか」

「二年半くらい前。そのころあいつはこのカフェで働いてた。ね、バクさん」

カウンターの奥にいる体格のいい男性に向かって同意を求めると、男性は力こぶを作る。

「このビルは、美大の先輩の持ちビルなんだよね。二階に先輩が経営してるデザイン事務所があって、あたしはそこの社員。このカフェは、OBのたまり場」

卒業生にまとめ役のような人間がいて、美大の人脈で色々なビジネスをやっているらしい。

「和久は卒業後、ここでバイトしながら絵を描いてた。才能はあったんだけど、変なこだわりがあってね。油絵以外描こうとしなかった。いまどきそんなんで食えるわけないよ」

「志田さんの借金というのは、生活費の援助ですか」

「あいつのサイトの制作費。会社通すと高いからって、あたしが個人的に十万でやってあげたんだけど、のらりくらりと支払いをかわされて、結局飛んじゃった。クソ野郎だよね」

「売掛金の踏み倒しは、つらいですよね……和久さんのことは探されなかったんですか」

「見つからなかった。あいつ友達いないし、親とも疎遠だし。絶対回収してやろうと思って、あちこち回ったんだけどね」

「蒸発の理由に、何か心当たりはありますか？　多額の借金をしていた、とか」

「金にはルーズだったけど、借金まみれだったわけじゃないよ。借金取り、きてないでしょ？」

マスターに問いかけると、グラスを拭きながら頷く。嫌な予感が高まっていく。

「サイトの制作を頼まれたということは、和久さんはITに詳しい人間じゃなかったんですか?」

「ちょっと待って。さっきから、なんでそんなこと聞いてるの?」

話が横道にそれていることに気づいたようだ。想定していたので、落ち着いて対処する。

「いや、SNSをやっていたら、そこから探せるかなと思いまして。オークションサイトのアカウントはもう消えてましたけど」

嘘をつくのは胸が痛むが、潤滑油がないと歯車は回らない。亜砂子は訝《いぶか》しんだ様子を見せながらも、口を開いた。

「ITになんか詳しくないよ。SNSもやってない。携帯もガラケーずっと使ってたし」

晃佑は確信した。気持ちがずんと重くなったが、認めざるを得ない。

和久清二もまた、誘拐されたのだ。

出井のメールボックスには、和久のアドレスから「VRで自分の絵を再現したい」という依頼がきていた。ITに弱く、スマートフォンも持っていない人間が、そんなことを考えるはずがない。

和久は恐らく、自殺ゲームの世界観をデザインさせられている。

犯人はVRゲームを、ビジュアルの面でも魅力的なものにしたかった。そこで、世界観を作ることのできる画家を最初に探したのだ。有名な人間に頼むと失踪された際に騒ぎになってしまうため、実績はないがイメージと合う和久清二に目をつけたのだろう。

犯人が、和久のアドレスから出井にオファーをしている理由も理解できた。作品を持つ画家の名義で依頼をすることで、プロジェクトへの興味を抱かせようという狙いだろう。出井をおびき寄せられた以上、いまはもう和久の名前は使っていないのではないか。

殺意の底が見えない。自殺ゲームを作り上げることに全く妥協をしていないことが恐ろしい。

ひとつ、気になることがあった。

犯人はどこで和久に接触したのだろう。

「和久さんは、精力的に作品を描いていたんですか」

「いやあ、全然。気分が乗らないと描けないタイプだったからね。展示も、三年前の銀座のギャラリーぐらいしか出してないし」

そこまで露出がなかったのなら、犯人は和久をネットで見つけたのではないか。となると——。

「和久さんが失踪される前、ウェブサイトに問い合わせがきたりはしませんでしたか」

「問い合わせ、って?」

「例えば、仕事の依頼です。絵を描いてほしいとか、そういう依頼はきませんでしたか。もしあるのなら、和久さんはその人に最後に会っているかも——」

その瞬間、亜砂子の表情がこわばった。

「さっきから、何を聞いてる?」声が硬い。

「なんかおかしいんだよな、あんた。二万円なんだよね? そんな小銭を取り戻すために、どうしてそんなことまで聞きたがるの？」

なんだろう。声に、いままで見せていなかった怯えがある。

「実は、僕だけじゃないんです」仕方ない。嘘を積み増すことにする。

「僕のほかにも、和久さんにオークションサイトで金を踏み倒されたという人がいて、その代表として僕が動いてるんです。だから、些細な情報でも集めておく必要があって」

クオリティの低い嘘に、案の定、亜砂子はどんどん訝しむ表情になっている。

和久が失踪する前、何かがあったのだ。亜砂子の態度がそれを暗示していた。

だが、それを聞きだすのは難しいかもしれない。自殺対策で散々経験させられた。口を閉ざした人間から本音を引きだすのは、長い時間がかかる。

「お前と一緒じゃないか、亜砂子」

バクさんと呼ばれていたマスターが、空になったグラスに水を注いでくれた。

「お前もあのとき、俺に聞いてきただろ。清二が最後に会った男のことを知りたいって」

「この店で会っていたんですか。和久さんは、その男と」

バクさんは頷く。亜砂子は苦々しい表情をしていた。

「清二は仕事の打ち合わせに、よくウチを使ってた。いなくなる直前にも、男と会ってたよ」

「どんな男だったんですか」

「似顔絵、描いたよな、亜砂子。お前に頼まれて」

亜砂子は晴れない表情のまま、唇の端を嚙んでいる。

「若い画家を集めて企画展をやろうとしてるプロデューサー、って言ってた。ネットに載ってる和久の絵を見て連絡したって。サイトからの問い合わせはあたしと和久に届くようになってて、和久が直接やりとりをしてた。和久がいなくなったあと、行方を知らないかメールしたけど、返事はなかった」

「なぜ似顔絵を描いてもらったんですか」

「アートプロデューサーなら、知り合いを当たれば見つかるかもしれないでしょ。無駄だったけど」

「その似顔絵は――」

「捨てた。もうないよ」

スキャンしたデータが残ってないか。そう聞こうとしたときだった。

亜砂子の指先が、カタカタと震えだした。

「志田さん……？」

気持ちを落ち着けるように加熱式タバコを深々と吸ったが、指先の震えが止まらない。

「いや……似顔絵を見せて、美大の仲間に知らないか聞いて回ってたんだよ。でも、ある日……マンションのポストに、入ってたんだ」

「何がですか」

「切り落とされた、鰯《いわし》の頭」

その単語に、晃佑は耳を疑った。

「干物じゃなくて、生魚で、血が飛び散ってた。それが、二匹」

「それは……その男の仕業なんですか？」

「判らない……。でも、結局怖くなって調査をやめたら、そのあとは何も起きなかった」

亜砂子は不安そうな目で見てくる。

「和久、何か変なことに巻き込まれてないよね……？」

もしかしたら、お金を返してほしい以前に、和久を心配する気持ちがあるのかもしれない。だからこそ、彼女は晃佑に会おうとした。

もし調査を続けていたら、魚の頭を切り落とした刃は、彼女自身を切り刻んでいたのだろうか。

この道を進もうとしたら、もしかしたら自分も——。

「もう一回、描いてやろうか？」

カウンターの向こうから、バクさんが声をかけてきた。

「描けるんですか？　二年半も前のことだと思いますが……」

「一度描いた絵は、手が覚えてる。亜砂子と一緒に修正入れてけば、当時描いたやつに近くなるだろ。清二を探してくれるんなら、手伝ってやるよ。なあ、亜砂子？」

「あたしは、気が進まない」

「志田さん」

逃がすわけにはいかない。魚の頭を投函したのがその男なら、誘拐犯の可能性が高い。

「和久さんを見つけたら、必ずご連絡します。情報の出処はもちろん明かしませんから、お願いできませんか」

頭を下げた。亜砂子は吸い殻を携帯灰皿に放り込み、ため息をついた。

5 くるみ　九月二十六日

ゴーン……ゴーン……。

教会の鐘が鳴っている。

深夜の零時。プレイヤーに集まってもらいたいという通告がなされて、アルテミスの館に集合していた。こんな風に全員が招集されるのは、初めてだ。

祭壇にかかるレースの幕の奥に、アルテミスの小さな姿が見える。

一段下がった平場に、銀のドレスをまとったアンナが登場した。アルテミスに恭《うやうや》しく頭を下げてから、集まっている会衆を向く。

「今日は……〈銀色の国〉の皆さんに、お伝えしたいことがあります」

いつになく深刻な口調だった。

「最近、この国ではおかしなことがたくさん起きています。ペットが病気にかかり治らなかったり、曇天が延々と続いたり。その原因が、判りました」

アンナはゆっくりと、会衆を見渡す。背後から、アルテミスの影がこちらを見ている。

「私たちは、攻撃されています」

無数のアバターたちが、困惑したようにお互いを見やる。

「私たちの取り組みを嫌い、やめさせたい人々がいるのです。オンライン上での自助活動が成功したら、既得権益を失ってしまう人々が、ついに実力行使に出たのです。この危機を、国のみんなで乗り切っていかなければいけません」

パチパチとまばらに拍手が起きた。何人かのアバターが続き、少しずつ伝播していく。

——攻撃してる人々って、何？

泡のように浮かんだ疑問は、弾けて疲労の池に消えてしまう。頭が石になったみたいに働かない。みんなが拍手をしているということは、たぶん自分がおかしいのだろう。

「この危機を乗り切れば、私たちの絆はもっと深まるはずです。全員でこの国を守りましょう」

拍手の音が盛大になる。くるみもコントローラーを振り、拍手のエモーションを送る。

「では、アルテミス様からのミッションです」

ホールが暗くなる。空間に銀色の文字が浮かび出る。

【十五分後に海岸へ向かい、呪われた月に祈りを捧げよ】

【明日の朝までに、血を一滴捧げよ】

明るくなると、幕の奥の影は見えなくなっていた。

「今回のミッションはふたつあります」アンナが補足した。

「まず、海岸へ行ってください。攻撃のせいで月が呪われてしまいました。〈銀色の国〉の皆さんで、美しい月が戻るように、心の中で祈りを捧げてください」

月が呪われる？　要するに、ゲームデータを改竄《かいざん》されたということだろうか？　そんなもの、祈って何かが改善するのだろうか。

「もうひとつのミッションは、少し大変です。血の写真をいつものフォームに投稿してください」

血？　風景の写真を上げろというのはよくあったが、なんでそんな変なものを？

「一番簡単なのは、針で親指の腹あたりを刺すことです。チクッとするくらいで、ほとんど痛くありません。針はきちんとアルコールで消毒してくださいね。血は、集団の団結を高めます。私も一緒に血を捧げますから、皆さんもご協力をお願いします」

ああそうか、団結してアルテミスへのエールを送ろうということか。

「祈りも血も、アルテミス様の力になるはずです。皆さんの力が必要です。よろしくお願いします」

必要なら、助けてあげなきゃ。どっちもそんなに大変じゃない。

場は散会になる。館を出て、街の中央にある十字路まで歩く。

広場を見る。最近はアンナが忙しいらしく、〈銀貨の集会〉は行われていない。さっき言っていた、攻撃への対応に時間が割かれているのかもしれない。

眠い。くるみは腿のあたりをつねり、なんとか眠気を堪える。

「ヘーゼル」

家に入り声をかけると、銀色の猫がよたよたとやってくる。

ぜいぜいと苦しそうに息をしているのに、くるみを見上げる目には無垢な好意が浮かんでいる。頭を撫でると全身でもがくように息をしながら、気持ちよさそうに目を細める。なんて健気なんだろう。

「今日も助けてあげるからね」

くるみは家を出て、海岸へ向かって歩く。

——眠いなあ。

本当に眠い。最近、ずっと寝不足だ。〈銀色の国〉でのミッションが深夜や早朝に発令されるようになったこともあるが、日中も暇を見てはログインしているからだ。ヘーゼルの体調がいつどうなるか心配で目が離せないのだ。もう二度と、ヘーゼルを危険に晒したくはない。

でも、それは嘘なんじゃないかと自分でも思う。

——現実に、いたくない。

そういう理由のほうが、大きい気がしている。

もう受験は駄目だろう。このところずっと参考書を開いておらず、たぶん問題文を読んでも理解できないと思う。自分の無能さに直面するのが怖くて、ずっと机に向かえていない。

食事もろくに取ってないので、すごく痩せてきた。肋骨が浮かび上がり、筋肉がなくなったせいでお腹がぽっこりと出ている。〈銀色の国〉にいれば、そういうことは全部見なくていい。ここにはギンシロウもいれば、ヘーゼルもいる。現実世界に居場所のない、たくさんのプレイヤーもいる。アンナもいる。みんないる。

現実が〈銀色の国〉だったらいいのに。仮想世界と現実との境目が破れて、リアルを全部塗り替えてくれるといいのに。そうすれば、自分は綺麗で優しい世界でみんなと生き続けられるのに。

海岸にたどり着いた。崖沿いにたくさんのアバターが並んでいる。

水平線を見たところで、あっと声を上げた。

月が、潰れた黄身のように溶けていた。

月の周辺の空がどぎつい紫と赤で塗りつぶされ、ベリー系のアイスクリームのように入り混じって渦《うず》を巻いている。溶けた月から真っ赤な色の液体がフルーツソースのように垂れて、海面にぽたぽたと降り注いでいる。

あそこには、綺麗な銀色の月がかかっていたのに。あの美しかった夜空が、どうしてこんなことに。

くるみはコントローラーを手放し、両手を握り合わせた。アルテミスに言われたからではない。自然と祈りが身体の中から溢れてきた。

美しい〈銀色の国〉が、もとに戻りますように。生きづらい人たちが支え合い、拍手と「いいね」で満ちていたあの優しい世界が、もう一度現れますように。

ほかのプレイヤーも祈りを捧げているのか、崖の縁にずらりと並んで動こうとしない。その中にはアイテムをよく交換しているプレイヤーもいるし、ギンシロウもいた。つながってる、と思った。自分たちはみな、この世界を守りたいと思っている。その気持ちで、つながっているんだ。

きっと、大丈夫だ。いつか絶対、もとの世界が戻ってくる。

——だよね、ヘーゼル。

くるみはコントローラーを握った。

——海へ命を捧げよ。生命は海からやってくる。

崖の縁に立つ。以前あった透明な〈膜〉は、もう見えない。

躊躇《ちゅうちょ》なく崖から足を踏みだす。視界が反転し、空中に投げだされる。海面が視界一杯に広がり、ぐんぐんと近づいてくる。

——大体、七十メートル。

最初に落ちたときはパニックだったが、もう落ちてる最中に計算ができるくらい慣れてきた。海面に落ちるまで、四秒弱。重力加速度が九・八、空気抵抗を考えないとすると大体七十メートル。高校一年レベルの初歩的な物理だが、まだそのくらいはかろうじて頭が働く。それがちょっと嬉しい。

海面が迫る。赤と紫を反射したグロテスクな色を、くるみは見つめ続けた。

6　晃佑　九月二十九日

「んで、美弥子ちゃんはこなくなっちゃったんだろ？　何やってんだよ晃佑くんよう」

晃佑は、巣鴨にある〈KIZUNA〉というNPOの事務所で、代表の今田と向かい合っていた。〈レーテ〉の狭いオフィスと違い、十人ほどの人間が働けるゆったりとした部屋だ。

彼と会うのは、複数のNPOが合同で行った講演会以来だ。「事故に見せかけて死ぬにはどうしたらいいか」と尋ねる質問者が現れ、美弥子が激高した。そのときにも「君がびしっと言え」とたしなめられたものだが、今日はそれの比ではない。

「あんなにいい子が自殺対策事業に関わってくれるなんて、奇跡だぜ？　土下座してでもつれ戻せよ。こういうのはなあ、男としての度量が問われてるんだよ。君ができないんなら、俺が間を取り持ってやろうか？」

「いえ……大丈夫です」

「何が大丈夫なんだよ。終わるぞ、〈レーテ〉。この業界も、いつまでも俺みたいなのが出張ってちゃよくないだろう。世代交代して、君ら若いもんにもっと盛り上げてもらわないとよ」

わっはっはと笑い、熊のような手で肩を叩かれた。

「今田さん、ひとつご見解を賜《たまわ》りたいのですが」

このままだといつ説教が終わるか判らない。話の切れ目に、強引に手を突っ込んだ。

「日本で一番自殺に詳しい業界というのは、どこだと思いますか」

「何を聞くんだ。俺たちだよ」

「精神科医やカウンセラーよりもですか」

「彼らももちろん専門家だが、毎日自殺の相談にだけ向き合ってるわけじゃない」

ベテランがそう言い切ってくれるのは、同業者として頼もしい。

「ここからは例えばの話として聞いてほしいんですが……人民寺院事件ってご存じですよね」

「ガイアナ共和国の集団自殺だろ。俺が子供のころの話だ」

「あれは、カルト教団の中で起きた事件でした。首謀者のジェームズ・ウォーレン・ジョーンズは人民寺院という教団を作り、ガイアナの一角で約千人の信者と住んでいた。ジョーンズは暴力や、ときには拷問《ごうもん》という手段を使ってまで信者を洗脳し、統制していました。そして、いよいよ政府が介入しようとしたところで、集団自殺を命じた。九百人以上の人が一度に自殺をしたんです」

「だから知ってるよ。何が言いたいんだよ」

「これはただの事実の確認なので、怒らないで聞いてください。僕たちのノウハウがあれば、ジョーンズと同じことを、意図的に行うことができますよね」

今田はぴくりと眉を吊り上げた。

自殺対策NPOの現場で培われている知恵は、正しく使えば多くの人を助ける薬だが、悪用すれば危険な毒にもなる。どうすれば自殺志願者に会えるのか。どうすれば彼らを絶望させ、追い込み、自殺に導くことができるのか。そのメソッドを、晃佑も今田も知りつくしている。

お願いはしたが、怒られることを覚悟していた。このあとの相談に必要な話だとはいえ、長年自殺防止に取り組んできた今田を侮辱したと捉えられかねない。晃佑は身を硬くする。

「……晃佑くん、どうしたんだ？ 熱でもあんのか？」

今田は、むしろ心配する口調になった。

彼の真髄《しんずい》を見た気がした。普段は豪放磊落《ごうほうらいらく》だが、相手の言動に違和感を覚えると、その原因を丁寧に確かめようとする。彼が自殺防止の最前線に居続けられるのは、根底に極めて繊細なものを抱えているからなのだろう。

晃佑は、バクさんに描いてもらった似顔絵を取りだした。大学ノートに鉛筆で描かれた男の顔だ。「小野久《おのひさし》」と名乗っていたらしいが、恐らく偽名だろう。

「猿みたいな顔だな」

確かに、短髪で目がクリクリと大きく、顎《あご》が突き出ている。笑顔がバクさんの印象に残っていたのか、似顔絵の男は人懐こそうに笑っている。

「さっきからなんだよ。話が見えねえよ」

「見たことありませんか、この人を」

「あん？」

「ジョーンズと同じことをするために、うちの業界に入り込んでいるかもしれないんです」

今田は困惑したように眉をひそめる。

犯人はVRゲームを作るために、周到な準備をしている。ゲーム開発者だけではなく、アートワークを司《つかさど》る画家までをもさらっている。そんな人間なら、肝心の人を自殺させるやりかたについて、どこかで学ぼうとするのではないか。自殺防止のNPOは選択肢のひとつだ。

「つまり、こういうことか？　こいつは同じ業界の人間で、集団自殺を画策している？」

「そうです。ただ、もうやめてるかもしれませんし、この前のような講演会にきていただけかもしれない。この男を探していただけませんか。今田さんはこの業界に顔が利きます」

「まあ、君よりは利くかもしれないが……つきあいのない団体も多いぜ」

今田はボリボリと頭をかく。

「とりあえず、なんだよその話。もう少し聞かせてくれよ」

「いまから話す内容は、かなり繊細です。口外しないでいただけますか？」

「言うなと頼まれたことは言わんよ」

晃佑は頷いた。

「この一ヶ月半、僕はある調査をしているんです……」

次の目的地、渋谷《しぶや》のコワーキングスペースの会議室で、晃佑は西野と向き合っていた。

「難しいと思うなあ……」

話をひと通り聞き終わると、西野は頭をかいた。

「田宮さんのアイデアは、素人《しろうと》さんならではの思いつきってやつ。やっぱりさあ、高校で古文漢文読ませるくらいなら、プログラミングを学ばせたほうが社会全体の幸福量って上がると思うんだよねえ……」

「でも前に、できるって仰ってましたよね」

以前、西野は「防犯カメラの映像を録りためている人間がいて、その映像を解析するシステムを作れば、迷い猫を探せる」と言っていた。

ならば、それを使って犯人を見つけられるのではないか。晃佑はそう提案した。

「あの話は、理論的には可能ってだけで、技術的に可能かは判らない。例えば……」

西野は「犯人」の似顔絵を取り上げて見る。

「これは完全に絵だから、このままだと照合できない。3Dにモデリングして写真風のスキンを設定して正面から撮れば、顔写真に近づけることはできるかもしれないけど」

「では、何が難しいんですか」

「理由一、システムをこれから開発しないといけない。理由二、都内全部の防犯カメラをクラッキングしてるわけじゃないからデータが網羅的じゃない。理由三、映像データを貸してくれるか判らない」

「でも、友達なんですよね」

「違う、ただの腐れ縁だって。理由四、僕の人件費や映像データのレンタル代、クラウド上でインスタンスを動かす費用を調達しなくちゃいけない」

「そのシステムを開発するには、何ヶ月かかるんですか」

「前に言わなかったっけ？　プロトタイプを作るなら二週間。いまはクラウド上で映像を解析してくれるAPIがあるから、そういうものをマッシュアップすればできるかもってだけの話。ただ、ろくに試験もしてないわけだから精度は低いと思うよ」

西野は似顔絵をテーブルに置く。

「それに、こいつ東京にいるの？」

「どういうことですか」

「理由五、こいつが東京都内にいない場合は、完璧なシステムができても照合できない。それこそ、安全な海外にいるかもしれないでしょ。まあ回線速度と安定電源は必須だから、南米とかアジアの奥地とかじゃないと思うけど。日本にいるにしても、人口密度ナンバーワンの東京にいるかなあ。でもこういうの、田舎でやったりすると却って目立つのかねえ？」

西野はいつものように、周囲を置き去りにして自問自答をはじめる。だが、言っていることはもっともだ。和久は東京、出井は千葉で失踪しているが、犯人が東京にいるとは限らない。東京どころか、関東近郊にすらいないのだとしたら、調査は難航するだろう。今田以外にもあちこちのNPOに情報協力を呼びかけるつもりだが、関東の団体以外にはあまりコネがない。

和久を見つけたときには核心に近づいたと感じたのに、一転、打つ手がなくなっている。手持ちのカードが明確に弱くなっている。

「……今日、宙さんは？」

思いだしたように、西野が聞いた。晃佑は首を振る。

「体調が悪そうなので、今日は誘いませんでした」

「ああ、僕もこの前、気になってた」

やはり西野は、マイペースなようでいて気遣いもできる。

「西野さんは、宙とは飲み会で知り合ったんですよね」

「もう五年くらい前かなあ。まだ〈アルバトロス〉にいたころだ。僕から話しかけたんだよ」

「宙を知ってたんですか？」

「当然。『リボルバー』のゲームデザイナーだよ。仲よくなりたいなって思ってたから、友達になれて嬉しいよ。宙さんが抜けてからの〈アルバトロス〉は、新しいIPも出てこないしオワコンだね。宙さんが作ろうとしてたっていう大作SF、やりたかったなあ」

淡々とした口調の中に、宙への思慕が見えた。

「さっきの顔認証アプリ、作ってみるよ。人件費はサービスしとく」

「本当ですか？　ありがとうございます」

「その代わり、宙さん、気にかけてあげてよ。あの人、困ってても人を頼れないから」

「もちろんです。僕も宙のことを心配してますから」

「約束だよ」

常に淡々としている彼の優しい面に触れられた気がして、晃佑の心は和んだ。

自殺対策と同じだ。決め手がなくても、カードが弱くとも、じりじりと少しずつやれることをやっていくしかないのだ。

7　くるみ　九月二十九日〜十月一日

【電気で動く怪物の、正面からの顔を捧げよ】

くるみはJR御茶ノ水駅のホームにいた。

この駅はホームの幅が狭い。ちょうど改良工事の最中でこれから広くなるみたいだが、線路沿いを神田川が通っていて、その反対側には崖があり、なかなか広げられなかったと聞いたことがある。

狭いホームの両端に、中央線と総武《そうぶ》線の電車がひっきりなしにきては人を吐きだすので、いつも混雑している。乗降者数をホームの面積で割ったら、日本一密度が高いかもしれない。あまり好きな駅ではないのだけれど、ホームドアが写り込まない近場といえばここが思い浮かんだ。

「一番線に電車が参ります。危ないですから、黄色い線の内側までお下がりください……」

くるみはスマホを取りだし、黄色い点字ブロックの上に立った。

隣にいるおばさんが訝しげな顔で見てくるのを、無視した。以前は気になったはずの人の目が全然気にならない。くるみはもう一歩進み、点字ブロックの外側に立った。

――あれ。

ここにも、〈膜〉があった。

ホームの端と、その向こう側の空間の境目に透明な〈膜〉があって、生と死の世界に分けられている。〈膜〉の向こうにたった一歩を踏みだすだけで、死の世界に入りこみ、もう戻ることはできない。

電車が近づいてくる。電気で動く怪物。人を軽々と押しつぶすことのできる、猛スピードの鉄の塊。

飛び込める、と思った。

飛び込み自殺はギャンブルだ。上手くいけばはねられた瞬間に即死できるが、即死できなかったら最悪で、車体とレールの間に挟まれて動けないまま苦しみ続けたり、手足が切断されたり頭が割れたりした挙げ句、ゆっくり時間をかけて失血死したりするかもしれない。そんな理由で飛び込みに興味はなかったのだが、いまは〈膜〉の向こうに行くことが、怖くない。

「危ないですよ。黄色い点字ブロックの内側に下がってください」

スピーカーから聞こえる駅員の声が、荒くなる。

「ちょっと、あなた……」

おばさんが声をかけてくる。くるみは、もう一歩、〈膜〉に近づき、スマホを構えた。

電車の警笛が鳴る。大音量の不協和音が空気をつんざく。「危ないですよ！　下がりなさい！」さらにもう一歩足を踏みだすと、肩口が〈膜〉に触れた。

不協和音、駅員の叫び声、車輪がレールの継ぎ目を打つ衝撃音、すべてがごちゃまぜになる。耳障りな音の総体は、死という怪物が突進し、絶叫を撒き散らしているようだった。

カメラのボタンをタップした。狂乱のような喧騒の中、カシャッとシャッターの音がした。

電車がすぐ三十センチくらいそばを通り抜け、ぶわっと風圧が身体を襲った。ここ何年かで一番軽い身体が、葉っぱみたいに吹き飛ばされる。ふらついた足を立て直し、くるみは〈膜〉から離れた。

人々の目が、自分に集まっていた。驚きを浮かべた目。非難に満ちた目。種類は色々だったが、みんな自分に対して悪い感情を持っている。くるみはそれらを浴びながら、歩きだす。

なんでもない。強い感情をぶつけられても、もう何も感じない。

*

【高い塔の上から見た景色を捧げよ】

翌日、くるみは本郷通り沿いに建つ、ガラス張りのビルの屋上にいた。

かつてこの庭園カフェは、好きな場所だった。緑あふれるカフェで紅茶を飲みながら街を見下ろし、普段使っている店や通りを眺めると、この街で生きているんだなあと実感したものだった。

久々に登って目につくのは、建物がびっしりと密集している汚さだ。隙間なく地面を埋め尽くした家やビルが、はるか向こうまで続いている。

図鑑で見たフジツボの群れを思いだした。岩肌や船底に群生するフジツボは、繁殖《はんしょく》を繰り返して空いているスペースをどんどん埋めていく。

人間も同じだ。どんどん増えて、どんどん家を造り、土地をひたすら埋め尽くしていく。この世界には〈銀色の国〉のように、街を整然とデザインする美意識はない。人間もフジツボも変わらない。好き勝手に増えて、汚らしくごちゃごちゃと埋まるだけだ。

今日のミッションは、以前撮った「高い塔」に登り、写真を撮ってくるというものだ。

最近、ミッションが多い。一日ふたつ出ることも当たり前になっていて、こなすだけで精一杯だ。でも、悪い気はしない。それだけ自分は〈銀色の国〉の力になれている。

ビルの端から柵越しにスマホを構えて街の写真を撮った。アップローダーから、投稿する。少し前までは外に出ているだけでも苦しかったのに、最近は何も感じない。何かを感じる以前に、いま見ている世界が現実なのかよく判らない。〈銀色の国〉とこっちの世界の境目がなくなって、どっちにいても同じように感じる。

くるみは柵に手をかけた。背伸びをして、肩のあたりまである柵から下を見る。

――低い。

いつも飛び降りている崖よりも、だいぶ低い。一階分は大体三メートルというから、十二階建てのビルだと三十六メートルだ。地面が、すぐそこにある。

――飛び降りれるじゃん。

飛び降りたらどうなるかは、もう知っている。どんな速度で落ちていくのか、どんな風に景色が流れて、どんな風に地上が迫ってくるのか。もう〈銀色の国〉でうんざりするほど体験している。

どれくらい痛いのか。それだけはよく判らなかった。でも、たぶんそんなに痛くない気がする。体重が三十五キロ、地上まで三十六メートルということは、空気抵抗を考えると地面に着くころには時速八十四キロくらいだ。この速度で巨大なコンクリートの塊が突っ込んでくるのだから、即死だろう。

翔太に振られて、受験にも失敗したあのころ、本当に死にたくなることがあった。レグカに失敗して血が止まらなくなったのは、たぶん希死念慮が刃を余計に押し込んだからだ。

でも、死んでしまうとは思わなかった。自分と自殺は離れた場所にいて、その距離に手が届くことは永遠にないと諦めていた。足の甲からどくどくと流れる血を見て、快感と安堵を覚えつつ、自分は死ぬことができない側の人間だという絶望を感じていた。

でも、いまは怖くない。やろうと思えば、簡単にできる。

――なら、やってみよっかな？

「あの……？」

声をかけられた。カフェの女性店員だった。

「柵に寄りかかるのは危ないですから、離れてくださいね？」

心配そうな目つきでこちらを見てくる。くるみはぺこりと頭を下げ、立ち去った。見咎められても、やっぱり何も思わない。だってこれは、夢かもしれないし。

＊

【命の水を飲み、呪われた〈永遠の木〉を見て、祈りを捧げよ】


くるみは酔っ払っていた。

命の水――アルコールを飲めというミッションだ。酩酊《めいてい》状態になって祈りを捧げたほうが深く祈れるらしく、確かに普段は見えないキラキラした光が見えたりする。

家にはお酒がないので、今日は自動販売機でレモンサワーを買って三本飲んだ。お酒を飲んでログインすると、最初に見える光のシャワーが信じられないくらいに綺麗になる。だから、ミッションがないときもたまに飲んでいる。

十九時を過ぎたころだが、空には赤茶けた雲がかかっていて月も星も見えない。広場に向かうと、〈永遠の木〉の周囲に、多くのアバターが集まっていた。そこでくるみは悲鳴を上げた。

〈永遠の木〉が、腐っていた。

葉がすべて枯れ落ちて、丸坊主になっている。まっすぐに伸びていた幹や枝はのたうつように曲がり、木肌からは赤紫色の泡がボコボコと噴出している。根の部分には黒いゴキブリのような虫が、大量に群がっている。アバターは皆、呆然としたように木を見つめている。〈銀色の国〉の象徴のひとつだった〈永遠の木〉が、こんなことになってしまうなんて。祈っても、ミッションをこなしても、血を捧げても、〈銀色の国〉は一向にもとに戻らない。一体どうすればいいんだろう——。

「皆さん」

振り返ると、ダウンジャケットを着たアンナが立っていた。

「少し、皆さんにお話ししたいことがあります。集まっていただけますか」

アバターが動きだす。アンナを中心に、円陣が組まれていく。

「私たちは、劣勢です」

全員の移動が落ち着いたところで、アンナが疲れたように言った。

「〈銀色の国〉を破壊しようとしている人々は、悪質なウイルスコードを用いて〈銀色の国〉をどんどん改竄しています。プログラムの修復をしようと試みているのですが、大変難しい状況です」

アンナはいつになく弱気だった。みんなを鼓舞し導いていたときと違い、言葉に力がない。

「いま、アルテミス様が〈銀色の国〉を必死で修復していらっしゃいます。敵の力は強大ですが、私たちが支え合えばなんとかなります。あの美しかった〈銀色の国〉が、きっと返ってくるはずです」

ハートマークが空中に浮かんだ。無数の「いいね」が広場に飛び交い、アンナに吸い込まれていく。

「皆さんのことが、大好きです」アンナの声は、涙で湿っていた。

「自分は助けになれてないと思うかたもいるかもしれませんが、すごく力になっています。だから、祈ってください」

さらに「いいね」が飛び交う。涙ぐみそうになったが、正直もどかしい。自分が直接敵と戦うことができればいいのに、祈ることしかできない。

「精一杯頑張ります。皆さんの力を、ぜひ貸してください。私たちを、助けてください」

アンナが頭を下げた。パチパチと音が聞こえる。コントローラーを操っていたつもりだったが、くるみはいつの間にか、懸命に自分の手を叩いていた。

〈Shenjing〉を外した。ゴミに埋もれた部屋が視界に広がったが、そんなことは関係ない。机に向かい、ペン立てからカッターナイフを手に取る。

——血は、集団の団結を高めます。

景気づけに、レモンサワーを飲んで、刃を出す。

尖った先端を足の甲に当て、力一杯押し込んだ。

8　晃佑　十月一日

コールするが、通話はつながらずに切れてしまう。

最初はつながらない苛立ちが強かったが、いまは心配が濃くなっている。何かあったのだろうか。

「出ませんか」

周一が置いてくれたコーヒーカップからは、甘さと香ばしさの混ざった豊かなアロマが漂う。彼が手挽きのミルを使って丁寧に淹れてくれるコーヒーが、このところの癒やしになっている。モカが多めの周一ブレンドは、酸味が強くて好みだ。

宙と連絡が取れなくなって、もう三日が経つ。電話もつながらないし、ラインも既読にならない。

うつが、ぶり返してしまったのかもしれない。信頼していた有森に裏切られたことは、宙の心理に大きな傷を与えただろう。御徒町の自宅まで行って様子を見たほうがいいのだろうが、そこまで時間が取れないのがもどかしい。

午前から昼過ぎまで、晃佑は〈レーテ〉の業務をこなしていた。自殺ゲームの調査に時間をかけているせいで、通常業務がたまっている。調査に時間を割けないのははがゆかったが、〈レーテ〉の仕事を滞《とどこお》らせるわけにはいかない。たまったタスクをこなしつつ、相談業務のログを読む。

自分も疲れていたが、問題なのは周一だった。週五日の勤務はさすがにこたえるようで、トーカーのログをまとめるのにもミスが目立つようになってきた。

昼休みを取る暇もなく、朝コンビニで買ってきたサンドイッチを自席でかじる。午後の業務に向かおうとしたそのとき、スマートフォンが鳴った。今田だった。

「晃佑くん。ちょっといま、出てこられるか？　大事な話があるんだ」

大事な話という言葉に、思わず身を乗りだす。

「例の調査のことですか。何かが判ったんですか」

「そうだ。例の男の目撃談が出た」

驚きのあまり、立ち上がりそうになった。

「大阪のＮＰＯに知っている人間がいたんだ。詳しく話したいから、いまから出てこられないか」

「大阪――」

さすがは今田だ。自分では関西のＮＰＯなどにリーチすることはできない。

いますぐ行きます。そう口にしようとしたときだった。

「それからよ、美弥子ちゃんと仲直りするつもりはないか」

言葉が喉で止まった。なぜ美弥子が？　疲れがにじむ周一に、思わず目をやってしまう。

「美弥子ちゃん、いま、うちにきてるんだよ。身の振りかたを相談されてるんだ」

「え、聞いてないですよ」

「言ってないとよ。なあ君ら、いっぺん腹割って話し合えよ。俺が間を取り持ってやるから」

決定事項のように、今田は断じた。

「じゃ巣鴨で待ってるぜ。いいな」

「あの、ちょっと……！」

電話が切れてしまった。あの男の情報はありがたいが、まさか、こんなことになるとは。

時計を見ると、十五時を過ぎたところだ。巣鴨なら二時間もあれば往復できるし、たまった業務は睡眠時間を削ればこなせるだろう。

「周一さん、すみません。十七時くらいまで出てきたいんです。一旦、席を外してもいいですか」

「田宮さん。それなんですが……」

周一が曇った表情で、パソコンの画面を見せてきた。

トーカーとのチャットが表示されていた。トーカーが専用アプリから送ってきた相談には、リスナーがパソコン上から応答をする。

周一がチャットをしていた相手は、角中だった。

「いまからきたいと仰ってます。角中さん」

「いまから……？」

「たぶん、一時間後くらいです。対面でのお話をご希望されてますが、どうしましょうか」

「僕を指名してきているんですか」

周一は申し訳なさそうに頷いた。

どうして、こんなタイミングで。晃佑は、角中との要領を得ない会話を思いだしていた。意図の不明な質問をされ続け、それが終わるとプイッと帰ってしまう。また同じ結果になるのは目に見えている。

「田宮さんの代わりに、私が応対しましょうか」

今田の話を、すぐにでも聞きたかった。美弥子がいま何を考えているかも知りたい。

だが――。

「いいんですか？」

「僕がやります。お待ちしてますと、返事をしてください」

「はい。僕と話したいトーカーがいるなら、それが最優先です」

椅子に座り直した。

たとえ意図の判らない相手とは言え、目の前の困っている人を切り捨ててしまえば、〈レーテ〉の理念を裏切ってしまう。美弥子がいないいまだからこそ、余計にそんなことはしたくない。

「返事をお送りしておきます」

周一は、心なしか弾んだ声で答えた。


一時間でくると言っていた角中は遅れ、到着したのは二時間半後だった。

顔つきを見た瞬間、晃佑は気を引き締めた。

さらに状態が悪化している。角中の表情は疲れ切っており、それでいて目の奥にはギラギラしたエネルギーがあった。疲労と覚醒が同居している雰囲気は、これから自殺に向かう人に似ていた。

「角中さん、お待ちしてました。ちょっとここは狭いですし、以前のカフェにでも行きますか？」

「いえ……ここでいいです……」

仕方なく奥のソファに案内する。晃佑はその正面に腰掛けた。

「……角中さん？」

角中は晃佑の机のほうをぼんやり見ていた。声をかけると、思いだしたようにこちらを向く。

今日は特に集中力に欠けているようだった。

「角中さん。最近はどうですか。眠れてますか」雑談から入ることにした。

「たぶん、寝てはいると思います」

「寝てはいる……ということは、睡眠時間がどれくらいか判らないんですね。食欲はありますか」

「たまに、食べてます」

「……家から出られない件は、その後どうなりました？」

「たまに出ています」

相変わらず要領を得ない。思わず周一に目配せしそうになったが、トーカーの前でそんな態度は取れない。

「心療内科に、行くべきなのか。教えてください」

角中はぽつりと言った。

「私は自殺をしてしまうかもしれません」

「自殺をしてしまう？」

「私は心療内科に行くべきなのでしょうか」

この前答えたじゃないか。そう言いたい気持ちをぐっと堪える。角中は、何かに困っているのだ。

「詳しくお話をお聞かせください。自傷行為などをされたのでしょうか？」

「いえ。自傷行為はしていません」

「では、特に何か具体的な行動はなく、強迫観念として思われているということですか？」

「判りません」

「どういう局面で、自殺をしてしまうと思われました？」

対話を諦めることはいつでもできる。網になると決めたのだ。彼の核を見つけたい。

「自殺しかねない行動を、取ってしまうんです」

角中はしばらく黙ったのち、ぽつりと呟いた。

「それは、自傷行為のことですか？」

「違います」

「自分でもよく判らないまま、ふと危険な行動に及んでしまいそうになるということですか。

例えば、歩道を歩いていると走ってくる車の前に飛びだしたくなったり、包丁を持っていると自分を刺したくなったり」

「そうですね……そうだと思います」

「でしたら、心療内科に行くべきです」

前回と同じく、表面に出ている情報だけを見た。

「きちんとした診断は医師からもらっていただきたいのですが、強迫性障害の一種の自殺恐怖という、自分が自殺してしまうのではないかという不安に駆られる病気はあります。放っておくと悪化し、うつ病や希死念慮といった深刻なものになる可能性もあります。早期受診すべきかと思います」

「そうですか。やはり……」

「もしかかりつけのお医者さんがなければ、おつきあいのある医院を紹介しますよ」

「ええ、はい……」

受け答えは合っているはずだが、角中は最初にきたときよりも気分が落ち込んでしまったようだ。

——どうしてこんなに、相談内容が変わるんだ?

晃佑は過去の角中との対話を思いだしていた。

最初は自傷、次は家から出られない、そして今日は自殺恐怖。ひとつひとつは珍しい症状ではないが、会うたびに相談内容が変わる人というのは見たことがない。

——解離性同一性障害。

以前は多重人格障害と呼ばれていた。ひとりの人間の中に別の人格が存在している症状で、アメリカの精神医学会が出している『ＤＳＭ－５』にも、きちんと記載がある。

そう、角中の言葉はどこか他人ごとなのだ。「何をしたか」と行動を聞くと答えが返ってくるが、「何を考えているか」と聞くと「判らない」と言う。表に出ている人格が、別の人格の話をしていると考えると、説明がつくのだが……。

そのとき、角中の手がぶるぶると震えだした。

握られた右拳の中から、尖った金色の釘が覗いていた。

もう怖くはなかった。角中は感情が読みづらいが、危険な人物ではない。

「何をお持ちなんですか」晃佑は尋ねた。

「よかったら見せていただけませんか。大丈夫です、汚したりしませんから」

手を開いてみせた。角中は黙ったまま、握っていたものを載せてくれる。

釘のようだが違う。手のひらからはみだすほど大きく、しかも軽い。金色に光っているが、プラスティックに金メッキがしてあるだけだ。形状も特殊で、先端は尖っているが、頭の部分が大きい。

「おお、素敵なものをお持ちですね」

自席にいた周一が、声を上げた。こちらまで歩み寄ってつまみ上げると、微笑ましいものを愛でるように、目の前でくるくると回転させる。

「なんですか、それは」聞くと、周一が驚くように目を開いた。

「そうか……田宮さんも、最近の若者なんですね」

「はい？」

「これはゴルフティーですよ」

「ゴルフティー？」

「銀行で接待ゴルフなどはされませんでした？　ゴルフでは一打目を打つとき、ティーをグラウンドに刺して、その上にボールを置くんです。ティーショットって聞いたことありませんか？」

ゴルフはやったことがないが、それは知っている。

「でも、ゴルフティーってこんなに金ピカなんですか？　金メッキですよね、これ」

「いえ、普通はもっとプラスティック丸出しなものですけどね……」

周一の口元に、優しい笑みが浮かんだ。

「普通、こういうものは自分では買いません。何かの記念で贈られたんですかな？」

角中がぴくりと反応し、わずかに頷く。周一がティーを返すと、大切そうに左手にしまい込んだ。

――なぜ、こんなものを持っているのだろう。

ゴルフが趣味なのかもしれない。あちこちの大会に出ていたら、記念品としてこういうものをもらう機会もあるだろう。だが、なぜこんな相談の場に持ってきたのか。最初にきたときも、彼の手にはゴルフティーがあった。まるで、お守りのように。

――お守り？

普通、こんなものはお守りにはならないだろう。だが彼は、大切に握りしめている。ゴルフティーがお守りになるのだとしたら、それはどんな場合だろう？

――そうか。

いままで疑問だった色々なものが、唐突に頭の中で嚙み合っていく。

彼が、自分の症状を上手く説明できなかった理由。症状の内容が、コロコロと変わっていった理由。

「角中さん……気が進まなかったら答えなくていいです。あなたはひとり暮らしと仰っていたが、違うのではないですか？」

角中は、覚悟したような表情になっていた。

「あなたは、ご家族のことを相談していたのではないでしょうか」

「本当に、すみませんでした」

こちらが恐縮してしまうほどに角中は頭を下げた。

「私の名前は外丸進《すすむ》です。珍しい名字なので、偽っておりました」

外丸という漢字を書いてもらったとき、晃佑は「角中」という偽名の由来を理解した。「外」と「中」、「丸」と「角」、正反対の漢字を使って偽名を作っていたのだ。

晃佑も志田亜砂子と会うときに、本名をもじった「板宮」という名前を使った。図らずも、偽名を忘れないための工夫をお互いにしていたのだ。

「外丸さんは、症状が一貫せず、行動は説明できても心の動きは説明できなかった。あなたはずっと家族のことを自分のことのように相談していたんですね。他人の症状を話していたのなら説明がつきます」

「その通りです」

ティーは家族からのプレゼントだったそうだ。外丸はかつてゴルフが趣味で、誕生日のプレゼントにもらって以降、ゴルフボールと一緒にお守り代わりにしているらしい。

「でも……ご家族がお困りなら、つれてきていただければ早かったのに」

「実は、前に揉めたんです。勝手にカウンセラーを呼んでしまって」外丸は話しはじめた。

「私には娘がいます。娘は色々あり精神の調子が悪く……ある日心配になって、知人に紹介されたカウンセラーにきてもらったんです」

「本人の了承は得ていなかったんですか」

「はい、そんなところには行きたがらないと判っていました。会って話をしてもらえばなんとかなるかと思い……ところが、あまり相性がよくなかったようで……」

なるほど、それは揉めても仕方がない。

「失礼ですが、奥様は……」

「七年前に亡くなっています。ずっと、娘とふたり暮らしです」

「お悔やみ申し上げます。男手ひとつで娘さんを育てるのは、大変でしょう」

「大変なのは娘です。娘は受験に失敗したときに自傷行為をしてしまい、いまはひきこもっていています。最近は出かけたと思うと電車に飛び込もうとしたり、ビルの屋上から下を見つめていたり……」

彼の相談内容は娘の行動をなぞっていたのだ。娘の状態がコロコロ変わっていったからこそ、彼の話す症状もどんどん変化していった。

「たまたま……じゃないですよね。その現場に居合わせたのは」

「お恥ずかしい話ですが、娘のことが心配で……」

話を聞く限り、外丸は外丸で問題を抱えている。父親が娘の行動をここまで監視しているのは、強迫性障害に近い。妻を亡くし、娘が自傷行為をしている。子供まで失うのではないかという強烈な不安が、抑えられないのだろう。

「娘のためにあちこち調べていたとき、〈レーテ〉さんのことを知りました。娘は、私に近づこうとしません。でも、取り返しのつかないことになってはいけない。無理やりにでも心療内科につれていくべきなのか、アドバイスがいただきたかったんです」

「ご心配なのは判りますが、無理やりというのはやはり難しいです。よろしければ、娘さんに僕たちを紹介していただけませんか。いまの若い人は対面や電話では話せなくとも、チャットなら話せるという人が多いです」

「ありがとうございます。娘と話してみます」

「お待ちしています。いつでも頼ってください」

外丸は初めて笑った。こわばった彼の心がほぐれて、本来の優しい側面が出てきたようだった。

ようやく見ることができた。彼の核には、こういう表情があったのだ。

「ありがとうございました、失礼します」

外丸は立ち上がり頭を下げる。周一にも軽く会釈した。

頭を上げた外丸は、周一のほうをじっと見つめていた。何か気になるのだろうか？　声をかけようとしたところで「失礼します」と帰っていく。最後まで独特なテンポの人だった。

ふーっとため息をつく。「お疲れ様でした」と周一が白湯《さゆ》を入れてくれた。

「周一さんがゴルフティーだと言ってくれなかったら、外丸さんの問題は解決しませんでした。ありがとうございます」

「いえ、田宮さんが献身的だからですよ。いいものを見させていただきました」

周一は謙遜するが、〈網〉になれたからだと思った。ふたりが手を携えてトーカーに向き合えたから、外丸を受け止めることができたのだ。

「井口さんに、見てもらいたかったなあ」

時計を見ると、もう十九時近くになっている。

自分の席に戻り、スマートフォンを取り上げる。今田には遅れると連絡を入れていたが、ついにつながらなくなった。周一が帰り支度をしている。仕方ない。残業をしながら、返事がきたら巣鴨に向かおう。

パソコンを開こうとした、そのときだった。

デスクの上のあるものに、晃佑は目を留めた。

外丸の仕草が、少し気になっていた。晃佑は、立ち上がっていた。

「周一さん、お帰りのところをすみません」

「はい？」

「ちょっと外に出ていいですか。そんなに時間はかからないと思います」

「はい？　ええ、構いませんが……」

晃佑は返事を聞くや否や、外に飛びだした。

エレベーターは一階に行っている。上昇してくるのを待つのももどかしく、階段を駆け下りた。

夜の明治通り。新宿三丁目の方向に、外丸の人影はあった。

「外丸さん！」

呼びかけると、足を止めて振り返る。晃佑は息を切らせてそちらに走り寄る。

「すみません、呼び止めてしまって。ひとつ伺いたいのですが……」

驚いた表情の外丸に向かって言った。

「さっき、僕の机の上を見てましたよね？」

「はい？」

「オフィスに入られたときも、出ていくときも。あなたは机の上を見ていた」

外丸は困惑した表情になったが、こちらの言葉を肯定しているようだった。

「あなたは――VRゴーグルを見ていた。違いますか」

晃佑の机の上には、博之の〈Shenjing〉があった。外丸はそれを見ていたのではないか――。

「ええ、その通りです。娘が同じものを持っていて」

「持っている？」

「娘の留守中に、部屋に入ってみたら同じゴーグルがあって。それで誰かと話しているようなんです。それが〈レーテ〉さんにもあったので、気になっただけです。あまり見慣れないものですから」

唾を飲み込んだ。

自傷行為をし、最近では危険行為を繰り返している娘。その部屋に〈Shenjing〉があった？

全身の毛が逆立つ。声が震えるのを抑えきれず、晃佑は言った。

「娘さんと、会わせていただけないでしょうか。いま、すぐに」

9　晃佑　十月一日

「娘の名前は、くるみです。外丸くるみ」

タクシーの後部座席で、外丸の隣に腰掛けていた。運転手に聞かれないよう小声で話す。

「可愛らしい名前ですね。いまはおいくつですか」

「今年で十九です。この時間は起きてると思います。夕方に起きだして、朝まで部屋で何かをしているみたいで」

ということは、昼夜が逆転している。〈青い鯨〉でも、睡眠不足を誘発することでプレイヤーを追い詰めるという手法が使われていた。

「くるみさんは、いつからゴーグルを？」

「判りません。部屋で勉強をしていると思ったら、いつの間にか……」

「〈Shenjing〉はどうやって入手されたんですか」

「それも、ちょっと……。あんな高いものを買うお金はないはずなので、誰かから借りてるのか……。くるみはゴーグルを持っていることも秘密にしています。部屋で何をしているかを聞いても、教えてくれません」

自殺ゲームをプレイしているのだとしたら、ゲームの開発者がプレイヤーに箝口令《かんこうれい》を敷いているのは間違いないだろう。プレイヤーを選定する段階で、時間をかけてコミュニケーションを取り、約束を守れる真面目な人間だけを選んでいるのかもしれない。

外丸の家は、東新宿から二十分ほどタクシーを飛ばした本郷三丁目にあった。

本郷通りから少し奥、住宅街にある少し古めの一軒家が外丸の家だった。道路に面した二階がくるみの部屋だというが、カーテンがかかっていて中は見えない。

「すみません、電話を一本」

タクシーから降りたところで、宙に電話をかけた。彼にもくるみの〈Shenjing〉を見てもらいたかったのだが、相変わらず電話はつながらない。

「失礼しました。行きましょう」

玄関を上がり、スリッパを勧められたが、断った。聞き慣れない足音が聞こえると、くるみに警戒されて出てきてもらえないかもしれない。

外丸と一緒に二階に上がる。くるみの部屋のドアは閉じられている。

「くるみ。起きてるのか？」

中の音を探るが、何も聞こえない。

「くるみ、おなかは空いてないか？ ご飯でも食べないか。くるみの好きなものを作ってやろう」

突然、パチパチと音が聞こえてきた。思わず顔を見合わせる。くるみは拍手をしているようだった。

「くるみ。お前のことが心配なんだ。お前の力になりたい。少し話さないか」

ヘッドホンでもしていて、聞こえていないのだろうか。できるだけ冷静にと話しておいたが、外丸の表情に苛立ちが混ざってきた。晃佑がいることで、娘を引っ張りださなければいけないというプレッシャーを感じているのかもしれない。

「下に行きましょう」と、晃佑は小声でいざなった。

リビングの床には埃がたまり、テーブルにはチラシや封筒が散乱していた。掃除が行き届いておらず、家庭が上手く回っていないことが判る。

どうするべきなのだろう。ソファに座り、晃佑は考えた。

籠城《ろうじょう》している人を、外につれだすのは難しい。人の気持ちを変えるのは信頼関係があっても大変なのに、外丸父娘の関係は良好ではない。

「あの……壊しましょうか。ドアを」思いつめたような口調で、外丸が言った。

「壊して、引きずりだす。あのドアくらいなら、別に壊れても構いません」

ひきこもる相手をドアを壊して強制的につれだし、施設にぶち込んでしまう支援業者もある。考えかたは様々だし、それによって救われる人もいるのだろうが、晃佑はいいことだと思っていなかった。成功したらいいが、もし失敗したら、もう二度と信頼を取り戻せない。あくまで話し合い、合意の上で出てきてもらうべきだろう。

だが、それには時間と労力がかかる。くるみが自殺ゲームにのめり込んでいるのなら、早く救出しなければならない。ポリシーを曲げてでも、非常手段を取るべきだろうか。

ふと、晃佑の目にあるものが入ってきた。

リビングの片隅にあるインターネットのモデムと無線ルータだった。

「この家のネット環境は、あのモデムだけですか」

「ええ、あれ一台です」

ひとつの手段を思いつき、晃佑は立ち上がる。

「ちょっと、ネットを切ります」

モデムに刺さっているＬＡＮケーブルを引き抜いた。点灯していた「active」ランプが消える。

くるみがオンラインでの自殺ゲームをプレイしているのなら、接続できなくすればいい。異状を察知したくるみは、外に出てくるのではないか。

しばらく待ったが、変化はない。階上からは、物音ひとつ聞こえてこない。

「くるみさんは、モバイルルータは持ってないですよね。あるいは、スマートフォンがテザリングできる設定になっているとか」

「あれ以外のネット環境があるかですか？　すみません、知りません……」

独自のネット環境があるとしても、やりかたはある。家のブレーカーを落とせばいい。一日も続ければ、充電できなくなった〈Shenjing〉はただのガラクタになる。ノートパソコンは持ってきたから、〈レーテ〉の業務はできる。覚悟を決めた、そのときだった。

しばらくこの家にいることになるかもしれない。

階上から、ドアが開く音がした。

ドスドスという苛立ちの混ざった足音が、階段を下りてくる。

リビングの脇の廊下に一瞬見えた人影に、晃佑は驚いた。

くるみは、病人のようにやせ細っていた。髪はボサボサで、肌はどす黒い。服も何日も着ているのか、皺《しわ》だらけだった。しかも怪我をしている。左足の靴下が血に染まっていて、歩くにつれて引きずったような血の痕が床に残っていく。

「くるみ！」

外丸が驚いたように立ち上がったが、こちらを見ようともせず玄関に向かっていく。外丸が飛びだすのを見て、晃佑も慌ててあとに続いた。

玄関を出たところで、くるみは倒れ込んでいた。

「くるみ。大丈夫か⁉」

四つん這《ば》いになって、肩で息をしている。少し歩いただけなのに、全力疾走をしたあとのようだ。酸っぱい体臭が漂っていて、酒を飲んでいるのか、アルコールの刺激臭も混ざっている。

外丸くるみの姿は、いままで見てきたどの自殺志願者よりも、死に近づいているように見えた。

「行かなくちゃ……」

「くるみ、どうしたんだ」

「みんなが頑張ってるのに……早く行かなくちゃ……」

くるみは、這うようにして前に進もうとしている。晃佑はぞっとした。一体犯人は、この子に何をしたんだ？

そこで、晃佑の目が、一点に吸い寄せられた。

くるみが倒れ込んでいる、その先――。

一台の〈Shenjing〉が、転がっていた。

第五章　命　令

1　晃佑　十月二日

ＶＲの世界は、異常だった。

空が、赤と紫が混ざった毒々しい色で覆われている。道端の木は朽ちていて、木肌からボコボコと泡のようなものが出ている。虫の羽音をスピーカーで増幅したようなブーンという耳障りな音が、一定の音量で鳴り続けている。

和久清二の描いていたグロテスクな絵と同じ、どろどろに溶けた月が出ている。だが空の色合いや、溶けた月から血のように垂れる赤い液体は、元の絵よりもはるかに禍々しい。ＶＲならではのリアリティというよりも、和久の画家としての表現力が上がっている感じがする。

その意味を考えて背筋が寒くなる。それは、犯人に強制された成長だったのではないか。和久を監禁し、より強烈なビジョンが出来上がるまで描き直しを命じる。この異常な空間はその結果できたのではないか。

空の赤に、人の血が混ざっているような感じがした。晃佑は〈Shenjing〉を外し、電源を落とした。

「どうだ」

隣では宙がノートパソコンを睨んでいる。USBポートには小型のスティックが刺さっていて、画面にはアルファベットと数字の文字列がすごい勢いで流れていた。

「成功だ。パケットは捕まえられた。いまから西野に送る」

画面の隅には、ビデオチャットでつながっている西野の顔が映っていた。今日はエンジニアのカンファレンスに招待されていて、京都にいるそうだ。ちょうど休憩で抜けてきたらしく、背景には泊まっているホテルの部屋が映しだされている。

晃佑と宙は、〈レーテ〉のオフィスにいた。

外丸の家に行った直後、「〈Shenjing〉と、自殺ゲームのプレイヤーを見つけた」と宙に留守電を入れたところ、やっと連絡を取ることができた。自殺ゲームの解析をするから会いたいと言われ、午後から〈レーテ〉にきてもらっている。

久々に会った宙は、少しやつれていて体調が悪そうだった。生活も荒れているようで、無精髭が生えている。落ち着いたら、彼のケアもしなければならない。

「どうだ、VRの中は」

キーボードを叩きながら、宙が話を振る。

「異常な状況だよ。世界の終わりみたいだ」

「もともとの舞台は綺麗でカラフルな街だったはずだ。自殺命令が下されるのが、近いかもしれない」

目の前が暗くなる。本当はもっとVR内を調べたいが、犯人はプレイヤーの行動をチェックしているだろうから、あまりあちこちに移動できない。犯人は遠隔で〈Shenjing〉を初期化できるのだ。

「パケット、解析できたよ」画面の向こうから西野の声がした。

自殺ゲームがどこのサーバーに接続をしているのか、パケットキャプチャーをして確かめたいと、宙と西野から提案された。宙のパソコンに刺さっているUSBのスティックが、そのための道具とのことだ。

「駄目だね。やっぱり、BPHS使ってる」

「やはり、そうか……」

宙が失望したようにうめく。「BPHS?」聞くと、西野が口を開く。

「Bulletproof Hosting Services……防弾ホスティングサービスって意味。あの〈Shenjing〉の通信先、IPアドレスたどってみたら、オランダにあるBPHSだった」

「特殊なサーバーなんですか」

「サイバー犯罪の温床だね。ダークウェブ——インターネットのアングラ領域の中核でもある。違法コンテンツも平気でホスティングするし、コンテンツの削除には応じない。苦情《Abuse》送っても無視」

「つまり、サーバー会社に問い合わせても、意味がないってことですか」

「個人情報の開示には応じないし、変なゲームを配信してるくらいじゃ強制停止《BAN》してくれないだろうね。厄介だよ。遠隔操作の件もあるし、やっぱりある程度インフラに強い人間が入ってる」

　その人間も誘拐したのだろう。必要な人材を誘拐するという発想が当たり前のようになっている現状が、恐ろしい。

「自殺ゲームから犯人を特定することは、可能ですか」

「デコンパイルをしてソースコードを読むことはできるかもしれないけど、開発者までたどれるかは判らない。一般的には、可能性は低いと思う」

「じゃあ、そのサーバーをハッキングして、ゲームの配信を止めたりはできますか」

「……ドラマの見すぎだよ。だから、義務教育でプログラミングを教えるべきなんだよな」

　また駄目か。ゲーム本体を入手できたのに、犯人にはたどり着けない。

「……警察に行くのは、まずいか」

　宙が口を開いた。「警察なんか野蛮人が集まってウホウホやってるだけだから、頼りにならないでしょ」西野が揶揄《やゆ》するように言ったが、とりあえず流す。

　警察に行くかは、悩ましいところだった。

　VR内の光景やくるみの衰弱しきった状態を見るに、自殺ゲームはもう末期状態に突入している。接続しているアバターは十五人くらいいて、外見は少年や少女から老人、熊のぬいぐるみと様々だったが、皆が従順にゲームの指示に従っているようだった。自殺ミッションが発令されたら、ほとんどが助からないと考えたほうがいい。家の周囲を調べただけで十五人なので、実際はもっと多いだろう。

警察に〈Shenjing〉を持っていけば、捜査員がログインしてVR内を調べることになり、間違いなく犯人側に発覚する。その結果、自殺ミッションの発令が早まるかもしれない。

警察が事態を正確に理解し、すぐに全面捜査を進めてくれるのなら、犯人にたどり着ける可能性はある。だが犯人に察知された上で捜査に動いてくれない可能性もあり、危険な賭けだ。

「……だよな」

説明を聞いた宙は、じっと黙り込んだ。具合が悪いらしく、少し考えごとをしただけで疲れてしまうようだ。

「例の顔認証のアプリの進捗は、どうですか」

「映像データを使わせてもらう交渉は成立したけど、データ量が膨大でね。いま自宅でクーロン回して解析ツールに食わせてるけれど、最低でもあと二週間くらいは見てほしい」

時間が足りない。破裂寸前まで膨らんだ風船のように、VR内の状況は逼迫《ひっぱく》している。そもそも稼働できたとしても、上手くいくか判らないツールなのだ。

セッションに行くからと、西野はチャットからログアウトする。ぐっと背伸びをすると、正面の席にいた美弥子と視線が合った。

美弥子は、気まずそうに目を伏せる。どう接していいか、判らないようだった。

胸がちくりとする。晃佑もまた、復帰してくれた美弥子を前に戸惑っていた。この四年間毎日のように言葉を交わしていたはずなのに、仲間でなくなってしまったみたいだ――。

三時間ほど前の午前中、今田が〈レーテ〉のオフィスにきてくれた。

アポなしの訪問だったので慌てたが、昨日、巣鴨に行けなかった無礼を咎めることなく、まず犯人の調査結果を報告してくれた。

「四年前、大阪で男の目撃情報があった」

向こうでは結構有名だったらしいと、今田は言った。

「自殺対策や傾聴をテーマとした講演会があるたびに顔を出し、根掘り葉掘り質問していたそうだ。一年くらい顔を見せていたが、あるときからパタッとこなくなった。名前は、島本純也《しまもとじゅんや》」

恐らく偽名だろう。

「島本は、自殺対策の事業をやりたいと言っていたらしい。とにかく勉強熱心で人当たりがよく、悪く言う人間はひとりもいなかったが、特別仲のいい人もいなかったみたいだな。職場、住所などは誰も知らなかった」

もっとも、それを聞いても犯人は偽の情報しか出さなかっただろうが。

予想通り、犯人はこの業界に出入りをしていたが、残念ながら期間が空きすぎている。ノウハウを吸い上げるだけ吸い上げて去っていったのだ。この線から追うのも難しいだろう。

「俺は正直、自殺ゲームの存在の真偽のほどは判らない。でも、できる調査はやったつもりだ。

次は、俺の望みを聞いてくれよ」

望み？ それが何かと問う前に、今田はひとりの人間を呼び寄せた。

戸惑ったように目を伏せた、美弥子だった。

「美弥子ちゃん、悩んでたんだぜ」

突然の展開に面食らう晃佑を前に、今田は話しだした。

美弥子は、今田に転職の相談をしていたらしい。自殺対策活動は続けていくつもりだが、晃佑と行動をともにすべきか、迷っている。相談に乗ってもらえないか——。

「昨日は美弥子ちゃんに会わせると言ったから、ドタキャンしたんだろ？ 全く、普通なら引き抜いてるところだが、打席に立たせてやる。俺が立ち会ってやるから、いまここで仲直りしろよ」

今田らしい押しの強さがありがたかった。周一は疲弊しきっている。自殺ゲームを見つけたことを美弥子に報告して、戻ってきてもらえないか打診しようとしていたところだった。

とはいえ、今田にすべてを打ち明けるべきかは、判断がつかなかった。いまは自殺ゲームを手に入れたことを、犯人に察知されるのが一番怖い。今田は、すぐにゲームの存在を公開して世間に警告をしろと言いだすかもしれない。結局、ふたりで話したいと強く言って、今回は帰ってもらった。

「ごめんなさい」

自殺ゲームを見つけた経緯を聞き、くるみの〈Shenjing〉を見た美弥子は、暗い声で謝った。

「私が、間違ってました。すみませんでした」

そして、正面の席に座って働きだした。〈レーテ〉に穴を開けた分を返しますと、ぽつりと言って。

これからの調査について美弥子の頭脳を借りたいが、とても協力は見込めない雰囲気だ。宙がやってきてパケットキャプチャーをはじめても、こちらには目をくれようともしなかった。

「晃佑」宙の言葉で我に返る。

「そろそろ時間だろ。行こうぜ」

「あ、うん」

晃佑は立ち上がり、美弥子に声をかけた。

「じゃ出かけてくるね。二時間くらいで帰ってこられると思うから」

美弥子が無言で頷くのを見て、オフィスを出る。

目的地は、本郷三丁目——外丸の家だ。

2　晃佑　十月二日

——少し落ち着いたから、くるみから話を聞けると思います。

外丸から連絡があったのは、今朝のことだった。

調査が行き詰まっているいま、くるみの証言が聞けるのはありがたい。弱っている人間を頼るのは気が引けたが、彼女との対話の中から何かを見つけださないと、犯人を追う術《すべ》がない。

——俺もつれていってくれ。

くるみに会いに行くと告げると、宙から頼まれた。技術に知見がある宙の同席はありがたかったが、いまの体調で無理はさせられない。そう伝えたものの、宙はついていくと言って聞かなかった。

——被害者と、話したい。ゲームが彼女に何をしたのか、会って感じたいんだ。

自分を救ってくれた文化が、ひとりの人間を自殺寸前まで追い詰めた事実と、正面から向き合いたいのかもしれない。結局押し切られる形で、同行してもらうことになった。

「昨日は、お騒がせしました」

外丸に出迎えられリビングに招かれた。くるみはすでに席についていて、外丸がその横に腰掛ける。

——遠い。

ひと目見た瞬間、そう感じた。外丸とくるみは並んで座っているが、目を合わせようともせず、特にくるみは父がこの場にいないかのように振る舞っている。心理的な距離が、物理的な距離よりもはるかに遠い。

くるみは血色が悪く、頬骨が浮き上がってしまっている。あまり寝られなかったのか、目が濁っていた。ひとりの若者がここまで傷ついていることに胸が疼《うず》くのを覚えながら、宙と並んで、彼らの正面に座った。

「〈レーテ〉という自殺対策NPO代表の、田宮晃佑と申します。こちらはスタッフの城間宙です」

名刺を食卓の上に滑らせるが、くるみは見ようともしない。

「昨日は突然、失礼しました。実は、VRを使った自殺ゲームが広まっているという情報を得て、ずっと調査をしていたんです。よろしければお話を聞かせていただけませんか」

返事がない。聞こえているのかも判らないほど、ぼんやりとしている。「くるみから話が聞ける」というのは、外丸の先走りだったのかもしれない。

「あのゲームは、危険なゲームです」諭すように言った。

「何年か前、ロシアで〈青い鯨〉という自殺ゲームが流行り、百人以上の人間が亡くなりました。ゴーグルに入っていたゲームは、それよりも危険です。リアルなVR世界の中で洗脳が行われ、集団自殺を指示されたら、どれほどの犠牲者が出るか。いや、すでにたくさんの犠牲者が出ているんです。ひとりの人間があのゲームのせいで自殺しています。大勢の人間が犯人に誘拐され、ゲームを強制的に作らされていたことも判っています。その人たちは、もう――」

くるみの反応はない。焦りそうになるが、自制した。くるみはゲームに洗脳され、晃佑を邪教を広めにきた異端者のように感じているかもしれない。洗脳に対して必要なのは、感情を揺さぶる熱い物語ではなく、温度の低い正確な情報だ。

「少しだけゲームをプレイしましたが、いくつか犯人の狙いが判りました。例えば、あのグロテスクな光景です。恐怖映像を見せてプレイヤーの精神を乱すのは〈青い鯨〉でも取られていた手法です。プレイヤーを睡眠不足や自傷行為に追い込むのも、同様です。犯人は明確に、プレイヤーを自殺に導こうとしています」

「ヘーゼルは、どうなったんですか」

「ヘーゼル？」

「猫です。ゴーグルを返してください。世話をしなければ、ヘーゼルは死んでしまいます」

そういえば、ゲームの家のリビングに倒れている猫がいた気がする。

「……あれはただのログインボーナスですよ。いや、この場合は人質と言ったほうが正確だ」

黙っていた宙が、口を挟んだ。

「あの猫は、プレイヤーをゲームに縛りつけるための道具なんですよ。〈たまごっち〉と同じで、世話をしないと死ぬペットを与えて、定期的にログインさせるんです。ただのデータです、気にすることはない」

そうだったのかと気づかされた。だが、せっかく口を開いたトーカーに反論するのはまずい。案の定、くるみは黙ってしまった。宙も自分のミスが判ったのか、口を閉ざす。

——厳しい。

やはり、いまの彼女にあれこれ聞くのは無理だ。自殺対策NPOの人間として、彼女に猶予を与えられないことに後ろめたさを覚える。だが、時間がない。

「〈銀の街〉という絵です。犯人に誘拐されたと思われる画家が描いたものです」

スマートフォンを差しだした。画面には、和久清二の描いた雪景色が表示されている。

絵を見た瞬間、くるみの双眸《そうぼう》がわずかに揺らいだ。

「VR世界は当初、このような美しい街だったんじゃないですか。これも、プレイヤーをつなぎ止める要素だと思います。美しい空間を用意しここにいたいと思わせて、徐々にプレイヤーの精神を蝕《むしば》むグロテスクな光景に変えていく。あの世界はかつて〈銀の街〉だった、違いますか」

「〈銀色の国〉です」

「はい？」

「〈銀色の国〉です」

独り言のように言うと、くるみは再び殻《から》に閉じこもってしまう。だが、意図は判った。

〈銀色の国〉。それが、あの世界の名前だ。

「検索避《よ》け、かもしれない」宙がぼそりと言った。

「国というほど広くないはずだ。〈銀の街〉でプレイヤーに検索されると、和久の絵がヒットして、そこから素性が割れる可能性がある。だから、呼称を変えたんだ」

宙の冷静な分析に、くるみが不快感をあらわにする。故郷を侮辱されたような顔だった。

「くるみさん、お願いします」

噛み合わない。冷静に話すつもりだったのに、つい焦ってしまう。

「犯人を止めたいんです。あのゲームには、見たところ十五人くらいのユーザーがアクセスしています。実際はもっと多いでしょう。このままだと、大変なことになります」

くるみは氷のように、晃佑の熱をすべて吸収してしまう。

「くるみさんしかいないんです。犯人に関する手がかりを、教えていただけませんか。お願いします」

頭を下げたが反応はない。心の奥に、無力感が満ちる。

――お前は、ゴミだな。

〈曲がった顔〉の声が聞こえた。無力感を覚えるたびに現れ、面白そうに囁く声が。お前は道化だ。お前のやっていることに、意味はない――。

「どうして、止めようとするんですか」

突如くるみが口を開いた。いままでぼんやりとしていた声が、挑戦的なものになっていた。

「〈銀色の国〉のみんなは、人生に苦しんでいました。悩みが解決しなくて、ずっと同じ問題に囚われている人もいました。どうしてそういう人を助けようとするんです?」

「人は死んだら、取り返しがつかないでしょう。自殺未遂をした人は、ほとんどが助かってよかったと言うんですよ」

「そんなの、一時の気の迷いですよ。死にたい人は、結局ずっと死にたいんだから」

くるみは鼻で笑った。

「私だってそうです。一時いいことがあっても、結局死にたさから逃げられない。友達もいないし、次の受験も受からないだろうし、こんな汚い世界で生きていたくないんです」

「そのつらさは、理解します。でも――」

「私は、いままでずっとどこかで死にたいと思ってました。楽しい時間を送っていても、嬉しいことがあっても、いつも頭の片隅で希死念慮が眠ってるんです。それはときどき起きだして、死にたい死にたいと叫びだす。足を切らないと収まってくれない」

くるみは目を伏せた。

「でも、足は切れても死ねなかった。死ぬのが怖かったからです。血を見ていると気分が安らぐのに、こんなことやっても死ねないんだって絶望もしました。〈銀色の国〉は、それを取り払ってくれた。私は〈銀色の国〉で何度も死んだんです」

くるみの全身から、濃密な死の匂いが立ち上った気がした。

「この前、十二階のビルの屋上に行きました。そんな高いところから下を見たら普通は怖いはずなのに、全然怖くなかった。そのことにとても安心したんです。ああそうか、私は自殺できるようになったんだって、嬉しかった」

「そんなことは、喜ぶべきことじゃない。恐ろしいことです」

「あなたの価値観を押しつけないでください。私たちのことなんか、あなたには判らない」

判ります。反射的に言おうとした言葉が、喉から出てこない。自分は本当に、彼女らのことを理解できているのだろうか――？

「〈銀色の国〉は確かに、プレイヤーを殺そうとしているのかもしれません。でも、あのゲームにいたのは死にたい人ばかりでした。死にたいのに怖いから死ねない、そういう人たちの恐怖を取り払って自殺をさせてくれるんなら、むしろそれはいいことでしょう。違いますか？」

くるみは、挑むように問いかけた。

「そんなこと……」

それ以上、反論の言葉が出てこない。晃佑は圧倒されていた。

歪《いびつ》だが、ある種の真理ではあった。生きていれば、どんな恵まれた環境であっても苦しみは生じる。死ぬのが怖いから生きているという人間だって、たくさんいる。

彼らを救うことはできない。〈レーテ〉で何度も直面した問題だ。トーカーの苦しみを取り払うことは、他人にはできない。

――止められない自殺は、どうしたって止められない……。

〈曲がった顔〉が、嬉しそうに囁く。お前は何もできない――。

「……友達はいなかったのか？」

思わぬ方向から声が飛んだ。

外丸が、苦しそうな表情で口を開いていた。

「オンラインゲームなんだろう？　その中で、友達はできなかったのか」

「できるわけないでしょ。お互いに話せないゲームだし」

「いや、誰かと話してただろ。お前、楽しそうだったぞ。あんな声を聞けて、俺も嬉しかった」

「最低、盗み聞きなんかして」

「また元に戻れないか。俺たちはおかしくなっちゃったが、俺はお前に生きていてもらいたい。またお前の楽しそうな声が聞きたいんだ」

くるみは不快そうに足を揺すりはじめる。凝り固まっていた感情が動いている。友達——これが、突破口かもしれない。

「くるみさん。ゲーム内のお友達も、危険です」

くるみの目が戸惑ったように揺れた。

「そのお友達は亡くなってしまうかもしれません。でも、いまなら止められる」

「別に会ったこともないし」

「僕はネット越しで親友ができたこともあります。実際にくるみさんは、誰かを心配しているように見えます。そうでしょう？」

彼女の気持ちをコントロールすることに葛藤を覚えつつ、振り切るように言った。

「お願いします。お友達を助けると思って、力を貸していただけませんか」

その瞬間、くるみは立ち上がった。晃佑を見ようともせず、歩きだす。

「くるみ、どこへ行くんだ」

リビングから出ていこうとする。追いかけようと、晃佑は腰を浮かせた。

——駄目だ。

瞬時に判断した。引き止めても、これ以上話は聞けない。何より、衰弱から回復しきっていないくるみに負荷をかけすぎてしまった。いい加減、休ませるべきだ。

またひとつ、手がかりを失った。遠ざかるくるみの背中を見つめながら、犯人の影がどんどん遠ざかっているように思える。

宙、帰ろう。声をかけようとした、そのときだった。

リビングに、場違いでコミカルな電子音が流れた。

「失礼」

宙のスマートフォンだった。いつぞや聞いた、ファミコンのシューティングゲームの音楽だ。確かタンパク質を取る合図に、定期的に鳴るようにしていたはずのものだ。

力が抜けた。軽く宙を睨んでから、晃佑は立ち上がり、帰り支度をしようとした。

そこで、晃佑は動きを止めた。

リビングの出口。出ていこうとしていたはずのくるみが、立ち止まっていた。

「くるみさん……？」

くるみは、小刻みに震えていた。近づくと、唇の端を噛み、苦しそうに顔を歪めている。

「ギンシロウ……」

「はい？」

返事はない。だが、こんな表情を見せるのは初めてだ。何かが彼女の中で動いたようだった。すぐに話を引きだしたくなるところを、晃佑は待った。彼女の心に立った波が収まり、言葉を紡ぐ準備ができるまで。

くるみがやっと口を開いたのは、十分ほど経ったあとだった。

「そのゲーム、やりました。ギンシロウと一緒に」

遠い出来事を懐かしむような口調だった。

「〈銀色の国〉では、昔のゲームができるんです。ゲームなんかやるの初めてで、楽しかった。あのころの〈銀色の国〉は、本当に楽しかったな……」

くるみの左目から、涙が一筋流れた。そうか、ギンシロウというのが、くるみの友人なのだ。

——このままだと、ギンシロウさんは死にます。くるみさん、力を貸してくれませんか。

そう言って、さらに押すこともできる。だが、泣いている彼女にこれ以上負担をかけてもいいものだろうか。

くるみは袖口で時折涙を拭いながら、声を上げずに泣いていた。晃佑は彼女が泣き止むのを待つ。

しばらく経ったのち、くるみは気の迷いを振り切るように、大きく息をついた。

——駄目、か。

泣き止んだくるみは、再び殻に閉じこもってしまったようだった。目に光がなく、一瞬乱れてしまったことを悔やんでいるようにも見えた。

「また近いうちに、話を聞かせてください」

くるみと外丸に頭を下げた。もう話を聞ける機会はないかもしれないと覚悟し、リビングを出る。

「宙？」

声を上げた。宙がついてこない。リビングで突っ立ったまま、じっとくるみのことを見つめている。

「どうした、行くぞ、宙」

「くるみちゃん。〈銀色の国〉で昔のゲームをやったって話だが、どうやったの？」

「おい、何言ってんだ」

「VRの中でゲームができたってことかい？」

突拍子もない話題に、くるみは戸惑ったようだった。抑制されていた感情に小さな波が立っている。

「別に……その『スター・エクスプローラ』もやりましたし、あとは……」

くるみはいくつかの名前を挙げる。晃佑でも知っている有名なゲームばかりだった。宙の表情がどんどん曇っていく。

嫌な予感がした。何が理由か判らないが、宙の〈獣〉が頭をもたげはじめている。

「許せねえな」冷たい声で言った。

「レトロゲームの違法コピーを、プレイヤーをつなぎ止めるための道具として使ってるんだ。あの野郎、ふざけた真似しやがって」

「宙、帰るぞ」

「どれも、子供のころ好きだったゲームなんだよ。こんなことに、利用しやがって」

自分と宙とは、同じ事件を追っていても、見ているものが全然違うのかもしれない。自分は自殺ミッションを止めたいと考えていたのに、宙はゲームを利用している犯人への怒りをひたすらため込んでいたのだ。

宙はしばらく考え込むように黙ってから、くるみに向き直った。

「くるみちゃん、ゲームが好きかい？」

「え……？　はい、まあ。面白かったですし……」

「俺もゲームが好きだから、君のような若い子にそう言ってもらえるのは嬉しいよ。君が挙げてくれたのは、どれも名作だ。だから犯人はそれらを選んだんだろう。いまの若者がやっても面白いゲームばかりだ、それは間違いない」

宙が拳を握る。

「だが、いまのゲームは、もっと面白い」

最近疲弊していた様子は吹き飛んでいて、声に力がみなぎっている。

「ゲームを悪用してるだけのカスに、ゲームの面白さを伝えられてたまるかよ。なあ、晃佑」

「宙、どうしたんだよ、お前」

「どうもしない。好きなものを侮辱されたら、誰だって怒る」

宙はくるみを見つめる。

「くるみちゃん。もしよかったら、ひとつ提案させてくれ」

宙は、堰《せき》を切ったように話しだした。

3　晃佑　十月五日

【命の水を飲み、〈永遠の木〉に祈りを捧げよ】

ミッションが発令されている現場に出くわし、晃佑は広場にきていた。ひときわ大きな木を前に、アバターたちが集まっている。

木は完全に朽ちていて、ぐにゃぐにゃと軟体動物の足のように捻じくれている。木肌から沸騰したようにボコボコと泡が出ていて、黒い虫の大群がそれを吸い尽くすようにびっしりと集まっている。

命の水とは、たぶんアルコールのことだ。くるみもそうだったように、プレイヤーは酒を飲み、一心不乱に祈りを捧げているのだ。

アルコールと自殺には強い因果関係がある。アルコール依存症になるとうつ病を発症する確率がはね上がる。自殺する人間の三分の一は飲酒をしているという研究もある。酒を飲み、このような異様なビジョンを見続ける――それがどれほど人の精神にストレスをかけるか、考えただけで恐ろしい。

この三日間、晃佑は慎重に〈銀色の国〉での行動範囲を広げていた。

〈銀色の国〉では相互に会話ができないようで、道端を歩いていて誰かに話しかけられることもない。それが判ってからは、ある程度大胆に行動ができるようになっている。

いくつかのことが判った。

まず、〈銀色の国〉には、プレイヤーを滞在させるための様々な工夫がなされている。ペットの世話をさせる以外に、プレイヤー同士で「エモーション」というものを送って交流できたり、アバターを着替えさせたり、レトロゲームができたりする。

ギンシロウという熊のアバターも、宙に言わせるとそのひとつだそうだ。

——これは、たぶんボットだ。動きがプログラムされている感じだ。

人懐っこいギンシロウを「友人」として送り込むことで、プレイヤーをゲームに留まらせ、献身的行動をコントロールしているのだ。確かにギンシロウはいつも愛くるしい振る舞いで、献身的にプレイヤーの間を飛び回っている。ギンシロウと同じ熊のアバターを使っている人も散見されるので、住民の間でマスコットのようになっているらしい。

プレイヤーの数は、どうやら三十人くらいのようだった。〈ハト〉〈ギブソン〉といった名前ばかりで、本名が割りだせないよう管理者がコントロールしているのかもしれない。

晃佑は海に向かった。

崖に出ると、何度か見た異様な光景が今日も展開されている。五体ほどのアバターが、海に次々と落下していくのだ。

——私は〈銀色の国〉で何度も死んだんです。

くるみの言葉の意味が、いまは理解できる。

これは、自殺の予行なのだ。

犯人がなぜVRにこだわったのか、判った気がした。VRの中では、実際に「死ぬ」ことができる。プレイヤーを精神的に追い詰め、自殺の練習を繰り返し行わせる。いま海に飛び込んでいるプレイヤーに現実世界で高所から飛び降りろと命じたら、ほとんど恐怖を感じないままに実行できるだろう。

崖の下を覗き込む。はるか下に見える海は赤く染まり、波を岸壁にぶつけている。仮想世界だと判っているのに、命の危険を感じるほどの高さだ。

脇をまたアバターがひとつ落ちていく。少女を模したその姿はみるみるうちに遠ざかり、海面にぶつかって消える。目を逸らしたくなる気持ちを堪えて、見つめ続けた。血が撒き散らされるように、海面に赤い水しぶきが立った。

晃佑はゴーグルを脱ぎ、背筋を伸ばす。〈レーテ〉のオフィスが眼前に広がる。デスクの脇には、ゴーグルと接続されたノートパソコンの画面があった。

VRに映しだされた映像をパソコンにミラーリングし、プレイ内容を録画しているのだ。自殺ゲームの存在を世間に明かすことになったら、プレイ動画は危険性を示すための材料になる。今日から〈銀色の国〉を歩き回り、撮影をはじめていた。

だが、もしこの録画が必要になるときがくるとしたら、それは敗北のときだろう。告発をしたら、当然犯人の目にも触れる。前倒ししてすぐに自殺ミッションが下されるだろうし、そのときはこちらも無傷ではいられない。

その前に、犯人を見つけだせればいいが――ミラーリングされた画面を睨みながら、晃佑は切に思った。

がちゃりとドアが開き、オフィスに美弥子が帰ってきた。

「おかえり」

「ただいま」

今日は税理士との面談に行ってくれていたのだ。この三日で、だんだん日常会話くらいは交わせるようになってきている。

　美弥子が復帰したことで、〈レーテ〉の業務は滞りなく回りはじめた。いまは運営業務を美弥子に、相談業務を周一に取りまとめてもらっていて、晃佑は〈銀色の国〉の調査に注力できている。

彼女は〈Shenjing〉に一瞬目をやり、すぐに逸らしてしまう。〈銀色の国〉のことは逐一報告しているが、あまり関わってこようとしない。〈レーテ〉に迷惑をかけた私が関われる資格はないから、と〈レーテ〉の仕事に集中してくれている。

「それ――」

その美弥子が、珍しくノートパソコンを指差した。呪われた月が表示されている。

「告発用の録画だよ。VR空間の中はこんな状況になってるんだ」

「それ、城間くんにセッティングしてもらったの？」

「そうだよ」

「大丈夫なの、城間くん？　被害者の女の子の家に出入りしているって言ってたけど」

咎めるような口調になる。

――くるみちゃん。もしよかったら、ひとつ提案させてくれ。

最新のゲームをプレゼントするから、それで気晴らしをしてもらえないか。宙の提案はそういうものだった。

くるみはゲームとの相性がよさそうだ。ゲームがストレス解消になるという論文はすでにあり、ニュージーランドが国家プロジェクトとして作った『SPARX』というゲームは、プレイすることで認知行動療法を学べ、不安を緩和できるとされている。プレイ時間は宙と外丸がきちんとコントロールするし、暴力性のあるゲームは与えない。運動の要素も取り入れる。ゲームで、彼女を救えるんじゃないか——。

宙の言は、晃佑には判断がつかなかった。ゲームへの依存は社会問題になっており、モニタの放つ強烈な光も睡眠への障害になる。

結局はくるみに判断を任せるという結論になり、その場は散会になった。こんな提案が受け入れられる可能性は低いと思っていたが、意外にもくるみは翌日、やってみたいという返事をしてきた。一連の対話で、彼女の中でも、何かが変わったのかもしれない。

「大丈夫だよ。上手くやってると聞いてる」

「本当に？　不安定な被害者に、踏み込みすぎてない？」

「くるみさんのお父さんも、宙に感謝してるみたいだよ。信頼してやってよ」

美弥子は無言で頷くと、自分の席についてノートパソコンを開いた。晃佑も録画の続きを撮るために、ゴーグルをかける。

石畳の道を歩きはじめる。途中でギンシロウを見つけたので、その姿をきちんと収める。ギンシロウはおどけたポーズを取り、「いいね」を送ってくる。晃佑も同じエモーションを返した。

そのときだった。

「なっつさん」

背筋が凍った。突然、ゴーグルの中から女性の声がした。

「こんばんは、なっつさん」

誰だ？　ギンシロウか？　だが熊のアバターはスキップをしながら遠くに行ってしまう。道の向こうにダウンジャケットを着た赤髪の女性が立っていた。目を見張った。頭の上に表示されるはずのハンドルネームが、この人だけ出ていない。

「どうしたんですか、なっつさん？　声が聞こえないわ」

晃佑は思わず〈Shenjing〉の電源を落とし、ゴーグルを脱いだ。美弥子がどうしたという感じでこちらを見てくる。

いまのは、誰だ？　会話ができないはずのこの世界で、なぜ話しかけられた？

——犯人？

たぶん、そうだ。犯人だからこそ、普通のプレイヤーが使えないシステムを使って、こちらに話しかけることができたのだ。

——犯人は、猿顔の男じゃないのか？

いまの声は、明らかに女性だった。どういうことだ？　犯人は、ふたりいるのか？

ミラーリングする対象を失ったモニタが、真っ暗な画面を表示し続けていた。

4　くるみ　十月七日

くるみは、コントローラーを持って踊っていた。

宙から借りたダンスゲームだった。テレビの上にカメラを置いて、音楽に合わせて踊ると採点をしてくれるというものだ。楽しくて、ここ二日くらいずっと踊っている。

体育の授業でヒップホップダンスを踊ったことがあるが、あれは苦痛だった。運動音痴《おんち》な自分は踊るたびに笑われ、最後はどう動けばいいかすら判らなくなりさらに笑われる。でも、ゲームは違う。失敗しても馬鹿にされないし、出来はゲームの側がフェアに判定してくれる。上手くいかなくても納得ができるし、上手くいったときは楽しい。

——くるみちゃん、新しいゲームをやってみないか？

宙からいきなり提案されたときは少し引いたが、やってみてよかった。ダンスゲームで汗をかいているせいか、ぐっすりと眠れているし、ほかに借りた街造りのシミュレーションや３Ｄシューティングゲームもいちいち楽しくて、確かに〈銀色の国〉で遊んだレトロゲームよりも数倍面白かった。

それにしても、城間宙という人は何者なんだろう。

ゲームの開発者で、出身大学も自分の志望校よりレベルが高い。数学が好きだと言うと、ゲーム開発でも数学や物理学を使うんだと、最近趣味でかじっているという宇宙際タイヒミュラー理論の話をしてくれた。身体を鍛《きた》えているらしく全身の筋肉もすごいし、もっとカロリーを取ったほうがいいと、食事法も教えてくれた。なんというか、隙がない。

——宙さんのゲーム、やってみたいですね。

この人がどんなゲームを作るのか、気になった。だが宙は「俺のゲームは暴力的なものが多いから、晃佑に怒られちまうよ」と笑うだけだった。なぜか、それ以上聞いてはいけない気がした。

ノックが響いた。

「くるみ。田宮さんたちがきたぞ」

いまだに、パパの声を聞くと身体がこわばる。でも、前ほどじゃない。

「うん、いま行く」

化粧は軽くすませておいた。部屋着を脱いでタオルで汗を拭き、シャツとジーンズに着替える。

「くるみさん。今日はお時間を取ってもらってすみません」

階下に降りると、田宮と宙が並んで座っていた。

田宮はこちらを見てほっとした表情になる。自分の血色がよくなったのを見て、嬉しくなったのだろう。この前ぐいぐいと質問されたときは面食らったけれど、善意の人なのだ。

——もしよろしければ、〈銀色の国〉についてもう一度お話を聞かせてくれませんか。

宙を通じて昨日打診があった。ただ、絶対に体調を優先してほしいから、無理なら断ってくれとも言われていた。困っているだろうにそんなことを言うのが、この人らしい。

「〈銀色の国〉について聞きたいそうですが、私はただのプレイヤーですし、力になれるかは判りません。いいですか」

構わないと、田宮は頷く。くるみは食卓の椅子に腰を下ろした。

「早速なんですが、ひとつ伺いたいことがあるんです」田宮は身を乗りだした。

「あの赤髪の女性についてです」

その質問がくるとは思わず、目を見開いた。

「調査をはじめてから四日目、突然女性に話しかけられました。ボイスチャットは使えないはずなのに、あの人だけ声が聞こえた。あれは誰なんですか」

「あれは――アンナさんです」

自分の話を聞いてくれた、優しい人。

「アンナさんは、〈銀色の国〉のナビゲーターでした。プレイヤーのお世話をしてくれるんです」

「悩みに答えたりしてくれるんですか」

頷き、あの世界でのアンナの役割を、かいつまんで話す。アンナはナビゲーターという役割を超えて、あの空間の中心人物だった。アンナがいたからこそ、〈銀色の国〉はあれほどのまとまりを見せていたのだ。

「実は、アンナさんから犯人をたどることができないかを考えているんです。もう少し、彼女について教えてください。アンナさんは、何かに怯えたような様子はありませんでしたか。脅されたり、何かを無理やり言わされたり、助けを求めてきたり」

「いえ……ありませんでした」

「彼女が誘拐されて手伝わされているのか、自発的にナビゲーターを務めているのか、どちらだと思いますか」

――でも、私は〈銀色の国〉に出会えた。

「自発的、だと思います」

「なぜですか」

「アンナさんは、これまで苦労してきたみたいです。そんな中〈銀色の国〉に出会えて、居場所が見つかったって言ってました。私には、本音に聞こえました」

なるほどと、田宮は口を閉じる。

「……そもそも、なぜくるみさんは、〈銀色の国〉にアクセスするようになったんですか」

ちらりとパパを見た。その話はしたくないけど、しないわけにはいかないだろう。

誰にも言っていなかったことを打ち明けた。ツイッターに「病み垢」を作って、感情のゴミ箱にしていたこと。〈穴子さーもん〉からメッセージがきて、何度かやりとりをしたこと。〈銀色の国〉に誘われて、〈Shenjing〉を取りに新御茶ノ水のコインロッカーまで行ったこと。宙がスマートフォンで検索してくれたが、〈穴子さーもん〉のアカウントは消えているようだった。所属していると言っていた『一般社団法人グロー・リーヴス』のウェブサイトもなくなっている。田宮の目にわずかに落胆が浮かんだ。

「アンナさん個人について、何か思い当たることはありませんか。例えば、何か訛《なま》りがあったとか」

「なかったです。とても綺麗なイントネーションでした」

「生まれや育ちや職業などは聞いてませんか」

「そうですね……」

一度だけ、アンナとふたりで話したときのことを思いだす。

「一対一で話をする機会がありました。そのとき、アンナさんも自分の話をしてくれました」

「どんな話ですか」田宮が食いつくように尋ねる。

「アンナさんは、人間関係に悩んでたって言ってました。好きな人ができても上手くいかない、とか。あと、何年か前にある人を信用してひどい失敗をしたと」

「失敗？　どういうものですか」

「詳しくは聞けなかったんです。あとは、その……親とも、仲が悪いみたいで」

パパが隣でぴくりと動くのに、申し訳なさを感じる。

「現実世界ではどこに住んでいるとか、そういう話はされませんでしたか」

「しませんでした」

「好きな人についての話はどうですか？　細かいことでもなんでも、構わないのですが」

「すみません……」

期待に応えられないことが情けない。こんなことなら、もっと質問しておけばよかった。

額に浮かんだ汗を、ハンカチで拭いた。少し頭が冷えたせいか、くるみはあることを思いだした。

「……細かいことでよければ、あるんですけど」

「ぜひ、聞かせてください」

「〈銀色の国〉にログインしてすぐのころ、アンナさんがいなくなったことがあったんです」

「それは何かのトラブルですか？」

「すみません、そこまでは……。いなくなったのは一週間くらいだったと思います。ちょうどヘーゼルが倒れて、すごく困ってしまい……。あとで、体調不良って聞きました」

「入院をしていたのなら、そこから追えるかもしれない。病名などは聞きましたか？」

「体調不良、としか」

田宮は一応それがいつのことかを聞いてくるが、たぶん落胆しているだろう。これだけではアンナを追うことなんかできない。

声を絞りだすように、もっと細かいことなんですけど、とくるみは続けた。

「アンナさんはゲームの中では、ほとんど完璧なナビゲーターだったんです。優しくて、何を聞いても的確に答えてくれて。でも、一回だけおかしな説明があって」

「何の説明ですか」

「私の家から、アンナさんの家への行きかたです。海に向かって歩くと、煙突が二本立った家があって、左側の煙突の先が赤く塗られている。そこからさらに歩いた先に、自分の家がある
――そんな風に説明してました」

「特におかしくはないように思えるんですが……」

「おかしいんです。だって、海のほうに歩いていった一番奥が、アンナさんの家なんですから。途中にある煙突の話なんて、する必要ないでしょう？　それに、煙突はひとつの家に立ってるんじゃなくて、別々の家に分かれてました。色も両方赤いんです」

「なるほど」

「ごめんなさい、役に立ちませんよね」

「いえ、なんでも教えていただきたいです」

話してみて、自分がアンナのことを何ひとつ知らないことに暗然とする。あれだけ心が通じていたと思っていたのは、なんだったのか。

そのあとも色々質問をされたが、使える回答を返せたとは思えなかった。それでも田宮は丁寧にこちらの言うことを聞いてくれる。それに少し救われた。

「くるみちゃん、ありがとう」

話が終わったところで、宙にお礼を言われた。

「とても助かったよ。大変なときに、すまない」

「いえ……力になれたかどうか」

「なったさ。あとは晃佑に任せておけばいい。こいつは自殺を止めるプロなんだから」

またゲームを持ってくるからと、ふたりは去っていく。くるみは彼らの背中を見送ってから、自分の部屋に戻った。

崩れるようにベッドに倒れ込む。田宮は話しやすいが、これだけ長時間話していると疲れる。それに、自分は全く役に立てなかった。頼ってくれたのに申し訳ない。

最後に宙がフォローしてくれたのは、彼なりの優しさなんだろう。でも、戦力になれなかったことは、自分が一番よく知っている。聡明な彼が、期待外れの結果に終わったことに気づかないわけがない。

「嘘つき」

そう、宙は才人だが、嘘つきだ。翔太や、昔のパパと同じだ。

くるみはスマホを見た。宙がどういうゲームを作っているかを調べていたときに、行き当たった匿名掲示板のまとめだ。あれだけゲーム愛を語る宙が、なぜ自作のゲームについて口をつぐむのか——そこにすべて書いてあった。

「『リボルバー』の城間宙・児童ポルノ禁止法違反で逮捕されゲーム業界追放へ」

5　晃佑　十月七日

「田宮くん、前から思っていたことがあるの。もう、諦めたほうがいいよ」

くるみとの対話を報告したところ、美弥子は意を決したように言った。宙はその横で、神妙な顔つきになっている。

「今田さんからも情報は出てこないし、頼みの綱だったくるみさんからもたいした情報は取れなかった。もう、公に告発するべきときだよ」

いままで遠慮していたが、いい加減言わなければならないという決意が感じられた。

「私は〈レーテ〉に迷惑をかけた身だから、何も言う資格はないのかもしれない。でも、田宮くんは破滅に向かって進んでるよ。もう、事態を公表するべきだと思う。〈銀色の国〉というゲームが密かに制作されていて、プレイしている人間が危険に晒されていると告発しよう。録画もすべてネットで流して、警察に行こう」

「でもそうしたら、犯人の目に触れる。自殺ミッションが繰り上げて実行されるかもしれない」

「させればいい」

美弥子の言葉に、晃佑のみならず宙までが驚いたようだった。

「もう犯人を見つけるのは無理だよ。どの道このままじゃ自殺ミッションが実行されて、プレイヤー全員が死ぬ。事実を公表してひとりでも多くの人を助ける――そういう作戦に切り替えるべきだよ」

「見捨てろってこと？　何の罪もない人たちを」

「そうだよ。そう言ってる」

美弥子に、炎が戻っていた。

「止められない自殺は、どうしたって止められないんだよ」

何度も聞かされた言葉だ。

「すべての自殺志願者を救うことなんて、無理。私たちは、救える人を救うしかないんだよ。いままでも、そうだったでしょ？」

「でも……〈銀色の国〉のプレイヤーは、本来自殺する必要のない人たちばかりだ」

「自殺する必要のある人なんて、ひとりもいない。みんな人生の中で、天災とか不運に衝突して、仕方なく自殺を選んでいく。今回はそれが自殺ゲームだったというだけ」

「簡単に言うなよ。そんなすぐに、割り切れない」

「簡単になんか言ってない。私だってひとりでも多く救いたい。私ばかり悪役にしないで」

美弥子の握られた拳が、小刻みに震えていた。

「時間切れまで頑張ったけど、駄目だった。そういう言い訳が立つほうが、多くの犠牲者を出して何人かを助けるよりも、気が軽くて済む。頭のどこかで、そんな風に思ってない？」

美弥子の言葉が、心の深い部分をえぐる。

否定できない。「優しい」田宮晃佑は、無意識下でそんなことを思っているのかもしれない。自分は自己防衛として、調査をしているふりをしているだけなのかも――。

「……美弥子ちゃん。ちょっと、言いすぎだよ」

宙が口を挟む。軽くたしなめる感じだったが、非難の色はない。

「だが、意見には賛成だ。俺ももう、諦めて事態を公表すべきだと思う」

「宙、お前」

「もう打つ手はないだろ。ゲームオーバーだよ」

「どうしたんだよ。ゲームを粗雑に扱う人間は許せないって、言ってたのに」

「許せないが、四の五の言ってられる状況じゃない。全員死んでもいいのか」

宙はプレイヤーを救うためというより、ゲームを悪用する犯人に対して憤りを感じていたはずだった。そんな彼にまで言われるということは、やはりもうここまでなのか。

ふたりの言うことは、痛いほど判る。もう犯人を追う術はないのだ。座して死を待つよりは、ひとりでも多くの人間を救ったほうがいい。たとえ、集団自殺のトリガーを引くことになっても──。

──田宮さんと話してると、すごく楽になる。死にたい人を助ける仕事とかに、向いてると思うよ。

博之の声が心をえぐる。〈レーテ〉を作ったとき、ひとりでも多くの人を助けるための巨大な網にするんだと誓った。それが、自分の核にある信念だった。

これから、それを裏切らなければならない。網を断ち切り、多くの人間を見捨てなければいけない。

ふたりが晃佑のことを見つめている。最後の決断を待っている。

圧力に屈したわけではない。晃佑は、自らの意思で告げた。

「判ったよ」

ぽつりと放った言葉が、そのまま地面に落ちてしまう感じがした。

「井口さん、いまから新宿警察署に行ってほしい。ここまでの経緯を説明して、捜査を依頼してくれ」

時計を見ると、まだ十三時だ。

「僕は〈銀色の国〉を告発する文書を書く。今日中にネットに載せて、メディアにも発表する。録画も流すよ」

「判った。〈Shenjing〉は持っていくね。犯人にバレないように行動してほしいって、念押ししとくよ」

「うん。マイクをミュートするのを忘れないように」

「美弥子ちゃん、ちょっと待った」

宙がそこで口を挟んだ。

「録画は足りてるのか？　告発文書を書くのなら、ゲームの内部をもう一度歩いて、もっと材料を探したほうがいい」

「足りてると思う。もうかなりの分量、撮ってある」

「隅々まであるのか？〈Shenjing〉を警察に没収されたら、追加の撮影はできないんだぞ」

宙が何にこだわっているのか、よく判らなかった。録画はもう充分にあるのだ。

美弥子は有無を言わさず〈Shenjing〉を鞄に突っ込む。

「もういい？　行くよ」

「ちょっと待てよ、美弥子ちゃん」

「長くても四時間くらいで帰れると思う。じゃあね」

宙を無視して、美弥子は出ていく。宙が不機嫌そうに鼻を鳴らすのをなだめつつ、晃佑はノートパソコンを開いた。


晃佑と宙は、撮りためていた〈銀色の国〉の映像を見ていた。

「しかし……本当に、労作だな」宙が呟いた。

「フィールドが狭いとはいえ、作り込みは商用レベルだ。下手したらモデラーやプログラマーが十人くらい関わってる。これを、丸一年くらいで作ったのだとしたら、開発者は寝る時間以外はずっとゲームを作らされていたのかもしれない。ひどいことをしやがる……」

録画の途中で、煙突が立った家が映った。

「確かにくるみちゃんの言う通りだな」

二軒の家に煙突は別々に立っている。アンナの言うように「煙突が二本立った家」ではないし、左側の先端が取り立てて赤いようにも見えない。まあ、細かい話ではあるが……。

――ん？

何かが気になった。

煙突が少し離れて、二本立っているシルエット。これを、自分はどこかで見たことがある

――。

「晃佑、ひとついいか」

宙の言葉で思考が中断された。心の引っかかりは流され、消えてしまう。

「犯人がなぜこんなものを作ったのか、ずっと考えていた」

「ＶＲは洗脳と相性がいいってことだろ。集団自殺を起こしたい人間が、飛びついたんだ」

「それもあるだろうが――こんな言いかたはしたくないが、人を殺すだけならもっと効率のいい方法があるはずだ」宙は言いづらそうに言った。

「複製、だよ」

「複製？」

「現物を劣化なしで丸ごとコピーできるのは、デジタルコンテンツの特徴だ。〈銀色の国〉はソースコードや素材さえあれば、複製することができる」

「何が言いたいんだ？」

「今回の犯人は、モデルケースを作ろうとしてるんじゃないか。大勢を集団自殺に追い込むためのツールを作り、実際に事件を起こしてから〈銀色の国〉のソースコードを世界中に公開する。誰もが同じことができるように」

聞いているだけで、自分が青ざめていくのが判った。

「一旦公開されたソースコードと素材は、永遠にネットの海を漂い続ける。今後、世界のあちこちに〈銀色の国〉ができる。いや、もっと凶悪に改変されたものが、次々に生まれるかもしれない」

「だとしたら、自殺ミッションを起こされた時点で負けじゃないか！　被害者を、何人か救えたとしても……」

人間の命を吸うゲームが、永遠に作られ続ける？　悪夢そのものだ。社会全体にとって、どれほどの脅威になるか――。

「ただいま」

扉が開き、美弥子が帰ってきた。

出ていってから一時間しか経っていない。美弥子はパンプスを蹴るように脱ぎ、スリッパに履き替える。

「ごめん、駄目だった」

席に乱暴に腰掛け、美弥子は縁なし眼鏡から赤縁眼鏡にかけ替えた。鞄から〈Shenjing〉を出し、机に置く。

「世界の警察に比べればマシってのは、撤回。ほんと、動かない組織だわ」

「見てもらえなかったの？　実物を持っていったのに」

「もらえたよー。『よくできたホラーゲームですね。そういう危険なものが出てること、上にも報告しておきます』、だって」

「馬鹿な。失踪者や自殺者が出てるのに？」

「『そうなんですか、上に上げておきます』」

美弥子は机の中から煎餅を取りだし、食べはじめる。

「くるみさんをつれてって証言してもらう手はあるけど、それやっても難しいかもしれない。出てきた刑事、途中から露骨に私の話を流してたから。事件が起きないと動かないってのは、本当だわ」

見慣れた光景でもある。自殺対策事業で自治体と連携をすることも多いが、セクションによっては極端に動きが鈍く、前例がないことをやりたがらない。

警察が相手にしてくれないということは、自分たちだけで調査を続けなければならないということだ。それは晃佑にとっては望むところでもあるのだが――。

「晃佑。もう、告発文を公開するしかないだろ」

「でも、警察と連動できないと、どこまで意味があるか。それよりも、調査を――」

「しつこいな。もう自殺ミッションは下されるんだ。爆弾が爆発する前に事態を公表して、ひとりでもふたりでも救うフェーズだよ。なあ、美弥子ちゃん」

美弥子は唇の端を嚙んだままだ。宙の言うことに同意しつつも、〈レーテ〉の人間でもない彼にそんなことを言われたくないのかもしれない。

だが、彼女ももう判っているだろう。

――負け、だ。

感情が底の見えない穴に吸い込まれていく。

――田宮さんと話してると、すごく楽になる。

泣きながら話し続けたあと、気が晴れたように笑った博之の顔をいまでも思いだせる。それはもう永遠に失われてしまった。そしてこれから、それと同じくらい尊いものが、たくさん失われようとしている。それを知っているのに何もできないなんて。

〈曲がった顔〉が頭をもたげ、あざ笑う。お前は、無力だ――。

そのとき、自分の中で何かが衝突した。

晃佑は口を開けたまま、動けなくなった。

「どうしたんだ、晃佑」

「しっ――」

心の奥で何かが明滅している。

そう、自分も以前、新宿警察署に行った。

そのときも門前払いを食わされ、都庁前駅の近くのファミレスで美弥子とランチを取った。窓の外に、西新宿の巨大なビル群が権力の硬直性の象徴のようにそびえていた。たぶん自分はいま、無意識下でそのときのことを思いだした。

「ひとつ、確認していいか?」晃佑は呟いた。

「くるみさんが言っていた、アンナの台詞だ。アンナは完璧なナビゲーターだった。でも彼女は一度だけ、おかしな道案内をした。煙突が二本立った家があり、左側の煙突の先が赤く塗られている。不正確で不要な情報を、わざわざ言ってきた」

「何が気になるんだよ」

「それが、必要な情報だったとしたら？」

晃佑は怪訝な表情をしている宙と美弥子を見つめた。

「高くそそり立ったものの先が赤い。何か思いつかないか」

晃佑の脳裏にあったのは、豪雨の日に乗ったタクシーだった。空気の読めない運転手に対し、美弥子が怒った、あのタクシー——。

「航空障害灯、だよ」

「航空障害灯？」

「飛行機にビルの存在を知らせる航空障害灯は、赤い光を放っている。夜間、ビルの屋上にある赤い光は『煙突の先が赤く塗られている』ように見えるんじゃないか？」

「いきなり何を言いだす？　そりゃ、こじつければそう見えなくはないだろうが」

「こじつけじゃないんだ。『煙突が二本立った家』。東京には、そういう建物があるだろう」

「煙突が二本？　何のことか……」

そう言いかけた宙が、あっと声を上げた。「そうだ」晃佑は頷いた。

間違いない。完璧だったアンナが唯一見せたほころび。それは、自らの居場所を知らせるためのものだったのだ。アンナは犯人に気取られないように、さり気なく会話に紛れ込ませた。

煙突が二本立った建物、それは——。

「東京都庁だよ」

「いままで、判らなかったことがあった」

新宿通り沿いの紀伊國屋《きのくにや》書店で、東京を一望できる地図を買ってきた。机の上に広げ、三人で囲む。

「アンナが犯人と同じ考えを持って主体的に動いているのか、出井幹夫のように、拉致されて協力させられているのか。アンナは直接プレイヤーとボイスチャットで話せたが、もしも後者だったら当然自由に話せたわけはなく、犯人の監視下にあっただろう。でも、そんな中でも、プレイヤーに何らかの手がかりを伝えようとするんじゃないだろうか。自分の居場所を知らせるために」

ふたりが頷く。

「あの道案内が、それだったんだ。アンナはあえて不自然な説明をすることで、自分が監禁されている場所を教えようとした」

「監禁されてる場所から、都庁の第一本庁舎が見えたんだね。それを、『煙突が二本立った家』と言った」

「そう」晃佑はマップ上の都庁を指差す。

「煙突の左側の先が赤いというのは、アンナのいた場所から都庁が見え、左側の塔に航空障害灯が立っていたんだ。都庁の航空障害灯は北塔、正面から見ると右側の塔にある。ということは」

都庁の西側のエリアを指で囲う。西新宿の公園通りより西。初台。中野。七〇年代以降に開発された日本を代表するビル街と、歴史のある穏やかな街の空気が混ざったエリア。犯人は、ここにいる。

「広すぎないか?」宙が慎重な口調で言う。

「絞れたといっても、こんなエリアを全部回れるか?」

「いや、範囲はぐっと狭まった。それに、似顔絵もある。特徴的な顔だ」

「そもそも、それが手がかりだってのは確かなのか? こじつけのような気がするが」

「宙。どうしたんだよ」

今日の彼はどうもおかしい。調査に対して、あまりにも慎重だ。

「晃佑、よく考えろ。三人しかいないんだぞ。このエリアをすべて調べきれるわけがない」

「それは、そうだけど……」

「この状況で間違った選択をしたら、徒《いたずら》に時間を消費するだけだ。もう行動を選択できる局面は、少ないかもしれない。そうだろ、美弥子ちゃん」

同意を求めるように言った。美弥子は、煎餅を一枚手に持ち、唇に当てている。

「晃佑に言ってやれよ、美弥子ちゃん。もう諦めるべきときだって——」

「うるさい」

美弥子は、煎餅をバリッとかじった。

「私は、田宮くんに賛成」

「は?」

「田宮くんの推理は賭ける価値があると思う。犯人が本当にそのエリアにいるのなら探しだせる」

「どうしたんだよ、美弥子ちゃん。君は諦めて文書を公開したほうがいい派だっただろう」

「見くびらないで。私は、自殺対策を仕事にしてるんだよ。本当は全員を助けたいに決まってるでしょ？　まったく、警察も城間くんも、本当にムカつく」

イライラした様子で煎餅を噛み砕く。宙が呆気にとられたように口を開く。

「でも……人手はどうするんだよ。三人しかいないんだぜ。探偵でも雇うつもりなのか」

「探偵なんかいらない」

美弥子は自分の席に戻り、ノートパソコンに向かって何かを打ち込みはじめる。

画面を覗き込むと、〈レーテ〉の業務チャットが開かれていた。

『エリクサー』だった。もっとも重要な事案を書き込むチャット――。

「〈レーテ〉は、私たちだけじゃない。大勢の仲間がいるんだ」

美弥子はキーボードを叩き続ける。皆さんにお願いしたいことがあります。とある事情で、ひとりの人を探さなければなりません。つきましては、皆さんにお手伝いいただけないでしょうか――。

――美弥子は、リアリストだ。

母親の自殺に折り合いをつけるために、リアリストにならざるを得なかった。止められない自殺は、どうしたって止められない。深い諦念《ていねん》が魂に染みついている。

だが彼女の奥にもあるのだ。自殺する人をひとりでも多く救いたいという、晃佑と同じ、単純な善意が。

チャットを送信し祈るように指を組む美弥子の姿を、晃佑は黙って見つめた。かつて見た苛烈な炎ではなく、灯台の灯りのような優しい火が灯っているように思えた。

6　晃佑　十月八日

〈レーテ〉のオフィスで、晃佑は夜通し告発文書を書いていた。

〈銀色の国〉という自殺ゲームに、三十人前後のプレイヤーが参加していること。謎の男が大勢の人間を誘拐し、ゲームを作り上げたこと。自殺ゲームの進行は終盤にきていて、全プレイヤーに対し、自殺の指令がくだされる危険があること。

拡散用に、文書の要約を音読した動画も撮った。このあと市川未央にも、駄目もとでもう一度協力を要請するつもりだ。

文書を公開するタイムリミットは、三日後にした。そこまでに犯人が見つからない場合、〈レーテ〉のサイトで文書を発表し、メディアにプレスリリースを打つ。今田の〈KIZUNA〉やほかのNPO、自治体も巻き込めるように調整を図る。ここからの三日間は寝ないつもりだった。

昨日、美弥子が連絡をすると、周一はすぐにオフィスにきてくれた。

それだけではない。周一が音頭を取り、リスナーも六人集まってくれた。翌日までには全員を集めると、周一は確約してくれた。

自分たちが何を探しているのか、周一たちに説明した。

この二ヶ月ほど、ずっと自殺ゲームの調査をしていたこと。犯人のいそうなエリアが判ったので、その捜索に協力してほしいこと。ただし、犯人はすでに多くの人を誘拐し殺害している。いざというときの逃げかたを中心に、あらゆるシチュエーションを検討し、安全策を全員で共有した。

荒唐無稽な話を、信じてもらえるだろうか──そんな心配は、無用だった。

──田宮さんと井口さんの言うことだ。なんでも協力しますよ、ねっ、みんな。

リスナーたちは一斉に頷き、すぐに地図を鉛筆で区切りだした。西新宿五丁目駅は朝原《あさはら》くんと三澤《みさわ》さん、木村《きむら》さんは前に笹塚《ささづか》に住んでた？　じゃあ初台のエリアは任せます。住宅地は少ないけれど、念のため、都庁の周辺も聞き込みをしたほうがいいでしょうね……。

周一がてきぱきと担当区域を割り振り、ほかのメンバーがすぐに受け入れていく光景は、固く結ばれた網のようだった。

文書を切りのいいところまで書いたところで、目頭を揉む。窓から朝日が差し込んでいる。徹夜の倦怠感《けんたいかん》と体内時計が目覚める感じが身体の中でぶつかり、ひどく心地が悪い。

「おはよう」玄関のドアが開くと、美弥子が現れた。

「お疲れ様。朝ご飯、買ってきた」

ビニール袋を掲げると、カレーと牛丼のいい匂いがした。腹が鳴る。昨晩から何も食べていない。

「靴ずれしちゃった。スニーカーに履き替えたのに、やっぱ運動不足だわ」

美弥子は椅子に座り、両足をぶらぶらさせる。似顔絵の男は見つけられず、いまから撤収すると報告が入ったのは、昨日の二十二時だ。

「ごめん。遅くまでありがとう」

「田宮くんのほうが疲れてるでしょ。少し休んだら」

「〈銀色の国〉の動画を、追加で撮ったらね。もうアンナはログアウトしてる時間だ」

くるみから、アンナは夕方から未明にしかいないと聞いていた。

「ねえ、田宮くん」

美弥子は、机にばさっと紙束を置いた。旅行のパンフレットだった。

「……全部終わったら、温泉でも行かない？　一泊五万くらい使って、命の洗濯」

驚いて美弥子の顔を見る。

「旅行、嫌いだったんじゃないの。家族旅行も億劫《おっくう》って言ってた」

「それ、本当は直したかったんだよ。少し東京を離れてゆっくりしたいなと思ったから、これを機に行ってみる。美味しいものも食べたいし」

美弥子はパンフレットを一枚渡してくる。

「ここはよさそうだよ。箱根《はこね》で、松茸《まつたけ》とA5ランクの松阪《まつさか》牛をコースで食べさせてくれるって。こっちの熱海《あたみ》のは、港に揚がった新鮮な魚を使ったフレンチ。地酒も地ビールも美味しそうだな」

「いいけど、さすがにふたりってわけにはいかないだろ。旦那さんも呼びなよ。僕は宙を誘う」

「城間くんかあ。周一さんは？　あの人リッチだからお金も出してくれるかもよ」

「こっちが出さなきゃいけないとこでしょ、それ」

顔を見合わせてクスッと笑った。ただのビーフカレーがとても美味しい。他愛のない会話が、疲弊した心身を癒やしてくれる。

「ごめんね、田宮くん」

美弥子の口調が少し改まる。

「私がもっと早く君に協力していれば、色々な選択肢を取れた」

「井口さん。どうしたの」

「君が自殺ゲームがあるって言いだしたとき、なんで信じてあげられなかったんだろう。君は博之くんの幻影に囚われて、正常な判断ができなくなっている。どうしてそんな風に考えちゃったのかな」

「井口さんは正しいよ。僕にとって、博之くんは特別だった。彼の死が受け入れられなかった側面は、間違いなくあったよ」

「私、この仕事向いてないのかもしれない」

美弥子はうつむく。悩みが、深いところまで行っている。

「私は、母の自殺を防げなかった。そもそも自殺防止の仕事に関わる資格はなかったのかもね」

「何言ってんだよ。止められない自殺は止められないってのが、ポリシーだっただろ？」

「それ、ただの言い訳だったんだと思う。母を死なせたことへの」

「周一さんたちを見なよ。井口さんが〈レーテ〉をずっと支えてくれたから、みんな信頼して協力してくれるんだ」

「いい仲間がいるからこそ、迷惑をかけられないよ」

〈レーテ〉に帰ってきてから、美弥子はずっと自分を責めていたのかもしれない。それがこの土壇場で臨界点を超えてしまった感じだ。

頭を切り替えた。いまの彼女は同僚ではなく、トーカーだ。

「……ちょっと、視点を変えてみよう」

「視点……？」

「いい方法があるんだ。ひとり、親友を思い浮かべてみて」

美弥子は一瞬キョトンとしたが、すぐに晃佑に従うことに決めたようだ。

「思い浮かべたよ」

「オーケー。その友達の職業は何？」

「グラフィックデザイナー」

「じゃあこんな状況を考えて。井口さんはその友達に相談されている。上司がある日、理解できないような突飛なデザインを要求してきた。そんなものがウケるとは思えず、友達は提案に反対し、上司は別の人に作らせた。結果——そのデザインは当たり世間で評判になった。友達は自信を失い、デザインの仕事を続けるべきか悩んでいる。そんな相手に向かって何を言う？

君は向いてないねって言う？」

「それは……言わない、かな」

「どうして？」

「だって、そんなこと誰にでもあるでしょ？　人は未来なんか読めないし失敗もする。そのデザインが当たったっていうのも、偶然の側面があるだろうし」

「それと同じだよ。僕だって、絶対の自信があったわけじゃない。仕事はたまたま上手くいくことがある。今回もそうだっただけだ」

晃佑は、美弥子に向かって微笑みかけた。

「人間、自分相手にはいくらでも辛辣《しんらつ》な言葉をぶつけられる。でも、友達に罵詈雑言を投げつけたら、相手は追い詰められるだけだし、こっちは友情を失うだけだ。友達にかけるような言葉を自分にかけてごらん。自分を友達のように大切に扱えば、色々と上手くいく」

「友達のように……」

「さ、深呼吸」

美弥子は胸に手を当て、すーっと深呼吸をした。幾度も繰り返し、何かを呟くように唇を動かす。

目を開けると、もう落ち着いた表情になっていた。

「〈レーテ〉の代表の説得力、半端ないね」

拳で肩のあたりを小突いてくる。美弥子が救われたのは、彼女の自己治癒力のおかげだ。でも、それを引きだす手助けをできたのは嬉しい。

食後のコーヒーを買ってくると言って、美弥子は外に出ていく。午前十時。そろそろ仮眠を取るべきだが、その前にゲームを調べておきたい。

〈Shenjing〉をノートパソコンに接続し、ミラーリングをする。モニタ画面を録画するアプリケーションを立ち上げ、ゴーグルをかぶる。

光の中を飛んでいく幻想的な映像が流れたのち、現れたドアを開ける。

いつもの家の中、床では銀色の猫がぴくぴくと痙攣を続けている。ただのCGと判っていても痛ましいが、晃佑は構わず外に向かった。

「おはよう、なっつさん」

女性の、綺麗な声が響いた。

「こうやって話すのはお久しぶりね。元気にしてた?」

——まさか。

振り返ると、リビングのソファに、アンナが座っていた。

「どうしたの？　喉の風邪か何か？」

アンナはこちらを見上げている。

〈銀色の国〉は精巧にできたVRゲームだが、まだ現実の解像度には程遠い。アンナの表情には人間の顔が持つ豊かなニュアンスがなく、そののっぺりとした感じが、却って不気味だった。

「最近、〈万能薬〉を取りにこないんですね。いいの？　ヘーゼルちゃん、死にそうだけど」

声を出した瞬間に、くるみでないことがバレてしまう。美弥子が戻ってくるのを待ち、代わるのはどうだろうか。女性の声なら、風邪を引いたくるみとしてごまかせるのではないか……。

「あなた、なっつさんじゃないですね」アンナが、ばっさりと言う。

「私には〈銀色の国〉のプレイヤーのことは全部判ります。なっつさんは、痙攣してるヘーゼルをほったらかしたりしない。毎日崖から飛び降りて〈万能薬〉を得ようとするし、足の甲を切れと言われたら切る。真面目で、優しくて、繊細な子。あなたは、全然違うわ」

バレている。だが、彼女は即座にアカウントを消すのではなく、近づいて事情を探ろうとしている。

「判りました。白状します」

決断した。アンナと、対話するべきだ。

「田宮晃佑と言います。〈レーテ〉という自殺対策NPOの代表をやってます」

「〈レーテ〉……？」

アンナは意外そうに呟いた。ログインしているのは、親か親戚だと思っていたのかもしれない。

「あなたは誰なんですか？　アンナというのは、本当の名前じゃないでしょう」

「ハンドルネームって知ってます？　ネットの世界では、名乗りたい名前が本当の名前なんですよ」

「この会話、聞かれてますね。もうひとりの男に」

アンナは無言でその質問に答えた。

「この会話を、横で聞いている人間がいる。そうですね」

やりづらい。現実の人間が相手なら、返事がなくとも表情や動きで心理を汲み取ることができる。言外のニュアンスが、ＶＲ空間ではあらかた削ぎ落とされてしまう。

「もうひとりの男？　何のことですか」

「このゲームの主犯です。アルテミスと呼ばれている人間は、たぶん彼だ」

「アルテミス様はアルテミス様です。この世界の〈王様〉です」

「あなたは、その人間に誘拐された、違いますか？」

返事がない。

「アンナさん、助けを求めてください。あなたは誰で、どこにいるのですか」

もしも彼女が誘拐された被害者なら、助けなければならない。その前提に立ちつつ、晃佑はこの現状を打開する策をひとつ思いついていた。

犯人とアンナを、仲違《なかたが》いさせればいい。

アンナは道案内の中に、自分がいる場所のヒントを埋め込んだ。犯人からしたら重大な裏切りだ。監視されているであろうこの回線でそれを暴露すれば、ふたりは間違いなく揉める。アンナが〈銀色の国〉から退場すれば、自殺ミッションを指示する人間がいなくなり、時間が稼げる。

「アンナさん」

あなたはいま、新宿の西側にいますね？　都庁が見える場所に住んでいると、プレイヤーに漏らしましたね？

言うべき言葉はそれだ。ふたりを、決裂させせろ。

「……眠れていますか」

自分の口から出てきた言葉に、晃佑は驚いた。

「……あなたは異常な環境に置かれている。でも、きっと助けが行きます。それまで、どうか生きてください。睡眠と食事を大切に」

反応がない。すでに、猿顔の男にマイクを奪われているのだろうか。

カチカチと、固いもの同士が触れ合うような音が、スピーカーから聞こえてきた。

なんだろう。ボールペンで机を叩くような、少し耳障りな音。

「自殺ミッションをやめろとは言いません。犯人の支配下に置かれているあなたに、そこまでは要求できない。だから、休んでください。いまから、自律訓練法というのを教えます。自律神経を整えて、深い眠りを誘うためのメソッドです。どこでもできます。いいですか」

突然、スイッチを切るように――アンナの姿が消滅した。

「アンナさん！」

犯人に強制切断されたのだろうか。

晃佑はため息をついた。どうしてあんなことを言ったのか。言うべき言葉を反故《ほご》にし、「優しさ」に突き動かされるように話していた。

犯人は恐らく、まだこちらの言葉を聞いている。アンナを告発し、彼女をゲームから排除することを狙うべきだろうか。だが、それをしたら、アンナは――。

ゴーン……ゴーン……。

突如、荘厳な鐘の音が聞こえだした。

ミッションだ。晃佑は内容を確かめに、外に出た。

ゴーン……ゴーン……。

景色が、一変していた。

赤と紫が渦巻いていた空は、一面の黒で塗りつぶされている。月や星の姿はひとつもない。

宇宙の端、向こう側に星が存在しない地点にいるような、漆黒の闇が広がっていた。

道や家だけが自ら発光しているかのように、闇にくっきりと浮かび上がっている。静謐《せいひつ》で美しい光景。街全体が死滅してしまったような、濃厚な虚無の美が漂っていた。

深い闇の中に、銀糸のようなフォントで文字が綴られていく。

【重大な発表がある。余の館へ集まっていただきたい】

家々の扉が開き、アバターが道に溢れる。ざっと数えて二十体ほどのアバターが、館に向かって歩きはじめる。晃佑は列に紛れ、館に向かった。

以前は閉ざされていた館の門は、開いていた。奥の館に、アバターたちが吸い込まれていく。

館の中は、教会の礼拝堂のようなホールになっていた。祭壇をレースのような大きな幕が横切っていて、その奥に小さな人影が見える。あれがアルテミスだろうか。

その手前に、アンナがいた。白銀のドレスに身を包み、人影に向かって跪いている。ホールに入ったアバターたちも、次々とそれに倣う。

権威を演出しているのだ。ひれ伏すポーズをプレイヤーに取らせ、国王に従う庶民という自意識を植えつけようとしているのだ。命令を、飲ませやすくするために。

【国民の諸君に謝りたい】

空中に、銀色の文字が描かれる。

【敵の攻勢は強力だ。余は最大の抵抗をしているが、呪いに立ち向かうことができていない。終わりのときが近づいている】

終わりのとき。

まさか。

【明日まで、余は寝ずに祈り続けようと思う。諸君らは、血を捧げ、余とともに祈りを続けてほしい。呪いが解けなければ、この国は終わりを迎える】

【明日の十八時、月が昇る。呪いが解けず、溶けた月が昇ってしまったら、余はその責任を取り、死ぬつもりである。そのときは皆は〈銀色の国〉を去り、日常に戻ってほしい。このようなことになってしまって残念だが、これが最後の要望である】

「お聞きになりましたか」

アンナが立ち上がり、話しだした。幕の奥の人影は、消えている。天から声が下りてくるかのように、アンナの声はホールによく響いた。

「敵との戦いは熾烈《しれつ》を極めており、アルテミス様は〈銀色の国〉を守るために戦い続けていらっしゃいます。私は明日まで、寝ずに祈りを捧げます。皆さんも、どうか一緒に祈ってください」

空中にハートマークが飛び交った。それは続々と現れ、ホールを埋め尽くすほどに溢れ返る。

「みんな、ありがとう」感極まったような涙声になった。

「私はずっと皆さんの告白を聞いてきました。最後に、皆さんに、私の話を聞いてほしいです」

すーっと、息を吞む音が聞こえた。

「私は、ずっと人の役に立ちたいと思って生きてきました。生きづらい人のサポートをしたい、死にたいと言っている人の声を受け止めたい、子供のころからそう思ってきました。でも、世の中にはそんな仕事は多くありません。なんとか見つけだした職場で、私はパワハラに遭い、精神を病みました。生きていても意味があるのかな——そう悩んでいたころ、アルテミス様に出会いました」

すべて嘘だろうが、思わず信じたくなるほどに実感がこもっている。

「アルテミス様は、実は病弱なんです。〈銀色の国〉は、そんなあのかたが人生を賭けた計画でした。この世界で、みんなを導くガイドをやってほしい。アルテミス様に頼まれて、私は生きて、みんなのサポートをするんだと決めました」

アバターたちが、身じろぎもせずにアンナの言葉を待っている。

「〈銀色の国〉は、大好きな場所でした。みんなも同じですよね？〈銀貨の集会〉で色々な話を聞きました。現実がどれほど生きづらく過酷な場所なのか。反面、〈銀色の国〉がどれほど幸福に満ちていて貴重な場所なのか。この場所でみんなの力になれたことが、私の誇りでした」

パチパチと、何体かのアバターが拍手をし、ハートが飛ぶ。

「〈銀色の国〉がなくなったら、私もアルテミス様と一緒に死ぬつもりです」

拍手が止んだ。

「〈銀色の国〉がなければ、私の人生にもう意味はありません。そして……これは、私からの提案です。以前、高い建物の上から写真を撮ってもらいましたね。〈銀色の国〉がなくなった現実を生きるくらいなら、みんなで一斉に飛び降りませんか？」

時間の流れが止まったのではないかと思うほどの重い沈黙が、あたりに満ちる。

「私には、予感があるんです」アンナの声が高揚していく。

「みんなで一緒に死ねば、また私たちは〈銀色の国〉で再会できる。この空間は、VRで表現された空間です。でも、この宇宙のどこかに、本物の〈銀色の国〉があるんじゃないでしょうか。永遠の安寧が約束されていて、穏やかな気持ちを抱えたまま、優しい人たちと一緒に過ごすことができる。全員の心がひとつになれば、そこに行ける。こんなつらい世界で生きる必要なんかない」

アンナは、会衆を扇動するように手を広げた。

「明日まで、みんなも祈ってください。アルテミス様のことですから、きっと敵を撃退し、この世界をもとに戻せると思います。でも、もしも駄目だったら……みんなで行きませんか？安息の場所に」

アンナの姿が、光のように輝いて見えた。

「本物の、〈銀色の国〉に」

一斉に、爆発するような拍手が起きた。

周囲にいるアバターが、みんな手を叩いている。拍手がホールを埋め尽くし、高い天井から残響として降ってくる。天から、祝福されているかのように。

晃佑は戦慄しながらその光景を眺めていた。この集会にいる全員が、自殺することに賛同している。

鳴り止まない音の中、アンナは深々と頭を下げた。「ありがとう」ぽつりと呟いた言葉は、涙で濡れているように聞こえた。

〈Shenjing〉を外し、電源を落とす。

——自殺ミッションが、発令されてしまった。

完全に後手だった。こちらで設定した三日後のタイムリミットを待つまでもなく、明日、集団自殺が決行される。

こうなったらもう、事態を秘匿してはおけない。

幸いノートパソコンの上ではアプリが回っており、アンナの演説を録画することはできた。これを編集して公開すれば、自殺ゲームがいかに危険か知らしめることができる。

——もうひとつ。

晃佑は宙に電話をかけた。すぐに通話がつながる。

「宙、大変だ。自殺ミッションが発令された」

「なんだと？　まさか、もう集団自殺が起きちまったのか」

説明をした。明日の十八時に、集団自殺の命令が下る。猶予を設けたのは、今日一日でプレイヤー全員にミッションを伝達し、さらに疲弊させてから一斉に行うという算段だろう。

宙は呟き、何かを考えるように黙り込む。ショックを受けたのか、言葉が返ってこない。

「そうか……」

「宙。ひとつ頼みがある。くるみさんを、〈銀色の国〉にログインさせせられないか」

「あ？　どういうことだ」

「くるみさんに、アンナを説得してもらう。集団自殺を止めるように」

「馬鹿な、アンナは監禁されてるんだろ。説得に応じるわけがない」

「翻意してもらおうとは思ってない。せめて、いまどこにいるのか話してもらう」

宙は黙った。そんなことができるのかと訝しんでいる。

「取れる手段を取っておきたいだけだ。もちろん、無理にとは言わない。まず絶対に外丸さんの承諾を得てほしいし、彼がオーケーを出さなかったらなしでいい。今日中に、聞くだけ聞いてくれないか」

「……判った。聞くだけだぞ」

「ありがとう。恩に着る」

電話越しに頭を下げ、通話を切った。

昨晩からたまっていたはずの疲れが飛んでいる。一刻も早く、告発文を書かなければいけない。昼までに仕上げれば、明日の十八時まで一日以上、告発を拡散するための時間ができる。

晃佑はパソコンに向かった。

そのとき、美弥子がスマートフォンを片手にオフィスに入ってきた。外で、誰かと電話をしていたらしい。

「ごめん遅くなって」

「別に構わないよ」

それよりも、大変なことが起きた。口を開こうとしたところで、美弥子が先に言った。

「見つかったって」

「え？」

「周一さんから、似顔絵の男の居場所が、判ったって」

「まさか——」

美弥子がスマートフォンを見せてくる。

大きなガレージのついた一軒家が、画面に表示されていた。

7　晃佑　十月八日

「男の家がある場所は、ここです」

中野《なかの》坂上《さかうえ》の喫茶店にきている。周一はテーブルに広げた地図の一点を指差す。

周一の横には、三人のボランティアスタッフがいる。昨晩遅かったというのに、早朝に再集合して捜索をしてくれていたらしい。周一が指し示したのは、住宅街のひとつの家だった。

スマートフォンが差しだされる。打ち放しコンクリート仕上げの現代的な外観だった。玄関脇に大きな車用のガレージがあり、シャッターが下りている。間口が狭く、一階はガレージで占められ、二階が居住スペースになっているようだ。

「高橋《たかはし》、ですか」

ドア横のネームプレートには「Takahashi」と筆記体で書かれている。

「これは、犯人の名前ではないようです」

「どういうことですか？」

「この家にはもともと、高橋琢郎《たくろう》さんという人が、お父上と同居していたそうです。十年前に父上が亡くなり、いまの形に改築した。そこに三年ほど前から、似顔絵の男が住みはじめたようなんです」

「高橋琢郎は、どこに行ったんですか」

「男は『高橋さんは地方へ引っ越し、いまは自分が借りている』と周囲に説明していたようです。近所づきあいもなく、名前も素性も判らないけれど、会えば感じよく挨拶をしてくれる――都会の近所づきあいというのは、それでもなんとかなってしまうんですな。これがこの家の前から見た都庁です」

周一はスマートフォンをフリックする。建ち並ぶ住宅の合間を縫うように、東京都庁の二本の塔が見えた。航空障害灯は、左側にある。

犯人がこの家を選んだ理由が、判った気がした。

東京は人が多い。多くの人間を誘拐してくるのなら、普通は使わない。

だが、この物件なら、シャッターを下ろしてしまえばガレージの中は見えない。車で誘拐し、ガレージに乗り入れてシャッターを下ろす――それが複数の誘拐を成功させた必勝法なのだ。つれ込みさえできれば、希薄な人間関係はむしろ有利に働く。二〇一七年に座間で起きた連続殺人では、同じアパートの住民ですら事件の発生に気づかなかった。

「犯人はたぶん、高橋さんとは何も関係がない。都合のいい物件を見つけたから、そこを乗っ取っただけだったんだと思う。たぶん、この人はもう……」

美弥子は珍しく、怯えたような口調をしていた。

判っているだけで、三人目の犠牲者だ。〈銀色の国〉にはもっと大勢の人間が関わっているだろう。下手したら、すでに十人単位の人間が消されている。現段階ですでに犯罪史に残る大事件だ。

これ以上、被害を広げてはいけない。

「いよいよだ」

己を鼓舞するように言った。長く続けてきた調査も、これで終わりだ。

「対決だ」

全員で目を合わせ、頷き合った。

卑小な下界のことなど我関せずという感じに、空はあっけらかんと晴れている。

中野坂上は、駅周辺にこそ新しいビルが建ち並んでいるが、大通りから一本入ると古い街だ。

密集する住宅街の狭間を歩いて十分ほどのところに、ガレージハウスはあった。

一緒に行動しているのは周一と、大学生でリスナーの朝原陸《りく》の二人だ。美弥子たちは喫茶店で待機してもらっている。宙には何度か留守電を入れているが、返事がない。格闘技の心得のある彼にはいてもらいたかったが、仕方がない。

犯人に、自分たちだけで立ち向かうのは無謀だ。警察を巻き込むための作戦は、あらかじめ考えてある。

――犯人に殴られたってことにしましょう。

朝原が中心となって考えてくれた。いまは介護職を目指しているが十代のころは不良で、警察の厄介になったことも一度や二度ではないらしい。

――警察はただの揉めごとだと見てるだけっすけど、事件になったら動きますから。

プランは、こうだった。晃佑が交番に行き、ガレージハウスの前で犯人に殴られたと訴え、警察官をつれて男の家を訪ねてドアを開けさせる。なんとか家の中に入り、アンナを見つけだす。訪問に応じなかったり逃げたりしたら、その時点で警察は怪しんで調べだすだろう。

ただ、警察を巻き込むには、晃佑が本当に怪我をしていないといけない。

――顎とかの急所は絶対に外しますから、我慢してくださいね。

このあと、朝原に殴られる予定だった。憂鬱だし怖いが仕方ない。殴るなどという嫌な役回りを買って出てくれただけでありがたい。

二階の窓にはカーテンが引かれており、中からは物音も聞こえない。交番に行く前に、犯人の在宅を確認しておきたかった。留守なのに警官をつれてきたら、虚言だと疑われる。

「よっと」

周一がシャッターの前でかがみ、頬を地面につけるようにして中の様子を窺う。

「車はありますね。タイヤが見える」

「在宅しているということですね」

「徒歩で近場に出かけているかもしれない。だとしても、待っていれば帰ってくるでしょう」

周一が腰を上げて言った。

あたりは閑静な住宅街で、鳥の声や、車が通る音、子供がはしゃぐ声などが時折聞こえてくる。惨劇が行われたとは思えないくらい、平和な空間だ。

「呼びだしますか」

周一の提案に晃佑は頷いた。朝原が一枚のビラを鞄から出し、周一に渡す。ネットからダウンロードした新興宗教のチラシで、訪問勧誘を装う算段だった。

晃佑は家から十メートルほど離れ、玄関の死角に立つ。アンナに対し〈レーテ〉の名前を出してしまったので、ネットで検索をされて顔が割れているかもしれない。犯人を呼びだすのは、周一と朝原に任せた。さすがの周一も緊張しているようだった。

閑静な住宅街に、インターホンの音が響いた。

しばらく待ったが、応答はない。周一が再びインターホンを鳴らす。

二階の窓にかかったカーテンの奥に人影が見えたりしないか注目したが、何も動きはない。

周一はインターホンを再度鳴らし、ドアを強めにノックした。「ごめんください。少し、お話をさせていただけませんか？」声を出すや否やドアにぴたりと耳をつけ、聞き耳をたてる。

やがて諦めたように首を振り、こちらに歩いてきた。

「留守ですね。居留守かもしれないが」

「居留守だとすると、厄介ですね。在宅を確かめないと、交番に行けません」

「出直しましょうか。単純に寝ている可能性もあります」

応答がなかった場合は、一時間ほど置いて出直すと決めている。だが、もし居留守ならこのまま無視をされ続けると打つ手がない。その場合は、もう逮捕されることを覚悟でドアをこじ開けるしかない。

一旦帰ろうと声をかけようとしたところで、ドアの前にいる朝原と目が合った。朝原は困惑したようにかすれ声で言った。

「開いてます」

朝原がドアノブをひねりゆっくりと引くと、わずかにドアが動いた。

周一は困ったように晃佑を見る。このパターンは考慮していなかった。

「うーむ、開いているということは、家の中にいるんでしょうか」

「どうなんでしょう。玄関を開けたまま、どこかに出かけている可能性も……」

中に立ち入りアンナを探すことはできるが、犯人と出くわしてしまったら最悪だ。大量殺人者などと相対したら、三人がかりでも危険だろう。

「また一時間後にきて、インターホンを鳴らす。それで様子を見ましょう」

「……ん？」

朝原が顔をしかめた。何か気になったようだった。

もう一度ドアノブを回し、少し引く。その瞬間、朝原は悲鳴を上げた。

晃佑を異臭が襲った。

糞尿が発酵したような強烈な臭いが、家の中から溢れてきた。開いたドアの隙間から大量の蠅《はえ》が飛びだして、羽音を立てて空に向かって飛んでいく。

「これは……」

思わず鼻を塞いだが、それでも汚臭が嗅覚を舐める。命の危険すら感じさせるほどの臭いだった。この家に近づいてはいけないと、本能が警告を発している。

「田宮さん！」

朝原が叫んだ。晃佑は玄関に駆け寄る。

廊下の奥に、ひとりの人間が倒れ込んでいた。

臭いは、その人間から発生しているようだった。こちらを向いた顔が緑色に変色している。

死んでいたのは、猿顔の男だった。

8　晃佑　十月八日

中野警察署で参考人として長時間の事情聴取を受け、表に出たときは二十一時になっていた。

「お疲れ様でした。では、行きましょう」

安岡《やすおか》と名乗った長身の刑事が、黒のクラウンのドアを開ける。

後部座席には美弥子がいた。運転席にはラグビー選手のような体格の刑事が座っている。

「大江戸線の東新宿駅でいいんですね？」

「はい。職安通りと明治通りの交差点です。イーストサイドスクエアのあたりで」

「承知しました」

安岡の物腰は友好的で柔らかい。さっきまで狭い取調室で相対していた刑事は、まるでこちらが犯人であるかのように終始威圧的だった。

「結局……誰だったんですか？　あの家で死んでた人」

車が発進したところで、美弥子が聞いた。〈レーテ〉を代表して晃佑と美弥子が事情聴取を受けていたが、部屋が別だったので声を聞くだけで少しほっとする。

「申し訳ありませんが、捜査に関することはご説明できないんです」

「これだけ私たちを拘束しておいて、教えてくれないんですか。建前は理解しますけど、もう少しこっちの気持ちも考慮してくださいよ」

「考慮はしています。すみません」

言えるものなら言いたいという協力的な空気を感じた。それでも規則に逆らえないのが、役人だろう。むしろ現場の裁量で勝手にルールから逸脱されるほうが、市民としては恐ろしい。

「僕たちが勝手に話す分には、いいんですよね」

「もちろんです。ご自由にお話しください」

「井口さん、お互いの情報を交換しよう。まず、あの男の素性は、聞いてないんだね？」

「教えてくれなかった。まあ、刑事さんもまだ誰か調べがついてなさそうだったけど」

事情聴取は休憩を挟んで七時間以上に及んだ。なぜあの家に行ったのか。なぜ侵入しようとしたのか。結局晃佑は自分たちが取り組んできた調査についてすべて説明する羽目になった。

——自殺ゲーム？　そんな馬鹿な話が……。

最初は鼻で笑われた。新興宗教のチラシを持って集団で押しかけていたこともあり、カルトがらみの変死事件かとも疑われた。

潮目が変わったのは、二時間ほど経ったときだった。

事情聴取の最中に、現場からもうひとつの死体が見つかったのだ。

正確に言うと、クローゼットから段ボールに入った人の骨が見つかったらしい。

ひとりなら不審死だが、ふたりなら事件だ。一報がもたらされた瞬間、取調室の温度が一気に上がり、晃佑への態度も一変した。自殺ゲームの件を根掘り葉掘り聞かれ、夜まで拘束されてしまった。今後特別捜査本部が設置されるらしく、何度か参考人としてきてもらうかもしれないと言われている。

人骨の身元はまだ警察にも判っていないようだ。住んでいた高橋琢郎かもしれないし、犯人が誘拐してきた別の誰かかもしれない。犯人は、監禁した相手を威圧するために、人骨を残しておいたのだろう。監禁された人間にとって、それはどれほどの恐怖だったのか。そんな彼らも、恐らくは消されてしまった。

「男の死因は聞いた？」

「心筋梗塞《しんきんこうそく》だって。死んだのは一週間くらい前」

男は誰かに殺されたわけではない。自然死だった。

「あー、心筋梗塞ではありません」安岡が口を挟んでくる。

「心筋症と思われる、というだけです。死因は確定してません。いま、司法解剖をしてもらってます」

デマを流布《るふ》されるのは困るのか、情報の訂正はしてくれるようだった。

心筋症は、患っていたトーカーがいたので知っていた。トーカーは肥大型心筋症という病気を抱えていて、突然死の恐怖に怯えるあまり抑うつ症状が出ていた。解剖が終わっていないのに心筋症と推測されているということは、家からベータブロッカーのような薬が発見されたのだろう。

「ちょっとまとめよう」美弥子と一緒に、情報を整理したかった。

「三年前、犯人は高橋琢郎のガレージハウスに目をつけた。もともと高橋を知っていたのか、家を知ってから高橋に会いに行ったのか、順序は判らない。犯人はガレージハウスを根城にしようと考え、高橋を殺して乗っ取った」安岡は口を挟まないが、こちらの話に耳を傾けている。

「その後犯人は日本中を回って必要な人材を誘拐し、ガレージハウスに監禁してゲームを作らせた。ところが、彼は心筋症を患っていた。そして一週間前に、心不全で亡くなった」

「私もそうだと思ってる」

「ただ、そうすると判らないことがある」

美弥子は頷いた。

「アンナは、どこに行ったんだろう」

あの家から、アンナは忽然《こつぜん》と消え失せていた。

「犯人が死んだのは一週間前。でも田宮くんは今日、〈銀色の国〉の中でアンナと会話をしている。同じ家に住んでいて、犯人の死に気づかなかったというのは考えづらい。アンナはもと、協力者だった……？」

「違う。それなら、自分のいる場所から都庁が見えるなんて手がかりは送ってこない」

美弥子と話しているうちに、疑問点がクリアになっていく。結論は、ひとつだ。

「アンナは、犯人に取り込まれたんだ」

犯人はネット越しに人をコントロールできる人間だ。誰かを監禁し閉鎖的な環境に置いたとしたら、自殺ゲームに加担するように誘導することなど、容易だろう。

「アンナは自らの意思で自殺ミッションを全うしようとしている。たぶんあの手がかりを送ってきたところは、そこまで洗脳が進んでいなかったんだ。そのあとに決定的な何かがあったのかもしれない」

晃佑はバックミラーの中の安岡を見た。

「刑事さん。事情聴取の最中にも言いましたが……犯人には、協力者がいるんです」

安岡が興味深そうな目で見返してくる。

「近所のホテルやウィークリーマンションにいると思います。長距離移動をすると、人目につく危険性がありますし、お金の問題もある」

「人間は、そこまで合理的に動くわけじゃありませんからね」

安岡は慎重に言いながらも、こちらの話に乗ってくる。

「その女性が本当に実在するのなら、早期確保したい。ただ、あの家で何が行われていたのかは、まだ判っていないんです。田宮さんと井口さんのお話は、現段階では壮大すぎて、我々では判断がつかないのが現状です。でも、個人的には大いに興味があります」

自殺ゲームについてもっとも耳を傾けてくれた刑事のひとりが、安岡だった。彼は〈青い鯨〉のことも知っていて、その危険性を認識していた。〈レーテ〉のオフィスに証拠があると言ったら、ぜひ見たいと身を乗りだしてきたのだ。

「アンナは実在します」美弥子が訴えた。

「オフィスに帰れば、アンナとの会話を録画した映像があります。ゲームにログインすれば直接話せるかもしれませんし、犯人の死体が見つかったと判ったら、説得に応じるかもしれません」

「状況を見てですが、私もその女性と話せそうでしたら話したいですね。映像やゲームの実物は、上を動かすための強い武器になるはずです」

希望が出てきた。

貴重な時間を大幅にロスしてしまったが、警察が味方についてくれるのなら、マイナス面を差し引いてもお釣りがくる。彼らの捜査能力ならば、明日までにアンナを発見できるかもしれない。

〈レーテ〉近くのコインパーキングにクラウンを停め、四人は車から降りた。

雑居ビルに入り、全員でエレベーターに乗る。安岡も運転していた刑事も緊張しだしたのか、言葉数が少なくなる。三階で降り、オフィスの扉の前に立って鍵を差し込む。

「あれ……？」

鍵が上手く入っていかず、何かに当たる感じがする。力を入れて押し込んで解錠しようとするが、鍵が回らない。

「開いてる……？」

おかしい。昼前にオフィスを出たときは、しっかり施錠したはずだ。

恐る恐るドアを開けたところで、声が出そうになった。何が起きてるんだ。今日一日色々なことに振り回されたのに、終わらない悪夢にいるようだった。

机の上に置いてあった〈Shenjing〉が、なくなっていた。

「空き巣で被害届を出されるようでしたら、新宿六丁目に交番がありますから、そちらまでどうぞ」

変な情報に振り回されたと感じているのか、安岡は冷ややかな態度で帰っていった。

〈Shenjing〉、ノートパソコン、バックアップ用のUSBメモリと、根こそぎ盗まれていた。文房具や小物といった細々としたものまでなくなっていたが、それらは恐らく、カモフラージュだろう。

「アンナ、だよね……」

美弥子は呆然としていた。そうだろう。ほかに考えられない。

「アンナは僕が〈レーテ〉の代表だと知っている。今日のガレージハウスでの行動も、どこかから見ていたのかもしれない。それで、〈Shenjing〉が警察の手に渡るのを防ぐために、空き巣をした」

ピッキングをされたのではないか、と安岡は言っていた。錠の周囲に、特徴的な引っかいたような細かい傷がたくさんあるそうだ。

「なぜ？」美弥子が呟いた。

「どうしてアンナは、空き巣に入ったんだろう。警察に〈Shenjing〉を渡したくないのなら、遠隔操作でゲームを消せばいい」

「その方法を聞いてなかったのかもしれない。だから、仕方なく忍び込んでいったのかも」

「でも、簡単にピッキングなんかできるものかな？　アンナは犯人に監禁されていて、解放されたのが早くて一週間前。そのあとに道具を手に入れて、練習をしたってこと？」

「もともと、できたのかもしれないけど」

確かに疑問は残るが、情報が少なすぎる。アンナがどういう人物なのか、声しか知らないのだ。

「最悪――だね」

途方に暮れたように美弥子が呟く。

ノートパソコンとUSBメモリを盗まれたのが、〈Shenjing〉以上に痛手だった。あの中には、〈銀色の国〉を告発するために作っていた文書があったからだ。大幅にタイムロスをした挙げ句、ゲームの本体や映像データといった、告発のための強力な武器も盗まれている。壊滅、といっていいくらいだ。

全身に、立っていられないほどの疲労が突然襲ってきた。

徹夜明け、ずっと緊張下に置かれることでなんとか活動を保ってきた身体が、休息を要求している。

「もう、休んだら？」

机の上にタンブラーが置かれ、ビールが注がれた。

「冷蔵庫に一本あった」と酒の飲みすぎを心配していた美弥子が、勧めてくれている。

「文書は、私が作るよ。田宮くんは、今夜は休んで」

「そんな、でも……」

「悔しいけれど、失敗だよ。こういうときの対処法を、私たちは知ってるはず」

――止められない自殺は、どうしたって止められない。

絶望でもあり、救いでもある、自殺対策に取り組むものの諦念。

「田宮くんは、最善を尽くした。それでも止められないものは、仕方ない。明日まであがいてみるよ。私は昨日、たっぷり寝たから」

「ありがとう。でも、これはいいや」

タンブラーを遠ざけた。寝酒を飲まずとも、強烈な睡魔が眠りに引きずり込もうとしている。

「ここで寝てく。ちょっと、家まで帰れそうにない」

「判った。私は帰るね。家で文書を仕上げる」

美弥子はタンブラーを持ち、シンクに向かう。眠気がどんどん濃くなっていく。美弥子のすらりとした背中が、歪んで見えた。

「着替えは明日買ってくる。一眠りしたら、歌舞伎町のサウナにでも行ってきたら？」

美弥子の言葉を聞き終えるか否かのあたりで、意識が溶けた。

＊

短い夢を見た。

海沿いの崖の縁に、背丈の高い男性がいた。

博之くん。

声をかけたが、聞こえないようだ。博之はじっと海を見下ろしている。

――無力だな。

遠い波の音を背景に博之の声がした。紙やすりでこすったような、ザラザラとした声だった。

――何もできない。何の力もない。

それは、自分自身に言っているのか？ それとも――僕に言っているのか。

博之が振り返る。あっと声を上げた。

彼の顔が、ピカソの人物画のように、ぐにゃりと曲がっていた。

――お前は、ゴミだな。

〈曲がった顔〉の博之は愉快そうに言い、崖の下に身を躍らせた。駄目だ！ 声を上げる間も、手を伸ばす時間もなく、その身体は一瞬で見えなくなる。

はるか下から何かが破裂するような音がした。深い闇に引きずり込まれ、もう夢は見なかった。

9　晃佑　十月九日

翌朝、〈レーテ〉は文書をウェブサイトにアップした。

中野坂上で死体と白骨が見つかった事件の真相。自殺ゲームがいまでも続いているということ。これまでの調査の経緯と、名前は明かせないがひとりの自殺者が出ていること。

ＮＰＯが自殺ゲームの存在を告発したことで話題になることを期待したが、ネットの反応は鈍かった。実際の殺人事件をダシに宣伝をするなと怒る反応もあったが、それよりも実績のあるＮＰＯが突飛なことを言いはじめて気味悪がる声のほうが多かった。メディアからの取材の連絡はひとつもない。

「ごめんね、上手くいかなかった」

美弥子は落ち込んでいた。だが、自分がやっても同じだっただろう。

中野坂上の事件は、昨晩からニュースで流れ続けている。家の中から発見された骨は、ＤＮＡ鑑定の結果、家主の高橋琢郎のものだったと判ったが、それ以外の遺体は見つかっておらず、いまのところは、謎の男が家主を殺してそこに住んでいただけの不気味な事件にすぎない。

そんな中、死んだ男が自殺ゲームを作っていて、拉致された人間がそれを引き継いでいるなんて、自分が読者なら正気を疑うだろう。〈Shenjing〉やアンナの演説映像があれば流れは違ったかもしれないが、もうその手は使えない。

「諦めずに、呼びかけてみよう。ツイッターやフェイスブック、あちこちのSNSで自殺ゲームが実在していることを書く。プレイヤー本人やその家族に伝わったら、ひとりでも救えるかもしれない」

「私もやるよ。今田さんたちにも、一緒に声明を出してくれないか相談してる。いくつかのNPOが合同で啓発すれば、流れが変わるかもしれない」

「ありがとう」

「もし警察とかから注意がきたら、こっちに回して。私が処理する」

パソコンを開いた。もう、大軍を相手に石を投げる程度のことしかできないが、何もやらないよりはマシだ。普段、自然災害のような大量の自殺と向き合っているのだ。徒労には慣れている。

晃佑は文章を書きはじめた。

ネットのあちこちに警告を投稿し、追加の文章を書いていた十五時。美弥子が、合同声明の内容がようやくまとまったと教えてくれたところで、晃佑のスマートフォンに、一件の電話があった。

「いま、大丈夫ですか」

外丸だった。声が緊迫した様子だ。

「ええ、大丈夫です。ネットの文書を読まれたんですか」

「読みました。例の命令が下ったんですね」

「はい、今夜の十八時がタイムリミットです。このあと都内のＮＰＯが合同で声明を発表する予定です。いまは少しでも被害を食い止められないか、ネットで自殺ミッションに対する警告をしています」

「お忙しいところすみません。くるみが田宮さんと話がしたいと言っていますが、代わってもいいですか？」

なんだろう。返事をする間もなく、電話口にくるみが出る。

「田宮さん、文書、読みました。今日なんですね」

弱々しかったくるみの声に、張りが出ている。死の淵にいた彼女が、恐らくはプレイヤーのことを心配するまで回復してくれたことに、少しほっとした。

「相談なんですけど……いま、新宿ですか？　そっちに行ってもいいですか」

「くるみさんがですか？　いいですけど、体調は……」

「遠出はちょっと怖いですけど、父と一緒に行きます。私、〈銀色の国〉に行きたいんです」

「なぜですか。危険ですよ」

「アンナさんと話がしたいんです。私に説得させてください」

いまとなっては、それが有効な手なのかは判らない。洗脳されたアンナが、プレイヤーの声などに耳を傾けるだろうか。というより、その手は、もう――。

「お気持ちはありがたいのですが……実は、〈Shenjing〉が手元にないんです」

「えっ、警察の人に持っていかれたんですか?」

「昨日、オフィスに空き巣が入りました。〈銀色の国〉に関連するものは、根こそぎ盗まれてしまいました。たぶん、アンナの仕業です」

くるみは絶句する。勇気を振り絞って言ってくれただろうに、応えられなくて申し訳ない。

「くるみさんのお気持ちはありがたいです。あとは僕たちに任せてください。やれるだけ、やってみますから」

「そうですか……すみません、力になれなくて。ほかに何か思いついたら、また電話します」

「ありがとうございます――」

返答をしながら、その言葉に引っかかった。

ほかに何か、思いついたら?

「くるみさん、いまのアイデアって、くるみさんが思いついたものなんですか」

「え? はい、そうですけど」

「宙に頼まれたわけじゃないんですか」

「え、宙さん? いえ、頼まれてないですけど……」

何かがおかしい。彼女にアンナを説得してもらうというプランは、晃佑から宙に伝えるよう頼んだものだ。

「お父様に代わっていただけますか?」

くるみも、違和感を覚えたようだ。すぐに外丸にバトンタッチする。

「すみません、ちょっと伺いたいのですが、昨日、宙から相談をされませんでしたか。くるみさんに〈銀色の国〉に行ってもらい、アンナと交渉をしてもらいたいと」

「え？　そんな話は聞いてませんが」

「センシティブな依頼なので、必ず外丸さんの承諾を得るように念を押したのですが」

「というより、城間さん、きてないですよ。昨日も、今日も」

「きていない……？」

どうしたのだろう。宙には昨日、くるみと交渉してくれと電話越しに依頼をした。「判った。聞くだけだぞ」と彼は明確に答えていた。

曖昧に言葉を濁しながら、電話を切る。すぐに宙に電話をかけたが、相変わらずつながらない。

事故でもあったのだろうか？　昨日朝に電話をしてから、宙とは全く連絡が取れない。

思えば、最近の宙はおかしかった。

連絡がずっと取れなかったと思ったら、〈Shenjing〉が見つかった途端に調査に合流してくれた。ゲームをないがしろにする犯人に憎悪を抱いていたはずなのに、自殺ミッションを引き起こす方向に議論を誘導したり、赤い煙突の謎を解いたときは、こじつけではないのかと懐疑的だったりした。

「どうしたの、田宮くん」

異様な雰囲気を感じたのか、美弥子がデスクから声をかけてくれる。

嫌な想像が、胸の内でむくむくと膨らんでいく。宙はもしかして、少し前から——。

「井口さん、ちょっと出かけてきてもいい？」

「え、どこに？」

「ちょっと、確かめたいことがあって。引き続き、今田さんたちと一緒に、声明を出すことに尽力してほしい。僕の名前と判子は、自由に使っていいから」

美弥子が心配そうに覗き込む。それ以上聞いてくる気配がないことに、少し安心する。

晃佑は荷物をまとめ、オフィスを出た。

御徒町、宙の自宅へ。

10　晃佑　十月九日

三十分後、晃佑はマンションのエントランスにいた。

電話をかけるが、やはりつながらない。諦めてエレベーターに乗り、部屋の前に向かう。覗き穴から見えない場所に立ち、インターホンを鳴らした。

「……はい？」

しばらくして宙の声がした。寝起きの声ではない。電話に出なかったのは、意図的だ。

晃佑はスマートフォンをインターホンの送話口に当て、ボイスメモを再生する。

『外丸です。くるみのことについて相談がしたいのですが、話ができませんか』

あのあと外丸に電話をかけ、声を録音させてもらったのだ。

「外丸さん？　どうしました？」

宙の怪訝そうな声を聞きながら、晃佑は身構えた。

ドアが開いた瞬間、晃佑はノブに手をかけ、隙間に足を挟み込んだ。

「晃佑……」宙は驚愕していた。

「安全靴じゃないから、閉めたりするなよ。お前の力で閉められたら、足を骨折する」

「何を考えてる。変な悪戯《いたずら》しやがって」

「話したいことがある。中に入れてくれ」

こちらを睨みつける宙の目は、攻撃的だった。臆する気持ちを抑えつけ、晃佑は彼の目を見つめ返した。

「入れ」

挑みかかるような口調だった。


「なんで電話に出ないんだ？」

尋ねながら晃佑は部屋を見回した。

前にきたときよりも散らかっている。宙は観察されるのを嫌がるように、顔をしかめた。

「電話？　何のことだ」

「何のことだじゃないだろ。昨日から何度もかけてるじゃないか」

「俺たちは中学生のカップルか？　三十半ばにもなって、そんなことで責められるとは思わなかった」

「ニュースを見ただろ？　昨日から事態は大きく動いてる。僕からの情報を待っていてくれなかったのか」

宙は呆れたように両手を上げた。晃佑は構わず、ソファに腰を下ろす。

「結局、自殺ミッションは止められそうにない」

「〈レーテ〉の文書を見たよ。なぜ動画やゲームを公開しない？」

「できないんだ。〈Shenjìng〉が、盗まれたんだよ」

「なんだと？」

「ゲームの実物も、プレイ動画も手元にない。情報に信憑《しんぴょう》性が乏しいから、上手く拡散できてない」

「何やってんだ。鍵閉めてなかったのか」

「ピッキングされたんだ。アンナの犯行だろう。相手には〈レーテ〉の名前は伝えていたんだが、それが仇《あだ》になったみたいだ」

「だからって、諦めてベタオリか？　こんなところで油を売ってる暇があるのか」

宙は他人ごとのように言う。晃佑は、手を握った。

悔しかった。彼は、自分がきた理由を察しているはずなのに、白を切り続けている。

そのせいで、踏ん切りがついた。晃佑は、空気を変えるように破顔する。

「実は、誘いにきたんだ」

「誘い？」

「ああ。区切りがついたら、井口さんとゆっくり、どこかに美味いものでも食べに行こうという話をしていた。今夜行くつもりなんだが、お前もどうだ？」

「これから？」

「ちょっと急だけどね。井口さんが、候補をたくさん調べてパンフレットを集めてくれたんだ。松阪牛と松茸のコースとか、魚介を使ったフレンチとか、色々美味しそうなものがあった。集合は何時がいい？　別に遅くなってもいいぞ」

「いや、無理に決まってるだろ、そんなの」

「どうして？」

「俺にだって予定がある。急に言われて空けられるか」

　宙は苛立ったように言う。

「じゃあ、十五分くらい顔出してくれればいい。場所もお前の都合に合わせるよ。ここまで一緒にやってきたんだ。少し慰労くらいしてもバチは当たらない」

「しつこいな、お前らしくない。大体、十五分なんてどうやって行くんだよ」

「無理か？」

「物理的に無理だろ。おかしいぞお前……」

　その瞬間だった。宙の目がはっと見開かれた。

――いんちき屋。

宙がかつて放った言葉が、頭に浮かんだ。

「僕は食事に誘ってるだけだぞ。井口さんと言えばグルメだろ。食事は短時間でも行けるし、ちょっと顔を出してくれれば、一杯飲んで一皿食べることくらいはできる」

晃佑は身を乗りだした。

「どうして僕が、旅行に誘ってると思ったんだ？」

宙は動揺していた。目が泳ぎ、視線が合わない。

「僕は旅行に行こうなんて言ってないし、旅行嫌いの井口さんがいままで一度でも旅行について話すわけがない。それなのに、お前は旅行に誘われていると思い込んだ。その理由は、ひとつしかない」

立ち上がる。唯一あるクローゼットに近づき、扉を開ける。

「空き巣は、お前だったんだ。宙」

〈Shenjing〉とノートパソコンが、そこに置かれていた。

「〈レーテ〉には昨日の朝からずっと、大量の温泉旅行のパンフレットが置かれていた。井口さんが気まぐれに、温泉に行こうと言いだしたからだ」

宙はソファに座り、黙り込み、返事をしようとしなかった。

「パンフレットが置かれていた時間は、昨日の朝十時から夜の二十一時過ぎまで――井口さんが出勤してきてから、僕らが警察の事情聴取を受けて帰ってくるまでだ。その間に〈レーテ〉に入った空き巣は、旅行のパンフレットを目にしている」

そもそも、と晃佑は続けた。

「アンナが空き巣だとすると色々おかしい。オフィスの鍵にはピッキングの跡らしきものがあったが、彼女は一週間前に犯人が死ぬまで、ずっと監禁されていたんだ。練習している時間はなかっただろうし、道具も手に入れられなかっただろう」

「……俺はピッキングなんかできない」

「ピッキングは、たぶん偽装だ。本当は、合い鍵を作ったんじゃないのか？　お前は〈レーテ〉によく出入りしていた。鍵を持ちだす機会もあったはずだ」

宙は反応しない。ここから先は、自分にとってもつらい話になる。

「最近のお前はおかしかった。ずっと調査から遠ざかっていたのに、〈Shenjing〉が見つかった途端に戻ってきた。ゲームを悪用する犯人は許せないと言っていたのに、井口さんに同調して、自殺ミッションを起こさせてでも犯人を告発しろと方針転換をした」

「あの状況ではそれがベストだと判断しただけだ。全員死ぬよりはマシだろ」

「だが、前にはこうも言っていた。この調査は、俺の調査だと。集団自殺よりも、ゲームを悪用されることのほうが問題だと。なんで心変わりをしたんだ？」

「俺を冷血動物だと思ってるのか。自殺者は少ないほうがいいだろうよ」

宙が認めようとしないことが、つらかった。彼とは深く信頼しあえていたと思っていたのに、つながっていたはずの見えない糸が、いまは断ち切られている。

いや、信頼しているからこそ、なのかもしれない。

ここでのことは、なかったことにしてほしい。何も見ずに、いますぐ帰ってほしい。

宙の本音が痛いほどに伝わってくる。それは、自分を信頼しているからではないのか。

なら、糸を断ち切るのは自分のほうだ。たとえ友情を失うことになろうとも。

「お前は、集団自殺を起こしたがっていたんだよ」

宙は反応を見せない。

「だから、途中から文書を公表させたがっていたんだ。自殺ミッションが下った直後に犯人の家が見つかり、僕たちが〈レーテ〉のオフィスを空けたと見るや、〈Shenjing〉とノートパソコンを盗んでいった。あれらがなければ、僕らはもう集団自殺を止められない」

「馬鹿な。俺がそんなことをして、何の得がある」

「あるだろ」

すべてを悟られていると判ったのだろう。宙の目に諦めの色が浮かんだ。

「お前は、有森さんを殺すつもりだったんだ」

自分はひどいことを言っている。もし見当違いだったら、絶縁どころの話じゃない。

でも、本心は違った。たとえ絶縁になろうとも、この推理は外れていてほしいと願っていた。

だが、その願いは叶わなかったようだ。

宙が表情を失っていく。心の扉を静かに閉ざしていく音が、晃佑には聞こえた。とても、哀しい音だった。

「有森さんから裏切られたお前は、彼に強い殺意を抱いた。だが、殺人なんかするわけにはいかない。彼を殺したら、真っ先に疑われるのはお前だ。でも、今回、集団自殺という千載一遇のチャンスが訪れた。今日これから、下手したら三十人以上もの自殺者が出る。それを利用すればいい。お前は有森さんを、どこか高いところから突き落とすつもりなんじゃないのか。柔術を習得しているお前なら、有森さんを拘束することなんて造作もない。そして――有森さんの部屋に、これを置いておく」

晃佑は〈Shenjing〉を手に取った。

「有森さんは自殺ゲームをプレイして死んだ。〈Shenjing〉があれば、警察をそう騙すことができるかもしれない。集団自殺の中に、自分の殺人を紛れ込ませる――だからお前は、〈Shenjing〉を盗み、告発ができないようにパソコンを奪っていった。違うか」

宙は何も答えようとしない。その目がいつの間にか、死んだようになっている。

「馬鹿な真似はよせ。過去の恨みを晴らしたところで、お前が得るものなんか何もない。っていうか、そんな計画、上手くいくのか？　警察の捜査は、緻密で執拗だ」

言葉が彼の身体を素通りしていく。ただ、彼はこの会話が終わるのを待っているだけだ。

長い沈黙が下りた。

自殺対策の現場にいると、相手が黙り込んでしまうことがよくある。一般人にとっては水中にいるほどに苦しい沈黙であっても、晃佑はその中でも自由に呼吸することができる。

だが、この沈黙は別だった。こんなにも潰されそうな重苦しい沈黙は、初めてだった。

「晃佑」

どれくらい待っただろうか。宙が口を開いた。

「見逃してくれよ」

卑屈に笑った。自負心の強い彼が、こんな表情をするなんて――。

「俺は、お前のことを親友だと思ってる。だから、帰ってくれ」

「帰れるわけないだろ。親友だからこそだ」

「有森をこの世から葬《ほうむ》り去るためのチャンスなんだ。あいつが俺に何をしたか、判ってるだろう?」

「判ってる。本当にひどいことをされたと思うよ」

「子供のころからの夢だったんだ」

そこに美しいものがあるかのように、宙は遠くを見つめた。

「大勢のスタッフを使って、知識と感性のすべてを注ぎ込み、世界をひっくり返すようなゲームを作ることが。二十年くらいかけて勉強して、準備して、ようやく育った花を、根こそぎ引き抜かれたんだ。それだけじゃない。業界の中での俺の評判は地に落ちた。ゲームクリエイターがゲームを作れない、そのつらさは判らないだろう?」

「判らないのかもしれない。でも、判りたいとは思ってる」

「もう、集団自殺は止められない」

宙は笑みを浮かべながら、道理を説くように言う。

「犯人の勝ちだ。どうせこれから大勢が死ぬ。なら、そこにクズの死体がひとつ増えたくらいで、何が変わる？」

「お前が変わる。お前が、人を殺さなくてすむ」

「話をすり替えるな。状況は何も変わらないだろう」

「僕にとっては、お前のことも大切なんだ」

伝わってほしい。晃佑は続けた。

「お前のことは、本当に気の毒だと思ってる。〈レーテ〉で、誰かを殺したいほど憎んでいるトーカーを、僕は何人も見てきた。でも、彼らはみんなその殺意と折り合いをつけて、自分の人生を前向きに生きている」

宙に寄り添いたい。宙を救いたい。

「お前だって、生きてればいつかゲームを作れるかもしれないじゃないか。前向きに人生が送れるよう、僕も協力するから。だから……」

無意味な言葉しか出てこない。無価値な言葉しか——。

その瞬間、宙がソファから立ち上がった。

〈獣〉だった。

卑屈な空気は、消え去っている。気圧《けお》されて後ずさりしたくなったところを、なんとか踏みとどまった。

「あいつは俺のすべてを奪っていった。なら、あいつのすべてを奪って、何が悪い」

〈獣〉はゆっくりと、クローゼットの前にいる晃佑ににじり寄る。

「晃佑、お前は優しいよ。俺を心配してくれて、ありがとう。だから、これから起きることを、お前は気に病まなくていい。最善を尽くしても、止められないことはある」

何を言えばいい？　いまの彼に、どんな言葉なら伝わる？

〈獣〉は前傾姿勢になっている。その発達した腕で首を絞められたら、為す術もなく失神させられる。怖くはない。現実認識だけがある。

〈獣〉が近づいてくる。確実に仕留めるため間合いを、じりじりと詰めるように。

何を言えばいい？　いまの彼に、何を――。

「晃佑」

〈獣〉の全身が、一回り膨らんだ。

「すまない」

宙――。

言葉が、口をついて出てきた。

「くるみさんが、アンナと話したいそうだよ」

〈獣〉が、ぴたりと止まった。

「僕がお願いしたわけじゃない。〈銀色の国〉にログインして、アンナを止める手伝いをしたいって、自発的に言ってくれた。自分自身も傷だらけなのに、ほかのプレイヤーを気遣ってくれる。あの子は、偉いよ」

晃佑は、一歩近づく。

「あの子はいま、〈銀色の国〉での洗脳から立ち直ろうとしてるんだ。そんなときに、お前が有森さんを殺したらどうなる？　自分が慕っていた相手が集団自殺を利用して殺人を犯す相手だと知ったら、あの子は誰も信用できなくなる」

「関係ないさ。所詮、最近会ったばかりの他人だ」

「悪ぶるなよ。本当にくるみさんのことを考えていなければ、ゲームで彼女を助けようなんて考えないさ。そうだろう？」

そうであってほしいと願いを込めた。彼の目がわずかに臆する。その隙間に、理性の光が差すのが見えた。

少しだけほっとした。くるみを心配する彼の気持ちは、本物だったのだ。

「……だからなんだ。あの子のために、有森を生かせと言うのか」

「そうだ。お前のためでも、僕のためでもない。くるみさんのために」

「有森は、俺の夢を奪い取った人間なんだぞ。子供のころからの夢を……」

自分自身に言い聞かせているようだった。消えゆく殺意を、摑むために。

「お前の苦しみをなくすことは、僕にはできない。他人の苦しみを手術のように取り除けたらどれだけいいか、いままで何百回思ったか判らない。僕にできることは、ひとつだけなんだ」

「なんだ」

「お前と一緒にいること、だよ」

晃佑は続けた。

「僕は無力だ。トーカーに寄り添って、話を聞くことしかできない。でも、それならいつでもできる。いくらでもできる」

彼に取り憑いたものが、怯えているように見えた。

「宙。死にたくなったら、殺したくなったら——僕に連絡しろ。何時間でも何日でも、一緒にいてやる。何千でも何万でも、お前の言葉を聞いてやる。僕が、お前の網になる」

「晃佑……」

「これからも、お前の話を聞きたいんだ。自分勝手で、荒唐無稽で、マイペースに話し続ける、お前の話を。だから、もう……変なことを考えるのは、やめてくれ」

宙は拳を握りしめ、ぶるぶると震わせた。彼と〈獣〉が、彼の中で激しく衝突していた。

「畜生……」

宙は、肩を落とした。

うつむいたまま何かを呟き続ける。不明瞭なその言葉は、吐いたそばから空気に溶け霧散していく。

〈獣〉は、去っていた。

残ったのは、弱々しくも強い男だった。自殺を思い止まったトーカーたちと、同じに見えた。

11　晃佑　十月九日

一軒家の前でタクシーを降りると、外丸が出迎えてくれた。腕時計を見ると、もうすぐ十七時だ。

「お疲れ様です」

「くるみは、部屋で待たせています」

「ありがとうございます。不安定な時期なのに、負担をおかけしてすみません」

「いいんです。城間さんがついていてくれるのなら」

宙への信頼の厚さが窺える。宙がこの家で積み重ねてきたものが、見えた気がした。

スマートフォンを見ながら、家に入る。

タクシーの中で映像データを美弥子に送っていたので、〈銀色の国〉の映像がネットで公開され、拡散している。ちょうど一時間前、〈KIZUNA〉をはじめ五団体と共同で記者会見が開かれ、自殺ゲームに対する警告がようやくメディアで取り上げられはじめている。だがこの土壇場で、どれほど効果があるのかは判らない。

二階に上がると、くるみが部屋の前で待っていた。宙を見て、ほっとしたように笑う。

「〈Shenjing〉、見つかったんですね。よかった」

事情を聞こうとしない。聞いてはいけない何かがあることを、くるみなりに察しているようだった。もちろん、話す必要はない。

「晃佑。五分もらっていいか」

「五分？　何をする気だ」

「くるみちゃん。〈Shenjing〉を盗んだのは、俺だ」

晃佑は驚いた。くるみは緊張したように、唇を引き結ぶ。

「ネットで俺の名前を検索すると、ある事件が出てくる。君はいつか、それを見るかもしれない。なんで俺がこんなことをしたか、全部話させてほしい」

最初から覚悟を決めていたのだろう。迷いのない口調で、宙は話しだした。

かつてゲームクリエイターをやっていて、〈アルバトロス〉という会社でヒット作を作ったこと。そのころの横柄な態度が社内で嫌われ、児童ポルノ所持の冤罪を着せられて解雇されたこと。業界から放逐されゲームを作れなくなったこと。自分を追い込んだ有森を殺したいほどに憎み、集団自殺の中で彼を殺そうとしていたこと。

宙が話すにつれ、くるみは同情したり困惑したり、揺れているようだった。宙のやったことは重大な裏切りだ。不安定な彼女が受け止めきれなかったら、アンナを説得してもらう依頼自体が吹き飛ぶ。

「正直、有森を殺したい気持ちは、まだなくならない。これからも苦しむと思う。いまさら俺に集団自殺を止める権利があるのか判らない。でも、くるみちゃんと晃佑の力になりたい気持ちは、本当だ」

くるみは宙を、まっすぐに見つめた。

「俺がいないほうがいいんなら、帰るよ。晃佑は俺と違って信頼のできる人間だから、ふたりで〈銀色の国〉に行くといい。俺の勝手かもしれないが、言っておきたかったんだ」

くるみは目を閉じた。ふーっと、気持ちを整えるように、長く息を吐く。

「宙さん、いまの話、本当ですか?」

「本当?」

「嘘は言ってないですよね。冤罪の話も、〈Shenjing〉を盗んだ話も」

「本当さ。嘘は言ってない」

くるみは射るように宙を見る。宙もまた、くるみの真剣な視線を逃げずに受け止めていた。

「いてください」

「いいのか? 俺はひどいことをしようとした」

「でも、まだしてません。そうでしょう?」

くるみが確認するように晃佑を見る。思わず、頷き返した。

「宙さんは、ゲームみたいですね」

「え?」

「私、ゲームのフェアなところが好きなんです。だから、本当のことをきちんと言ってくれる人も好きです。いてください、宙さん」

晃佑はほっと息をついた。宙の真摯な告白に、くるみの中で、何かがあるべきところに収まったようだった。

時計を見る。十七時五分。時間がない。

「やろう」

三人で、頷きあった。

くるみの部屋で、座卓を囲む。〈Shenjing〉の電源を入れ、ノートパソコンとミラーリングする。〈Shenjing〉をかぶったのは、晃佑だった。

「くるみちゃん、大丈夫かい」

「大丈夫です」

そう言いながらも、緊張しているようだった。呼吸が速くなっているのが聞こえる。不安定な状態から立ち直りかけている彼女を〈銀色の国〉に引き戻すのは、本来あってはならないことだ。

何かがあったら、宙が引き剝がしてくれる。彼の判断を信頼し、晃佑はコントローラーを握った。

カラフルな光の中を飛ぶ。家から出ると、空は真っ暗だった。以前あった風の音や波の音も、何も聞こえない。死の匂いはますます濃厚になっている。

「暗い……。みんな、死んじゃったみたい……」

アンナを探しに海沿いの家まで歩いたが、もぬけの殻だった。十字路を戻り、広場や館の前も探したが、どこにもいない。道の両側に建っている家を片端から開けて回っても駄目だ。十七時十五分。

「なぜいないんだ。ミッションの直前なのに」

「アンナは、管理用のシステムを使っているはずだ。アバターを使ってログインしなくても、ゲームの状況を見られてるんじゃないのか」

「こっちの声も聞こえているのか」

「たぶんな」

「アンナさん。〈レーテ〉の田宮です。聞こえますか」

〈Shenjing〉に語りかける。

「聞こえてるなら、このまま聞いてください。僕はあなたのことはよく知りません。でも、あなたがいま苦しい気持ちを抱えていることについては、思いを馳《は》せたいと思います」

アンナのことを考え、内面に思索を及ばせる。

アンナは恐らく犯人に誘拐され、〈銀色の国〉を手伝わされていた。その最中に洗脳され、いまは主体的に自殺ミッションを起こそうとしている。そんな人に、どんな言葉が伝わるのか――。

「僕は自殺対策の仕事をしています。だから、あなたがこれから実行する自殺ミッションを、やめてほしいと考えています。でも、それがあなたにとって大切なことなら、その気持ちは尊重したい。あなたがどうしても集団自殺を行うというのなら、止めはしません」

「いいのか、晃佑」

大丈夫というように、頷いた。トーカーの死にたい気持ちに寄り添うように、アンナの殺意に寄り添う。

「でも、ほかに方法はあるかもしれません。僕はそれを考えるお手伝いがしたいんです。アンナさん、あなたは本当に、プレイヤーを集団自殺させたいんですか。〈銀色の国〉には、あなたを慕っていた人もたくさんいたはずです。その人々を全員殺すことが、あなたの本当の望みなんですか」

空間に変化はない。晃佑は続けた。

「もう知っているかもしれませんが……昨日、あなたを監禁していた男が見つかりました。これまでどんなに恐ろしく、苦しかったことかと思います。でももう、あの男はいません。共依存という言葉を知っていますか。ドメスティック・バイオレンスやモラル・ハラスメントを受けている人が、それを受けることに生きがいを見出してしまう状態のことです。閉鎖環境で暴力を受け、それが常態化されてしまうと、誰でもこのような心理に陥る可能性があるんです。アンナさん、あなたの行動は否定しない、でも、ご自分が共依存ではないのか、その殺意は犯人に作られたものではないのか、それを考えてほしいんです」

アンナが応答してくれることを期待し、晃佑は続ける。

「〈銀色の国〉は、恐ろしいゲームです。ひとりの男が、大勢の人を殺すために作った洗脳装置です。あなたはその一部に組み込まれている。本当に、この結末しかないんですか」

反応がない。

〈曲がった顔〉が、心の中に浮かび上がってくる。

全身全霊で考え、誠心誠意発した言葉や、ちぎれるほどに一生懸命伸ばした手が、目の前の人に届かずに断ち切られるこの感覚。為す術もなくトーカーの自殺を見届けるしかない、底知れない虚無。

――今回もそうだ。判ってるだろ？

〈曲がった顔〉は、博之の顔をして、にやにやと笑っていた。

――俺のことも、死なせてしまったくせに。

言葉が尽きた。自分は、道化だ。虚空に向かって言葉を発しているだけだ。

自分は、無力だ――。

「アンナさん」

そのとき、空いている左手に、感触を覚えた。

宙とくるみが、晃佑の手を握ってくれていた。

今夜、宙は人を殺すことを決意していた。くるみはその手で、かつて自傷行為をしていた。

誰かを傷つけることもできるふたつの手が、いまは自分を支えてくれる。固く編まれた、網のように。

「アンナさん」

諦めるわけにはいかない。

「申し訳ありません、僕ばかり話しすぎました。あなたの話を、聞かせてくれませんか」

呼びかける。

「あなたの話が聞きたいんです。僕でよければ、いくらでも聞きます。アンナさん、あなたの苦しみを、あなたの悩みを、どうか教えてください」

声をかけ続ける。集団自殺が決行されるまで、いくらでも言葉を尽くしてやる——。

ふと、道の向こうに、人影が現れた。

ずっとそこにいたのかもしれない。それくらいさりげなく、彼女は佇んでいた。

「アンナさん……」

漆黒の闇に、銀色のドレスを着た彼女が、ぼんやりと浮かび上がっている。

アンナもこちらを見ていた。晃佑はそちらに向かって近づく。

「アンナさん。きていただいて、ありがとうございます」

「別にあなたの呼びかけに応じたわけじゃありません。最後の仕事にきただけです」

「それでも構いません。少し、話しませんか」

答えはない。だが、拒否ではないようだ。彼女の口調にはすべての準備を終わらせた、心地よい疲労が漂っていた。

「歩きませんか」

「歩く？」

「立ち止まって話しているよりも、歩きながらのほうが気楽に話せます。ＶＲでも同じでしょう」

「別に、気楽に話したくなんかないですけど」

「まあ、そう言わずに」

返事をせず、アンナは歩きだした。晃佑は彼女を先導するように、その少し前を歩く。

「アンナさん。あなたの話を聞かせてください。本当に、集団自殺を望んでいるんですか」

「はい。望んでます」

迷いのない口調だった。

「最初に言っておきますけど、田宮さんの話は、全部聞いてました。その通りかもしれないとも思います。私は〈王様〉のせいでおかしくなってしまったのかもしれない」

「〈王様〉?」

「あの人のことです。私はそう呼んでいました」

奥歯を噛みしめた。犯人は閉鎖環境で自分を〈王様〉と呼ばせ、序列を作っていたのだ。彼女がどんな地獄のような環境に置かれていたのか、それだけで判る。

「田宮さんは、〈王様〉がなぜ私をさらったんだと思いますか」

ふと、アンナが聞いた。

「〈王様〉はひとりでもミッションを遂行できました。実際に彼は、ひとりの人間を自殺に追い込んだと言っていました」

——博之だ。

頭に血が上りそうになるのを、晃佑は堪えた。

ここまでのことを考えればすぐに判る。それは——。

「あなたに計画を、託すためでしょう」

アンナは頷いた。

「〈王様〉は死期を悟っていたんです。このところずっと、〈王様〉は体調が悪かった。計画を引き継げる、後釜を探してたんです」

「だからといって、あなたが引き継ぐ必要がどこにあるんですか」

「〈王様〉は言っていました。苦しんでいる人たちを助けたいと。苦しんでいる人たちは、死ぬことによってしか、その苦しみからは解放されません。〈銀色の国〉は、死への恐怖を取り除いて、彼らを苦しみから解放してあげるんです。永遠に」

「馬鹿なことを言わないでください。犯人は、常軌を逸した快楽殺人者だ。そんな優しい動機で動いているわけがない」

「判ってますよ」

アンナは自嘲するように、ふっと笑った。

「〈王様〉は私から見ても異常者でした。大勢の人をさらってこんなことをするなんて、明らかにおかしいですよね。私にはあの人の素性はよく判りません。名前も、お金をたくさん持っていた理由も知らない。でも、動機は判ります。彼はこの世界に、災厄をばら撒きたかっただけなんです。それ以外に、やるべきことがなかった。それが、彼の居場所だった」

でも、とアンナは言う。

「いざその計画を実行に移そうとしたときに、自分が病にかかっていることを知り、計画の成就を待たずに死んでしまいました。かわいそうだと思いませんか」

「思いません。どうしてあなたは、そんな計画に加担するんです」

「ここが、私の居場所だからです」

アンナの声は、確信に満ちていた。

「〈王様〉と同じで、私には、これしかないんです。私には愛せる家族がいません。勉強も仕事も駄目だし、見つけたと思った夢も駄目でした。何もできなかった私が唯一きちんとできたのが、アンナになることなんです。〈銀色の国〉は私がやっと見つけた、居場所なんです」

「愛せる家族がいないって、どういうことですか」

「私の素性を探ろうとしても駄目ですよ」

アンナはくすくすと笑うだけだ。十七時二十分。時間がない。

「〈王様〉は私を、必要だと言ってくれました。そんなことは誰も言ってくれなかった。私はそっちには居場所のない人間です。でも〈銀色の国〉なら必要としてもらえる。〈王様〉にも、みんなにも」

「必要だなんて、そんなのは洗脳のための口先の言葉でしょう」

「たとえそうだとしても、その口先すらも、現実の私の人生にはなかった」

「アンナさん。〈レーテ〉にきてください」

アンナは返事をしない。

「もちろん、僕たちじゃなくてもいい。アンナさんの生きづらさを支えてくれる人や団体はたくさんある。一度、相談してくれませんか」

鼻で笑うような音が聞こえただけだった。

いつの間にか、晃佑たちは広場にきていた。

「あの場所が、好きなんです」

アンナは歩きながら言った。その先には、ベンチがある。

「広場の一番奥で、街が遠い。あそこから見える空は、建物に切り取られずに、どこまでも広がっているみたいに見えます」

「……だからなんですか」

「月を見るのにちょうどいい、でしょう?」

目の前が暗くなった。

——呪いが解けず、溶けた月が昇ってしまったら、余はその責任を取り、死ぬつもりである。

歩いていったアンナが、突然振り返った。

「『なりゆきに任せる外はない』」

一瞬で、声が変わった。死の淵にいる、老婆のような声だった。

「『あれ、あそこに火の燃える車が……。金色の蓮華が見えまする。天蓋のように大きい蓮華が……』」

「アンナさん……？」

「『蓮華はもう見えませぬ。跡には唯暗い中に風ばかり吹いて居りまする』」

何かの朗読だろうか。死人が絶唱しているような、虚無の声――。

「『何も、――何も見えませぬ。暗い中に風ばかり、――冷たい風ばかり吹いて参りまする』」

絶望が紡がれていく。暗い穴の奥へ引きずり込まれるような気がして、晃佑は身を硬くする。

――止められない自殺は、どうしたって止められない……。

母を亡くした美弥子が持つ、強烈な諦念。死へと向かう人間をどうしても止められずに、見送るしかない地獄。それが初めて、見えた気がした。

これ以上、彼女にかける言葉はない。

リスナーとして活動を続けてきたから判る。死に向かう人間の襟首を摑み、生に引きずり戻す魔法の言葉など、存在しない。

晃佑は〈Shenjing〉を外した。

ゆっくりとため息をついた。深い徒労感に襲われる。アンナを説得できなかったことに、悔しさを感じる。

「晃佑」

宙と目が合う。くるみが、涙ぐんだ目で見つめてくる。

「よくやった」

マイクに聞こえないように、宙が呟いた。

自分は、〈レーテ〉のリスナーだ。

自分は、〈レーテ〉の、代表だ。

犯人の家を探したときも、そうだった。ガレージハウスを見つけたのは、自分じゃない。

「角中」の件を解決したのも自分じゃない。〈レーテ〉の組織を広げたのも自分じゃない。

いつだって自分は無力だった。でも、たくさんの結び目を持った網の一部に、なることはできる。

「あとは任せろ」

宙は晃佑の手から〈Shenjing〉を受け取り、かぶった。

「アンナさん。なっつです」

ゴーグルのマイクに向かって、くるみが話しかける。ミラーリングしているディスプレイ越しに、アンナと視線がぶつかった。

「なっつさん。お久しぶり。ヘーゼルちゃんは元気かしら」

「あなたの気持ちは判りました。私もアンナさんと一緒に月を見ます。そして、皆さんを見送ります」

「ありがとう。なっつさんにいてもらえて、みんなも喜ぶでしょう」

「そこにいてください。皆さんに最後の挨拶をしてくるので、少し、待っててください」

宙はアンナに背を向け、広場の外に向かう。

ここまでは、予定通りだ。

――アンナを呼びだして、対話まで持ち込んでほしい。

アンナを説得できていればベストだったが、計画通り進んでいる。ゲームそのものを熟知する宙と、〈銀色の国〉を隅々まで知るくるみ。ふたりに考えてもらった作戦――。

宙は石畳の道を歩き、十字路を右に曲がりくるみの家に入る。床で痙攣しているヘーゼルがモニタに映った瞬間、くるみは身体をこわばらせたが、モニタから目を離さない。

宙はクローゼットの前に立ち、コントローラーを操作する。画面上にパネルが開いた。

――自分の家で、アバターを着せ替えさせることができる。

ふたりが注目したのは、その機能だった。宙はコントローラーを操り、服を選んでいく。

宙が選んだもの。

それは、熊のぬいぐるみのアバターだった。


海に向かう。

一度だけ振り返るが、アンナはついてきていない。まっすぐに延びる道の向こう、広場のベンチ付近に、ドレスの銀色がわずかに見える。

崖には、大勢のアバターがいた。墨で塗りつぶされたような夜を見上げながら、みんな置物のように月が昇るのを待っている。

宙は、コントローラーを振った。

ハートマークが表示され、アバターたちに吸い込まれていく。「いいね」だ。宙はコントローラーを操って何十人といるアバターの間を歩き、ひとりひとりに丁寧に「いいね」を送る。

固まっていた何人かのアバターが、こちらを見た。

「宙さん、いまです」

宙がコントローラーを操ると、パンパンと、画面の中から音がした。二度、手を叩いたようだった。

また、アバターが動いた。じっと空を見ていたアバターたちが、我に返ったように。

――ギンシロウの癖です。彼は誰かと一緒に遊ぼうとするとき、よく手を叩く仕草をしてました。

宙はもう一度、パンパンと手を打ち合わせた。さらに多くのアバターが、またこちらを向く。

――ギンシロウはみんなに愛されてました。ボットだったのかもしれませんが、献身的なあの子のことが、私はいまでも好きです。

パンパン。繰り返し手を叩く。

「みんな。行こう」

プレイヤーには聞こえていないはずのその声が、伝わっているように見えた。

「私についてきて。お願いだから」

もう一度パンパンと手を叩くと、何人かのアバターが立ち上がった。宙が歩きだすと、そのあとをついてくる。

「やっぱりそうだ。みんな、ギンシロウが好きだった……」

くるみが慈しむように言うと、アンナの声が聞こえた。

「……なっつさん？　何をするつもりですか」

姿は見えない。ボイスチャットで直接語りかけているようだった。

「アンナさん。回線を切らないで聞いてください。最後に約束を守ってほしいんです」

「約束？」

「はい。広場に行きます。少し、待ってください」

くるみの言葉を受けて、宙は歩き続ける。

広場に着いた。アンナはもといた正面のベンチに座っている。

広場の真ん中に立って、くるみはとんとんと、軽く胸を叩く。

「宙さん、お願いします」

宙がコントローラーを動かすと、操作しているアバターが、右手を挙げたようだった。

――アンナを呼びだして、広場に誘導してくれ。

晃佑に与えられたミッションは、それだった。アンナが歩きだしたときに、先導をはじめたのはそのためだ。彼女が広場にいないとできないことが、このゲームにはある。

振り返ると、宙のあとをついてきた八体のアバターたちが、こちらを指差している。アンナが広場にいるとき、挙手のエモーションをして五人以上から指名を受けるとボイスチャットで話す権利が与えられる。画面の右下に、通話のマークが出た。

〈銀貨の集会〉を開く。それが、くるみと宙の作戦だった。

「待ってください、なっつさん。何のつもりですか」

ノートパソコンの画面の中で、アンナが立ち上がる。

「みんなに何を吹き込むのか知りませんけど、無駄ですよ。私が広場を出ていけば、この通話は切れます」

「アンナさん、約束を守ってください」

「約束？」

「私が〈銀貨の集会〉で話すときに、そばにいてくれるって約束しましたよね。それを守ってほしいんです」

「馬鹿馬鹿しい。そんな昔の約束……」

アンナは構わずに歩きだす。宙が押し止めようとアンナの前に立ったが、脇をすり抜けようとする。

「逃げるんですか、アンナさん」

くるみの言葉に、アンナがぴたりと立ち止まる。

「逃げる？　逃げてなんか――」

「私の話を聞きたくないなら、それでもいいです。でも、アンナさんが広場からいなくなったら、この集会は開けなくなります。私のそばにいてくれるって、言ったくせに――」

アンナの戸惑いが、ディスプレイ越しにも伝わってくるようだった。くるみは構わずに話しだす。

「皆さんに、私の話を聞いてほしいんです」

すーっと、息を吸った。

「私は〈銀色の国〉にいる皆さんに比べて、そこまでひどい人生は送っていないと思います。私は、浪人生です。お母さんは子供のころに死にましたし、お父さんは働けなくてちょっと休んでます。恋人に振られて、受験には失敗しました。大変でしたけど——でも、その程度です。皆さんの悩みを聞いて、私なんかのちっぽけな悩みを〈銀貨の集会〉で話す資格があるのか、ずっと悩んでいました。でも、私がつらかったのは事実です。自分が苦しいことを認めていいと言ってくれたのは、アンナさんでした。私は、私のつらさを肯定しようと思います」

くるみはなおも続けた。

「〈銀色の国〉にきたとき、私はどん底でした。私はここで素敵なものに会いました。レトロゲームも、そのひとつです」

コントローラーを握る宙の手に、力がこもった。

「ギンシロウや皆さんが、一緒に遊んでくれました。初めてやったゲームは、すごく面白かった。現実世界の嫌なことも、誰かとゲームをすれば忘れられました。私はどうも、ゲームをやるのに向いているみたいです。宙さん……最近知り合った友達に、新しいテレビゲームを色々教えてもらいました。こんなに面白いものがあるなんて、知らなかった。でも……」

くるみの声に、力がみなぎった。

「〈銀色の国〉は、そのどれよりも面白かった」

ディスプレイの中から、アンナがこちらを見つめている。

「田宮さんは〈銀色の国〉を恐ろしいゲームだと言いました。でも、私にとっては、それ以前に、本当に面白いゲームでした。みんなでアルテミス様からのミッションをこなすのも、エモーションや挨拶を交わすのも、海岸で月を見るのも、ただ散歩をするだけでも……本当に、楽しかった」

少年のアバターが、ハートマークをひとつ飛ばしてきた。

「アンナさんの、おかげです」

くるみが言った。

「アンナさんが〈銀色の国〉にいて私たちを支えてくれたからこそ、私たちはこのゲームを楽しめた。アンナさんは、最高のガイドでした。アンナさんがこれから何をしようと、それは変わりません」

ハートマークが飛ぶ。それはくるみだけではなく、アンナにも向けられている。

「アンナさんは、〈銀色の国〉に出会えたことで、居場所を見つけられたと言ってました。それは、私も一緒です。あの時期、私は〈銀色の国〉が居場所でした」

「居場所──」アンナが呟いた。

「そうです、居場所です。私は、アンナさんに、間違いなく救われていました。それは、みんなも同じです。そうですよね」

拍手が鳴る。「いいね」がさらに飛んでくる。

「いまの私は、現実の世界で居場所を見つけられそうな気がしています。まだはじまったばかりですけど、今度こそ人生をやり直せそうな気がしているんです。アンナさんが私を支えてくれたように、私も皆さんのことを支えたい——どん底だった私を支えてくれていた、とても好きな言葉を贈ります」

くるみはすーっと息を吸い、胸の前で手を組んだ。

何かを、祈るように。

「ようこそ、〈銀色の国〉へ」

くるみは組んだ手を、ギュッと握りしめた。

「ここは色々な理由で疲れてしまった人が、心から安らげることを目指した安全地帯です。銀には昔から、魔除けの効果があると言われています。〈銀色の国〉は、皆さんを魔から守ります」

くるみは、モニタに映るアンナをじっと見ていた。

「普段は表に出せないつらい話も、ここでは自由に口に出せます。あなたのつらい気持ちを、みんなと共有させてください。もちろん、楽しいことや嬉しいことも、気軽に共有してくださいね。〈銀色の国〉があなたにとって大切な場所になることを祈ります」

握られた手が震えている。だがその声は力強く、大切なものを慈しむように響いた。

「あなたの生活から、魔が去りますように」

くるみは言った。

「あなたに、祝福が訪れますように」

くるみは、絞りだすように言った。

「あなたの行く道に、希望の光がありますように……」

静寂が訪れた。

晃佑も宙も、言葉を出せなかった。くるみはうつむいたまま震えている。

拍手の音が響く。

アバターたちが拍手をしている。八体のアバターが贈る拍手は、ささやかだったが、温かかった。「いいね」が飛んでくる。暗がりに落ちた広場が、ハートマークで満ちる。死そのもののような世界に、明るい光が灯っていた。

アンナは——。

「いない……」

いつの間にか、アンナの姿は忽然と消えていた。

宙が〈Shenjing〉を外す。くるみは、宙の胸に顔を埋め、肩を震わせ泣きはじめる。宙はくるみを抱きしめるでもなく、ただ胸を貸して、彼女のことを支えていた。

晃佑は〈Shenjing〉をかぶり、コントローラーを握った。

広場を見回したが、アンナはいない。ディスプレイの通話マークはなくなっている。「アンナさん」声を出してみたが、反応はなかった。

――駄目か。
アンナは消えてしまった。くるみの言葉は、届かなかったのだろうか。
――お前のやっていることに、意味はない。
時刻は十八時に差し掛かっていた。
――止められない自殺は、どうしたって止められない……。
〈曲がった顔〉が、囁いてくる。黙ってろ。まだ、終わってないんだ。
アンナさん。声をかけるために、晃佑は口を開いた。
「あっ！」
思わず叫んでいた。
アバターたちが、海のほうに身体を向け、一斉に空を見上げていた。
広い空が見える。墨を塗りたくったような漆黒の空が、どこまでも広がっている。
そこに、月が昇っていた。
見事な輝きをたたえた、銀色の月だった。

エピローグ

新宿文化センターの小ホールの定員の二百十席は、満席になっていた。前方のメディア向けの席はカメラマンや記者が陣取っていて、あとの客は自殺対策NPOなどの業界人が多いみたいだ。あちこちで、知り合いのような雰囲気の人たちが話をしている。

前から三列目、一席だけ席がぽっかりと空いていた。人波を縫って、そこに腰掛ける。

〈銀色の国〉事件から、早いもので一年が経った。

事件の全容は、もう大半が明らかになっている。自殺対策NPO〈レーテ〉が詳細なレポートを発表し、〈銀色の国〉のプレイヤーがぽつぽつと名乗りを上げだすと、どうも本当に自殺ゲームが存在していたらしいとネットやメディアで話題になりはじめた。

決定的だったのが、それが中野坂上の人骨事件と関わりがあったと警察から発表されたことだ。犯人は合計七名の人間をガレージハウスに監禁し、VRゲームを作らせてから殺害した。彼らの死体は見つかっておらず、捜索願や現場から見つかったDNA、犯人が送受信していたメールのログなどから判ったのが七人とのことなので、本当はもっと多い可能性がある。

日本社会全体が騒然とした。連日物凄い量の報道が繰り返され、「過剰な報道は自殺を誘発するのでやめるように」と総務大臣自らが会見をしたけれど、それでも止まらなかった。いまでは〈銀色の国〉の手口はかなり詳《つまび》らかになっている。

『〈銀色の国〉事件・生還者たちに聞く』

今日の講演は、プレイヤーとして巻き込まれた人々に証言をしてもらい、事件への理解を深めようというものだ。

自殺ミッションは中止されたものの、現在までに、五名のプレイヤーが飛び降り自殺を図ったことが判っている。うちひとりは意識不明の重体になっていたが、幸いその後助かったらしい。すでにメディアでは何人ものプレイヤーの証言が報道されているものの、このように公の場で複数人が集まっての講演は初めてで、会場に緊張感が漂っている。

開始時刻の十五時になり、赤縁眼鏡をかけた女性が壇上に上がった。今日の進行や、報道をする際の注意などがてきぱきと説明されていく。言葉運びが論理的で聞きやすく、振る舞いも堂々としている。どこに行っても居場所のある、有能な女性なんだろうなと思った。

「こんにちは。田宮晃佑と申します。新宿で特定非営利活動法人〈レーテ〉という自殺防止の活動をしています」

女性と入れ替わりに、この一年間散々メディアで見た顔が壇上に現れた。

水面下でずっと事件を追い、集団自殺の発令を防いだ田宮は、いまや時の人だった。彼が運営している〈レーテ〉にも、ボランティア希望者が殺到しているらしい。この講演会も、彼らの主催だ。

「本日はお集まりいただきありがとうございます。最初に、皆様にお願いがあります。いまから〈銀色の国〉事件の元プレイヤー、四名に話を伺います。あの事件では集団自殺こそ免れましたが——既報の通り、その一年前に一名の犠牲者が出ています。システムテストの際に自殺へと誘導された、市川博之という青年です」

すらっとした背の高い女性が、壇上に上がった。意志の強そうな目で、会場を見渡している。

「被害者のお姉さんの、未央さんです。今日は彼女にも、弟さんについて少しお話ししていただきます。恐れを振り払ってきてくださった、勇敢なかたです。皆様、拍手をお願いします」

大勢の拍手を聞くのは、久しぶりだった。でも、それは以前のように自分に向けられたものではない。拍手の中央にいるのは、何かを覚悟したように佇んでいる女性だ。

「被害者の青年のために、皆様と一緒に一分間の黙禱《もくとう》を捧げたく思っております。ご起立ください」

田宮の合図で、聴衆が一斉に立ち上がる。無視をするわけにもいかず、立ち上がった。

「黙禱」

マイクを通さない肉声が、広いホールに響く。その場にいた大勢が頭を垂れる中、居心地悪く、少しだけ首を傾けた。

「……VRゲームをやっている最中は、頭が働いていませんでした。ミッションをこなしていくうちにゲームにのめり込んでしまい、何が正しくて何が正しくないか、判断が滅茶苦茶になっていたんだと思います。確かに俺はあのころ、借金だらけで人生に悩んでましたし、いまでも借金の返済は続けてますけど……飯が美味かったり、ネットで動画見て笑ったり、楽しいこともあることに気づいて、自殺しなくて、本当によかったと思っています。もう、あんな恐ろしい事件に巻き込まれるのは、こりごりです。次の自殺ゲームが出てこないことを、心から願っています」

壇上には衝立《ついたて》が置かれ、その奥で元プレイヤーの青年が話している。プライバシー保護のために、顔出しはしないとあらかじめ説明されていた。

三人の元プレイヤーの話を聞いたが、新しい情報はなかった。みんな、それぞれの理由で人生に悩んでいたところ、〈銀色の国〉に搦《から》め捕《と》られてしまい、自殺の寸前まで追い込まれたというものだ。

生還した三人は、いまは前向きに人生を送っているという。明けない夜はない。つらい人も、いつかなんとかなると開き直ってとりあえず生きてほしい。みんな、そんな決まり文句で締める。

「では、次のかた、お願いします」

衝立の横に座った田宮は質疑応答も的確にさばいていて、安定した進行ぶりだった。

「こんにちは。ええと……なっつ、と申します」

心臓がはねた。衝立の下の隙間から、白いローファーが覗いている。

「すみません、こういうところで話すのが苦手で、色々変なことを言ってしまうかもしれませんけど……許してください」

なっつはゆっくりと、自分の境遇を話しはじめた。

彼女は、家族や友人との揉めごとや受験での失敗が重なり、どん底だった。そんなときにネットで〈銀色の国〉に誘われ、そのまま深く依存してしまった。プレイをするにつれどんどん精神状態が悪化し、田宮に助けてもらわなかったら、いまは生きていなかったと思っている――。

「今日、いままでお話をした三名のかたは、〈銀色の国〉に巻き込まれたことを後悔していると仰ってました。もちろん、それが正しい感想だと思います。でも私は――〈銀色の国〉に行けてよかったと思っています」

会場がどよめく。その横で田宮は表情ひとつ変えない。証言者を守る門番のようだった。

「あの事件に巻き込まれていなければ、私はまだ家族とも関係が築けず、自分の部屋で燻《くすぶ》っていた気がします。あのVR世界での時間があったからこそ、家族や受験ともう一度向き合えました。いまは……去年の受験を見送って二浪中なんですが、今度は受かりそうです。つらかったことを前向きに考えて、これからの人生の糧《かて》にしていきたいと思います。ありがとうございました」

拍手が起きたが、彼女の複雑な感情は観客にはいまひとつピンとこなかったようで、いままでの証言者よりも温度が低い。

「それでは質疑応答に入ります。質問があるかたは挙手をお願いします」

田宮がマイクを持つ。彼を見つめていたせいか、一瞬だけ目が合ったような気がしたが、すぐに視線は逸れた。

――こなければよかった。

最初のあたりから感じていた後悔は、なっつの証言で決定的になった。

〈銀色の国〉のプレイヤーに会うことによって自分が何を感じるのかを確かめたかったが、生まれた感情は慈愛でも懐かしさでもない。単なる、苛立ちだった。

「ではそこの記者のかた。短めにお願いします」

質疑応答が続いているが、席を立って目立つわけにもいかない。仕方なく、その場に座り続けた。


講演が終わり、大勢で賑わう階段を下りる。

人混みは好きだった。多くの人に交ざっていると、「集団」の一部に溶け込み、自分がきちんとした人格を持っていなくとも許される気がする。

制服姿の警察官が目に飛び込んできて、ドキリとしたが、よく見るとそれはただの警備員だった。ほっとため息をついて、歩みを続ける。

結局、警察はこなかった。

犯人に協力者がいたことはもう判っているだろうが、自分にたどり着く証拠がないのだろう。〈王様〉の家にいたときには通行人のひとりに見られただけだし、指紋や髪の毛が残っていたとしても、前科もないのでそれと自分をつなげることはできない。縁を切った両親が警察に駆け込むこともない。

半年前、一度だけ見に行った〈王様〉のガレージハウスは、引き取り手がいないようで、ときが止まったように佇んでいた。脳がトラウマを拒絶しているのか、あれだけひどい目に遭ったというのに恐怖はなく、思いだすのは〈王様〉と深く判り合えた感触だけだった。彼が狂っていた以上に、自分は壊れてしまったのだろう。

その〈王様〉も、もういない。

自分から警察に出向くべきか。何の罪になるか判らないけれど罪を償い、再発防止に協力すべきか。そんなことを考えることもあるが、足が向かない。今日会場で見た記者やカメラマンが自分に群がる姿は、想像するだけで怖い。

外に出る。高いビルの並んだオフィス街を、下を向いて歩き続ける。

——苦しんでいてほしかった。

醜悪な本音が心の表面に浮かんできた。

自分は登壇したプレイヤーたちが、苦しんでいる姿を見たかったのだ。

つらい、死にたい、人生は絶望です。そんな声が聞ければ、やはりみんなは〈銀色の国〉が必要なんだと思い込めた。だが、彼女らは前向きに生きようとしていた。〈銀色の国〉なんかなくても大丈夫だと突きつけられた。

アンナなんか、いなくてもよかったということを。

ふと、空を見上げた。

東京にきたときに希望を覚えた高い建物たちが、こちらを威圧するように建ち並んでいる。アンナであることだけが自分の居場所だった。なのに、彼女らはそれをもう必要としていない。〈銀色の国〉は彼女たちの糧になったのかもしれないが、踏み台にされた自分には何も残っていない。自分はこれからの人生も、逃げて、逃げて、逃げて、逃げて、逃げ回って逃げ回って、死ぬだけだろう。この世界そのものが、いまや狭い箱だ。

――なら、いま死んでも変わらない。

ビルの屋上を見つめながら、自然とそう思った。

自分は〈銀色の国〉の中で、飛び降りの訓練はしていない。きっとビルの上から見下ろしたら、足が震えてしまうに違いない。落ちている最中も、地面にぶつかるまでパニックに陥り続けるだろう。

自分はプレイヤーにそれを強いた。そのくらいの恐怖は、味わう義務がある。

――死のう。

そう、これは逃亡欲だ。逃げて逃げて生きてきた自分は、ついに人生から逃げる。最後は逃亡欲に殺してもらうなんて、とても自分らしい。逃げたいときの自分は、自分でもびっくりするくらいすごいエネルギーが出る。

無性におかしくなってきた。楽しい気分のうちに死んでしまおう。ビルに向かって、一歩足を踏みだす――。

「……アンナさん？」

声をかけられた。

咄嗟に振り返る。立っているふたりを見て、驚愕した。

田宮と、二十歳くらいの女性だった。

「やっぱり。あなたは、アンナさんですね」

「何のことですか……？」

慌てて口をつぐんだが、遅かった。田宮は、嬉し泣きのような表情になった。

「その声、〈銀色の国〉で聞きました。綺麗で澄んでいて、特徴的な声です。アンナさん、さっきの講演、聞いていてくれたんですね」

どうして？　この男は、自分の顔を知らないはずなのに――。

「歯、です」

田宮は言った。

「〈銀色の国〉であなたと話していたとき、カチカチと何かが鳴る音が聞こえました。何の音かと思ったのですが、先ほど客席から響いた音を聞いて気づきました。ストレスが過度にかかると、身体を揺らしたり、声を出してしまったり、無自覚に身体が動いてしまう人はいます。あなたの場合は、歯だったんですね」

「鳴ってましたか？　歯が……」

「ええ。といっても、開演のときからあなたに注目していたから気づけたんだと思います。客席にいて、あなたは、明らかに苛立っていましたから」

「……耳が、いいんですね」

「はい。リスナーと呼ばれてます」

皮肉で言ったのに、ユーモアで包んで返してくる。田宮は、傍らの女性を示した。

「なっつさんです。本名は、外丸くるみ」

くるみと紹介された女性は、反応に困っているようだった。親しみや懐かしさを表せばいいのか、犯人側の人間として敵視すべきなのか、その狭間で揺れている。

「本当は、もうひとり紹介したい人間がいるんです。城間宙という人間です。あの日、計画を止めるための作戦を考えてくれた男なんですが……彼はもう日本にいません。同じく協力してくれた西野さんというプログラマーが仲介してくれて、中国の会社でスマートフォン向けのゲームを作ってます。あなたのことも心配してましたよ」

「……だからなんですか」

意図の見えない話に、少し苛立った。

「警察に突きだすつもりですか？　大勢の人間を殺そうとした、大量殺人鬼として」

「あなたが望まないのなら、そんなことはしません。うちの理事に弁護士がいますが、あなたが〈銀色の国〉でやっていたことは、自殺教唆《きょうさ》に問えるかどうかも難しいのではと言っていました。僕は自首をしてすべてを話してほしいとは思いますが、強制はしません」

「じゃあなんですか？　今日の皆さんの前に出て謝れと？　土下座でもしましょうか？」

くるみが哀しそうに顔を歪める。胸が痛んだ。〈アンナ〉なら〈なっつ〉にこんな顔はさせないのに、〈自分〉は何もできない。

「違います。謝れなんて思ってません」

「用がないなら、放っておいてください。私は、あなたたちのような立派なかたがたと話せるような身分じゃないんです。ゴミみたいな人間ですから」

「用事は、それですよ」

田宮は、待ち構えていたように言った。

「あなたの話を、聞かせてほしいんです」

虚を衝かれた。自分の話――？

「あの日、一方的に話していたのは僕であり、くるみさんでした。でも、僕は基本的に、話す人間じゃないんです。肝心のあなたの話は、少しも聞けていない」

「何を言ってるの？　あなたに話すことなんか、何もありません」

「そうですか？　あなたは大変だったはずです。異常な環境に置かれ、洗脳状態で犯人を手伝っていた。心の傷は、一年くらいでは癒えないでしょう。家族とのことでもお悩みだと伺いました。これまでの半生、ずっとひとりで、悩み続けてきたんじゃないですか？」

田宮はいざなうように続けた。

「あなたのお名前もまだ聞いてません。あなたは、ひとりじゃないです。ひとりで生きるのはつらくても、誰かと手をつないで、網のようにつながれば生きやすくなる。〈銀色の国〉で多くの人を支えていたあなたなら、よく判るでしょう?」

「支えていた?」

「ええ。くるみさんが言っていたでしょう。〈銀色の国〉は恐ろしい場所でしたが、あなたは一時、多くの人の逃げ場になっていたんです。それは事実だ」

——多くの人の、逃げ場になっていた。

音が聞こえた気がした。狭い箱を、静かにノックする音が。

「逃げていいんですよ」

優しい口調だった。

「くるみさんもみんなも、あなたという逃げ場があったからこそ、つらかった時期を凌げた。あなたも、僕たちを逃げ場に使ってくれていいんです」

そうなのだろうか。

混乱した。逃亡欲を誰かに肯定してもらったのは、初めてだ。

ずっと逃げることが後ろめたかった。逃亡欲を捨てられない自分が嫌いで、失望し続けてきた。でも。

——本当に、逃げていいのだろうか。

「すぐそこにオフィスがありますし、美味しいコーヒーを出すカフェもある。深刻に考える必要はありません。少し、話していきませんか」

人を惹きつける笑顔だった。くるみは何かを願うような表情で、こちらを見つめている。

——なりゆきに任せる外《ほか》はない……。

姫君の声が聞こえる。彼女の絶望が、自分の背中を押してくれた気がした。

「……詩織です」

ぽつりと、呟いていた。

「小林詩織。それが、私の名前です」

その瞬間、くるみがぱっと嬉しそうな表情になった。田宮も泣き笑いのような顔になっている。

——自分は、〈詩織〉でいていいのかもしれない。

〈アンナ〉じゃなくてもいい。馬鹿で、ひねくれていて、堪え性がなくて、何かから逃げるときだけは自分でもびっくりするくらいエネルギーが出て、何をやっても続かない。でも、演じることは好きで、何かを演じているときだけほんの少し生きがいを感じるような〈詩織〉のままで。

「詩織さん。行きましょう」

長い話になる。上手く話せるか判らない。でも、彼らならきっと大丈夫な気がする。どんなに汚く醜悪な話であっても、そのすべてを真剣に受け止めて聞いてくれる。

今度こそ、見つけられるだろうか。自分の、居場所を——。

空が高い。

夕方に差し掛かった薄暮の空に、ぼんやりと月が浮かんでいる。魔除けのように浮かぶそれを見ながら、詩織は頷いた。

了

主要参考文献

『消された一家　北九州・連続監禁殺人事件』豊田正義著　新潮文庫
『自殺する私をどうか止めて』西原由記子著　角川書店
『自殺予防』高橋祥友著　岩波新書
『自殺予防の基礎知識　多角的な視点から自殺を理解する』末木新著　デザインエッグ
『群発自殺　流行を防ぎ、模倣を止める』高橋祥友著　中公新書
『キリギリスの哲学　ゲームプレイと理想の人生』バーナード・スーツ著　川谷茂樹、山田貴裕訳　ナカニシヤ出版
『闇《ダーク》ウェブ』セキュリティ集団スプラウト著　文春新書
『現代日本文學大系43』「六の宮の姫君」芥川龍之介著　筑摩書房

その他ウェブサイト、論文などを参考にしました。また、「六の宮の姫君」の引用部分は、表記を現代仮名遣いに改めました。

本作品の執筆にあたり、伊藤次郎さん（特定非営利活動法人ＯＶＡ）、村明子さん（特定非営利活動法人 国際ビフレンダーズ 東京自殺防止センター）にご協力をいただきました。この場をお借りして、心より御礼を申し上げます。

解説

千街晶之

　逸木裕の第五長編『銀色の国』（二〇二〇年五月、東京創元社から書き下ろしで刊行）が上梓された際、「Webミステリーズ！」（現在は「Web東京創元社マガジン」）に掲載された著者エッセイは、「殺人事件を書かないミステリ作家が書きたいもの」というタイトルだった。このエッセイは、「ミステリ作家を自称しておりますが、これまで殺人事件というものをほとんど書いたことがありません」という文章から始まる。

「殺人事件を書かない」ということは、作風が「日常の謎」的であるという意味ではない。むしろ、死という要素は著者の多くの作品において重要な位置を占めている。また、「ほとんど」という断り書きがあることからもわかるように、殺人を全く書かないわけでもない。第二長編『少女は夜を綴らない』（二〇一七年）のように殺人事件が起こる作品もあるし、近作『祝祭の子』（二〇二二年）は著者にしては珍しく、過去でも現在でも多くの人間が殺害される話となっている。

　とはいえ、著者の作品で殺人があまり重きを置かれずに描かれていることが多いのは確かだ。逆に、頻出するのは自殺というモチーフである。

例えば、第三十六回横溝正史ミステリ大賞を受賞したデビュー作『虹を待つ彼女』（二〇一六年）は、ゲームクリエイターがドローンを用いて風変わりな自殺を遂げる場面から開幕するし、第四長編の『電気じかけのクジラは歌う』（二〇一九年）は、自殺した作曲家が主人公に送りつけてきたメッセージの謎を扱っていた。他にも、真相に自殺が関わる作品が存在している。少なくとも初期の数作においては、まるでオブセッションのように自殺に関係するエピソードが見え隠れしているのだ。

このことは、著者の小説の多くが、生きづらさを抱えた人間を主人公にしていることと強く関係している。先述のエッセイで、著者は「作家になって以降一貫して、自我のゆらぎと、その延長線上にある自死というものを書いてきた意識があります」「これは私自身が、かなり自罰的で、生きづらさを抱えた人間であることと無関係ではないでしょう。周囲の人に迷惑をかけることも多いですし、ときにつらくなって果てしなく落ち込んでしまうこともあります。苦しい局面がきたとき、ある種ポジティブに、誰かを排除してまで現状を打開しようとするのか、それともネガティブに自ら破滅に向かおうとするのか。私が後者の人間だからこそ、私のミステリは『なぜ殺すのか』ではなく『なぜ自殺を選んでしまったのか』という謎をめぐるものが多いのだと、自分では考えています」と述べている。

本書は、そんな著者が、自殺をテーマとして正面から取り上げた作品である。

自殺対策NPO法人〈レーテ〉の代表・田宮晃佑《たみやこうすけ》は、市川博之《いちかわひろゆき》という過去の相談者が自殺したと知って衝撃を受ける。晃佑が〈レーテ〉を立ち上げたのは、博之から「田宮さんて、優しいんだね。田宮さんと話してると、すごく楽になる。死にたい人を助ける仕事とかに、向いてると思うよ」と言われたのがきっかけだったのだ。やがて、博之の姉の未央《みお》が、弟の死について相談したいことがあるというので、晃佑は彼女と面会した。未央は博之の死の理由に全く心当たりはないものの、彼が〈Shenjing《シェンジン》〉というVR《バーチャルリアリティ》用のゴーグルを使用するようになってから異様な行動を示していたと証言する。博之が〈Shenjing〉でVRゲームをやったことが自殺の原因と関係があるのではと推測した晃佑は、親友のスマートフォンアプリ開発者・城間《しろま》宙《ちゅう》にゴーグルを調べてもらう。その結果、遠隔操作で〈Shenjing〉のデータが初期化されていることが判明した。

一方、人間関係に苦しむ浪人生の外丸《とまる》くるみは、SNSに自殺願望を書き込んだり、自傷行為を繰り返したりしていた。フォロワーの一人からネット上で活動する自助グループに誘われた彼女は、参加するために必要だというゴーグルを受け取り、VRゲーム〈銀色の国〉の世界に招待される。〈銀色の国〉の案内役であるアンナからゲームの操作方法や他のユーザーとの交流方法などを教わり、楽しさと美しさに満ちたゲームの世界を知るうちに、くるみにとって自分を肯定してくれる〈銀色の国〉は辛い現実からの唯一の逃避の場となってゆく……。

晃佑とくるみ、それぞれを主人公とするパートがパラレルに進行してゆく構成だが、プロローグでは小林《こばやし》詩織《しおり》という女性が、ある人物に欺《あざむ》かれるプロセスが描かれている。詩織の名前は物語の中盤まで再登場しないけれども、この女性のエピソードが本筋にどう関連するのかも読みどころだ。

著者の作品群においては、現実の延長線上にある最先端のテクノロジーがしばしば扱われる(『電気じかけのクジラは歌う』などにはかなりSF的に映るテクノロジーも登場するけれども、それらも現実に、そう遠くない未来に実現する筈のものとして描かれている)。しかし、そうしたテクノロジーが、常に人間社会に恩恵と幸福ばかりを齎《もたら》すとは限らない。本書の場合は、VRゲームがひとを死に誘《いざな》うものとして登場する。

VRの世界が描かれたミステリは少なくない。古くは岡嶋二人《おかじまふたり》の『クラインの壺』(一九八九年)が、当時まだ珍しかったVRを取り上げた先駆的な例として有名であり、近年の作品ならば松本英哉《まつもとひでや》の『僕のアバターが斬殺《や》ったのか』(二〇一六年)、早坂吝《はやさかやぶさか》の『アリス・ザ・ワンダーキラー』(二〇一六年。文庫化の際に『アリス・ザ・ワンダーキラー 少女探偵殺人事件』と改題)、伽古屋圭市《かこやけいいち》の『断片のアリス』(二〇一八年)、岡崎琢磨《おかざきたくま》の『Butterfly World 最後の六日間』(二〇二一年)、方丈貴恵《ほうじようきえ》の『名探偵に甘美なる死を』(二〇二二年)などの例がある。

ただし、これらの作品と比較すると、本書はやや趣《おもむき》を異にする。VRを扱った作品はそのVR世界内のルールが謎解きに関わってくることが多く、特殊設定ミステリと言っていい展開を見せる場合もあるのに対し、本書はVRの世界の描写にもある程度筆が費やされているものの、どちらかといえばそこに隠された秘密を外側から探ろうとする、現実世界の登場人物の描写が重視されている。また、晃佑から調査を頼まれた城間が、まず自殺を誘導するゲームが存在する可能性を主に現実的な面から否定し、そこから検討を始めたように、VRゲームを実際に開発するにはどのような手続きが必要なのか、また、わざわざ手間隙かけて自殺誘導ゲームを作った犯人側の動機や心理はいかなるものなのか……という部分の解明にも重点が置かれており、設定の説得力を強固にしている。

本書の着想の源となったのは、作中でも言及される「青い鯨」事件だ。これは、二〇一七年頃にロシアで生まれたとされるオンラインゲームにまつわる実際の出来事である。特定のリンクを踏むなどの方法でこのゲームに辿りついたプレイヤーが、サイトマスターの指示に従って五十日かけてさまざまなタスクを遂行してゆくうちに洗脳され、最終的には飛び降り自殺を促される仕組みになっており、ロシアにとどまらず複数の国で多くの犠牲者を出したという。なお、この事件に着想を得たフィクションとしては、本書の他に、鶴田《つるた》法男《のりお》監督が中国で撮影したホラー・サスペンス映画『戦慄のリンク』（二〇二〇年）がある。そんな危険なゲームが、自殺者の多い日本において、VRゲームとして更にパワーアップするとどんな事態が待ち受けているか……というのが、本書で著者が描いた恐るべき未来予想図なのだ。

「青い鯨」事件のような実例があるにしても、そう簡単にひとを自殺へと誘導できるだろうか……と疑問を覚える読者もいるかも知れない。しかし、本書で言及されている「人民寺院」事件と「ヘヴンズ・ゲート」事件は、それぞれ一九七八年と一九九七年に海外で起きた宗教団体の集団自殺であり（二〇二二年の国産ミステリの話題作である白井《しらい》智之《ともゆき》の『名探偵のいけにえ　人民教会殺人事件』は、「人民寺院」事件の経緯をもとにした作品だ）、同様の出来事としては他にも一九九三年の「ブランチ・ダビディアン」事件、一九九四年の「太陽寺院」事件などが知られている。また、宗教が関係していなくとも、芸能人などの有名人の自殺が報道されると後追い自殺が相次ぐことはしばしば見られる現象である（作中でも言及されている「ウェルテル効果」）。ゲームによる誘導のみならず、宗教的な洗脳や、社会的事件から受ける影響などによって、ひとは死に対する心理的ブレーキをアクセルに踏み替えてしまうのだ。

自殺を重罪と見なすキリスト教が大きな権威を持っていたかつての欧州諸国などでは、教会は自殺者の葬儀や埋葬を行わないという措置が取られていたが、現在の日本には自殺を処罰する法律はない。ひとの命は本人だけが自由意志で左右し得る権利を持つ——という考え方が、そうした法的判断の根拠となっているのだろう。しかし、自殺教唆《きょうさ》や自殺幇助《ほうじょ》となると話は違ってくる。二〇一七年に発覚した「座間九人殺害事件」のように、SNSで自殺志願者をおびき寄せて殺害した事件なども、被害者自身の意思による死とは言えない。居場所を失い希死念慮に取り憑《つ》かれた人々を、社会に潜む悪意ある存在が餌食にしてしまう——という絶望的な構図。

「青い鯨」事件の場合も、意図的に人間を自殺へと誘導したという意味では、直接手は下していないものの殺人に近い。この世界に生きづらさを感じ、孤独と疎外感に苦しむ人々にとって、死への傾斜は実は生きたいという訴えと同じであり、そんな生への望みを他者が断ち切ることが許される筈もない。著者は本書で、生と死の狭間で揺れる人々の悲痛な叫びと、彼らの背中を押して死へと導く悪のありようを描いている。

事件の解明に挑む探偵役の側も、相談者が死を選ぶたびに無力感と過去の苦い記憶に苛《さいな》まれる晃佑をはじめ、〈レーテ〉のメンバーで自死遺族の井口美弥子《いぐちみやこ》、ある理由で以前所属していたゲーム会社から追放された城間ら、いずれも心の傷を抱えており、事態と冷静に向き合えない場合もある。そんな人々の姿を描いている本書には、著者の小説の大きな特色である、ヒリヒリするような心理描写が溢れている。一方、本筋とは無関係な点景と思われた登場人物が後半で意外な役割を果たすなど、細かいエピソードが終盤に向けて効いてくる巧みな構成からは、著者のミステリ作家としての手腕が窺える。

テーマ面でも構成面でも、それまでの著者の作風の集大成となっている本書が、生きづらさを抱えた人々に対する励ましとなることを祈りたい。

本書は二〇二〇年、小社より刊行された作品の文庫化です。

著者紹介　1980年東京都生まれ。学習院大学卒。2016年『虹を待つ彼女』で第36回横溝正史ミステリ大賞を受賞しデビュー。他の著書に『風を彩る怪物』『祝祭の子』などがある。2022年「スケーターズ・ワルツ」で第75回日本推理作家協会賞［短編部門］を受賞。

検印
廃止

銀色の国

2023年2月17日　初版

著者　逸《いつ》　木《き》　裕《ゆう》

発行所（株）東京創元社
代表者　渋谷健太郎

162-0814/東京都新宿区新小川町1-5
電　話　03・3268・8231-営業部
　　　　03・3268・8204-編集部
URL　http://www.tsogen.co.jp
DTP　キャップス
暁印刷・本間製本

乱丁・落丁本は、ご面倒ですが小社までご送付ください。送料小社負担にてお取替えいたします。

ISBN978-4-488-47121-7　C0193